只是陌生人

PERFECT STRANGERS.
A PERFECT HOLIDAY.
THE PERFECT MURDER...

A NOVEL

RUSH OF BLOOD

馬克・畢林漢——著
吳宗璘——譯

M A R K B ... N G H A M

序曲

佛羅里達州

不太對勁。

游泳池水藍明鏡上不停閃動的陽光，草帽，緊握在她們手中、沁著水珠的啤酒瓶，昆蟲的嗡嗡聲響，助曬劑黏著在溫熱肌膚所散發的氣味。

一切都不對勁。

真的不要再掛念當時的那場事件了。他們當中有某人想到了某個字，很適合描繪那場……衝擊，但他不記得那個字詞到底是什麼。他們六個人只是靜靜聆聽，搖頭，就是不想讓那個女人看出他們彆扭至極──天，想到那一切，太慘了──但這只會讓狀況雪上加霜。現在，他們很擔憂自己的態度會變得更輕浮，更加冷漠，彷彿他們根本不把那個失蹤女孩放在心上一樣。

那會讓大家的罪惡感更加深重。

我的意思是，顯然，這只是「情境脈絡」的問題，或是看你要怎麼稱呼它都好，因為在前十三天的時候，狀況明明好得不得了，他們花錢不就是為了那個嗎？不就是想要好好放鬆？不過，自從棕櫚樹葉縫間看到車頂不斷閃爍的燈光來來去去，地方警察與州警四處奔忙，聽見無線電在吱嘎作響，一切就變調了。

除此之外，這女子面對一切的態度似乎相當自在，也讓他們惴惴不安。

「真是發神經了，」她看到他們其中有人想要從日光浴床起身，立刻雙手一攤，一副「你們不必多管閒事」的姿態，「讓大家捲入這場亂局，實在讓我覺得很尷尬，」她退後一步，繼續說道，「不需要這樣，」有另外一個人詢問是不是有什麼地方能幫得上忙，「真的，沒事……」

後來，當大家在某個場合低聲交談的時候，其中一名男人低聲說道，「我們何必覺得歉疚呢？我的意思是，也不缺人手找她的下落吧，又不是我們不肯幫忙，對不對？」

他妻子聳肩，「那種陽光普照的天氣，我們也力不從心吧？」

又有另外一對夫妻點頭應和。

「心有餘而力不足，」其中一人說道，「是不是這種說法？」

所以，他們一起吃了最後一餐，想要盡情享受假期的最後一晚。他們說那女人的女兒要是遲遲沒有現身，八成只是去了購物中心而已，而第二天早上，警車依然四處巡邏，但他們聊起這件事的態度卻沒有太大改變。在返回蓋威克的班機上，大家都想要睡覺養神，但就是沒辦法進入夢鄉。雙眼發癢，只能吃著鋁箔紙包裝的餐盒、盯著電影，而且胸肩的皮膚已經開始脫皮。他們依然十分歡樂，多少算是吧，但每一個人都惦記著游泳池畔的那名女子，還有顫抖不定而終於完全消逝的微笑。不過，這個念頭卻不斷來來去去，而且每次忐忑不安的時間也越來越短。

他們回想起她的一派堅持，不會有事的，現在也一切無恙，而她說話的那種態度——簡直像是惱怒——她眼中看到的是別人的憐憫。

「她失蹤了，」那女子說道，「只是失蹤了而已，所以，就不要胡亂猜測了。」她略略提高聲量，音質變得嘶啞，就在她把太陽眼鏡推回鼻梁之前，雙眼四周出現激動緊張的皺紋。

「我女兒沒有死。」

第一部

安琪與巴利

寄件者：安琪拉．芬尼根 <angiebaz@demon.co.uk>
日期：英國夏日時間五月十六日 17:31:01
收件者：蘇珊．唐寧 <susan.dunning1@gmail.com>
副本收件者：瑪莉娜．葛林 <marinagreen1977@btinternet.com>
主旨：晚餐！！！

嗨！大家好！

大家在度假時認識了新朋友，總是會說這種話，「一定要保持聯絡哦！」我猜，你們現在一定很後悔當初要交換電郵吧，哈哈！

但說真的，那次度假在最後一天的氣氛雖然有點怪怪的，但整體來說還是十分開心，我想，要是能夠再次聚首一定很棒。所以，我和巴利希望你們四位能在六月四日的那個週六過來晚餐。我知道要勞駕大家到鬱悶至極的克勞利會有點辛苦，不過我會獻醜準備麵包奶油布丁，萬一有人迷路的話，我一定會出動我們家的雪巴人！

拜託把消息轉告妳們各位的老公，然後盡快給我答覆，我真的很盼望大家能夠團聚。

滿心的愛加上三個小親親。

安琪

附註：我一直注意當地報紙的網路版，但還是沒看到那可憐女孩的消息，真是難以想像她母親所承受的煎熬，好可怕，真是可怕得不得了。

追加一個附註：我記不得了，但是不是有哪個人吃素？

1

安琪推著輪子吱嘎作響的推車，沿著走道緩慢前行，經過白肉區，到達了紅肉區，挑了一些培根——反正他們是一定要買的——但他們等一下鐵定是會再次回到這一區，因為他們依然拿不定主意，無法決定要吃雞肉還是羊肉好，紅酒燉雞還是羊排呢？

她原本的構想是主題派對，走度假風的菜單，讓大家想起陽光普照的那兩個禮拜。先以鳳梨可樂達雞尾酒當作開場，海鮮是一定要的，也許可以挑海鮮濃湯——如果她能夠買到蛤蜊的話——然後，再挑個魚當主餐。她甚至已經上網查到了墨西哥檸檬派的食譜。

巴利說這想法很蠢，所以她就放棄了。

她低頭看著推車，既然已經買了給小孩吃的冷凍披薩，不知道是否應該再帶點冰淇淋？準備這些東西又快又簡單，打發兩個小孩的晚餐輕而易舉，也可以讓她在賓客到來之前好好打掃。她覺得蘿拉與路克應該會對這樣的計畫歡喜得不得了，他們根本不想理人，對無聊大人的對話也是避之唯恐不及。要是他們的功課都做完的話，就這麼一個晚上窩在電腦前面應該不是什麼大問題。

巴利會負責搞定小孩。

她拿了一大袋雞胸肉，看到有機標示，估算了一下價格，立刻又把它放回去。不過，挑雞肉是對的，羊肉好吃沒錯，但可能會有點麻煩，有些人就是喜歡比較嫩的口感，反正問題多多，而且巴利一直很愛吃紅酒燉雞，她準備要找更便宜的雞肉……

「我只是覺得這點子不錯，」她當時是這麼說的，「稍微有些變化。」

「我實在看不出這種行為的重點在哪裡。」

「沒有什麼重點，只是為了稍微增加一點情趣而已，煮一些佛州風格的東西。」

「什麼？」

「源自佛羅里達州的菜餚。」

「我知道妳講的那個字是什麼意思，」巴利瞇起雙眼，捏扁了手中的空啤酒罐，打開角落的垃圾桶桶蓋、把它扔進去，「我只是想搞清楚妳怎麼會冒出那種話，真是矯揉做作……」

「好，不重要。」

「我覺得這樣好假，」巴利繼續說道，「妳會害我們出醜。」

「好，那我就煮雞肉什麼的好了，」安琪伸手拿取掛在水槽邊緣的抹布。「這樣可以了嗎？」她開始擦拭大理石流理台的某處污漬，看著自己的丈夫，他盯著冰箱、足足有半分鐘之久，然後又關上了門，卻什麼東西都沒有拿出來。她發現他後面的頭髮又少了一點，衣領上方的那一圈長斑的肥肉似乎變得更厚實，當然，她沒有資格多說什麼。她自言自語，「好，那就這樣吧。」

「對，也好，隨便妳了。」

他走到她背後，雙手擱在她的肩膀上，親吻她的後腦勺，雖然大理石上的污漬早已不見了，但她依然拚命擦個不停。

「老實說，我實在不知道我們幹嘛這麼大費周章，」他走到早餐桌前，拉出椅子，「難道我們朋友還不夠多嗎？」

「只是場聚會嘛，算是那一次度假的延續而已。」

「我們為什麼要搞這種事？」他問道，「我的意思是，最後一天變得有點彆扭。」

「也只有最後而已。」

「那女孩，還有其他的一切。」

「所以我們更要聚一聚啊，我們有共同點不是嗎？」

「哦，所以我們就得要蹚這場渾水嗎？」

她回道，「又不需要你費心。」

「妳明明知道我的意思。」

「你和艾德、戴夫相處得愉快吧？對不對？」

他聳肩，「他們人超好。」

「他們的太太也一樣啊？」

巴利慢慢轉頭，「艾德的太太沒問題，但瑪莉娜……她那種表情……讓我神經緊張。」

「真的嗎？」

「我覺得她有點太自以為是了。」

安琪只是點點頭，他以為自己很聰明，她也樂得由他去了。她心底有數，他之所以假裝不喜歡瑪莉娜．葛林，因為他對她的屁股充滿了性幻想，因為他喜歡吸大奶和染得誇張至極的金髮。

安琪早就注意到他戴著仿冒Oakley名牌眼鏡後的那雙溜溜賊眼、睜得又圓又大，假裝他依然在讀報，其實卻死盯著剛從游泳池起身的瑪莉娜，每個人都看得出來她的比基尼尺寸實在是小到不行。

安琪回道，「哦，我覺得她人很好啊。」

「隨便妳怎麼說了。」

「我覺得他們都很好相處，如果你願意配合的話，我們一定會度過美好的一夜。」她聽到客廳傳來音量越來越大的爭吵聲，小孩們正在吵要看哪一台的節目。她打開廚房門，對著小孩們大吼，不要再吵了。等到她回到廚房，看到巴利正在搓揉大肚腩，好好的紫紅色馬球衫被他的肥肉繃得超緊。

他開口問道，「那妳要做什麼菜啊？」

她覺得他關心的重點是她要做哪些將讓他增肥好幾磅的餐點，她又想到了他下班之後的半小時之內就喝光了兩瓶淡啤酒，還有，每次都會從他車子裡搜出來的洋芋片空袋。「我會做水果蛋糕，」她回道，「反正就一晚而已。」

「一定沒完沒了，是不是？」他把手伸進襯衫裡面，開始東搔西抓，「我們請他們來這裡，然後每一對又回請我們去他們家作客什麼的。」

「那樣有什麼不對嗎？」

「我之前告訴過妳了，我們的朋友已經夠多了。」

安琪嗆他，「那就說幾個來聽聽吧。」

「抱歉，可不可以讓我……？」

安琪眨眨眼，向身旁那個想伸手過去拿東西的男子道歉。她趕緊把輪子吱嘎作響的推車從對方面前移開，心想自己像個瘋女人一樣站在那裡、呆望著肉品區，不知道究竟有多久了。

她低頭望著依然握在手中的那袋雞肉。

閃亮、粉紅色的肉塊，被保鮮膜包得好緊實。

她把那袋肉丟進推車，迅速朝結帳櫃檯走去。她想起他們六人共聚的最後一道晚餐，血紅色的夕陽，以及再次來到度假村的警車。她突然覺得，事隔八個禮拜之後，要在一個與最初相識之地完全無關的世界再次見面，感覺一定很奇怪。

話雖這麼說，但好歹是個值得留念的假期。

芬尼根兄弟。這是招牌上的醒目大字，貨車兩側也有相同字樣，他從頭到尾都不想要的昂貴公司信紙紙頭上面，同樣印有那幾個字。

兄弟，哥哥與弟弟，一共有兩個人……

巴利心想，但有誰看得出來是兩個人呢？某些時候，他被另一個人對待的那種口氣，被鄙視、以及被敷衍的那種方式，宛若他只是另外一名員工而已。

亞德里安是弟弟，讓人更是難以嚥下這口氣。他比巴利小三歲，但當巴利成天忙著工作、累得半死的時候，他卻在大學裡遊手好閒多年、剛好讓他混到了某個鳥到不行的商管學位證明。現在，他似乎把自己當成了艾倫．修格[1]等級的人物，而那一紙根本不算什麼的鬼東西，卻彷彿讓

[1] 英國白手起家的富豪，後受封爵士。

他對公司貢獻良多，重要性超過了巴利。

喂，媽的根本不是這樣。

巴利的手根狠狠重敲自己的奧迪座車方向盤，又把它往左扭了一下，猛踩油門，超越前頭的那個白癡駕駛，外線道的時速居然只有四十英里，活像是個嗑藥恍神的小蠢妹。

還不就是因為有某個白癡不斷抱怨他的閣樓擴建工程「並未到達令人滿意的標準」，窗戶關不緊啦，暖氣會漏，害他必須來回奔波，好好的週六下午，一個單趟，四十五分鐘就沒了，而他弟弟此刻正待在家裡看天空運動頻道，和自己的小孩玩耍。

他那混帳弟弟明明過得超爽，卻說自己還是得照顧他的臭小孩。

星期六耶，拜託一下，他已經連續操勞了一整個禮拜……最過分的是，那王八蛋依然不滿意，像個老太太一樣抱怨個不停，唸他行事隨便，講完之後，還說不如直接打電話給亞德里安，請他解決問題。

不意外。

「我應該一開始就找老闆講清楚才是。」那個目中無人的豬頭當初居然在他面前講出這種話。幸好巴利有足夠的自制力，不然他的拳頭早就揮向那小畜牲紅通通又滿頭大汗的臉……至於打人這件事，他絕對可以達到令人滿意的標準。

巴利心中有數，也是該把話和弟弟講清楚了。經過這麼長時間的醞釀，理應要說出口才是。他早已在腦海中演練多時，憤恨不斷積壓，牢騷的內容也變得越來越長。

「亞德？星期六叫我出去？開什麼玩笑啊？你老是這樣搞我……」

安琪正忙著到處打掃，搬出亮晶晶的餐具，打點晚餐的一切，在這種時候，他要是能離開家裡，自然是樂不可支。而安琪忙著排放蠟燭位置的時候，看到他出門應該也是同等開心。

「你應該要對他講清楚才是，」他聽得到她的心聲，其實，她碎碎唸好多次了，「你應該要告訴他，再這樣下去，你一定會爆炸。」

她嘴巴隨便講講當然是很容易，他前妻也喜歡胡說八道，他早就習慣了。

你是大哥，一定要挺他。

當個男子漢哪……

他猛按喇叭，想要給前頭擋路的白癡一點教訓。巴利發現那傢伙正對著後照鏡打量他，他立刻揮舞雙手，大聲咆哮，「有膽放馬過來啊……」

「巴利代表了我們這間公司的實務面，而我則象徵了精神面。」亞德里安沒事就喜歡把這句話掛在嘴邊，通常呢，還會伸手搭住巴利的肩膀，而巴利則是盡可能強顏歡笑。

「他是公司的實力，而我則是魅力……」

總而言之，他終究還是個咖，這就是問題的癥結，從以前到現在都是這樣，你的弟弟……魅力無法擋……舌粲蓮花……諸如此類的讚美之詞從來沒停過。

找到客戶、丟出漂亮報價的人是亞德里安；遇到工期延遲、預算超支的時候，安撫客戶的人是亞德里安。能讓合約滾滾而來的人也是他，所以巴利才能買奧迪、養小孩，有閒錢到他媽的佛羅里達州去度假，正是因為如此，安琪必須閉嘴，不能對他碎碎唸。

正是因為如此，至少，截至目前為止，他心中的那番話依然遲遲無法說出口。

巴利打開點菸器，把手伸到副座的位置、拿起他的本森菸盒。他打開金黃色菸盒的時候，嘆了一口氣，卻沒想到打了個飽嗝，他壓根兒不想參加這場愚蠢的晚餐派對。

她本來想要煮什麼？佛州風格的菜餚？靠，妳也幫幫忙好嗎……

「打起精神，」她先前再三交代，「注重一下自己的態度。」他心底有數，她等於是在提醒他，「不要給我擺臭臉，讓我出醜。」很遺憾，但他真正期待的只不過喝上幾杯，再偷瞄一下瑪莉娜．葛林襯衫裡的風光而已。而且，應該要好好被唸一下的人其實是安琪，她那陣子喝得很兇，其實呢，度假的每個夜晚，她幾乎都埋首在紅酒與昂貴雞尾酒的世界裡，聽到艾德的蠢笑話，她的談笑聲就格外刺耳，她也不照照鏡子，居然叮嚀他要注意態度，也太離譜了吧。

巴利心想，她應該要展現更多的尊重才是。

他點燃香菸，將車窗開了一點隙縫，讓菸氣飄散出去。

這女人跟他弟弟一樣，半斤八兩……

艾德一定會在晚餐派對的時候講出更多的蠢笑話，戴夫會配合大笑，蘇珊則是翻白眼。他們還會討論自己的曬痕褪得好快，那邊商店裡的每一個人有多麼親切有禮，這裡的粗魯混帳店員根本無法相提並論。

艾德還會以他那噁心的美國口音，慢條斯理講出「祝您有個美好的一天」。

然後，他們就會講到那個失蹤女孩，一定的。

而巴利對這個話題興趣缺缺。

2

「薩拉索塔擁有大家夢寐以求的超美麗海灘，還有一堆令人驚豔的野生動物……而琳瑯滿目的博物館、藝廊、音樂會，以及其他藝術活動，更讓這一區成為知名的『文化海岸』。」安琪・芬尼根與先生正準備要領取租車的時候，她唸出免費導覽手冊上的文字，把它放下來，開口問道，「親愛的，聽起來很棒吧？能看到野生動物真是太好了。」

跟在她後面的那個男人悶哼一聲，心不在焉。

她又打開剛才登記入住時、被塞到手中的那份小小影印版「手冊」，繼續大聲唸道，「西耶斯塔礁是分隔薩拉索塔灣與墨西哥灣的其中一個防波島。在『西耶斯塔城』的城中區，許多酒吧、紀念品商店、餐廳集聚在海灘路周邊，而『鵜鶘棕櫚樹』度假村地理位置絕佳，正好位於這裡的核心，讓度假旅客與避冬人士享受到高級住宿品質。」她放下那份文宣，閉上雙眼，「嗯，目前我沒有任何抱怨，這地方很讚，你說是不是？」

老實說，稱之為度假村，也未免太溢美了一點。這是一處綜合休閒區，總共有十五個住房單位：一房、兩房，或是三房，每間都有獨立出入口、私人陽台以及烤肉設備，此外，還有個公用游泳池與兩個熱水按摩池。一間雙人房，每個禮拜支付六百一十五美元，這間飯店對於這樣的合理定價甚為自豪，尤其每個住房單位都有一應俱全——但十分迷你的小廚房，而且度假村距離十多處美食天堂只有數步之遙，前往獲有得獎殊榮的海灘也只需要五分鐘而已。

「預算拮据者的天堂」。當然，這些網站上所留下的評語，永遠無法知道到底有多少的真實性，但的確有個曾經在「鶺鴒棕櫚樹」住過的客人相當滿意，留下了這一句話。他們假期的第二天早上——才剛過十一點，氣溫就已經高達二十八度，而且還在不斷攀升——安琪拉・芬尼根向老公報告的天氣狀況也差不多是如此。

她開口問老公，「我們在這裡待的總天數其實也不算長吧？」

「應該不算。」

「我們絕對不要窩在室內。你看看這環境，真的是十分划算。」

她的雙腿在游泳池裡來回擺盪，巴利則待在她的後方、忙著為兩人的日光浴床鋪上毛巾，大肚腩懸垂在法國名牌 **Vilebrequin** 花彩海灘褲的鬆緊腰帶外面，雙肩因前一天日曬過頭已經出現紅腫。安琪與她老公同齡，三十六歲，也都是愛爾蘭移居倫敦的第二代。她和老公不一樣，還是得拿條透薄的印花披巾蓋住肚子、身著海軍藍連身式泳衣，才能夠坦然見人。

巴利問道，「妳要用係數多少的防曬乳？」

就在這個時候，某名操持英國口音的女子走了過來，詢問巴利身旁的那張無人的日光浴床是否可以使用，他說沒問題，安琪轉身，那名女子打量了她一會兒，開口說道，「我們應該是搭同一班飛機過來的。」

安琪坐在自己的日光浴床邊緣，那女子也坐在另外一張空床上，安琪問她，「妳住哪裡啊？」

「我們住在森丘，」那女子回道，「倫敦南區。」她的下巴朝泡在熱水按摩池的那個男人點了一下，他也揮手致意。他膚色蒼白，一頭濃密捲髮看起來好油膩，但可能只是髮絲濕漉的錯覺而已，此外，他還留了一小撮鬍子。「他是戴夫，我叫瑪莉娜。」她一臉甜笑，露出兩排整齊的美齒，安琪與巴利自我介紹完之後，她立刻接口，「幸會了。」

瑪莉娜．葛林三十二歲，混血兒，一頭美麗的黑色直髮，尾端染成了鮮紅色，雖然身材並不完美，但她卻很樂意穿上自己在機場Monsoon店面買到的白金相間比基尼、展現她最傲人的部位。

「那妳呢？」

安琪不解，「抱歉？」

「你們住哪？」

「克勞利，」安琪又補了一句，「距離蓋威克機場約五英里。」

瑪莉娜回道，「真方便。」

巴利哈哈大笑，「我就知道我們選擇住在那裡是有原因的。」

「那裡不算太差啦，」安琪接口，「是很優秀的學區。」

「哦？」瑪莉娜四處張望，「我沒看到小孩啊？」

安琪大笑，挨到她身邊，壓低聲音，假裝在密謀什麼似的，「我們把小孩留在家裡，因為我們需要一點安靜的空間。」

瑪莉娜回笑，「其實，這也是我們選擇這裡的原因之一，」她繼續說道，「網站上有寫，通常這裡不太會看到尖叫亂跑的小孩。」

安琪回道，「我們也覺得這一點很吸引人。」

「你們有幾個小孩？」

「一共有三個，」安琪立刻朝巴利的方向瞄了一下，他正忙著在自己的胸膛塗抹防曬乳，似乎並沒有特別注意她們在講些什麼，「不過，只有我生的兩個和我們一起住。」

瑪莉娜嗯了一聲，隨即仰頭面向陽光，長達數秒之久。

「我喜歡那個。」安琪指了指瑪莉娜的小鑽鼻釘。

「哦，謝謝。」

「當初打洞的時候會不會痛啊？」

「我不記得了，」瑪莉娜伸出指尖、摸了一下那顆小鑽釘，「十幾歲的時候穿的洞，應該只是故意要惹我媽生氣而已。」她看到有個男人在池邊走動，手裡拿了兩瓶啤酒，她對著那男人的方向點了一下頭，「他們也是英國人，」她繼續說道，「住在北倫敦。」那男人踢掉拖鞋，把一瓶啤酒放在某名女子的身旁，她似乎是睡著了，臉部貼在日光浴床上面。

「哦，是嗎？」

那男人轉身，瑪莉娜立刻對他揮揮手。對方也舉起酒瓶、向她致意，他喝了一口酒之後，又穿上拖鞋，慢慢走向她們。

「他叫作艾德，」瑪莉娜說道，「我記得她叫蘇。他們兩個已經在這裡待了一個禮拜了。哎，妳應該也看得出來吧，對不對？」

艾德．唐寧擁有黝黑的曬痕，而且個子高䠷，肌肉結實，黑色頭髮與胸毛都濃密捲曲，而他的腹肌——雖然稱不上是洗衣板等級——但就四十二歲的男人來說，也算是夢寐以求的身材了。他走到她們面前，展露微笑，將太陽眼鏡推到頭頂，「今天真是個曬太陽的好日子。」

瑪莉娜回道，「又有英國人囉。」

艾德搖搖頭，「我們乾脆直接去斯凱格內斯度假就好了嘛，」他繼續說道，「無論到哪裡就是擺脫不了英國人。」他為自己捧場，立刻哈哈大笑，瑪莉娜與安琪也配合大笑。瑪莉娜介紹他們彼此認識之後，艾德趨前向巴利握手致意，「嗨，老弟。」

他們閒聊了一會兒，主題都圍繞在這間度假村與薩拉索塔，艾德講話帶有一點米德蘭口音，他告訴大家，他與蘇已經是連續第三年造訪這個地方。安琪回道，想必他們一定是非常喜歡這裡，他說這地方的確是與眾不同，而且這裡他熟門熟路，趁他們還在這裡的時候，巴利真的得要好好四處看看，因為他知道最棒的酒吧與餐廳、保證不會花冤枉錢的遊艇之旅，以及觀光客根本不知道的私密海灘。他裝出美國口音，還說「這些情報全來自於當地人」。

安琪問道，「所以，晚餐該去哪裡吃比較好？」

「妳有沒有去過SKOB？」

安琪搖頭。

「西耶斯塔礁牡蠣酒吧，」艾德回道，「妳一定得去嚐鮮一下。」他轉身，伸手指出方向，「往海灘的方向、走幾分鐘就到了。食物好吃到不行，氣氛佳，每天晚上都有現場演奏，可以坐在露天座位區。」

「聽起來好棒！」她面向巴利，「你覺得呢？」

游泳池的淺水區突然傳來尖吼。有個年約十三、四歲的女孩，正在拚命潑水，對著她的媽媽大吼大叫。那女子坐在高聳椰子樹下方的桌前抽菸，她染了一頭金髮，身著牛仔短褲與「美國之鷹」的T恤，看起來頗年輕，不太像是十幾歲小孩的媽。她伸出食指貼唇，那女孩卻只是叫嚷得更大聲，一邊潑拍水面，一邊發出興奮尖叫。小女孩身材壯碩，雙肩渾圓，等到她安靜下來之後，嘴巴會突然張開，又緩緩闔上。

那女子站起來，捻熄香菸。她看到泳池對面有兩男兩女盯著她們，趕緊雙手一攤，張嘴示意說了聲抱歉，走向池畔，「寶貝，要安靜……」

艾德的目光又回到安琪與瑪莉娜的身上，「好，何不大家一起吃晚餐呢？」

安琪不假思索，立刻看著巴利，而瑪莉娜則望向剛從熱水按摩池裡起身的戴夫。

「我認識那間餐廳的老闆，」艾德說道，「所以我一定可以弄到陽台區的好位子。墨西哥起司薄餅、蟹餅、一壺壺的霜凍瑪格麗特……妳們覺得怎麼樣？」

「你怎麼不跟自己的老婆一起吃晚餐？」瑪莉娜問完之後，目光飄向那名女子，現在的她已經坐在日光浴床上面豪飲啤酒，露出微笑，向大家揮手。她頭戴寬邊遮陽帽，貧乳型的纖細身材，身著黑色的連身式泳衣。

艾德扮鬼臉，開始模仿東倫敦勞工階級口音，「我怎麼說，她乖乖照做就是了。」講完之後，自己大笑不止。

瑪莉娜與安琪又同時爆出笑聲，而且安琪雙頰還出現了一抹緋紅。

「你們考慮看看吧。」他的目光從安琪飄到了巴利身上，然後又回頭盯著瑪莉娜，「那麼妳就和那個……商量一下……」

瑪莉娜接口，幫他解圍，「戴夫。」

「嗯，看看他喜歡什麼活動。」艾德繼續說道，「能不能成局都沒關係，只是希望大家盡興而已。」然後，他轉過頭去，泳池另外一頭的尖叫聲變本加厲，他的臉不禁抽搐了一下，大家望著那女子將毛巾包住女孩的肩頭、溫柔帶引她回到了陰涼處。

寄件者：艾德華・唐寧 <Edduns@gmail.com>
日期：英國夏日時間五月十六日22:14:17
收件者：安琪拉・芬尼根，瑪莉娜・葛林
主旨：回覆：晚餐！！！

我是艾德（遇到回電郵之類的事，蘇的表現一向很落漆），共進晚餐的提議真是太好了，希望瑪莉娜與戴夫也同樣熱切期盼。佛羅里達州的陽光似乎是許久以前的事了，對吧？也許各位女孩們可以考慮穿上泳衣當作懷念，我也一如往常、樂意為大家幫忙擦防曬乳，這種工作很辛苦，但總是得有人扛下來才行！我會帶瑪格麗特的配料過去。

之後見囉。

艾德
獻上親親

由我的iPhone所傳送

3

艾德的對手慌慌張張、就是攔不住他的過網急墜球，他立刻偷偷為自己輕聲讚嘆，「耶！」他轉身去拿圍牆邊的球，忍不住握緊拳頭。現在是決勝盤，他的發球局，四十比十五，要是能守住發球局，就能以四比三領先對手。

他把網球塞進短褲口袋裡面，準備彈發另外一顆。

他低聲，「來啊！」

艾德其實不太清楚這位球友的背景。可能是叫賽門或是什麼其他名字吧，職業是買賣頂級房車。重點是，在俱樂部的單打排名中，他比艾德高了三階，也就是說，只要能再打贏兩三場比賽，就能得到非常寶貴的成果，這傢伙態度還算友善，而且截至目前為止，比賽氣氛一直很和氣，不過，艾德在準備發球的時候，瞄了一下對方，可以看得出那個不確定是否叫賽門的傢伙有多麼想贏球。

艾德心想，但這種程度還不夠看，比不上我的鬥志，所以我等一下鐵定會給你好看。

他瞄了一下蘇，她坐在俱樂部外頭的某張休閒桌前面。她並沒有在看他比賽，太可惜了，因為他覺得自己等一下會發球得分，真希望她能夠現場見證。

他的第一球發得太遠了，落在邊線外一英尺的地方。

那個車商大吼，「出界！」

混蛋。

第二次的發球飛得太高，而且速度太慢，反彈之後，對手好整以暇接了下來，輕鬆反擊。艾德看了一下蘇，幸好她沒在觀賽。

那車商又開口，「四十比三十！」

艾德把球撥到運動鞋旁邊，以球拍將它撈起，走回球場後方，嘴巴碎碎唸個不停，「我知道比數……」

「抱歉？」

艾德搖頭，開始彈球。這一次，第一記發球正好落在角落，他大步朝網前的方向走去。

那車商大吼，「出界！」

「什麼？」

他的對手本來已經準備要接下一次的發球，聽到艾德的這句話，立刻停下動作，回頭細看剛才網球的落痕。他聳聳肩，舉起球拍，「好吧，重來。」

艾德死盯著他，望著這不要臉的爛人心不甘情不願回頭就定位、準備再接一次發球。他一直搖頭，彷彿自己個性慷慨不計較，但這傢伙明明就是不老實。

艾德的第一次發球掛網，但第二次發球相當漂亮，他滿心歡喜望著對手失誤回擊、網球猛飛過來，最後落在他底線後方好幾英尺之處，就在那一刻，他立刻握拳叫好。那車商滿是惱怒，頹然放下手中的球拍，艾德趕緊再次張望俱樂部的方向。

「這一局我贏了。」他得意洋洋，中氣十足。

他們坐在休息椅上面，各自打開礦泉水水瓶，望著後方球場的兩名女子在比賽。兩個都快五十了，但艾德覺得其中一個看起來特別風騷，緊身灰色短褲下的屁股依然十分緊實。她名叫卡蘿，在俱樂部舉行的多次聚會場合當中，她與艾德曾經打情罵俏，說出了頗為露骨的話。而且，後來有人告訴他，卡蘿雖然是第七小組某個笨蛋的老婆，但她還是和俱樂部會長搞上了床，自從他知道這件事情之後，與她調情就變得更加香豔刺激。

那車商先開口，「真是賞心悅目啊。」

艾德看到那個身上多掛了十幾公斤贅肉的車商依然氣喘不止，大汗淋漓，不禁得意洋洋，「根據我聽來的八卦，」他繼續說道，「要搞到她也不難。」

「真的嗎？」

他們盯著那女子，她彎身撿了兩顆散落在地上的球，然後又回到自己的底線。等到她準備發球的時候，艾德對那車商點點頭，挑眉，偷瞄了一下她挺身發球時露出的結實腹肚，真是令人驚豔。

艾德猛灌了一大口礦泉水。

「嗯，你生意怎麼樣？」那車商問道，「你是在出版界工作吧？」

艾德在「麥可唐納與休斯」擔任業務代表，這是間專門出版學術書籍與科技使用手冊的中型出版商，在過去這三個月當中，已經有兩名同事遭到解雇。他把水瓶丟回袋中，開始回話，對，我在出版界工作，而且書市一片榮景。

「我一直抽不出時間看書，」那車商回道，「只能趁休假的時候看個兩三本懸疑小說而已，你知道，就像是傑佛瑞．阿撤或是弗德列克．佛爾賽這些人的作品。寫傑克．雷恩系列的那個傢伙，叫什麼名字來著？」

艾德不知道對方說的到底是誰。他雙手扠腰，來回轉身，顧左右而言他，「我只是純粹愛書罷了。」

其實，艾德最討厭書了，他痛恨每天都得從自己後車廂裡面扛進扛出的那一箱箱東西，得把它們送到他媽的全英國的每一個角落，每次只要業務部有人被炒魷魚，他負責的範圍就變得越來越大。當然，他知道這種趨勢在所難免，他所身處的這個產業一定會被網路傷得很重。現在到底還有誰會想要那大部頭的百科全書、字典、科技使用手冊？電腦上不是有一堆免費的來源？拜託，連手機都很方便。

當大家都在聽MP3的時代，他依然堅持使用卡式錄音帶，不到最後一刻絕不放棄。

感謝老天，他一直是那種能夠嗅出風向的人，永遠比別人早一步知道趨勢，雖然，他知道自己會是最後一個被裁的人，但他已經開始提前找尋其他出路，小心試探別人的口風。目前還沒有人上鉤，但他信心十足，一定能夠在被炒魷魚之前跳槽，他依然在等待一兩個熟人回報消息，而且還有好幾條值得繼續盯下去的新人脈。他會在下週初與某人見面，應該是頗有機會。

「好，我們把比賽打完吧？」那個車商拿起球拍，以球框前緣輕敲手根。

他們回到了球場。

艾德心想，「看我怎麼收拾你。」

他走到底線後面，卡蘿正在圍欄的另外一頭忙著整理網球，兩人之間的距離不過只有幾英尺而已。他迅速瞄了一眼依然坐在原位的蘇之後，才開口講話，「卡蘿，妳贏了嗎？」

她轉身微笑，「才剛贏球，」她接著反問，「你呢？」

艾德趨前，十指扣住圍欄，「哦，我快贏了，但如果妳繼續這樣彎著身子，我覺得我可能會沒辦法集中精神。」

那個車商在他背後大吼，「好，現在是四比三！」

艾德對卡蘿眨眨眼，轉身過去，看到他的對手正在不斷跳躍，準備發球，一對男乳晃啊晃的。艾德舉起球拍，示意自己準備好了，然後，他彎膝，努力集中精神。他決定不管接下來那顆球發到什麼地方，他一定要大喊「出界」，還有，卡蘿不但屁股很翹，就連那對奶子也一樣令人垂涎三尺。

蘇．唐寧慢條斯理翻閱她在俱樂部裡找到的《每日郵報》，一邊在偷聽鄰近桌區某兩個女人的無腦閒談，她隨意亂瞄新聞照片與標題，幾乎看不下任何內容，她展現出好妻子的模樣，靜靜等待，期盼先生能夠贏球。

從她的位置可以看到球場上那兩人的肢體動作，看來是勝利在望。

真是讓人鬆了一口氣……

要是艾德輸球的話，原本就讓她憂心忡忡的夜晚，將會變得更難熬。只要是他打網球、玩撲克牌……或是參加任何比賽落敗的話，惡劣的心情就會持續好幾個小時之久。他答應別人、開去克勞利一起吃晚餐的恐怖車程已經讓她頭疼不已，要是再聽到他那幼稚的不爽抱怨，她還真是無法想像會是什麼景況，但話說回來，就算他贏球——他也會不斷回味自己勝績的精華——其實也沒好到哪裡去。

「蘇，我這一場打得超漂亮。無論是攔截、回擊落地球，只要是妳想得到的招式，我都發揮得淋漓盡致，彷彿我一切看在眼裡……，妳知道我的意思吧？」

蘇看得出來，他真的一直盯著隔壁球場的那個老蕩婦。現在她早就不把這種事放在心上了，老實說，她只把它當成笑話，而且老公搞這種名堂也的確是意料中事，等待適當時機、講話放冷箭的這段過程，也會讓她興致昂然。搞不好她可以在夏日烤肉會的時候、對那女人的先生咬耳朵，讓他知道在上個月猜謎之夜的時候，他太太躲在俱樂部後方、趴跪在地，到底是幹了什麼好事。當然，她也隨時找得到機會與俱樂部會長的太太閒話家常，再不她也可以乾脆自告奮勇幫忙準備飲料，在那個老蕩婦的潘趣酒裡面吐口水。

各式各樣的樂趣，正等在她的面前。

附近有名女子聽到同伴講的話，爆出大笑。蘇的目光飄過去，兩人四目相接，蘇也微笑打招呼，「天氣真好，對吧？」

那女子回道，「的確很棒。」

她回頭望向網球場。艾德看著球落在邊線附近，大叫出界，而在他後方球場、身著灰色運動褲的那名女子，高舉著球拍、看著高吊球飛過距離拍頂上緣數英寸的地方，發出了尖叫。

蘇也回她，「衷心期盼今年有個美好夏日。」

拜託，他們念預科學校的時候就在一起了——如今已長達二十五年——而且兩人結婚也二十二年了。到了這種階段，蘇已經了然於心，艾德就是得要搞七捻三。他要靠施展自己的天生魅力來證明自己，她當然也沒那麼天真，以為他在這二十多年當中從來沒有偷吃過。她知道他渴望偶爾冒險一下，她也樂見其成，因為過了這些年之後，她也開始慢慢相信，這類事件的確讓他們的婚姻更加美滿。其實，蘇不禁在想，萬一哪天艾德醒來，覺得自己已經完全失去性魅力的時候，他們兩人的生活不知道會變成什麼樣子。老實說，這種講法對他並不公平，因為她知道在絕大多數的狀況下，只要是女人都會被他迷得團團轉。她知道安琪一開始就煞到他了，蠢女人，一聽到那些艾德的爛笑話與聲音就會忍不住臉紅，癡笑不停。至於瑪莉娜，她就沒那麼篤定，比較難摸清她的心思，但如果說她也煞到艾德的話，倒也不令人意外。

艾德一定覺得瑪莉娜很性感。當然，早在他們當初度假的時候，他與蘇就曾經討論過了，而自從他們接到那個共聚晚餐的邀約之後，這個話題也出現了好幾次。

她先前根本不知道這件事，等到她發現的時候，已經太遲了。

在佛羅里達州的時候，當然一切都十分圓滿，在那兩個禮拜的假期當中，絕大多數的時候都是歡樂不斷。不過，蘇完全不想再看到他們當中的任何一個人。當初自己之所以會講出那些客套話，拜託，也只是不想失禮而已，加上她又是個性拘謹的英國人，但絕對不會有人把那種話當一回事。

我們一定要保持聯絡……明年還要再來……感覺我們已經成了好友。

蘇發現艾德私自攔截了安琪寄來的電郵，而且還回覆一定出席，兩人小吵了一架。

她當時是這麼抱怨的，「這種事一直是惡夢。」

「我們以前從來沒有做過這種事。」

「一定大有原因。」

「拜託，我們六個人相處得很融洽，妳說是不是？」

「我們不需要跟別人……綁在一起。」

「誰要綁在一起？只是共進一頓晚餐而已。」

「一群人正好在海邊或游泳池之類的地方混在一起，當了幾天的好朋友，但這樣應該也就夠了，並不表示必須要再來一次。如果刻意要重聚，也不可能會跟當初一樣，那就像是一夜情……」

最後一句話讓艾德露出微笑，他突然抓住這個話題，而原本爭吵的火氣也立刻煙消雲散。當然，蘇永遠不懂一夜情，還是兩夜或三夜情是什麼滋味。與艾德在一起的這二十五年當中──「天，打從我們在伯明罕的操場交換濫情小字條的那一刻開始」──她從來沒有遇過這種機會，或者，就算有吧，她也絲毫未覺。

她收好報紙，開始捫心自問，真的是這樣嗎？難道她只是純粹害怕踰矩而已？或者，在她的內心深處，其實早已對現實有所體認，她願意忍受艾德的婚外情與四處放電，但他可能會像自己一樣這麼寬容嗎？

儘管如此，她還是遠遠比他來得堅強。

她的目光飄向球場，看到那兩個人走向中間的隔網，艾德一馬當先，最後那幾碼還是快步跑過去的，然後，他站在網前，伸手過去。

感謝老天……

球場上的那兩個男人開始收拾自己的東西，她也站起來，看著他們走向大門。艾德舉起球拍，她也揮手打招呼。不過，她還得再等一會兒，基於禮貌，他必須請球友喝一杯，讓他可以洋洋得意個半小時。

她附近某桌的女客人一看到那兩個男人走過來，立刻轉頭看著她。

其中一個開口問道，「妳先生啊？」

「嗯。」

「哪一個？」

她露出微笑。妳的意思是，禿頭的胖子？還是那個妳希望能共枕同眠的高大帥哥？

「贏球的那一個。」

4

大家還沒時間拿起菜單端詳，艾德已經自告奮勇為大家點餐。就算有哪個人有更好的提議，也都憋在肚子裡，不願說出口。男士們的開喝飲品是大杯的當地「陸鯊」淡啤酒，女士們則共享一壺霜凍瑪格麗特。過了幾分鐘之後，女服務生來了——她告訴大家她名叫崔西，還把自己的名字寫在紙質桌巾上面，以免大家等一下就忘了，而且，在最後一個字母i上方的那一點，還刻意畫成愛心狀——她送上了一大盤綜合開胃菜。十幾隻的水牛城辣雞翅、淋滿莎莎醬與融化起司的玉米脆餅、牡蠣餅、炸蛤條以及炸蝦球。

瑪莉娜說道，「這裡餐點的份量總是很驚人。」

「所以最好等一下再吃，」艾德接口，「先點前菜吧。」

巴利拿了一隻雞翅，「嗯，你果然是旅遊行家。」

他們坐在陽台的大桌，距離吧檯很近。吧檯貼滿了鈔票作為裝飾品——共有好幾百張，滿意的客人以麥克筆草草寫下心得：這裡有全城最棒的瑪格麗特！鮑伯與瑪莎向你們致敬；多謝熱誠款待，還有超級美味的鮮魚捲餅，獻上兩次小親親。現在的溫度與中午相比，也只不過降了一兩度而已，而寥寥幾座風扇發揮的效果也相當有限。遠方角落有個吉他手——白人，綁了一頭雷鬼辮——他坐在凳子上，與他附近的客人互開玩笑，彈奏不傷耳的名家作品：保羅．賽門、鮑伯．馬利、披頭四等等。音樂聲響震天，所以他們必須挨近彼此、拉高音量才能聊天。

「如果你真要問我好好度假的訣竅，其實就是在出發前先讓它稍微消風一下，」艾德拍了拍鮭魚紅短袖襯衫底下的肚子，「節食個一兩週，然後確保自己在這裡的時候一定要做運動，打一下高爾夫球或是網球什麼的。」

蘇跟著接口，「我是盡量每天游泳。」

戴夫回道，「我也是。」

艾德挨過去，「所以你很會游囉？那我們在游泳池見了。」

「其實我比較喜歡海邊，」戴夫回道，「不過，好啊……」

「妳根本不用減重嘛，」安琪對蘇說道，「妳身上完全沒有贅肉。」

蘇穿了件白淨的繞頸式洋裝，襯托出她的纖細身材，也驕傲展現了美麗的古銅色雙肩，一頭褐色長髮，以大髮夾高高盤起。她將一綹鬆脫的髮絲塞到耳後，微笑回道，「我就是喜歡游泳罷了。」

吉他手演唱完畢，宣布要休息片刻，大家也客氣鼓掌回應。瑪莉娜堅持自己很喜歡這種音樂，但也坦承不需大吼大叫聊天真是太好了。巴利喝完了啤酒，所以艾德趁崔西經過的時候、對她招手致意，又為巴利點了一杯。

「好，」艾德的雙掌不斷敲擊桌緣，目光飄過了每一個人的臉龐，「大家是怎麼認識的？這話題永遠是個好開場。」

安琪望著坐在另外一頭的巴利，當初他們進來要入座的時候，艾德特別交代大家，「都已經是夫妻了，幹嘛要坐在一起！」

巴利回道，「我們的故事很精采。」

「當初我家裡因為需要稍做整修，所以認識了他，」安琪拿起雞尾酒酒壺，為自己斟滿了酒，「十年前吧？」她又望著巴利，但他只是聳肩，根本不確定，「巴利是我的建築包商。」

其他人很配合，發出流露驚訝與好奇的喧鬧聲響。

「她要找人報價，所以你就給了她一個數目，」艾德話中有話，自己得意哈哈大笑，然後又對巴利眨眨眼，「對不對？」

「一開始動工，我們就經常約會，」安琪盯著自己的飲料，拿吸管攪拌個不停，「我們都有過慘痛的分手經驗，也都有小孩什麼的，我覺得，我們彼此都需要可以哭泣倚靠的肩膀，」她抬起頭來，「所以，就這樣了。」

「收工的那一天，我有了第二任老婆……」巴利的話刻意只講了一半，立刻望向安琪，而她已經準備好了顯然曾經表演多次的精華結語。

安琪說出自己的標準台詞，「而我拿到了百分之五十的外推擴建工程折扣。」

大家哄堂大笑，瑪莉娜接口，「只有百分之五十哦？」大家被逗得更開心了。

戴夫與瑪莉娜一直在餐桌上手牽手。他突然對她示意了一下，她將自己的手提包交給他，他從裡頭取出一個藍色的吸入器。艾德看著他搖晃了好幾下，開口問道，「借問一下，這是不是氣喘之類的病啊？」

戴夫點點頭，吸了一大口。

巴利問道，「是類固醇之類的東西嗎？」

「算是吧……」

「這種藥物會害你蛋蛋變小對吧？」艾德說道，「最後那兩顆就會跟麥提莎巧克力小球一樣。」

瑪莉娜回道，「我倒是沒發現呢。」這句話引來所有女伴哈哈大笑。

「嗯，你們呢？」安琪回問，「你們兩個結婚多久了？」

「我們還沒結，」戴夫立刻開口，「我們打算等生活更上軌道之後再結婚。」他挨向瑪莉娜，給了她一個飛吻，「寶貝，妳說是不是？」

瑪莉娜點頭甜笑，又面向安琪，「老實說，我們認識的原因很無趣，」她繼續說道，「就是參加派對而已。天，戴夫，什麼時候的事啊？」

「快要兩年半了，」他對著瑪莉娜微笑，伸手搓拉參差不齊的山羊鬍，「十月的時候。」

「真了不起！」安琪讚嘆完之後，立刻對巴利擺臉色。

蘇也挨向桌前，戳了一下艾德的手臂，「你記得我們認識是幾月的時候嗎？」

艾德回道，「我只知道那是妳的幸運日。」

「嗯，真的是好久以前的事了。」

「我想我與蘇的紀錄一定能打敗各位，」艾德喝了一大口啤酒，舔弄嘴唇，嘖嘖有聲，「我們在一起已經二十五年了。」

瑪莉娜大呼，「真的假的！」

「結婚二十二年了。」

巴利驚嘆，「哇靠！」

艾德往後一靠，雙臂環胸，「好，如果這樣還不能贏得什麼長期服務的獎章，我也不知道還有什麼天理了。」

蘇面向安琪，搖搖頭，「這混蛋真不要臉。」

安琪說道，「你們那時候都還是小孩吧。」

「我們那時候都還在預科學校念書，」蘇鼓起腮幫子，「好久以前的事了，」她慢條斯理，將玉米脆餅咬了一半，「我的朋友幾乎都被他約過了，最後才輪到我。」

艾德回道，「還不都是因為她假仙，故作姿態。」

「你們的學校在哪裡？」

「伯明罕。」蘇講完之後，將剩下的玉米脆餅送入口中。

「哦，我就覺得我聽得出你們的口音。」

艾德傾身向前，拉高音量，「這位小朋友，你好~不好啊？」安琪哈哈大笑，他又挨身過去，把最後一隻雞翅送到她面前，「這東西正港好吃，對吼？」

「我們在十二年前搬到倫敦，」蘇繼續說道，「當時有家公司找艾德去上班。」

戴夫問道，「艾德，你的職業是？」

艾德把手指上的醬汁舔乾淨，「出版業。」

「似乎很有意思。」

「我才剛買了Kindle之類的產品，」安琪說道，「棒透了，你就是在做這個嗎？」

艾德似乎沒聽到，因為隔壁桌談笑與酒杯碰撞的聲響蓋過了她的提問，他的下巴朝戴夫點了一下，「好，那你又在搞哪一行？」

「電腦業，」戴夫悶哼一聲，又咯咯笑個不停，「很無趣的工作。」

「才不呢，」瑪莉娜面向安琪，「你們家的小孩很愛電玩遊戲吧？」

安琪回道，「他們死黏著不放，根本沒辦法把他們從電腦前拖走。」

「我想當中的某些電玩一定包含了戴夫的貢獻。」

安琪驚嘆，「哇！」

「那你呢？」艾德又向巴利點點頭，「還是待在建築產業？」

「那是他自己的公司，」安琪回道，「嗯，就是家族企業。」

蘇開口問她，「妳有上班嗎？」

安琪搖搖頭，「哦，除非圍著兩個小孩團團轉也能算是工作的話……」她哈哈大笑，再次拿起酒壺，把剩下的那一丁點瑪格麗特倒進自己的酒杯裡，「我是被老公養的女人。」

蘇回道，「我覺得這樣很好。」

「才怪。」艾德低聲嘀咕，又望著巴利與戴夫，等待他們做出反應。

安琪反問，「妳呢？」

「我在教書。」

「托兒所還是小學？」

「哦，那是所私校，所以是四到八年級，學生的年紀從九歲到十三歲不等。」

「聽起來是很辛苦的工作。」

「有時候的確如此。」

「不過，可以休長假啊，」安琪回道，「對不對？」

蘇只是點點頭，隨即盯著瑪莉娜，過了好幾秒鐘之後，她才發覺對方希望她也能加入這個話題。

「哦……目前這個階段，我算是在找尋方向，」瑪莉娜回道，「我在某間牙醫診所當兼職櫃檯小姐，但其實我有其他的人生目標。」

「瑪莉娜在寫小說，也在演戲，」戴夫說道，「那才是她的志業。」

瑪莉娜嗆他，「閉嘴啦！」而且還開玩笑推了一下他的肩膀，但她對於能討論這個話題似乎是開心得不得了。「我只是在上表演課而已，也寫了好幾篇短篇小說，但沒有讓別人看過。」

戴夫開口，「我有看過，寫得超好。」

「但你的評語不準，因為我們兩個是性伴侶。」

安琪與蘇哈哈大笑，安琪指了指艾德，「好，妳現在認識了出版界人士，」她繼續說道，「誰知道呢，搞不好以後妳會變成下一個Ｊ．Ｋ．羅琳之類的大作家。」

瑪莉娜回道，「我覺得不可能啦。」

「妳都寫什麼樣的東西？」艾德湊過去問她，「當然，我沒辦法給妳任何承諾，但搞不好可以為妳指點出正確的方向。」

崔西到了他們的桌邊，詢問大家是否滿意。艾德回道，所有的餐點都很棒，表現一如往常。

崔西回道，太好了，然後一臉雀躍，詢問是否可以清理一下桌面。等到她再次轉身離開，其中一隻手臂已經疊滿了骯髒的杯盤，就在這個時候，某名年輕女孩站在桌旁。

她身穿短褲與運動鞋，亮晶晶的粉紅色上衣沒辦法蓋住全部的肚子，一頭深色頭髮後梳，以亮粉紅色的大腸髮圈牢牢固定住。她伸手拉耳朵，盯著他們不放。

瑪莉娜開口打招呼，「嗨！」

安琪也一樣，「哈囉！」她認出了這個女孩，他們先前看過，就在鵜鶘棕櫚度假村的游泳池裡面。

「妳沒事吧？」蘇四處張望，終於在下面的人行道看到了女孩母親的蹤影。那名女子正在與某名背對餐廳的黑髮男子講話，對方看來體格強健，蘇最多也只能看到他T恤袖口下方、滿佈手臂的刺青。從那女子的手勢看來，她的態度相當悠閒自在——指間夾了根尚未點燃的香菸——而另外一隻手則隨意擱在那男子的臂膀上，然後又移到他的胸肌。蘇推了一下瑪莉娜，側頭面向街道，低聲說道，「在那裡……」

女孩開口問道，「你們從哪裡來的？」她的聲音音頻特別高，而且還充滿鼻音。

「我們來自英國，」安琪說道，「妳呢？」

「美國，」女孩皺眉，「我不是英國人。」

「嗯……」

女孩趨前，雙手握住了桌緣，「不過我在電視上看過英國哦。」她緩緩點頭，目光低垂，等到她再次抬頭的時候，臉龐綻露燦爛微笑。「王子與公主在裡面長滿樹木的教堂裡結婚的時候，全世界的國王與皇后都跑到那裡觀看婚禮。」她望著大家，但當她講話的時候，目光卻落在戴夫頭上約六英寸左右的地方，而他的位置是距離她最遠的那一頭，「那是我最喜歡的表演，我們把它存在數位錄放影機裡面，所以我什麼時候想看都可以哦。」

瑪莉娜回道，「真好。」

艾德開始反覆摺弄紙巾，巴利則是緩緩啜飲啤酒，蘇則在眺望街道，她發現女孩的母親焦急四處張望，已經準備要張嘴大喊。而就在這個時候，她正好抬頭，所以蘇與瑪莉娜趕緊對她揮揮手，那女子看到了女兒，雙手一攤，如釋重負，又無奈搖搖頭。

剛才與她聊天的那名男子已經不見蹤影。

她以小跑步伐奔上階梯，進入陽台區，立刻朝他們那一桌走去。她把雙手放在女孩的肩頭，而她女兒的個頭還比她高了好幾英寸。

「嗨，親愛的……」那女子的聲音低沉沙啞，操持南方口音，「我告訴過妳要待在我身邊，有沒有？」她對著最靠近自己身旁的蘇點頭致意，「希望她沒有給各位造成麻煩。」

「別擔心，完全不礙事。」

「大家一定看得出來，她很容易過度興奮。」

「沒關係。」

「其實，我們一直待在喬治亞州，好久沒出門了，」她面露微笑，不斷搓揉女孩的上臂，彷彿覺得女兒會受涼一樣。「反正，謝謝各位這麼寬容，也祝福大家有個美好的夜晚……親愛的，現在，我們就讓大家繼續用餐，妳說好不好？」

「他們從英國來的，」女孩說道，「就和我們看到的電視節目一樣。」

「好，那就這樣了。」那女子咧嘴一笑，面紅耳赤，隨即轉身把女孩帶開、步下階梯。

大家陷入沉默，沒有人想得出破冰的話題，就在這個時候，崔西再次現身，詢問大家要點什麼主菜。艾德的建議是鮮魚捲餅，而戴夫也從善如流。安琪與巴利選擇漢堡配炸地瓜，蘇說她不需要點主菜，因為她還想留點肚子給甜點，而瑪莉娜也隨後跟進。安琪詢問大家是否要喝點紅酒，所以由艾德挑酒，點了兩瓶讓大家共享，而巴利想要再來一杯啤酒。

崔西回道，「我馬上就過來。」

「好，」艾德傾身向前，稍微壓低聲音，「是不是有誰也覺得那女孩有點……」

戴夫發出嗯哼聲，點點頭。

「我不知道什麼才是合適措辭，」安琪說道，「最近大家是怎麼說的？」

巴利回道，「智障。」

安琪回他，「我覺得你這樣講很不妥當。」

「不要看我，」艾德聳肩，「在我念書的那個時代，我們講得更難聽。」

「我覺得美國人的確有他們的說法，」巴利說道，「我看過電視上有人在講『心智遲緩』。」

「又一個愚蠢的做作措辭，」艾德回道，「就跟『關聯性』與『竊盜行為』之類的字眼一樣，多此一舉。」

「沒錯，」戴夫說道，「我也很討厭。」

「不過，大家應該要同情那媽媽才是，」安琪回道，「看來似乎是沒有丈夫在身邊幫忙。」

蘇回道，「我覺得她看起來倒是挺自在的。」

之後，大家幾乎沒怎麼說話。飲料終於上來了，艾德試了一下紅酒，告訴崔西沒問題，隨即為大家斟酒。他告訴瑪莉娜，「需要我停手的時候，跟我說一聲。」瑪莉娜乖乖照做，差不多了就對他示意，但他卻哈哈大笑，繼續倒酒，根本不理她。

他笑道，「我們在度假嘛。」

安琪把自己的酒杯推過去，「這我就不跟你爭了。」

「好，等一下有沒有人想去別的地方？」艾德問道，「往海灘的方向再走一點，有間很棒的小酒吧。」

戴夫望著瑪莉娜，「如果妳想去，我一定奉陪。」

巴利回道，「我再想想看。」

蘇反問他，「我們何不好好聽音樂就是了？」

「隨便你囉。」艾德的下巴朝餐廳角落點了一下，吉他手再次回座，開始調音，「等一下會有某個特別的樂團上陣，要是妳喜歡的話，可以跳舞。」他咬住下唇，開始在座位裡作勢扭動，惹得安琪與戴夫哈哈大笑，艾德瞇眼，目光飄向蘇的方向，他開口說道，「有些人就是不知道該怎麼享受生活。」

寄件者：瑪莉娜．葛林
日期：英國夏日時間五月十八日 17:31:01
收件者：安琪拉．芬尼根
副本收件者：蘇珊．唐寧與艾德．唐寧
主旨：回覆：晚餐！！！

五月十六日 17:31，安琪拉．芬尼根寫道：
《所以，我和巴利希望你們四位能在六月四日的那個週六過來晚餐。》

安琪：

這個提議真是太棒了，十分感謝妳的費心安排，能夠到府上拜訪，戴夫與我都十分雀躍。不過，關於比基尼，我就不確定這算不算好提議（艾德，好樣的！）吃了這麼多的油炸物與蟹肉餅，害我多了幾磅贅肉，目前還在努力消腫。但為了妳的麵包奶油布丁，我倒是可能會破例一下，聽起來似乎十分美味。

已經迫不及待與大家見面了。

之後見囉，希望我們帶什麼過去，請直說無妨。

獻上親愛的擁吻

瑪莉娜，加上三次小親親

5

每到了星期六早晨，戴夫就會開車載著她、前往布里克斯頓，把她丟在市政廳後面的小劇院，然後，找地方停車。他習慣在艾克萊路買新鮮蔬果，在亞特蘭提路的某間酒吧喝咖啡看報，等到她上完課之後再回去接人。他們會一起走回布里克斯頓的市場，要是天氣不錯的話，會繼續閒晃一下。有的時候，他們會買牙買加紅帶啤酒、搭配從市場小攤買的牙買加煙燻辣雞，但大多數的時候，他們習慣在位於某間拱門道的小披薩店解決午餐。

那就是他們星期六早晨的活動。自從瑪莉娜開始上課之後，那一年幾乎都是以這樣的方式度過週末，兩人都很喜歡這樣的生活日常。

瑪莉娜待在大家共用的小小更衣室，慢條斯理脫掉運動褲與球鞋，同時向準備要去喝一杯的那些同學道再見。他們不會開口邀她，因為他們知道她另有計畫，她一向如此，直接對大家說，下週見了。每到這個時候，她總是期盼能在戴夫來接她之前、與他們的表演戲劇老師菲力普獨處個幾分鐘，所以，看到其他同學陸續離開，總讓她竊喜不已。

她湊到鏡子面前，覺得好納悶，明明周邊的燈泡有兩盞不見了，為什麼沒有人動手處理？她抓起一把頭髮、移到燈源前仔細端詳，髮尾也該要重新整染了。

「妳堅持要染紅色嗎？」

瑪莉娜發現她同學特瑞絲走到她背後、蹲下身子，硬是要和她一起使用鏡子。

「還拿不定主意。」

「紅色好看，」特瑞絲回道，「但妳可以隨時嘗鮮一下啊，紫色怎麼樣？」

「金黃色呢？」

「一定超美，」特瑞絲回道，「嗯，那個顏色跟妳很搭，有創意。」她以手指整理了一下自己的頭髮，還說自己得趕快閃了。她吻了瑪莉娜的臉頰之後，隨即離去。

瑪莉娜繼續盯著鏡中的自己，其實她對這想法並沒有十足的把握，而且，她更懷疑特瑞絲怎麼可能會在乎她的髮型到底美不美。最近這幾個禮拜，她們一起搭檔了多次的即興演出，瑪莉娜開始覺得特瑞絲一上了舞台就會拚命搶鋒頭，拚命要吸引別人的目光，真的沒必要搞成這樣。

她本想找菲力普好好談一談，但仔細考慮之後還是作罷。她不想被人當成是愛抱怨或是性喜競爭的人，而且，他應該老早就看在眼裡了。

老實說，她覺得金黃色應該不錯，來點變化也好。不知道在重聚晚宴的下午，是不是能夠預約到時段整理頭髮？她開始在包包裡撈手機，打開手機蓋之後，卻又把它丟回包包裡。就算髮型設計師有空檔好了，造型染髮也得花費將近一百英鎊，戴夫與她正在存錢，現在不是時候。

他們想要找到更好的居住空間，不想繼續住在森丘的兩房小屋。

她很清楚，戴夫要是知道她的念頭，一定會勸她別多想，直接去染髮吧，他會告訴她，不要緊，「小瑪，演員不就是應該要引人注目嗎？」然後，他會捏捏她的手，「只要能讓妳發光發熱，都是好事，妳說對不對？」

她看到鏡中的自己展露笑顏，因為她想到了他。他的微笑，講話的聲音，還有他緊張或興奮時微微結巴的姿態。也許，趁今天一起走去市場的時候，她就會隨口提起染髮的事。

「只是覺得今晚有新髮型應該會很好玩，但我知道這價錢超級貴的……」

再看看他怎麼想囉。

一想到那頓晚餐邀約，她這才發現他們還沒有討論要穿什麼衣服。當然，這泰半要看其他人費心打扮的程度而定，但除非等到大家都現身，否則也無法知道答案。她猜安琪會稍做打扮，然後硬逼巴利也要配合。至於艾德呢，不需要別人催促，自己就會搞得十分花俏，而蘇就是那種明明拚命打扮、但表面上卻看不出任何痕跡的那種人。狀況十分複雜，很難決定該穿什麼好，但她與戴夫通常還是能夠討論出解決方案。

嗯，其實是戴夫問她，她直接告訴他該怎麼穿。

她又笑了，隨後拿起自己的包包，關燈離開。

她走進小小的觀眾區，菲力普整個人靠在舞台，正在與特瑞絲交談，瑪莉娜看到這場景就怒了，特瑞絲不是講說要閃人嗎？反正，她嘴巴是這樣講，但顯然只是在找適當時機出手、霸住菲力普不放。

特瑞絲伸出食指，一分鐘就好。瑪莉娜微笑，雙手一攤，彷彿在告訴她不要緊。

她走到窗邊，確定已經聽不到特瑞絲與菲力普的談話之後，開始思索輪到她的時候、該怎麼把事情講出來比較好。他們正在準備期末演出，菲力普在每個禮拜都讓大家做即興表演。現在，只剩下六個禮拜了，但找不出任何「頭緒」，根本沒有，雖然只是給親友觀賞的兩場午餐演出，不過，你永遠不知道有誰會坐在那裡看戲，而且把握機會發光發亮，也沒什麼不對吧？

「妳應該要努力搶鋒頭才是，」戴夫曾經這麼告訴過她，其實，他老是把這句話掛在嘴邊，「除非知道自己已經到達盡善盡美的境界，否則這麼做也不算太過分。」

我只是想要確定自己這樣的練習沒有問題。我只是想要詢問，你是不是還有什麼其他的訓練重點？我有沒有需要改善的地方……

瑪莉娜發現他們講話的節奏出現變化，已經接近尾聲，她轉身，慢慢朝舞台走去。特瑞絲與她擦肩而過的時候，她還向對方點點頭，而菲力普正忙著把筆記本收進了自己的肩包裡。

他揚起目光，搖搖頭，「真的很抱歉，瑪莉娜，但我現在真的大遲到了，」他把包包揹到肩上，「能不能等到下禮拜？」

她立刻點頭回道，「當然，沒問題。」

「真的嗎？」

「是啊，不是什麼要緊的事。」

「太好了，那就再見囉。」他本來已經走過她身旁、朝大門方向而去，但卻突然轉身，「對了，今天表演得很不錯，妳自己知道嗎？」

「真的嗎？」天，這就是她想要聽到的話，「有沒有什麼我可以改善的——？」

但菲力普已經說出「下週見」，推門離開了教室。

瑪莉娜站在原地不動，聆聽他走向劇場大門的腳步聲。過了幾分鐘之後，門廳那裡傳來了噪動。表演課結束了，再過十五分鐘，就輪到五十多歲族群的舞蹈健身課程登場。

她看了一下手錶。

她走回更衣室，第一批中年舞者已經開始換裝，其中一人問她還好嗎？她拉了某張椅子、放到鏡前，開始坐下來卸妝。

這個時候，戴夫八成已經在外頭等她了，但她不想讓他看到自己剛哭過的模樣。

戴夫．克倫努力嘗試多時，但不禁開始懷疑自己可能永遠沒有辦法好好享受義式濃縮咖啡。對他來說，那實在太濃了，而且，拜託一下好嗎，兩口就喝完了，不過，他卻不敢說出自己真正的想法，因為他知道那些鍾愛義式濃縮咖啡的人士，遠比那些敬謝不敏者的生活更有品味。他的朋友凱文在他們樓下辦公室的義式三明治小餐廳用完午餐之後，總是會來上一杯。戴夫看到他啜飲與忘情呻吟的模樣，總是好生羨慕。他品嚐時所流露出的那一抹得意神色，彷彿把自己當成了純正的義大利人一樣。搞不好凱文也只是假裝喜歡而已，不過，他要是真的那麼虛偽，也只能說他演技超極高明。

「風味絕佳，」凱文一定會說出類似那樣的評語，「果然深得我心。」

戴夫把那愚蠢的小咖啡杯推到一旁，回到櫃檯前面，點了一杯加量香草糖漿的拿鐵。過去這幾個月來，他發現吧檯這傢伙煮咖啡的功力相當不錯，他名叫迪馮，但也可能是迪龍。

「看來外頭天氣很好。」

戴夫回道，「真的很棒。」這絕對是今年最溫暖的日子之一。戴夫身著先前在佛羅里達州穿的工裝短褲，上半身的樂團名稱T恤，是他在朱爾斯．霍蘭德音樂節聽到某團表演時所購買的紀念品。

「今天晚上有沒有什麼特別的活動？」

「就只是和某些朋友共進晚餐，」戴夫說道，「哦，不算是朋友，其實是去度假時認識的人，」他又為自己的咖啡多加了一些糖，「可能會很好玩，但也可能會無聊到爆。」可能叫迪馮或迪龍的那傢伙哈哈大笑，「遇到這種事情的時候，態度一定要拿捏得恰如其分，」他繼續說道，「一切都取決於你的態度。」

戴夫把咖啡帶回自己的餐桌，繼續仔細閱讀他的週六版《衛報》。

老實說，這種報紙帶給他的感覺，簡直就和義式濃縮咖啡差不多。他看了一下運動版的賽事結果，然後是影視專題，只要是與軟體或電腦相關的內容，他絕對不會放過——這是當然的——但至於剩下的部分，他只會隨便瞄一下，尤其是看起來像是新聞或評論的文章，一定跳過去。人生苦短，不需要通透一切。他偶爾會看一下晚間新聞，但他幾乎都是在火車上撿拾別人看過的《晚旗報》或是《地鐵報》來了解社會脈動。光是這樣就足以讓他應付與凱文的互動，與其他人聊天也不成問題。

他有十足的信心，在那個薩拉索塔小圈圈當中，腦袋最好的當然就是非他莫屬。或者，無論遇到了什麼狀況，他也會盡力展現出自己的聰明才智，顯然，他就是沒有辦法忍受愛現的人。

做人就應該要合群，這是最基本的原則。

他把評論版從那疊報紙中抽了出來，塞進自己的肩包裡。他總是會把這一部分留給瑪莉娜，她喜歡細讀書籍與劇場的內容，想知道是否有自己喜愛的書本或是劇場表演。要是她真的想看什麼表演，通常他也很樂意當小跟班，但兩人成行的機會其實並不高。西區的消費水準超貴，所以他們比較常看的是在酒吧樓上舉行的非主流表演，老實說，大部分都是垃圾內容。上次他們看的演出，不過就是一個身著輕薄睡衣的女子、喃喃敘述自己被性侵的故事。

對，他知道那是嚴肅的主題，但他最後二十分鐘還是昏睡過去了。後來，瑪莉娜在酒吧裡狠狠訓了他一頓。

他不知道她為什麼那麼堅持要去看這些鳥不拉嘰的表演。他心裡有數，她之所以會坐在那裡，一心盼望的只是女主角換成她而已，她覺得自己高明多了。

其實，他不知道瑪莉娜是否算得上是正式的演員。當然，他總說朝這方向努力就是了，但他真的沒看過她拿出任何成果，只有幫她對上課的台詞什麼的。寫作的事也一樣，也就是只給他一個人看的那些短篇小說。

他不知道她到底寫得好不好。

癥結在於他並不是個愛看書的人，根本無從比較，反正，他接觸的「小說」不夠多，因為他就算要看書，也只會讀非小說類的東西而已。他偶爾會翻一下怪誕的漫畫小說，但即使是這種作品，他也覺得裡面的字能夠再少一點就更好了。理由也跟他看報的原則一樣，一天哪有那麼多時間？大家在討論假日時看了哪些讀物的時候，他還是會拚命和大家討論這個話題，只不過，他大半只能講出從網路下載電子書的奇怪言論，也不知道為什麼，艾德聽到這個話題的時候總是面露不爽。對了，艾德就是那種喜歡為反對而反對的傢伙。

戴夫最不想看到的人應該就是艾德。

不過，能再次見到蘇與安琪就很開心。

她們個性都非常和善。

巴利個性有些深沉，但對人倒是沒有任何惡意……

他拿湯匙舀出馬克杯裡的最後一抹奶泡，心想不知他們又是怎麼看待他這個人。他仔細回想當初大夥兒共度的時光，以及還有殘留印象的所有對話內容，他覺得大家一定都認為他還不錯，就連艾德也不例外。

畢竟他當時演得好認真。

戴夫看手錶，該過去接瑪莉娜了。他拿起自己的包包，將喝完的馬克杯與水杯放在櫃檯之後，走向大門。

他向吧檯那個不知叫迪馮還是迪龍的傢伙道再見，對方嗯了一下。

6

戴夫站在泳池的淺水區，盯著艾德來回長泳，他已經游了十多趟，不斷小心翼翼避開那個游速比他慢了許多的中年女子，還有那個大概八、九歲的小男孩，他一直把銅板丟進水裡，然後又潛入水中把它撿回來。

每當那男孩緊抓銅板浮出水面的時候，某個躺在日光浴床上面、毛髮濃密的矮小男子就會拍手，大聲呼喊，「提米，該回來了！」

巴利在池畔緩緩散步，雖然他現在已經有了比較勻稱的曬痕，但還是套了件過腰的寬鬆黑色T恤，頭上也戴了草編軟帽，保護後腦勺的禿頭部位。他把手伸進霹靂腰包裡拿出香菸，正準備要點菸的時候，坐在椰子樹底下桌旁的女子開口，「要不要試試看這個？」

巴利轉身，「抱歉？」

那女子坐在她女兒的對面，一邊抽菸，一邊在翻閱雜誌。女孩皺著眉頭、在著色簿上頭塗鴉，而那女子拿起桌上的黃色菸盒、送到他的面前，「這是『美國精神』，」她繼續說道，「純天然成分，真的不唬爛。你知道這牌子吧？」

「嗯，我試試看，」巴利回道，「謝謝。」他走過去，收回自己的菸盒，接下那女子的好意。她靠過去，幫他點燃香菸，今天她穿的是比基尼，一頭金髮塞在白色棒球帽裡面，帽子前緣繡有一個大大的A。

她發現他盯著那頂帽子，「亞特蘭大勇士隊，」她又追問了一句，「你懂棒球嗎？」

「就跟繞圈球一樣吧，」巴利回道，「只是比較複雜一點而已。」

那女子搖搖頭，聽不懂他在說什麼。她把太陽眼鏡推到頭上，伸手貼觸女兒的臂膀，「對了，那天晚上真是謝謝大家這麼包容。」

「小事，」巴利又吸了一大口菸，繼續回道，「狀況也沒妳想的那麼糟糕。」

女孩抬頭，對他眨眨眼，然後又望著她媽媽，開口問道，「媽媽，我什麼時候才可以去游泳？」

「再等一下下好不好？」

「我現在就想去游泳。」

那女子在巴利面前翻了一下白眼，「現在哦，游泳池的人還是有點多，」她繼續說道，「所以妳得要等一會兒。」

「我想要游泳啦。」

「她覺得好熱，」那女子對巴利解釋，「但她可能會有點吵鬧，哎，你也知道……所以我覺得還是等到人少一點的時候再說。」

不知道艾德或戴夫是不是聽到那女子或她女兒所講的話，但艾德游完下一趟之後，停在池邊，而戴夫也從泳池的另一頭起身。戴夫走回自己的日光浴床旁邊，拿起毛巾，又走向巴利、站在他的身邊。艾德直接起身，全身不斷滴水，準備回到自己的休閒桌，他一走到桌前，就開始像狗一樣拚命甩水。

女孩盯著他，張開嘴巴，然後又緩緩閉上。他盯著她，她又低頭看著自己的著色簿。她母親再次拿起自己的菸盒，對著戴夫揮了一下，隨後又向艾德示意，「要不要來一根？」

戴夫回道，「不用了。」

艾德遲疑了一會兒，才開口說道，「我試試看。」

那女子搖出一根菸，遞給艾德，然後又傾身為他點火。從她的笑容看來，她知道艾德的動作很生疏，也就是說，妻子在他身邊的時候，他不太會與其他女子有這樣的互動。巴利接下來說的話，彷彿也證實了她的猜測。他點點頭，開口說道，「你不守規矩……」

艾德聳肩，「怎樣？我在度假嘛……而且這是那種沒有成癮物的產品，對不對？」

那女子點點頭，「沒錯。」

他拉了張破爛的柳編椅、放到桌邊，一屁股坐下去，「這些香菸真的是有益健康，就跟每日蔬果一樣重要。」

他們後頭的那個小孩浮出水面，高舉著銅板，他父親的吼叫聲依然中氣十足。

那女子問道，「所以你們這些男生今天自己玩？」

艾德的下巴朝巴利點了一下，「他老婆去購物中心，」他吸了一大口菸，一邊吐菸氣，一邊開懷大笑，「趕快猛刷信用卡。」

那女子問道，「那裡的東西比較便宜嗎？」

「她想幫小孩買些東西，」巴利說道，「T恤啊什麼的。」

「對，便宜多了。」

艾德又朝戴夫點點頭，「我們的另一半去海邊了。」

戴夫說道，「大概再過一個半小時，她們就會回來這裡，」現在他身上的水珠已經擦得差不多了，他將毛巾披掛在肩上，又回望艾德，「要不要一起去吃午餐？」

艾德回道，「我正有此意。」

那女子捻熄香菸，伸手拿防曬乳，朝手心擠了一點，開始搓揉手臂，「所以你們算是同事之類的關係？」

戴夫回道，「不是。」其他人也跟著搖頭。

「他是裝潢包商，」艾德分別指了一下身邊的那兩個人，「而他是宅男電腦工程師，我是專業賽車手，加兼職男模。」

戴夫哈哈大笑。

巴利損他，「你的全職工作是噁男。」

那女子回道，「你們真是把我搞迷糊了。」

艾德回道，「我只是有點小賤而已。」隨後她才告訴她，自己並不是賽車手。

那個毛髮濃密的矮男走到泳池旁邊，提醒兒子得離開了，因為他們得去吃東西。那小男孩問可不可以再潛下去一次就好，那男人答應了他。而與他們相隔了好幾英尺的那個老女人，正慢慢走上台階，離開了泳池。

「不過你們在英國的時候本來就很熟吧？」

巴利搖頭，戴夫開口，「大家是在這裡才認識的。」

「哇！」那女子開始對著大腿塗抹防曬乳，「所以這就是英國人的團結精神。」

戴夫回道，「嗯，沒錯。」

原本埋首在著色簿裡面的女孩，抬起頭來。

「所以是要來對抗我們美國人啊？」

女孩指了指泳池，「那現在可以了嗎？」

那女子望過去，發現小男孩爬出泳池，現在裡面已經沒有任何人。「嗯，可以囉。」女孩放下鉛筆，起身，表情十分興奮。她身著藍白相間的直條紋連身泳裝，包裹住她的巨乳與腹部的那圈柔軟肥肉，「防曬油塗夠了沒？」

女孩回道，「有啦。」

戴夫、艾德，以及巴利望著那女孩從塑膠袋裡取出蛙鏡、蓋住臉部。女孩的媽媽幫她調整好位置之後，她立刻從桌邊衝出去，伸手拍打大腿暖身，活動十指，等到她到了池邊，她立刻屈膝，掌心緊壓大腿。她伸出雙臂，對著自己不知道說了什麼話，然後，她一無所懼，直接飛撲入水。

戴夫立刻倒抽一口氣，艾德也驚呼，「啊！」

女孩立刻拚命揮舞雙臂、以自由式奮力前進，水花也四處濺飛。划了六下之後，她停下來，把手伸出水面，興奮大叫，「媽媽，快看我啊！」

「那妳呢？」戴夫問道，「有沒有人跟妳一起過來？」

那女子站起來，對自己的女兒揮揮手，她搖頭說道，「沒有，就我跟她而已。」然後，她走向池邊，在距離游泳池畔還有一兩步的地方停下腳步。過了一會兒之後，戴夫跟過去，艾德與巴利捻熄香菸之後，也站到他們的身邊。

大家站在那裡，緊盯著那女孩。

戴夫大讚，「她好厲害。」

「嗯，」那女子回道，「真的。」

女孩舀水、灑向空中，水珠回落在她頭上的時候，她興奮尖叫不已。

巴利哈哈大笑，「看看她的臉。」

艾德回道，「真的是開心得不得了。」

7

都是因為她的微笑，原因就是這麼簡單。

大家書寫這種主題的時候——火車站書店陳列架上的那種紙本書裡的內容，也就是封面上有所謂的禽獸的茫然面孔死盯著你的那類小說——動機就沒這麼直接了當，對嗎？也許這些作家就是需要把它搞得很複雜，立馬證明自己寫出了愚蠢的書。搞不好他們真心以為之所以會發生這類的恐怖事件，的確就是因為某某某小時候曾經被鎖在地窖裡，或是某某某被迫要穿他母親的衣服之類的情節。再不然，他們只是純粹不想承認事實而已，其實，通常犯罪原因非常單純。

某件襯衫的顏色、氣味、微笑……

觸發因子，那些人所套用的就是這個詞彙吧？「心理學家判定這起案件的觸發因子就是這個那個……」我不會拿這個字詞來形容我自己，但至少可以讓你有些基本概念，這種事情來得有多快。

我們還是不要繼續兜圈子了。

這種事情。

事後回想起來，這其實發生在一瞬之間。就在那笑容出現的當下……濕潤的唇面、有點歪的大嘴巴，正好被我看到。不過。那女孩當年的笑容，一定有哪裡不一樣，因為我之前看到的不是這樣。所以，她的微笑變得不一樣，或者，是我變得很不一樣，到底哪個才是真正的原因，我覺得應該不是很重要。要不然，就是雖然我堅持原因很單純，但還是有讓我渾然不覺的其他因素。那天的相遇時刻、天氣、車內廣播電台播放的某首歌曲、所有因素的綜合作用什麼的。我絕對不可能知道答案，這就留給心理醫生與科學家去研究好了，我只能告訴你當下的感受是什麼。

我只能告訴你有關那張笑臉的事。

我不能確定的是，當她認出我的那一刻，我是不是就已經預知了接下來的發展？完全沒有，我記得當時自己心思一片混亂，而且我發覺自己開始冒汗，但不記得有什麼計畫。我只是繼續開車，過沒多久，也就是她上車、又過了幾個紅綠燈之後，我開始有了腹案。她開始咿咿呀呀，問了我十幾個問題，我記得我逐一答覆，但其實腦中想的都是地點還有該如何下手。

我需要理想的地點，也需要知道合理的時機。

說來奇怪，但當我腦中已經組織出全盤計畫——先該在哪裡停車、之後又該去什麼地方之後——我果然冷靜下來了，我覺得這正好符合了我的需求，如此一來，我才能全神貫注，到了關鍵時刻，不會因為情緒而壞事。那個觸發因子，還是什麼鬼名字的那個東西，在在與情緒緊密相連……不過，之後發生的一切，我的態度還滿淡然的，我覺得這是必要的心態，不是嗎？

我在車子裡所做的那些事，還有之後講出的話以及所作所為。

事後回想——當然，我三不五時就會回憶當初的細節——我也捫心自問過，當初是不是可以……避免這一切？嗯，要是她能夠收起那樣的笑容，也許會有機會。當然，這是假設，但依然值得討論一下。我搞不好會在哪個地方放她下車，或者讓她自己慢慢晃回度假村，但她就是笑個不停。

她一直在挑動我的觸發因子。

她一直甜笑，拿起水瓶猛灌了一大口，在我面前滔滔不絕講起她的寵物、朋友，還有她所有的鄰居。

她笑容滿面問我，我們到底要去哪裡？

為什麼要把車停在這裡？

她媽媽人呢？

濕潤的唇面、有點歪的大嘴巴……那樣的微笑，就一直持續到最後一刻。

8

巴利去拜訪了另外一個不爽的客戶，雖然他早上出門的時候樂得差點手舞足蹈，但此刻的心情很難好得起來。由於晚上要吃大餐，所以安琪丟給他的午餐是輕食，她看著巴利面無表情啃完起司三明治與一包洋芋片，那模樣簡直像是想要一心求死。

誠如他最愛掛在嘴邊的其中一句話，臉色「宛若被痛扁一頓的爛屁股」。

安琪倒是一直笑咪咪。老公需要醃漬小菜，她立刻送過去，而且還隨時幫他補滿杯中的健怡可樂。她非常清楚，老公的惡劣心情都是因為與弟弟的的事業合作關係，老是這樣，但她也心裡有數，最好還是什麼都不要說，反正這時候絕口不提就是了。如果要講到那個敏感話題，重點就是要慎選時機，一定要避開地雷。巴利對弟弟的那股悶氣，會立刻遷怒到安琪身上，太可怕了。

巴利的妹妹有次喝得爛醉，滿臉通紅，整個人也變得十分張狂，她當時是這麼告訴安琪的，「他會突然脾氣大暴走，混蛋。我先警告妳了，所以妳皮要繃緊一點。」

「你應該去休息一下，兩三個小時也好，」安琪一邊忙著擦地板，一邊叮嚀他，「不然就乾脆上床小憩。」他悶哼一聲，覺得這提議不錯，不需要安琪繼續慫恿，他已經自動消失，進入了客廳，淡啤酒、巧克力、遙控器，全部都在伸手可及的範圍之內。安琪知道接下來會出現什麼狀況——她張羅一切，而巴利整個下午都只會窩在電視機前面——完全沒有絲毫的罪惡感，但話又說回來，她也不希望他出手幫忙，因為當初是她自己提議要來搞個六人晚餐。

現在廚房裡只有她自己一個人，她打開收音機，轉到第二頻道。

食物已經準備得差不多了。蔬菜洗切完畢，已經放入鍋內，肉醬條均分為六等份，草莓也全部去蒂。煮食雞肉的時間越晚越好，當眾人在大啖餐前小點的時候，雞肉也正好大功告成。

她真正想花時間的是佈置餐桌。

她拿出最好的餐盤與豪華刀叉，還有水晶玻璃杯，擦去杯面上的灰塵，這是她父母在她第一次結婚時的贈禮。她努力回想，上次拿出這些東西到底是什麼時候的事，應該是去年聖誕吧……

那天午餐的開動時間是十一點。乾巴巴的火雞肉、球芽甘藍，還有虛情假意的對話。除了安琪的父母之外，還有巴利的爸爸——現在已經不在了，可憐的老傢伙——以及亞德里安一家人，動也不動的老婆、嬌寵的小孩，全等著安琪伺候他們。再加上她自己的小孩擺臭臉，幾乎跟亞德里安的小孩零互動，狀況更是雪上加霜。而巴利心情一直很糟糕，看每個人都不順眼，因為他前妻帶著兒子去外地過聖誕節了。最後，趁大家都在看《超時空奇俠》的時候，他終於爭取到幾分鐘的時間與尼克講電話，但只有讓他的臉更難看而已。

他之後就坐在那裡不動，漲紅著臉，一直喃喃自語，而聖誕拉炮裡的驚喜字條是「賤貨」。

安琪最後決定喝霸克費茲雞尾酒喝到爛醉，就讓那些可悲的混蛋自生自滅吧……

她花了半小時燙桌巾，最後將公用湯匙放到桌上，退後一步欣賞，覺得自己弄得真是有模有樣。她彎身將裝飾性燭台擺正，這是她前一個禮拜在TK Maxx特地挑選的商品，她會等到客人快要到來之前，沐浴更衣，最後再點燃蠟燭。現在，她為自己倒了一大杯灰皮諾，坐在廚房中島區、盤算該如何安排餐桌。男、女、男、女，沒問題，而她與巴利各據餐桌兩端，也是理所當然。她一度想要製作名牌，但最後覺得這實在有點超過，就跟搞餐巾環與乳酪拼盤一樣做作。

她喝了一大口酒，夫妻情侶對坐？是面對面還是斜對角？

她聽出了電台此刻正在播放的歌曲，當初她與巴利待在佛羅里達州的時候，幾乎天天都在聽，坐在那台租賃車裡面，隨便轉哪個頻道都會聽得到。她閉上雙眼，不消一會兒的時間，立刻想起了海沙乾涸在皮膚上的那種觸感。

還有德貴麗雞尾酒的氣味、冰淇淋，以及和炸魚條一樣大的蝦子。

西耶斯塔礁附近海灘的鼓手樂聲，過沒多久之後，節拍之間的餘白被風動與不斷規律出現的哀號聲所淹沒，某名女子正在哭喊女兒的名字。

她起身的時候，巴利正好進來。她趕緊藏起酒杯，看著他走過來，盯著餐桌不放。

「我靠。」

「怎麼了？」

「有點太……誇張了吧？」

「我不知道這樣有什麼不對，」安琪回道，「又不是只叫外送披薩而已。」

「我的意思是，妳自己看看嘛，」巴利朝餐桌大手一揮，「弄得這麼大費周章。」

「你沒出力，沒差。」

巴利走到冰箱前面，安琪突然冒出髒話，她完全忘了自己早已準備好的大驚喜，她的畫龍點睛傑作，居然到現在才想起來。

巴利轉身問道，「怎麼了？」

安琪迫不及待打開廚房中島下方的某個內建式櫥櫃，拿出了塑膠袋。她打開長方形的包裝盒，撕去護膜，得意洋洋拿出六份當中的其中一件，在巴利面前晃了好幾下。

他瞪大眼睛，盯著不放。

「這是桌墊，」安琪回道，「上面有大家在薩拉索塔的合照。」

「我看得出來那是什麼。」

「我把照片存在隨身碟，拿到Snappy Snaps沖印店，一切搞定，」她把其他桌墊也拿出來，逐一擺放在廚房中島上面，「他們可以幫忙印製桌墊、滑鼠墊之類的各種物品……嗯，我覺得這很獨特，等於是今晚的特獻禮，最棒的呢，就是等到聚會結束之後，大家可以各拿一個回家，算是紀念品。」

「唉，」巴利回道，「妳怎麼不乾脆玩個整套？再加印個T恤？」

安琪拿起其中一個桌墊，仔細端詳，她突然掩嘴，「啊天哪，」她驚呼，「你知道是誰拍的照片吧？」

他們兩人都盯著那張六人照。

「這是我們最後一個早晨拍的照片，」她問他，「記得嗎？」

「嗯，就在大門外頭。」

「你那時候還覺得合照有點滑稽，對吧？」

巴利指著照片，「我的表情看不出來有異狀。」

「是艾德開口請她幫忙，記得這件事嗎？然後大家紛紛把自己的相機交給她。」安琪放下桌墊、與其他的擺放在一起，伸手拿酒杯，「當時她女兒絕對還跟她在一起，就站在旁邊，因為我記得她手裡拿著著色簿，而且那張畫只塗了一半的顏色。我的天哪，巴利，不過就是出事前一兩個小時的事而已……真是可怕。」

巴利說道，「妳真會挑紀念品。」

他聽到樓上傳來淋浴的水聲，走到餐桌前坐下來，開始端詳那張照片。他小心翼翼拿起桌墊，不想破壞妻子精心安排的餐桌佈置。他把它貼靠在酒瓶上頭，又坐了下來。

巴利與安琪、艾德與蘇、瑪莉娜與戴夫。

雖說是夫妻情侶，但也未必要站在一起。他還記得一夥人不知怎麼站成了一排，甚是彆扭，等到大家把相機交出去之後，又擠成一團。蘇站在邊邊，隔壁是安琪，艾德則緊貼瑪莉娜，站在中央，而巴利與戴夫則在另外一邊。

某些人的曬痕比較明顯，面對鏡頭的態度也比較落落大方。

巴利不是個注重外表的人，他覺得自己在照片裡就像是一大坨屎。有兩三張他與尼克的合照，他自己倒是相當滿意，但有可能是因為他根本沒幾張兒子的照片，因為前妻只准他帶走那幾張而已。而他在這張照片裡的模樣慘不忍睹，不意外，他身上穿的是安琪硬要買給他的襯衫，尺寸過大，而且花不溜丟。

「他覺得穿上這衣服讓他看起來像是同志飛鏢手，」安琪先前曾經這麼取笑他，當時的聚會地點在海灘附近的某間酒吧，六人已經共處了一兩個晚上，她已經快喝醉了。她靠過去，親了一下他的臉頰，「寶貝，你自己說是不是？」

「不是我的風格，如此而已。」

當然，艾德忍不住也跟著虧，他揮動手腕，講話故意含糊不清，「一百八十分！」

他媽的還真好笑是吧……

在這張照片當中，艾德刻意露齒大笑，就是想炫耀他那晶白方正的牙齒，在黝黑皮膚的映襯下，那口牙顯得更加雪白。安琪也露出微笑，多少算是笑臉吧，瑪莉娜也有笑容，而站在另外一頭的四眼田雞戴夫，流露出偶爾會不小心被別人看到、帶有些許優越感的那種神情。也許他在按下快門的那一刻還來不及準備好，但他的確會擺出那種臉，有時候看起來簡直就像是竊笑一樣，算你們走狗屎運，我還願意和你們這些白癡講話。老實說，不論戴夫．克倫顯現出什麼樣的表情，基本上，他這個人的長相就是滑稽；瘦得跟竹竿一樣，皮膚坑坑疤疤，而且鬍鬚稀疏，簡直就還像是個學生之類的菜鳥。宅男，安琪當初就是這麼說的。當然，他的外表毫無吸引力，但瑪莉娜似乎沒有任何怨言，所以搞不好他有跟驢子一樣的長屌什麼的。

安琪也講過那樣的話，彷彿她運氣沒那麼好，巴利只不過是個平庸的老公。

看看他們六個人的模樣，身著短褲涼鞋，亮色系的襯衫與草帽，他覺得蘇應該是看起來最……自然的一個。臉上掛著淺笑，彷彿她一轉身就注意到有相機對著她。她盤起頭髮，展露出她的雙肩，老實說，整個人看起來就是很美，巴利也不願意拿她的纖細身材與安琪相比，但當她們兩個站在一起的時候，很難不做比較。說也奇怪，但一講到性感什麼的，最搶眼的並不是蘇。

她和瑪莉娜不一樣，這女人有點呢，露骨。其實，絕大多數的時候，你絕對不會對蘇多看一眼，但你心中偶爾就是會浮現這種感覺——反正，至少對巴利來說，確是如此——無論她希望別人怎麼看待她，她一定會全力以赴。

看到蘇與艾德之間的互動，自然能夠激發出許多話題，一講到這個，自然也會提到戴夫與瑪莉娜。一如往常，巴利與安琪經常閒聊性事，遠遠超過了他們真正做愛的次數。

都是因為他，行房有障礙。

他們還沒在一起的時候，安琪的性生活一直很圓滿，所以他不能怪她。她說床事不重要，因為她光是看書就心滿意足了，而且做那檔子事也太熱了，讓他不必繼續深受其擾。

不過，在克勞利這種鬼地方，天氣哪可能會有多熱？

他低垂著頭，然後再次抬起，想要放鬆一下背脊與雙肩的緊繃感，但全然無效。想要知道到底是怎麼回事，其實一點也不難吧？為什麼某些部分就是功能不彰，倒也不是什麼天大的謎團，不需要特別去做擁抱治療或是什麼諮詢。有賤貨前妻，還有自以為是的混帳弟弟，這兩個人已經把他逼到了臨界點，他覺得自己似乎有某種情緒，快要崩裂了。

反正就這樣。

安琪老是這麼說，「你只是需要放鬆一下而已。」

哦……妳覺得這樣就夠了嗎？

他一直盡力保持冷靜，假裝自己也完全不在意。不過，他知道她遲早會開始暗示他要去「見一下」什麼專家，講出要在網路上買藥的笑話。簡單的悲慘事實擺在眼前，除了他的大老二之外，緊張衝突依然無所不在，而諷刺的是，無法人道讓他變得更為易怒。

這成了某種惡性循環，或只是單純的循環，幹他媽名稱不重要啦。

他發現樓上的水聲沒了，開始仔細聆聽安琪的腳步聲，從浴室進入了臥房。他自己也該上樓了，換件乾淨的襯衫或其他衣物。

還是要努力配合一下。

巴利把桌墊小心翼翼放回原位，又盯著照片，看了最後一眼。五個人直視著鏡頭，他自己也是。

他是不會多說什麼，但他忍不住心想，安琪千挑萬選，最好的照片就是這一張？如果真的沒有其他選擇的話，至少，在那關鍵的一刻，他的目光投射方向與其他人一樣，落在合理的位置，也就是拿著相機的那名女子，而不是死盯著她左方兩英尺外的某個物件。

只塗了一半顏色的圖畫頁。

9

警探傑夫．葛德納一想到派蒂．李．威爾森與她的女兒安珀瑪麗，立刻就失眠了。他盯著天花板好幾分鐘之久，直到尿意終於憋不住而終需起身，他動作輕緩，不想吵醒妻子。

時鐘上的數字是凌晨五點十七分。

他妻子問他還好嗎？他噓了一聲，叫她繼續睡。但她卻掀開棉被，他告訴她，不需要和他一樣在這時候起床。

米雪兒．葛德納回道，「反正我已經醒了。」

吃早餐的時候，他依然掛記那對母女，而他的五歲女兒則忙著拿香果圈麥片裝飾廚房地板。他妻子一邊煎蛋，一邊努力提醒他下禮拜該完成的事項。她看得出來他心不在焉，還叫他要注意聽。他趕忙道歉，而當他說出自己心中的懸念之後，他妻子點點頭，「我覺得那女人應該要回家才是。」

葛德納知道妻子說得沒錯。這兩個禮拜以來，他每天都會聽到一模一樣的建議，幾乎所有侵犯人身刑案組的同事都覺得那女孩的母親瘋了，居然還一直待在那裡，但少數志工卻出現莫名其妙的對話內容，而且還想出一大堆別人不該多加干涉的理由。

「她又沒傷害任何人，對吧？」

「這屬於她的個人選擇，是不是？」

「那地方是得花多少錢？一晚才五十美金吧……？」

在送女兒去學校的途中，他一直在思索這個問題。然後，等到車內只剩下他一個人之後，他開始在想該如何開口，將某些措辭大聲唸出來，同時準備南行前往薩拉索塔警局總部。

「派蒂，妳必須待在家裡，必須要有人可以在身邊照顧妳。」

葛德納覺得派蒂・李・威爾森應該根本聽不進那種狗屁藉口，現在他能想到的各種鬼話她一定都置之不理，但他最多也只能想出這樣的說法。在早上的時候，他徵詢了其他兩名警探的意見，他的警司一直在忙著寫報告、應付電話，但他還是抓住空檔、問了一下長官的想法。這裡比以往忙碌多了，辦公室的氣氛也變得有些沉重。昨天警長被罵了好幾次，而整個犯罪調查部依然在忙著追查上週那兩名法國銀髮族觀光客慘遭謀殺的案子。

「傑夫，現在這時機不錯，」警司回道，「已經六個禮拜了，再加上現在這裡的狀況，說實在的，在這種時候，沒有人會花氣力去關注那女人的案子。」

「不過，我們還是把它當成謀殺案處理，對嗎？」

「當然，」警司繼續說道，「我們正在找尋屍體，這一點無庸置疑，」他朝那些因觀光客謀殺案而忙得不可開交的十多名警探揮舞手臂，又壓低聲音說道，「但因為這個案子，我們已經有了兩具屍體，等於有兩個燙手山芋。至於威爾森這個案子，除非找到小女孩的屍體，否則我們現在也無計可施。」

葛德納回道，「我想也是。」

這名警司——是名體格健壯的黑人，就與葛德納一樣，但比他年長了十二歲——他拿起自己的咖啡杯，將裡面剩餘的部分搖了好幾下，彷彿這個動作能產生什麼效果一樣，「而且，也不需要讓那個小女孩的媽媽待在這裡，發現我們不太積極，是不是？你知道我的意思吧？」

「我懂。」

就薩拉索塔警局的立場來說，現在當然是勸說派蒂．李．威爾森回去亞特蘭大的好時機。就工作量與人力配置來看，也的確相當合理，但今天清晨的時候，傑夫瑞．葛德納因為想到那失蹤女孩的母親而失眠，並非這個原因。他知道派蒂．李．威爾森應該要回家，怎麼能夠讓她一直苦守在失去女兒的這個地方？等待那個唯一可能的消息？而且恐怕只會讓她傷心欲絕？

「除非找到小女孩的屍體……」

到了午餐時刻，葛德納坐在林令大道的某間熟食店，裡面全部都是警察——他把紙餐巾塞進領口、以免食物噴濺到他的襯衫與領帶——心中不斷盤算其他的說法，希望能讓這可憐的女子趕緊離開這裡，他覺得，搞不好應該要採取命令式手法才會比較有成效，他準備實話實說。不過最後他決定還是先閒聊一下，看看狀況如何。他一吃完火雞肉三明治，就立刻鑽進自己的座車、準備去找派蒂．李．威爾森。

那天是聖週五，也就是從今天前推六個禮拜再加一天，正是安珀瑪麗．威爾森在西耶斯塔礁的鵜鶘棕櫚樹度假村的失蹤通報日。第一通的九一一電話——當時的派蒂歇斯底里，簡直無法呼吸——是在下午四點剛過沒多久進線，而到了復活節週日，葛德納已經記住了所有的對話內容。

每一句低語，每一次的哽咽啜泣。

「她只是四處亂晃……一定是這樣……我已經四處都找遍了……她不會走遠，她從來不會這樣。」

「可不可以請妳重複一次地址？」

「天，你們一定要現在趕過來好嗎？」

「這位女士，妳一定要盡量保持冷靜。」

「好，你們要知道她有點問題，好嗎？她有……心智障礙。啊天哪……她相信每一個人，你知道我在說什麼嗎？每一個人……」

他沿著福魯特維爾路東行，走了五點多英里之後，在接近I75公路的地方轉彎南行，立刻進入以工業區、倉庫為主的某個小鎮，他一路疾行，聽得見砂礫敲擊車子側邊的聲響。經過了木材場、修車廠、水電材料行之後，他放慢車速，他已經到達某間廉價汽車旅館，隔壁是某家寒酸的露天購物中心。

也就是她住了一個半月的地方。

第一晚的日落時分之際，找回安珀瑪麗的機會已經全然消失。每一間商店與酒吧都查訪過了，每一吋海灘也都沒有放過，而海警也立刻加入陣容，因為一旦天色暗黑，就無法有效搜尋水域範圍。

西耶斯塔城幾乎從來就不是什麼犯罪熱區，除了少數有安全風險意識的酒吧老闆裝設了私人的監視器之外，海灘路的主要幹道就只有兩台而已。鵜鶘棕櫚樹度假村的主要出入口有一台攝影機，但卻沒有看到她的蹤跡，而且城內也沒有其他的攝影監視器。

無論安珀瑪麗走向哪一個方向，反正，她從鵜鶘棕櫚樹的游泳池畔離開到人間蒸發，不過就是幾分鐘的事而已。起初那幾天根本問不出任何有利線索，沒有人記得看過她，而且，雖然他們不斷提出呼籲，但也沒有任何一個目擊者願意挺身講出可疑的人事物。

「她相信每一個人。」傑夫・葛德納第一次與派蒂見面的時候，她就不斷重複這一句話。

她不想去討論女兒的生還機會到底還有多少。

葛德納很清楚，所謂的「黃金二十四小時」，對派蒂來說宛若永無終止，而對於侵犯人身刑案組的警探來說，這段時間一眨眼就沒了。過沒多久之後，救援時程就成了四十八小時，而案發後還不到一個禮拜，這案子已經消失在《前鋒論壇報》的頭版，而且也不再是當地電視新聞台的重點報導。

大部分的警探都很小心翼翼，只在安珀瑪麗・威爾森的母親聽不到的地方討論案情，講起這個小女孩的時候，使用的時態已經成了過去式。

這是謀殺案，除了名稱之外，一切的案情全部指向謀殺。

但葛德納不能接受，目前還不能完全接受。難道他就不能至少保留一絲絲希望？他總是將自己毫無保留的愛投射在自己小女兒的臉龐，又怎麼能判定派蒂・李・威爾森的女兒已經死亡？他必須要有信心，而且他面對的是一個……有殘缺的女孩。

「不過，這一點卻讓她變得很特別。」某個晚上，派蒂曾經這麼告訴過他。當時他們待在海灘附近的停車場，氣溫驟降，她的氣息也有些顫抖，「安珀瑪麗看待世界的角度和其他小孩不一樣，你懂嗎？她的眼中並沒有任何不好的事物。」

葛德納拿起她的外套，為她裹身，並且把她送進計程車裡面。當時，他心想，「她現在應該就改觀了吧。」

他放慢車速，轉進「布里哥頓套房區」，停在某台烤漆褪色、前側被撞爛的橘色速霸陸旁邊。他下車之後，望著隔壁那間購物中心某些店家的明亮招牌。有好幾次，他一看到之後就忍不住心想，要是真有哪個布里哥頓套房區的住客需要二十四小時的愛狗美容服務或是修理電腦零件，實在非常方便。

他走向長條形的兩層樓旅館，兩端各有一道木梯。

這裡幾乎全部都是舊芭蕾舞鞋啦、濁粉紅，或是玫瑰啊的那種塗色，反正就是他們在油漆罐罐身搞出的那些五花八門稱呼就對了。葛德納曾經在許多類似這樣的地方看過許多風格相近的色彩組合，每一面牆都是紫色，或是綠色，不然就是鐵灰色。這些旅館老闆顯然不想花錢搞裝潢，寧可貪小便宜、買下大批根本沒有人要買的油漆。

他發現經理辦公室的門打開了，有個老女人走出來，盯著他不放。但他只是舉手示意，他不需要多說什麼。

他扶著斑駁的粉紅色欄杆，爬上粉紅色樓梯，心想至少要把某些話講清楚，不能一整天都懸念不決。現在已經過了午餐時間，他猜她搞不好已經開始喝酒澆愁了。

他走向一二二四號房門，敲了一下。後退，等待，又繼續敲門。

「你是不是要找那個媽媽？」他轉身，看到剛才那個從經理室走出來的老女人。原來她一直跟著他，現在正站在樓梯中間，「失蹤女孩的媽媽？」那女子靠在欄杆，拚命喘氣，還伸手摀住瘦小胸口，「哦，她不在這裡，所以……」

葛德納向她道謝之後，離開房門口，低聲訐譙，他明明不確定她人會待在哪裡，幹嘛浪費時間特地開車過來這一趟？

10

瑪莉娜對戴夫開口，「我很樂意當回程駕駛哦。」

「沒關係。」

「我只是在想，搞不好你也想要喝一杯。」

「就一杯，可能吧，」戴夫回道，「不過，妳哪時候看過我喝醉？妳到底哪時候發現我想要喝個爛醉？」

「我只是想告訴你，因為每次都是你在開車。」

「我想要開啊。」

「好吧，那就沒差。」

「為什麼我們動也不動啊……？」

戴夫前一天已經研究過地圖，決定最好還是走水晶宮與克羅伊頓、接M23南下路段公路，避開尖峰時段的替代性便道。但他萬萬沒想到週六傍晚的倫敦南區的車流量這麼驚人。他們離家了十分鐘，已經卡在路上動彈不得，戴夫的手指頻頻敲打方向盤，甚是不耐，「應該要相信我的第一直覺才對，」他繼續抱怨，「A23公路一直都是惡夢……吧？」

「沒關係，」瑪莉娜擠出一點笑意，「我們時間很充裕。」

他們在六點半離開森丘，這趟車程理應不會超過一個小時。戴夫早早就穿好外套、手裡拿著車鑰匙，站在門口等瑪莉娜，當她只化好一半的妝、匆忙衝下樓梯的時候，戴夫猛搖頭，還丟了一句，「我覺得遲到很沒禮貌。」

「我們不會遲到的，」她翻開遮光板，對著小小的化妝鏡檢查妝容，「我們相約的時間是八點鐘，要是沒遇到塞車，反而會提早到了。」

「我們也不需要當最後一組到的客人吧？」

「是哦？」

「唉，妳講話根本……心不在焉，算了。」

「你覺得要是我們不去參加聚會的話，他們會不會講我們的閒話？」

戴夫瞄了她一眼。

她把遮光板推回去，「這樣的妝沒問題了。」

他原本只是以手指敲打方向盤，現在已經變成伸出雙掌、猛拍個不停，「喂，我們畢竟是要上高速公路，這裡距離入口匝道根本就是還滿遠的好嗎？」

瑪莉娜回道，「這是我們應該搬家的另外一個理由。」

戴夫突然大笑，「無論有多少個正當理由，我們就是沒那個錢。」

她轉動身體，調整了一下座位安全帶，「講這種話，是要怪我去弄頭髮的意思嗎？」

「什麼？」他神色驚慌，看了她一眼，「不是……」

「我只是問問看而已。」

「我知道——」

「我早就告訴你了，上髮廊的價格爆貴，我也沒說我一定要去，但拚命慫恿我的人明明是你。」

「對，而且我的決定是正確的，因為好看，」他回道，「妳好美。」

她又翻開遮光板，「真的嗎？」

「搞不好還有點太超過了，」經過了十分鐘之後，車流終於開始移動，戴夫總算能將他的飛雅特500打到最高檔，他開心大笑，「會引來艾德的過多關注，我可能會賞他一巴掌。」

瑪莉娜也哈哈大笑，順手收回遮光板，「哈，對啊。」

「對了，妳有沒有把妳的小說帶出來？」

「沒有……」

「什麼？」

「我覺得這樣不太好。」

「吼，拜託……我早就跟妳講過了。」

「我只是覺得這樣未免太猴急了，」她回道，「好像我很急著要證明什麼似的。」

「傻瓜，」戴夫瞄了一下後照鏡，「明明是很棒的小說，而且我們現在又認識了某個有機會可以拉妳一把的人。」

「聽我說，我確定我們將來也會回請他們來自己家裡，所以何不等到那時候再拿出來？」她整個人往後一靠，面向副座的玻璃窗，「嗯，你知道嘛……我可以跑上樓，然後拿出來獻寶，反正因為我們在家啊，總比我刻意帶去好多了。」

戴夫說這樣很好，但他這番話只是出於對她的關切，隨後，他打開了電台。聽了《Loose Ends》節目的最後幾分鐘之後，又轉回到音樂頻道。她抓住機會，在多恩托．海斯與克羅伊頓之間的某條雙線道，猛踩油門前衝。

「要是艾德太過分的話，」他開口問道，「妳真覺得我不該出手制止嗎？」

瑪莉娜似乎沒有聽到這個問題，她問道，「你為什麼從來沒有喝醉過？」

「抱歉？」

「我的意思是，大家偶爾都會喝醉啊。」

「為什麼？」

「也沒什麼大不了吧？」

「照妳這麼說，大家都應該要偶爾失控一下嗎？應該要做些讓自己感到羞愧或難堪、或是根本在事後完全想不起來的事？」

瑪莉娜不發一語，在座位裡不安蠕動，接下來那一英里左右的車程當中，兩人都沒吭氣。

「我念大學的時候，認識了一個這樣的傢伙，」戴夫先開口，「他是我的好友，我一直以為自己很了解他，但當他第一次喝得爛醉的時候，我才驚覺他變成了另外一個人，舉止醜惡，充滿攻擊性。妳知道嗎，他好可悲！」他望著瑪莉娜，繼續微笑說道，「我就是不會這樣，從來沒想要喝到爛醉，完全失控。我的意思是，別人想要享受這種感覺，我也不會阻止，但……」

「度假的時候呢？」

「怎麼說？」

「最後一晚你不是有點喝醉了嗎？」

戴夫搖搖頭，彷彿他根本不知道她到底在講些什麼。

「拜託……就是在那間很俗氣的餐廳啊，叫作『北梭魚』還是什麼的，當時我們在講那女孩的事，還有警方辦案的狀況。」

「我覺得我沒醉。」

「你好像喝了很多杯。」

「也許是因為最後一晚。」

「哦，你看我不早就說了嗎？」

「我喝得又沒有比別人多，」他語氣平和，但十指卻緊緊扣住方向盤，「而且我確定自己沒喝醉，完全沒有。」

「好吧，不重要。」

戴夫調高廣播電台的音量，過了一會兒之後，他開始跟著哼唱某首瑪莉娜沒聽過的歌。趁著間奏的時候，他笑望著瑪莉娜，「我不知道妳為什麼想要吵架，明明今天出來是為了要享受美好時光嘛……」

11

鵜鶘棕櫚樹度假村的經理名叫康乃爾．史塔莫倫，他個頭矮小，有張狡猾的臉，葛德納偵辦安珀瑪麗．威爾森這起案件、所接觸的這些人當中，這傢伙可以算是最討人厭的其中一個。五十多歲的人了，卻有一頭令人起疑的黑髮，他今天身穿檸檬色的馬球衫，外罩高爾夫球式格紋毛衣，搭配卡其褲。就六月的戶外氣溫來看，至少那件毛衣實屬多餘。但葛德納猜想康乃爾．史塔莫倫一定是想盡辦法窩在自己這間漂亮的冷氣辦公室裡面，如果沒必要，絕對不出門。

史塔莫倫伸出手臂、指向窗戶，室內可以看到外頭的泳池，就連尖叫與潑水聲也聽得一清二楚，甚至蓋過了空調的低鳴。「她從早上十點開始就一直待在那裡。」

「我知道。」

「她只是站在那裡而已。」

「嗯。」

「她什麼事都不做。」

葛德納回道，「我了解你的立場。」

「是嗎？」

葛德納點點頭，他心想，我當然很清楚，因為在過去這兩三個禮拜當中，你每兩天就會打電話找我們，像個小賤人一樣唉唉叫個不停，對我們不斷轟炸，他回道，「當然。」

「很好，因為不能再這樣下去了。」史塔莫倫開了一大瓶淡啤，放在辦公桌上，開始翻閱文件，他搖搖頭，不斷咂舌作聲，「自從那女孩失蹤之後，許多客人就取消了住宿，你知道嗎，都是家庭式訂單。」他等待葛德納的反應，終於看到他的憐憫目光。「嗯，我想您一定能夠了解，這種事真的不是什麼正面宣傳，但我個人與底下的員工都戰戰兢兢，努力扭轉劣勢。所以，我想說的是……此時此刻，真的不需要看到她坐在那裡……怎麼說呢，陰魂不散什麼的。」他望向窗戶，開始整理桌上的東西，「你看看她那個樣子，只會破壞了其他遊客的假期。」

葛德納回道，「我此行的目的就是要勸她離開。」

「我衷心希望你能圓滿達成任務。」

「好，那麼……」

葛德納起身，史塔莫倫也做出一樣的動作，立刻繞到辦公桌的另外一頭、向這位警探握手致意，「對了，希望你千萬不要誤以為我是冷酷絕情的人。」

「當然不會。」

「那可憐女人的遭遇簡直就是悲慘至極。我是要說，你記得我與其他員工曾經發動捐款吧？」

「記得。」

「差不多一萬五美金，所以，你知道我的意思。」

「我想她一定是十分感恩。」葛德納說完之後，立刻轉身，他聽到史塔莫倫還在繼續講威爾森小姐的度假屋租金減免的事，他已經開了門，朝泳池的方向走去。

雖然經理擔心旅館的營業狀況，但顯然生意算是很不錯了。游泳池內有六個人在戲水，而在池畔做日光浴的住客也有三倍左右。葛德納朝平台區的角落走去，發現許多人壓低了報紙雜誌、觀察他的一舉一動。這也不難理解。華氏九十度（約攝氏三十二度）高溫之下，有人一身灰色西裝，當然會引來眾人側目，他覺得那些人如果不知道他是條子的話，可能會以為他是業務什麼的吧。搞不好是某個準備要去教堂的人，先過來戲水一下。

他當然很想跳進泳池裡。

也有許多人正盯著他前往的那個方向，也就是在椰子樹蔭下方、坐在休閒桌畔的那名女子。某些人很清楚她是誰，但葛德納深信就算那些不知道她身分的遊客，看到那坐在桌前的身影，一定也能體會到某種傷懷。她靜止不動的姿態，對於他們興味索然的目光。髒兮兮的白球鞋不斷拍敲地磚，每隔個幾分鐘，她就會緩緩伸手拿礦泉水瓶或是菸盒。她只是坐在角落，死盯著泳池邊的白圍牆與後方的街道。

派蒂身穿牛仔短褲與百威啤酒的T恤，頭上是她常戴的亞特蘭大勇士隊棒球帽。她也戴了太陽眼鏡，大框的那一種，而當葛德納走向桌邊的時候，他發現她的頭微微側了一下，雙肩緊繃。他搖搖頭，只是輕輕搖了一下，等於告訴她可以放輕鬆，他來這裡並不是為了要告訴她什麼壞消息。

「嗨，傑夫。」

「派蒂，」他脫掉外套，把它掛在椅背上，隨即坐了下來。他鬆開領帶，「能坐在樹蔭下真舒服。」

「要不要喝點水？」

「好啊。」

她從桌下的保冷盒取出一小瓶礦泉水。「裡面的水夠我撐一天了，」她繼續說道，「還有一點水果，就算是我的午餐吧。」

葛德納打開礦泉水，灌了一大口之後，深呼吸，「派蒂，何苦呢？」

「什麼？」

她看似面無表情，但大墨鏡後面到底出現什麼狀況，他也不能確定，「這樣下去有什麼好處？」

「我別無選擇。」

「妳明明有。」

她搖搖頭，拿起香菸，「我不能離開她，」她抽出一根菸，但動作卻一陣慌亂，「你覺得我應該要離開自己的女兒嗎？」

「不，我只是要告訴妳，」葛德納拿起她的打火機，傾身過去，「為什麼一定要留在這裡？」

她吐了一口煙，目光眺望水池的另一頭，「這是我最後一次看到她的地方。」

「我知道，不過——」

「我們吃完午餐回來，她想要游泳，所以我回去房間幫她拿游泳用品。她答應我，一定會在這裡等我。」派蒂．李摸了一下髒兮兮的玻璃桌面，最後雙手一攤，「我只進去了五分鐘，五分鐘……」

葛德納回道，「我了解。」

「真的嗎？」

「沒錯，我看得出來，這地方為什麼對妳……這麼重要，但如果她回來的話……」他發現她一聽到他講出了如果，她立刻側頭看著他，他只能努力假裝不要遲疑，假裝不是那個意思。「你真的覺得安珀瑪麗會回來嗎？踏著輕盈的腳步回到這裡？彷彿她只是溜出去一會兒買根巧克力棒……？」

「她想要去買復活節彩蛋。」

葛德納點點頭，他之前就聽過這句話，這一切他老早都聽過了。

「在我們吃完午餐之後、散步回來的途中，她在某間店櫥窗看到了這個蛋。嗯，就是站在那裡，死盯著不放。超大的蛋，包裝得很漂亮，閃閃發亮的鮮紅色。她說她想要，我告訴她我會考慮一下，那顆蛋要五十美金，反正就是差不多那個天價。」

「好貴。」

「沒錯，我又能怎麼辦？」

「派蒂……」

「我覺得她應該是去那裡了，」她猛吸一大口菸，傾身靠向葛德納，立刻點點頭，「不……應該說我十分確定。我不知道她到底記不記得是哪條路，但安珀瑪麗一定就是離開了度假村，回到了那間商店，彷彿她只要開口，老闆就會把那個貴死人的蛋送給她一樣。她一直不懂，人生不是這樣的，並不會因為妳態度客氣就大方把東西送給妳。」她轉過頭去，拿下太陽眼鏡，伸出手指抹去兩側的淚水，葛德納也在此刻發現她早已哭得紅腫，眼眶盈滿淚水。「傑夫，你來這裡不是為了閒聊吧？」

葛德納回道，「妳該回家了。」

她盯著他好一會兒，然後捻熄香菸，菸灰缸也該清一清才是，「是因為汽車旅館的費用嗎？」

「不是。」

「確定嗎？」

他回道，「與錢完全沒有關係。」

「嗯，因為我一直住在這種奢華地方，但我真的不想讓這裡的市政府破產。」

葛德納搖搖頭，又扯了一下領帶。自從安珀瑪麗失蹤的那一天起，警局就開始支付「布里哥頓套房區」的房間費用，這裡當然不是那種天價飯店，而且就算主管真的開始抱怨這筆支出，他也沒有聽到任何風聲。但市府也不會一直支付這種開銷，至少他從來沒聽過這種事。所以，他不禁充滿好奇。

「妳怎麼應付生活支出？」

「我還有一些錢，」她回道，「再加上經理在這裡為我籌募的款項。你知道嗎，他人真的很好，幫了我好多忙。」

「嗯。」

「而且，我也不需要太多的錢。」

「總有花完的一天。」

「我知道，所以我在想該找份工作，」她的下巴朝街道那裡指了一下，「可能去那裡的餐廳或酒吧，我的酒吧工作經驗很豐富。」

葛德納說道，「這樣不太妥當。」

「是怎樣不好？」

「派蒂，妳必須待在家裡，」他挨過去，一度想把手放在她的手臂上，但最後還是決定作罷，「妳的身邊必須要有關心妳的人。」

「傑夫，你說的這些人在哪呢？」

葛德納知道派蒂的爸媽都住在別的地方，而且她沒有任何兄弟姊妹。他也知道安珀瑪麗的生父早就在多年前離開了，這傢伙到底是否知道自己的女兒失蹤？他也很懷疑。他開口說道，「一定有哪個關心妳的人吧。」

「你誤會了，真的沒有。」

「妳知道有人在這裡過夜嗎？」兩個禮拜前，布里哥頓套房區的經理曾經告訴他，有人看到某名男子從派蒂．李．威爾森的房間出來，而且不止一次，經理還猜測搞不好是不同男人。葛德納對這件事倒不是十分在意。歷經這等遭遇的女子，尋求一點小小的慰藉，應該要給對方這樣的空間才是，而且，在她女兒失蹤過後所邂逅的男人，當然不可能是嫌犯。

她說道，「我連可以談心的人都沒有。」

所以，沒有人有意願把她帶回亞特蘭大，好好照顧她，但薩拉索塔也一樣，這裡並沒有值得讓她留下來的人。「派蒂，妳也該離開了。」

她嚥了一下口水，搖搖頭，此刻已經看不到什麼激動情緒，「我不能離開她。」

「妳不會離開她的，」他繼續說道，「因為她在妳的心裡，」她緩緩點頭，「還有，妳一定要記得，等到妳回到家之後，我依然待在這裡、全力調查安珀瑪麗到底出了什麼事。」

她望著他，輕聲問道，「你發誓？因為我真的需要知道答案。」

「我發誓，找到妳女兒是我的第一職責，這是真心話，要是有任何消息，一定讓妳第一個知道，這一點我絕對保證。」

「聽到你這麼說，我安心多了。」

「好，我希望妳可以想想我所說的這些話，好嗎？一定要好好考慮回家的事。」

這一次，她根本沒摘墨鏡，直接把手指伸進鏡片後面，「五十美金也沒有多少錢，」她的聲音好催淚，「早知道買給她那顆蛋不就好了嗎？」

12

艾德站在臥室門口，手裡拿著兩件襯衫。

「你覺得哪一件好？」

蘇身著黑色胸罩內褲，坐在梳妝台前面，她瞄了一下鏡子，關掉吹風機，轉頭看著他，「哪一件都可以啊，」她回道，「兩件都很帥氣。」她又望著鏡子，看到艾德把襯衫丟在床上，「你動作最好快一點。」

「我們時間很充裕，」他回道，「我估計最多一小時就到了。」他坐在她後方的床邊，解開襯衫釦子，踢掉樂福鞋，躺在床上，拉開牛仔褲拉鍊。

她覺得這趟車程應該需要一個半小時，但她沒吭氣，又打開了吹風機。

艾德大吼，「妳覺得那房子是什麼樣子？」

她再次關掉吹風機，「啊？」

「房子啊，安琪與巴利的家。」

她想了一會兒，「唉，我不知道。現代風格吧……整齊，窗明几淨，我隨便亂猜的啦，我覺得她有點潔癖。」

「當然，一定有大電視。」

蘇回道，「我們家也有大電視。」

「對，但他們的會是那種超級大尺寸電視。妳也很清楚嘛……越沒品味的人，電視尺寸就越大。五十英寸的電漿電視拿來看《一擲千金》，還使用環場喇叭，以免錯過《東區人》的任何一句對話。」

「放花園地精當裝飾品？」

「有可能哦，」艾德繼續說道，「還會在門廊放石雕小動物。哦，我跟妳打賭，他們一定會在大門口搞那種用兩人名字組拼的住家名牌。」

「一定的。」她說完之後，開始把乳液倒在手上。

「巴利安琪拉。」

「安琪拉巴利。」

艾德哈哈大笑，但只是乾笑兩聲，「就跟他們的電郵地址一樣好笑，」他繼續說道，「拜託，搞什麼Angiebaz……」

她在鏡中看到老公起身，只穿著內褲，往前一步，站在她後方不動。她看到他臉上的表情，立刻轉頭。

「真的要嗎？」

「時間很充裕。」

他抓住她的臂膀，把她從椅子上拉起來。當他脫去她的細肩帶、雙手順勢滑摸、推她趴下去的時候，她已經喘得上氣不接下氣。她脫去他的內褲，他的雙腿也微微張開、穩定重心，緊握住那坨微濕毛髮。

「來吧。」

他們距離窗邊不過只有幾英尺而已，艾德往下張望，可以看到馬路的另一頭有名女子在遛狗。他的屁股不斷前推，同時盯著那遛狗人，期盼對方能夠抬頭看到他，但終究沒有。

而蘇倒是抬望著他，眼睛睜得好大。

「我覺得他們的房子一定到處都是各種廉價醜陋的用品，」他開口說道，「俗爛的小東西，」現在他的音量小聲多了，吐出這些字句的時候，彷彿像是呸出嘴裡的毛一樣，「我猜一定有加油站送的水晶杯，還有噁心的白色真皮沙發。我跟妳打包票，他們音響播放的是《就是紅》的歌曲，家裡會放餐後薄荷糖，還有，一定有雙人的開放式衣櫃，主臥廁所裡面有坐浴盆，我保證一定有對稱的雙人高級床邊桌，他可以把色情雜誌藏在《讀者文摘》底下，而她可以把自己的按摩棒藏在內褲堆裡……」

她發出附和的呻吟，全然贊同。

他抽身，告訴她該起來了。

到床上去。

她開口說道，「我得再去洗一次澡。」

他搖搖頭，「我喜歡留在妳身上的那股味道，我喜歡靠近妳的時候能聞到我自己的氣味……」

「我現在要演誰？」她倒在床上，翻身，爬到了牆邊，「這次你希望我演誰？」

艾德站在梳妝台前面，撫弄自己，那個遛狗的女子已經離去，「我還不知道。」

「瑪莉娜？」

「待會兒可以考慮一下。」

「也許等開車回來的時候吧。」

「給我躺好。」

他上了床，挨到她身邊，她把枕頭全部丟到地板上，整張臉埋在床墊裡，任由他以膝蓋頂開她的大腿。他壓在她身上——重心全落在她的背脊與屁股——然後，他的嘴湊近她的臉龐。

「我今天在球場一直盯著妳，」他說道，「卡蘿，但妳明明知道我在看妳，對不對？妳在刻意表演給我看……」

她低聲回道，「沒錯……」然後，閉上了雙眼。

13

訂位通知的呼叫器突然開始震動，害安琪嚇了一跳，她對大家說道，「輪到我們了。」一行人走向訂位櫃檯的時候，紅色燈光依然一直閃動個不停。艾德從她手中取走呼叫器，還說那看起來就像泰瑟槍一樣。他把它壓在脖子上，假裝遭到電擊而不斷抽搐。每個人都哈哈大笑，所以當他們準備入座的時候，他又表演了一次相同的橋段，而那個為了爭取優渥小費而無所不用其極的年輕服務生，自然也樂意配合，大笑不止，「演得好像哦！」

他們剛才在「北梭魚燒烤」的酒吧區先等了十分鐘，有人喝啤酒，也有人點了雞尾酒。他們為了要蓋過噪音、只能拚命大聲講話，因為吧檯與兩側包廂區人聲鼎沸，而且牆上還掛了十幾台電視，播放棒球、籃球，以及美式橄欖球的各項賽事。

「你們知道等我們回家之後，他們會播放什麼樣的賽事嗎？」剛才大家一進來的時候，艾德就率先開口，「飛鏢啦、斯諾克，還有因雨中止的板球賽……」

「斯諾克和什麼啊？」巴利當時回吼，「我聽不到！」

艾德搖搖頭，似乎覺得無關緊要，而安琪則告訴巴利，等一下再講給他聽。

他們的座位是大型餐桌，就在繁忙餐廳的正中央，一旁還有好幾個帶著小孩的家庭也在用餐，嘰嘰喳喳個不停，但終究比剛才的酒吧區安靜多了。服務生記下他們點的飲料——包括啤酒與白酒——隨後就離開了。艾德將自己剛才一路從吧檯區帶來的酒杯高高舉起，也示意其他人做出相同動作。

「敬美好的假期一杯！」他開口說道，「還有能夠認識新朋友的超美好假期！」

大家共同舉杯互碰，匡啷作響。瑪莉娜說出「敬美好假期」的時候，安琪剛好說的是「敬新朋友一杯」，其他人也彼此祝福，巴利則喊了一聲「乾杯！」

艾德開口，「但還是發生了莫名其妙的事。」

安琪接道，「太可怕了。」

蘇傾身向前，大家也紛紛做出相同動作，她開口問道，「那大家怎麼看呢？」

「她只是迷路罷了。」巴利說道，「如此而已。」

安琪回道，「天，要是真的這樣就好了。」

戴夫點點頭，「在陌生的地方本來就容易失去方向，而且要是又有點那個的話……大家懂我的意思吧。」

瑪莉娜接口，「搞不好她只是去了購物中心。」

艾德搖頭，「走路過去也未免太遠了。」

「而且，我覺得他們已經找到她了，」蘇講完之後，望著瑪莉娜，她現在變得有些畏縮，剛才的發言馬上被吐槽，似乎顯得她相當愚蠢，「但他們一開始搜尋的地方應該也包括了購物中心，所以妳剛才的想法也很正確。」

「警察才不是這麼想，」艾德放下酒杯，「絕非是走失了而已。我的意思是，注意一下他們的臉色，就可以看出來了。」

「看出什麼?」戴夫反問,「光靠眼睛又不能參透一切。」

艾德看著手錶,「已經是……四個小時了?他們應該早就搜查了各個地方,詢問了每一個可能曾經看過她的人。我的重點是,小孩走失了,又過了這麼久的時間,他們心裡有數,她一定是被人擄走。」

瑪莉娜開口,「我覺得不是這樣。」服務生此時又回到了桌邊,她也只好暫時收口。飲料送上餐桌,還配了麵包與橄欖油,服務生告訴他們,幾分鐘之後他會再回來,到時候他們就可以準備點前菜。「首先,她不是個正常的小孩,對吧?她的時間感、距離感什麼的可能和正常人不太一樣。」坐在她身旁的戴夫點點頭,喝了一大口啤酒,「她可能只是在某間超市閒逛,或是坐在海邊的某個大石頭後面,拿起隨時帶在身邊的著色簿開始畫畫,心想媽媽馬上就會過來找她。」

安琪說道,「我衷心盼望真如妳所說的一樣。」

「嗯,當然啊。」艾德往後一靠,雙手交叉胸前,他開始解釋,自己只是覺得面對這種事情必須要有現實感,這一點十分重要,而警方的確表現出這樣的態度,「我向大家保證,我絕對不是冷血的人,」他繼續說道,「但此刻畢竟是假期的最後一晚了。」

「每個地方都可能會有人為非作歹,」巴利語氣平靜,「就連這樣的地方,陽光普照,一切狀似完美,也可能會遭殃,」他開始撕下自己啤酒瓶上的標籤,「搞不好這裡還隱藏了更多的惡行。」

餐桌上的每一個人都點點頭,安琪也把手擱在巴利的臂膀。

「但今天這樣好奇怪,不是嗎?」瑪莉娜開口,「既然講到她媽媽,我的意思是,先前在游泳池畔的時候。我覺得自己好糟糕，她四處尋找，恐慌不已，而我們六個人卻只是躺在那裡，想要在回家前拚命多曬一點太陽。」

安琪也附和，她說自己從那一刻開始就充滿了罪惡感。

「這很正常，」蘇回道，「尤其妳自己有小孩。」

艾德搖頭，「又不是我們的錯。」

「當然不是，但依然很怪啊，難道你沒有這種感覺嗎？」瑪莉娜看著他，「想想她的臉龐，彷彿可以看出那可能發生的恐怖事件將會苦纏她一輩子，而我們就只是躺在那裡……享受日光浴。」

「我們何必覺得歉疚呢？」艾德反問，「我的意思是，明明又不缺找尋她的人手，而且又不是我們不肯幫忙，對不對？」

蘇聳肩，盯著瑪莉娜，「那種陽光普照的天氣，我們也力不從心吧？」

「心有餘而力不足，」戴夫說道，「是不是這種說法？嗯，就像是在講某件與情境格格不入的事吧？比方說，某人在講自己小孩失蹤不見了，但明明當時……妳也知道，就跟我們先前遇到的狀況一樣。」

巴利開口，「我從來沒聽過這種說法。」

安琪回道，「瑪莉娜，拜託，妳才是作家耶。」

服務生出現在他們的桌邊，詢問他們是否已經準備好點前菜。剛才大家都沒在看菜單，所以趕緊隨便點餐，而這個還掛念著小費的服務生則露出微笑，告訴他們不用著急，「大家慢慢來就是了。」

他們點了辣蝦、春捲、玉米巧達濃湯、炸魷魚。蘇說自己不是很餓，可能是今天曬太陽曬得太久了一點，她專心等主菜就好。戴夫又點了一杯啤酒，巴利吩咐服務生送兩杯上來。

瑪莉娜問道，「那大家都怎麼跟警察說啊？」

他們這三對在傍晚看到那失蹤女孩的母親，過沒多久之後，制服警察就抵達鵜鶘棕櫚樹度假村、詢問在場的每一個人。當時只剩下瑪莉娜與戴夫待在泳池，其他兩對都回度假小屋休息去了。巴利說，他想要趁晚餐前小睡一會兒，蘇則想要在這裡的小小電腦室上網打發時間，房客上網的費用是每半小時十美元。

「就只是回答幾個問題而已，」安琪回道，「應該和妳一樣。我們是碰到女警來敲房門。」

「而且也真是丟人哪，」巴利搖搖頭，「安琪對我大吼，說是警察要問話，所以我穿著內褲衝到門口，根本沒想到會是個女人。」

戴夫問道，「她到底想知道什麼？」

巴利聳肩，「一切只是例行公事，她是這麼說的，據報有名十四歲女孩失蹤，他們正在追查下落什麼的。」

「我們最後一次看到那女孩是什麼時候？」安琪問道，「我們有沒有看到度假村附近有可疑的人？」

艾德以手肘推了一下巴利，笑鬧回道，「當然沒有，但戴夫除外。」

安琪繼續說道，「她失蹤的時候，我們在哪裡？我猜你們被問的問題應該也差不多吧。」

瑪莉娜問道，「你們兩個那時候還待在海邊吧？」

安琪點點頭，「想要充分利用最後一天的假期。」

艾德回道，「我們也是。」他又裝出嚴厲神色、盯著妻子，「但也不知道為什麼，我們還跑去購物中心鬼混了一下。」

蘇回道，「那裡正好有我需要的東西。」

艾德望向戴夫，「你們兩個呢？」他開始扮起默劇警察演員，以搞笑口吻問道，「兩位可否告知今天下午一點半到兩點半之間的行蹤？」

戴夫哈哈大笑，喝了一大口啤酒。

「那時候還在吃午餐，」瑪莉娜回道，「就在牡蠣酒吧的對面，忘記叫什麼名稱了。我們在三點鐘左右回來，大約在三點半的時候遇到大家……」

「沒錯，」艾德點頭附和，「後來，那女人開始尖叫，十分鐘之後，裡面都是警察。」

「她當然有權尖叫，」安琪回道，「光想到這種事就很可怕了，是不是？」

「所以就不要多想了，」巴利拿起最後一小塊麵包，把最後的橄欖油抹得一乾二淨，「我們什麼都幫不上。」

大家沉默了好一陣子，開始互相傳水瓶，咳嗽，摸弄餐具。過了約莫一分鐘之後，艾德望向廚房，開口詢問大家，是否也覺得餐點準備的時間太久了一點。

「我們應該再乾一杯，」蘇突然開口，「為了祝福那個女孩，」她舉起自己的酒杯，「期盼一切平安無事，讓她能安全回到母親身邊。」

安琪附和，「對，沒錯！」

大家都舉起自己的酒杯酒瓶互碰，但就在這時候，大家才驚覺沒有人知道那失蹤女孩到底叫什麼名字。

14

大家就不要繼續自欺欺人了，因為每個人都會撒謊。

抱歉，我那天晚上很忙。

我只是在隨便瀏覽網路影片而已。

我也愛你……

根據統計，大家每天說謊約二十五次，而男人的次數是女人的兩倍。我得事先聲明，我從來就不相信那種鬼話。在薩拉索塔的復活節聖週五詭異事件發生之前，我不知道自己算是比一般人誠實還是虛偽，但我從來不覺得見人說人話見鬼說鬼話有什麼不好，只要能讓生活變得更輕鬆愉快就是了，無論是面對自我或與別人互動的時候都一樣。即便如此，我還是嚇了一大跳，原來事到臨頭之際，我發揮得完全不費吹灰之力。

我的意思是，逼真的程度。

說來奇怪，是吧？遇到必要的時候，只要直接切換到另外一個模式，就可以展現功力，隨便扮演哪種角色、需要多久都不成問題，一切搞定，而且是日常生活的一切。當你在講話啦、吃東西啦，或是在做些其他事情的時候，完全不會說溜嘴，不曾有絲毫遲疑，你有這能耐嗎？

你不會低頭看錶。

排汗量也不會超出正常範圍，當然也不會突然尖叫或雙眼呆滯。

你不會在準備要說出「可以把鹽罐給我嗎？」的時候，突然冒出「她在後車廂裡面」這種話。

當然，我在開玩笑……只是用誇飾法強調重點而已，但希望大家能夠明白我在說些什麼，反正。我就是說謊成性。

我們大家都很擅長的本事。

正如我剛才所說的一樣，事件發生的當下，還有與此相關的日常事務與話題，我都能夠應付自如，讓我自己十分吃驚。老實說，這是我的立即反應，因為就連我在那台車裡忙翻天的時候——那女孩拚命反抗，雙腳亂踢，一直想要揮打我的雙手——我也吃了秤砣鐵了心，絕對不可能把車開到附近的派出所自首。我百分百確定接下來自己該說哪些話、又該做哪些事，以免自己落入警方的手中。早在那個時候，我就已經開始思索該如何因應各種狀況。

我真的一直想不透，為什麼某些罪犯想要被抓到。大家都不想坐牢吧，這是本能，對不對？對我來說，這是人之常情。我先前認為——其實現在依然這麼覺得——因為我的所作所為而懲罰我，太不合理了，即便是當初下手的時候，這種想法也依然堅定不移。我非常確定，就算自己被抓到的話，高層也會立刻做出理智判斷。等我解釋之後，就能夠讓他們明白什麼是……公平，那麼，無論是任何懲罰，對我來說都不會是問題了。

千萬不要誤會。我萬萬沒打算要被警察逮個正著。我只是覺得，就算被抓到也不是什麼世界末日，反正，要是真遇到最壞的狀況，我還是能夠靠自己的口才順利脫身。

說來諷刺，只要說出實話就夠了。

那個笑容，它對我造成的影響，還有，為什麼會逼我出手。

同時，也請大家不要忘了那些天天都被拿出來講的謊言。丈夫面對妻子、同事之間、醫生對待病人，善意小謊，或是漫天大謊，要不就是介於兩個極端之間、不輕不重的謊言。許多撒謊的人之所以選擇欺瞞，其實背後都有極為正當的理由，有些人甚至是出於純粹的善心。好，我當然沒打算宣稱自己是那種人，我知道這種事也沒有什麼具體衡量的標準，不過，我真的很好奇，不知道那些每日例常的二十五個小謊話加總起來，是否等於一個漫天大謊。

我的超級大謊言。

我曾經在電台聽到某個牧師或某人在節目裡講過這麼一段話，說謊的能力，讓我們「走入邪魔歪道」。因為呢，我們發現說謊很容易，所以他說……造成了我們的墮落，原本純善的人性也因而開始敗壞。狗屁啊，拜託，你自己知道真相是什麼。

即使在那個時候，這種事未曾發生之前，我也沒信過那種鬼話。

其實，說謊成就了我們的人性。

第一頓晚餐

15

瑪莉娜問道，「我們是不是第一組到的客人？」

「不重要，你們人都已經到了嘛。一路上還順利嗎？」安琪站在門廊上，向瑪莉娜與戴夫招手，請他們趕緊過來。她接下了紅酒與巧克力的伴手禮，笑說其實真的不需要，然後又指了指廚房，邀請他們「入內參觀」。

戴夫說道，「總是有人得當第一砲。」

瑪莉娜與戴夫站在一起，手牽著手，看到廚房的時候，立刻發出配合的讚嘆聲。安琪將他們的外套與包包放進用品室，而巴利則詢問他們想喝什麼飲料。瑪莉娜說，要是有已經開瓶的紅酒，她可以喝一點，而戴夫則詢問巴利自己在喝什麼。

巴利回道，「我在喝啤酒。」

「我也來一杯好了。」

「好漂亮，」安琪再度現身的時候，瑪莉娜發出讚美，「地方好大。」

這間廚房在擴建外推到花園之前、本來就相當寬敞，橘園風格玻璃屋頂的下方是溫室兼用餐區，走地中海裝飾風格。安琪開始大談空間感，還告訴瑪莉娜自己去哪裡買餐桌與大型赤陶盆，巴利則指出自己在哪裡安裝了H形鋼。某個爵士風格的優美樂聲悠悠傳來，但很難一眼看出音源究竟來自何方，安琪發現瑪莉娜在四處張望，終於指了指嵌在牆面高處的白色喇叭，「是傑米·

卡倫的歌。」

戴夫對巴利說道，「真沒想到你花了這麼多心血搞這個地方。」現在他們四個人都站在溫室裡、向外眺望大花園。今天本來是充滿溫暖光照的日子，現在卻出現了微雲，陽光開始慢慢退散。

「這不就是我的工作嗎？」

「沒錯，」戴夫說道，「我本來以為既然你是建商，一定懶得打理自己的家，你聽過那句諺語吧，製鞋匠的小孩總是打赤腳？」

巴利問道，「什麼？再說一次好嗎？」

瑪莉娜開口，「小孩呢？」

安琪的下巴朝樓上點了一下，「蘿拉與路克和幾個小朋友待在樓上，一起吃披薩，等一下我會叫他們下來打招呼，」安琪繼續說道，「還是得讓大家看到他們的基本教養。」

「別擔心，」瑪莉娜回道，「就由他們去吧。」

戴夫望向巴利，「你有一個自己的兒子，對吧？」

「他叫尼克，」巴利回道，「他和他媽媽一起住。」

現在，屋內只剩下傑米．卡倫的歌聲在屋內不斷迴盪，終於，門鈴聲響起，打破了眾人的沉默。

安琪開口，「他們到了。」

巴利跟隨安琪步出廚房，瑪莉娜挑眉看著戴夫。

他說道，「我就是受不了傑米．卡倫。」

瑪莉娜朝大門的方向點了一下頭，低聲說道，「我覺得孩子的事應該算是他們的痛處。」

他們聽到互相寒暄讚嘆以及親吻臉頰的各種聲響，終於，過了半分鐘之後，安琪回到了廚房，手裡捧著一大束百合花。

「看看這些花……」

艾德、蘇，最後是巴利，出現在門口，戴夫與瑪莉娜也開始歡迎新客人——熱情互吻寒暄——隨後主人奉上更多的飲料，而安琪則從櫥櫃裡找出花瓶、準備擺放鮮花。

「妳頭髮好漂亮。」蘇看著瑪莉娜，發出讚美。

安琪也湊過去，「我正要說呢。」

瑪莉娜鬼鬼祟祟挨到她們身旁，低聲說道，「老實說，爆貴，我覺得戴夫可能不是很開心。」

蘇回道，「誰管他啊！」

三個女人哈哈大笑，「本來就這樣，」安琪說道，「女為悅己者容，不是嗎？」

男人們則聚在廚房的另外一頭，暢聊最近剛結束的足球賽季。巴利是兵工廠的熱情球迷，而艾德小時候剛開始看球就擁護阿斯頓維拉，現在依然忠心不二。當他們在度假的時候，戴夫曾經隨口亂掰自己是曼聯的球迷，現在其他兩人正好樂得趁此機會、再次挑起當初在薩拉索塔的話題，他們訕笑他明明住在英格蘭南部，居然會去支持一個沒有任何地緣關係的隊伍。戴夫嘴硬得很，堅持自己已經追隨了好幾年之久。但是當艾德請他講出這支隊伍的其中六名球員的時候，他卻只能講出三個。

「我媽知道的都比你多，」艾德損他，「而且她還有阿茲海默症。」

巴利哈哈大笑，戲稱戴夫真的是超遜的輕量級。

安琪告訴瑪莉娜與蘇，「每次去髮廊之後，我報給另一半的價格都會偷偷減個百分之十。」

蘇跟著附和，「鞋子包包也一樣。」

「喂，我們聽得到妳們講話哦！」艾德猛拍了一下戴夫的肩膀之後，朝女人堆走去。

瑪莉娜開口，「你們在嘲笑我的男人？」

艾德哈哈大笑，「只是逗他一下而已，妳也知道他什麼德性⋯⋯」

「對，我很清楚，」瑪莉娜回道，「但你自己要小心一點，」她做出誇張表情，瞇起雙眼，「他會以牙還牙。」瑪莉娜朝站在艾德後面的男友露出甜笑，「親愛的，對吧？」

「當然。」戴夫臉色微微漲紅，與巴利一起走過去。

「巴利脾氣也不好，」安琪伸手環住巴利的腰，「有時候他就像綠巨人浩克一樣，把家裡搞得天翻地覆。」

瑪莉娜挨到艾德身邊，「那你呢？」

艾德一臉無辜，「我明明很乖啊？」

「少來了，根本喜怒無常，」蘇說道，「老是瘋瘋癲癲，親愛的，我說的對不對？」

「嗯，有時候我對妳可能有點嚴厲，」艾德回道，「就是妳惹我生氣的時候。」他對身旁的兩個男人眨眨眼，「但還不都是因為妳喜歡這調調……」

「對了，」安琪開口，「雞肉快好了，所以——」

瑪莉娜跟著附和，「味道好香！」

安琪放下酒杯，「有誰想要參觀一下我們家？」

「我們當初應該要把這些照片交給警方才是，」安琪抬頭看著其他人，「天，你們覺得我們現在應該送過去嗎？」她小心翼翼將三張照片排好，伸出塗滿鮮紅色指甲油的指尖、指著背景區的那幾個人。失蹤女孩與她的母親，一旁還有好幾個陌生男女，剛好出現在被攝主角的後方：有人坐在泳池旁邊，有的則是在附近走動，而望著攝影者方向的陌生人還不止一個。「兇手可能就在某張照片裡面，」她繼續說道，「我們很可能正盯著擄走那女孩的人……」

安琪剛才提出了「參觀」邀請，但並不是人人都買單。艾德留在廚房，而繃著一張臉的巴利也沒打算離開，為他們兩人又開了啤酒。戴夫則遲疑了一會兒，目光從那兩個男人飄向三名女眷，又回望他們，最後，終於決定加快腳步，跟隨瑪莉娜、安琪，以及蘇一起進去。

巴利將啤酒遞給艾德的時候，艾德問他，「你說他這樣是不是很娘炮？」

十五分鐘之後，大家又聚在廚房裡面，安琪把盤子放入烤箱，讓主菜再煨最後一下，並且請大家自己找位子。她的「特殊」桌墊果然一如安琪當初的期盼一樣、引起騷動，而且也提醒了蘇，她與艾德早已準備好自己的旅遊照片、要與大家一起分享。

「我們已經沖印了三組，」她說道，「艾德本來想要寄電郵，但既然我們要再次見面……」

「我怎麼沒想到呢，」安琪當時是這麼回她的，她擦乾雙手，回到中島前，瞄了一下，「等到我一有空，馬上也加洗兩組照片。」

瑪莉娜回道，「這構想真讚。」

大家圍在中島旁邊，開始細看蘇拿出來的照片。當然，大部分的都是蘇或艾德自己的照片，有幾張是他們其中一人拿相機所拍攝的團體照，也有一些是六人大合照。拍攝地點有海灘、各式各樣的酒吧餐廳，還有以夕陽為背景的照片，有些還看得到鵜鶘或白鷺映襯在粉紅與橘黃天空下的剪影，但拍照的主要地點還是在鵜鶘棕櫚樹度假村的游泳池畔。

其中一張團體照，讓安琪一直盯著不放。

「我們應該要交給警察，」她又講了一次，「至少可以讓他們看看我們拍到了什麼照片。」

蘇回道，「他們又沒問。」

「妳在開什麼玩笑啊？」巴利的下巴朝那些照片點了一下，「就算是真的有人擄走她好了，那傢伙穿著泳褲坐在那裡的機率會有多高？」

安琪猛搖頭，「幾年前，警方也做過相同的事。應該是在布萊頓或邵森德之類的地方，他們正在找尋某名通緝犯，而且他們知道有人目擊這傢伙出現在這個區域，所以他們呼籲大家，要是曾經在某一天到過那裡的海灘，請將照片寄給他們。」

瑪莉娜說道，「我記得自己也看過這篇報導。」

「對，當他們仔細研究這些照片之後，居然找出了十幾個戀童癖前科犯。」

「十幾個？」戴夫問道，「光一個海灘就這麼多？」

「可能五、六個吧，」安琪回道，「我不記得詳細數字，但真的很嚇人。」

戴夫望著巴利。

「她說的沒錯，」蘇跟著幫腔，「我也看過類似的文章。」

艾德彎身，細看照片，「我還是看不出這些東西有什麼重要性。」

瑪莉娜反問，「如果他一直在監視她呢？」

蘇點點頭，「要是真有壞人已經出現在那裡，搞不好發現她在那裡晃蕩之後，決定跟蹤她。」

「要是她認識歹徒的話，他下手就更是輕而易舉，」瑪莉娜說道，「也許對方根本就是她熟識的人。」

大家都盯著照片，足足過了好幾秒鐘之久，終於，艾德收起那組照片、丟回流理台，起身，「這套理論很完美，但警察不早就已經在那裡訊問過大家嗎？所以當然不可能放過這些照片裡的每一個人。」

「未必吧，」蘇放下了手中的照片，其他人等待她繼續說下去，「我記得我曾經與一對夫婦聊天，他們根本不是住客，只是支付使用泳池的單日費用而已。所以了，當警察訊問每一名房客的時候，由於這些人未必住在那裡，也許並不在現場。而且，我十分確定某些是沒事就偷偷溜進來享受泳池的那種人。」

「的確是這樣，」瑪莉娜回道，「只要有心想偷闖，誰也攔不了，似乎也沒有人在檢查嘛，對不對？」

安琪開口，「所以囉。」

巴利雙手一攤，「所以怎樣？」

她揚了一下照片，「我只是想說，萬一他正好在裡面呢？」

「那就聯絡一下警方吧，」巴利回道，「如果妳會因此而半夜睡不著覺，就趕快把他媽的那些照片用電郵寄過去。」

艾德隨著傑米．卡倫的歌聲不斷在搖頭晃腦，經典老歌〈未必如此〉的某種狂熱版。「反正也為時已晚，」他拿起酒杯，「已經過了一個月左右了吧？」

戴夫開口，「一個半月了。」

「所以，她早就死了——」

「她名叫安珀瑪麗，」安琪說道，「我在網路上查新聞的時候看到的。」

艾德點點頭，「好……所以，安珀瑪麗死了，警察八成再也不鳥這檔子事，而且殺死她的那傢伙也不太可能待在鵜鶘棕櫚樹那裡繼續閒晃、找尋下一個犯案目標。」

蘇搖頭，「艾德，拜託一下好嗎？」

「我只是實話實說罷了。」

「我們該開動囉，」安琪說道，「不然雞肉就煮過頭了。」她請大家入座，而自己則忙著準備肉醬條，巴利從冰箱取出了好幾瓶酒，四名客人又走向餐桌。

戴夫站在桌前，挨到艾德身邊，低聲嘀咕，「十幾個戀童癖出現在同一個海灘？同一天？」

巴利聽到了，轉身搖搖頭，彷彿在告訴他，「別理會她。」

艾德說道，「我有個前女友曾經一度指控我是戀童癖。」

戴夫盯著他，「啊？」

「我告訴她，這對十歲小孩來說，可是個相當艱難的生字。」

戴夫哈哈大笑，趕緊偷瞄瑪莉娜，注意她作何反應。

安琪大吼，「大家隨便坐啊。」

安琪發現巴利比大家提早吃完主菜，立刻吩咐他，「快去叫小孩下來。」

巴利問道，「一定要嗎？」

「他們應該根本不想下來，」蘇回道，「得和我們這種無聊的老傢伙打交道。」

安琪回道，「至少應該要打聲招呼才是。」

其他人繼續安靜用餐，巴利則走進門廳、對著樓上大吼大叫。過了約半分鐘之後，他又吼了一次，這次的聲音聽得出真正的怒氣。他回座之後猛搖頭，大家聽到了樓梯間傳來沉重腳步聲，兩個十幾歲的小孩——男孩與女孩——滿臉不耐走向餐桌的另一頭。

安琪叮嚀他們，「趕快打招呼啊。」

他們乖乖照做了，只不過那男孩講話的語氣跟機器人一樣。他雙手插在兜帽上衣口袋，而且還擺出寧可去拔牙也不想站在這裡的臭臉。女孩似乎是好一點點，稍微少了那麼一些彆扭，她還努力擠出了近乎笑臉的表情，穿著Ugg靴子的雙腳一直在左右挪移。

艾德問道，「你們兩個在樓上幹什麼？」

「就只是在看電視而已，」女孩囁嚅回道，「我朋友過來陪我。」

「有沒有什麼好看的節目？」

「沒耶。」

「就不需要問路克在做什麼了，」安琪翻白眼，「他一定是死黏著那台鬼X-Box。說真的，有時候他連東西都忘了吃呢。」

小妹妹笑得好開心，靠在哥哥的肩上，而那小男生也挨向他妹妹的肩頭，但刻意使出兇猛力道。

巴利出口喝止，「喂！」

「戴夫從事電玩遊戲設計工作，」安琪說道，「也許他等一下可以教你一些秘技。」

那男孩總算有了一點神采，「你設計的是《決勝時刻》嗎？」

戴夫回道，「不是。」

「《最後一戰》？」

「也沒有……」

那男孩又繼續盯著自己的球鞋，顯然這段對話已經無疾而終了。

艾德看著戴夫，搖搖頭，「原來我們都一樣，我還以為你能和小孩打成一片。」

瑪莉娜催促戴夫，「快講出你設計的那些遊戲嘛。」但不知道她希望戴夫開口的對象是艾德還是那男孩。

戴夫還來不及開口回答，巴利已經先發號施令，「馬上給我關電腦，」他問道，「怎麼還不去寫功課？」

「可以明天再做啊，」安琪問道，「是不是？」

男孩悄悄應了聲「對」，往餐桌後方退了一步，目光正苦苦哀求媽媽。

「好，去玩吧，」安琪回道，「我們就不礙著你了。」

男孩在數秒之內就消失無蹤，但那女孩還依依不捨，她的下巴朝瑪莉娜點了一下，「我喜歡妳的髮型。」

瑪莉娜回道，「謝謝。」

戴夫補了一句，「但妳可能得好好存錢哦。」

女孩又伸手摸了一下瑪莉娜的鼻側，「這個也很酷，妳都一直戴鼻釘嗎？」

「有時候是鼻環，」瑪莉娜說道，「妳也可以弄一個啊。」

「不可以。」安琪說完之後，伸手拿了瑪莉娜的盤子。

瑪莉娜回道，「現在一大堆小孩都有穿鼻洞。」

「嗯，是沒錯。」安琪吩咐小女孩應該要上樓去找朋友了。

等到那女孩離開之後，艾德讚道，「很乖的小孩。」

蘇補了一句，「個性也開朗。」

戴夫望著巴利，「蘿拉、路克和你的小孩相處融洽嗎？」

巴利回道，「尼克不會與他們見面。」講完之後，他立刻站起來，拿走安琪手中的空盤，進入廚房。

安琪傾身靠在桌前，低聲說道，「巴利與前妻有些芥蒂。」

其他人很識相，紛紛壓低聲音說話。

「把小孩牽涉進來，」瑪莉娜回道，「這樣真的很糟糕。」

「那女人就是賤，」安琪繼續說道，「利用那可憐的小孩當成討價還價的工具什麼的，巴利真的被她搞得身心俱疲。」

瑪莉娜搖頭，「真的很糟糕，」她又重複了一次，「我的意思是，無論夫妻之間發生什麼事，對子女的愛永遠不會終止吧，是不是？」

戴夫回道，「某些人就是不配有小孩。」

蘇說她要進廚房，也許巴利需要人手幫忙，安琪說他一個人沒問題，但蘇還是站了起來。艾德大笑開黃腔，告訴蘇要確定只伸一隻手就好。

「好，」安琪說道，「希望大家還有留肚子吃甜點……」

安琪從樓下洗手間出來的時候，蘇正在外頭等候。兩人在門外互換位置，也不知怎麼的就開始暢懷大笑。

「嗯，真謝謝妳的費心安排，」蘇說道，「能夠再見到大家真好。」

「不不不，是我要感謝你們特地過來一趟。」

「下次來我們家好嗎？」

「哦，太棒了！」安琪趨前，緊緊抱住蘇，廁所大門另外一側的水箱正發出嘩啦啦的聲響。

等到兩人分開之後，安琪瞄了一下廚房，「我覺得大家今天都很盡興。」

「哦，當然，這麼美好的晚餐。」

「看來艾德似乎很能自得其樂。」

蘇回道，「這樣講也是可以啦，不過……」

「我看等一下是妳開車吧？」

蘇哈哈大笑，「他沒差。」她開始盯著自己的腳，正當安琪準備要轉身離去的時候，她輕輕抓住她的手臂，「聽我說，我知道巴利對於照片的事有些不以為然，艾德也講了一堆亂七八糟的話，但如果妳有心的話，的確應該要把照片寄給警方。」

安琪回道，「我不知道耶。」

「妳剛才所說的那些話，我覺得很有道理。」

「我可能只是看了太多的懸疑小說。」

「這就看妳自己了，」蘇說道，「但寄出去也無礙，妳說是不是？」兩人互看了一會兒，蘇聳肩，終於開口，「好，那就這樣吧……」隨即推開了廁所的門。

安琪上樓看了一下小孩之後，又走進廚房，剛好聽到瑪莉娜因為聽到艾德先前說的話而發出不可置信的呻吟，或者，可能是出於疲憊吧。艾德整個人貼靠在椅背上，看起來頗是得意，戴夫則盯著自己的盤子，慢慢食用剩餘的起司與餅乾，而巴利一個人待在平台區抽菸。

她開口問道，「好，誰想要咖啡？」

瑪莉娜與戴夫都說好。艾德說自己不用了，但他覺得蘇可能會想要喝咖啡。

「如果有哪個人想要來點特別的小杯咖啡，我可以為各位準備，」安琪說道，「義式咖啡之類的東西，巴利買了台很炫的機器。」

蘇也在這時候進來，「太好了！」

戴夫回道，「我也要。」

「沒問題。」安琪轉身，又進了廚房，以半走半舞的姿態回到廚房。約在一個小時之前，傑米・卡倫退位，由麥可・布雷接棒，現在終於輪到了艾美・懷恩豪斯。

幾分鐘之後，安琪拿著托盤，將咖啡送到餐桌前面，同時還準備了奶油與瑞士巧克力。咖啡才剛上桌，巴利就開始收疊碗盤，他靠在桌前，詢問大家是不是還需要使用餐具。安琪吩咐他坐下，因為還有人沒吃完，但巴利堅持現在就是開始清理的好時機，而且拿起所有的碗盤杯子、準備送入洗碗機。

「千萬別怪他，」蘇說道，「要是艾德這麼愛幫忙就好了。」

艾德嘟嘴，發出親嘴的聲響。

瑪莉娜問道，「所以，明年大家都會回去那裡度假？」

「天，這倒是提醒了我，」安琪回道，「大家有沒有聽說觀光客被槍殺的事？」

戴夫問道，「是在薩拉索塔嗎？」

「我在網路上搜尋那女孩新聞的時候……」

「安珀瑪麗，」艾德故意糾正她，「你知道嗎，她的名字叫安珀瑪麗耶……」

蘇叫老公閉嘴，然後又請安琪繼續說下去。

「全部都是那對慘遭謀殺的法國夫婦的新聞，」安琪喝了口紅酒，「歹徒只不過為了幾十美元，就對人家的頭部開槍，真是太可怕了。」

艾德挨到瑪莉娜身邊，「好，我想這條新聞等於回答了妳的問題，」他繼續說道，「我們應該要像躲避瘟疫一樣、逃離這個地方，因為這裡顯然就是佛羅里達州的犯罪之都。」

巴利回道，又順手去拿安琪的盤子，「每個地方都可能會有人為非作歹。」

「這句話你以前就講過了。」安琪語氣有點尖銳。

巴利伸手拿安琪的酒杯，「我也應該要收走這杯子了。」

她開口抱怨，「我還沒喝完。」

「我知道。」

「不過，我是認真詢問大家的意見，」她逐一凝望餐桌上的每一個人，「你們想要再回去那裡嗎？」

「我會啊，」安琪回道，「巴利與我都很愛那裡。」

「還是住在『鵜鶘棕櫚樹』？」

「嗯，可能會換地方，妳也知道……既然出了那種事。」

「我覺得我們不會回去那裡了，小蘇，妳說是不是？」艾德望著蘇，「不是因為那女孩或其他事情，我只是覺得，下次想試試看比較高檔的地方。」

大家安靜了好幾秒鐘，巴利開口打破沉默，「什麼？」

「你的意思是說，檔次比較高的客人？」瑪莉娜反問，她不像艾德那麼尖酸，但從她的神情看來，顯然她很樂意對他下戰書，「不會出現我們這種低層次客人的地方。」

「我不是那個意思，」艾德略略拉高了聲音，「我只是要表達，要是我們再去度假的話，可能會對自己好一點，去比較貴的場所，找間飯店之類的地方。」

「不會有智障小孩到處亂跑鬼叫的地方，」巴利回道，「以免破壞了景觀。」他拿起盤子，堆到自己手上那一疊的最上方，「你應該就是這個意思吧？」

艾德回道，「大家現在的反應也太離譜了。」

安琪緩頰，「別這樣。」

巴利轉身，逕自回到廚房。

「我不懂，」艾德搖頭，雙手一攤，「那裡明明就是有問題，如此而已，但現在大家看我的表情，簡直像是我犯下尬了你們的媽媽之類的惡行。」

瑪莉娜哈哈大笑，往椅背上一靠，「抱歉，我不是故意這麼挑釁。」

安琪也笑道，「這倒是提醒了我不要惹毛妳。」

「我覺得，大家對於此次的假期與種種回憶的感受，」戴夫說道，「不免有些怪怪的，一切都是因為那女孩的遭遇。」他握住瑪莉娜的手，傾身靠向艾德，「大家都比平常敏感一點，如此而已。」

「但何必這樣？」艾德反問，「這禮拜天天都有更令人髮指的故事在上演。連續殺人魔啦，還有一次殺死數百人的恐怖份子。天，只要打開電視不就知道了嘛！」

「對，但我們曾經待在那裡。」

蘇說道，「大家應該要走出陰霾了。」

「現在還言之過早，」安琪說道，「這時候該來點白蘭地什麼的吧？有沒有人想喝一杯？」

瑪莉娜回道，「我正好想喝白蘭地。」

戴夫說他不需要，而蘇則是不發一語，艾德說，讓瑪莉娜一人獨飲很沒有禮貌。安琪把巴利叫回來，問他廚櫃裡是否還有白蘭地，他搖搖頭，「可能還有一點百利甜酒。」

瑪莉娜回道，「這更好。」

「當然比不上鳳梨可樂達，」安琪說道，「但還是有同樣的效果。」她看著巴利走進廚房之後，才開口說道，「我倒是覺得，這搞不好是最好的結局，畢竟那女孩……天生就那種模樣，其實這也許是上帝的恩賜。」她慢條斯理，仔細注意每一個字的發音，字正腔圓，彷彿在闡述自己思考多時的心得。她望向餐桌對面的瑪莉娜與戴夫，目光又飄向蘇與艾德，「如果你不明白某人即將要對你下手，也不懂那些惡行到底是什麼……那麼，事到臨頭的時候，應該也不會害怕吧。」

16

瑪莉娜往後一仰、緊閉雙眼。她已經脫掉了鞋子，一雙赤腳貼住汽車副座的置物箱。

「在睡覺啊？」

「快睡著了。」她的聲音充滿了濃重的睡意與酒氣，「我們到哪裡了？」

「克羅伊登，」戴夫回道，「我看妳還是好好閉目養神吧。」

她哈哈大笑，「今晚還真有意思，你說是不是？」

「某些時候，的確如此，」他瞄了一下時速表，放開了油門，雖然他盼望能趕快到家，但一路上有許多測速照相器。「最後的那半小時……還真是耐人尋味。」

「安琪眼眶含淚，」瑪莉娜說道，「真的，你有沒有發現？就是在講那小女孩也許不知道自己大難臨頭的時候，她這個人真是感情豐富。」

「她喝醉了，」戴夫說道，「艾德也是。」

瑪莉娜把雙腳又擱回地上，她將車窗開了一點縫隙，靠過去，想要呼吸新鮮空氣，她喃喃自語，「真糟糕。」

「怎麼了？」

「他們應該會覺得自己丟人現眼才是，居然失控到那種程度。」

「我先前早就跟妳說了，」戴夫回道，「喝醉的人會亂講話，」他瞄了她一眼，對她微笑，

「妳也只有喝醉的時候才會耍賤。」

「親愛的，真的嗎？」

他伸手過去，撫摸她的大腿，但她卻沒有任何反應。「我看到妳吐槽艾德的時候，真的覺得很爽，他這人超混蛋……」

「你知道嗎？」她又把頭往後靠，「我認識的曼聯球員比你多。」

戴夫笑了，但笑聲很敷衍，「那又怎樣？」

她虧他，「超遜的輕量級。」

前方有測速照相器，他逐漸減慢車速，維持在時速三十英里，變換車道之後，開始加速，「我才不覺得妳知道的比我多，但那又怎樣？」

瑪莉娜又閉上雙眼，開始慢慢細數那些足球隊員的名字。

大部分的餐具都已經收拾乾淨，桌上只散落了幾張餐巾紙與尚未使用的餐具，還有紅酒酒環與燒光的兩根蠟燭。巴利在水槽前忙著清理，安琪則四處晃來晃去，洗碗機裡面已經全塞滿了，此刻正在運轉洗滌，他開始手洗剩下的罐子與鍋子。

艾美．懷恩豪斯正在唱〈回到黑色心境〉，已經是第二遍了。

安琪拿起其中一張紀念餐墊，「你看，居然有人忘了把它帶回家，」她把東西扔到流理台，一屁股坐在廚房中島上面，「現在我得寫電郵問一下。」

巴利背對著她，「妳不需要多事。」

「當然不需要，我可以下次再給他們，」她跟著哼了一會兒，但她根本不知道歌詞，「算了，搞不好是有人故意不帶走。你覺得呢？這個桌墊……」

巴利不發一語，沒理會她的這個問題，不然就是沒聽到，音樂、加上洗碗機的低鳴，還有肥皂泡泡下方鍋子的碰撞聲響，蓋過了老婆的講話音量。

「今晚很成功，你說是不是？」安琪問道，「你應該也這麼覺得吧？」

巴利回道，「的確辦得很棒。」

「我自己覺得是賓主盡歡，」她又跟著哼歌，又繼續說道，「蘇叫我還是該把那些照片交給警察。她說她也很同意我的看法，擄走那女孩的人搞不好就在照片裡面，很難說。」她把手伸向擱在中島上面的碗，啃了好幾片洋芋片，哈哈大笑，「她還說艾德講了一堆亂七八糟的話……他……就是喜歡揶揄『安珀瑪麗』那個名字。」

「他只是想當眾人注目的焦點而已。」

「這可憐的小孩，被叫什麼名字也無能為力是吧？」她把殘餘的洋芋片倒入手中，一口氣送入嘴裡，「耶，好奇怪哦？」

「什麼？」

「我用的是現在式而不是過去式，彷彿她還活著一樣。」

巴利回道，「我們現在也不知道她是生是死。」

安琪開始跟著哼唱副歌，隨後站起來，走向水槽，最後站在巴利背後，「何不留到明天再整理？」

他回道，「最好還是趁現在趕緊收拾乾淨。」

她伸手環抱他的胸膛，整個人貼上去，「拜託，別忙著收東西了，我們現在就上床。」

他猛力向後一擠，剛好把她推到一旁，他拿起擦碗巾，抹乾雙手。

「不要這樣，」她伸手想要拉他，但他卻從她面前走過去，來個相應不理。「我只是想抱抱你而已嘛。」

巴利拿起香菸，逕自走入花園。

「哎，我是沒看到花園地精啦……令人失望。」艾德打小嗝，「也許他們把它藏起來了。房子外頭也沒有『巴安之家』之類的招牌，還有，他們沒有聽《就是紅》的歌，這一點我也猜錯了。」他豎起食指，誇張舞動，「不過，他們家的捲筒衛生紙的蓋盒卻是隻絨毛貴賓狗。」

蘇說道，「我覺得安琪人很好。」

「這一點我不否認。」

「他們兩個人都很好。」

「我從來沒說他們是壞人。」

「你一直在訕笑他們。」

「妳先前也沒吭氣啊。」

這趟從北倫敦前往克勞利的旅程，他們開的是艾德的富豪Estate，空間比蘇的那台福斯老破車大一點，而且艾德的汽油錢也可以報公帳。車內可以聞到些許艾德鍾愛的亞曼尼鬍後水殘香，但最為濃烈的還是所謂的「古典美好的英式皮革」氣味，來自於懸在方向盤撥桿下方的那個空氣芳香劑。只要車子一轉彎，艾德後車廂的樣本書紙箱就開始東搖西晃，而副座下方盒座裡的CD也會順勢全滑出來。當然，不會有《就是紅》的專輯，艾德偏好略具「流行氣息」的音樂，也就是說，電台目前大力放送的《酷玩》與《基恩》樂團的最新專輯歌曲。

「我累死了，」蘇開始抱怨，「應該要提早一小時離開才是。」

艾德悶哼一聲，心想，「她真心希望我們能待久一點，難道妳沒發現嗎？她不希望客人離開。我覺得她沒什麼朋友，她老公也一樣。」

「我覺得她沒什麼事情可做，」蘇打開了車子的大燈，M25公路的某一小段完全沒有路燈，而且附近也沒有任何車輛。「如此而已，小孩已經到了能夠照顧自己的年紀，她自然就會……有些失落。」

「她這個人實在很難相處，妳說是不是？」

「我只是覺得，她是得整天忙個不停、得找點事情掌控在手的那種人。」

「也許這就是她為什麼無法放下那女孩的原因吧，」艾德轉頭看著她，「我是說那照片的事。」

「其實，我有私下鼓勵她，」蘇回道，「應該要與警察聯絡。」

「靠，妳這是哪招？」

「我只是同情她罷了，」對面車道的某台車開始閃燈，所以她趕緊關掉大燈，「好，他們也不會認真處理這些照片，不然就是浪費兩三天的時間，追蹤一下照片中窩在度假村游泳池附近的那些人，反正也沒差吧？」

艾德回道，「是沒有。」兩人接下來都沒說話，寇漢姆休息站的指示牌一出現，蘇就開口了。

「我想去那裡一下。」

艾德悶哼一聲，露出微笑，「看看是不是能找到停車場的僻靜角落？嗯？」

她指了一下岔道的方向。

「找個安靜的好地方，」他說道，「然後我就可以告訴妳那昂貴的新髮型有多麼性感撩人。」

她看著他，額頭冒出了一層薄薄的汗珠，在一排路燈的映照之下，散發出泛黃光澤。她回道，「我只是想要喝杯咖啡而已。」

17

傑夫・葛德納下樓，進入廚房，妻子正站在流理台前準備沙拉。他站在那裡好一會兒，欣賞眼前的這幅景致，直到妻子轉身、發現他站在門口之後，他才收回目光。

「她睡了？」

他回道，「終於搞定。」

「再五分鐘就可以吃晚餐了，」

「要不要讓我來準備餐具？」

「我想要喝一大杯紅酒。」

他回道，「馬上好。」

他走到冰箱前，拿出紅酒，伸手向上取了兩個酒杯，開始倒酒。老實說，他在外頭奔波了一天，唯一能夠坐下來的短暫時刻就是在鵜鶘棕櫚樹泳池畔的那二十分鐘，他也需要來一杯，而且至少是一大杯。

「一樣的故事嗎？」

「抱歉？」

米雪兒抬頭，朝女兒的臥室點了一下，「她還是想聽平常講的那個故事嗎？」

葛德納翻白眼，「對，白癡的多嘴老虎。」這是讓他想喝一杯的另一個理由。他女兒目前正歷經每天晚上都得要聽同一套床邊故事的階段，必須要以同樣的方式講給她聽，不能有任何遺漏，而且每一個角色都有固定的聲音模式，不能有任何改變。要是葛德納想要更動隻字片語——他之所以想要這麼做，無非就是為了要讓自己不要打哈欠而已——馬上就會被五歲小公主才能講出的那種好笑嚴厲口吻大力斥責。幾天前，他曾經在自己的警司面前提到這件事，警司的女兒比他的小孩大了幾歲，他告訴葛德納，開心接受就是了，他還說，總有一天，她再也不想聽那種故事，而當你還想要唸給她聽的時候，她卻嫌這種事太愚蠢幼稚。你一定沒想到那天居然到來得這麼早，到時候你就會懷念現在的日子了。

葛德納明白那段話的真義，所以他繼續認分唸故事。

他喝了一小口酒，然後將酒杯交給妻子，她一手拿酒杯，一手拿刀，近身吻了他一下，「現在你可以準備擺桌了。」

兩人在外頭的遊廊區用餐。天花板風扇已經轉到了最強風速，傍晚八點了，氣溫卻依然高達華氏七十多度（攝氏二十幾度）。剛才葛德納一踏進家門，在短短幾分鐘之內就脫去上班的衣裝，而當他一穿上寬鬆短褲與坦帕灣光芒隊的老舊T恤的時候，頓時也釋放了些許壓力。庭院的迷你泳池裡，有好幾個充氣玩具在水面漂浮：綠色小龍、五彩游泳圈、騎乘式烏龜。某張長椅上掛著濕答答的毛巾，而平台區依然看得到水漬。

「她幾乎一整天都待在那裡，」米雪兒說道，「就是不肯起來。你知道嗎？我得一直盯著她，什麼事情都不能做，想上廁所的時候就只能趕快用衝的。」

「妳進去廁所，就放她一個人在水裡玩？」

她放下叉子，「我進去也不過只有一分鐘而已，她有戴臂圈，何況浴室門是打開的，我可以看得到她啊。」

「好吧，只是……」

「只是怎樣？喂，一整天陪著她的人是我。」

葛德納的妻子並沒有拉高音量，而當他抬頭偷瞄的時候，發現她臉上也依然掛著微笑，但他太清楚老婆的個性了，現在還是別多事比較好。他回道，「她日後一定是游泳健將，很好。」

吃完晚餐之後，他把盤子收進廚房，而米雪兒則拿著兩人的酒杯進入客廳。她打開電視，幾分鐘之後，他也坐在沙發上陪著她。他讚美今天的晚餐很棒，她則關心他到底有沒有吃飽。

「我午餐吃得很豐盛。」

「讓我猜猜看……」

「就是個方便省事的地方。」

她回道，「再這樣吃下去，你就要變成豬頭潛水堡三明治了。」

當地新聞台主播正在播報那兩名法國銀髮族觀光客謀殺案的消息，目前依然找不到任何的緝兇線索。記者採訪了薩拉索塔的兩名警官——葛德納剛好都認識——也詢問了謀殺現場附近民眾的看法。然後，女主播的語氣突然變得出奇高亢，她開始介紹受害夫婦的成年子女剛剛飛抵這裡的影片。一對神情哀戚的年輕兄弟拚命搖手，而陪伴一旁的警長則擺出最佳姿態面對攝影機，還以一種只有白癡和外國人才會相信的口吻、向這兩位訪客拚命保證，一定會全力緝捕殺死他們父母的兇手。

等到他們開始播報當地水果節新聞的時候，米雪兒開始亂轉頻道，她拿起酒杯，開口問道，「所以她回家了沒？我是說派蒂．李．威爾森？」

「應該是吧，」葛德納回道，「她告訴我一定會好好考慮。」

「她還在拒絕接受的階段，對吧？」

「嗯。」

「這樣不太好，必須要面對現實啊。」

「我也這麼覺得。」

「好，千萬不要誤會，我不是沒有同情心，我的意思是，有誰會這麼冷血呢？不過，你也知道……」

葛德納點點頭，但他其實想到的是鵜鶘棕櫚樹度假村的經理也講過類似的話，他開始努力回想他的措辭。

什麼幫忙募款的鬼話。

米雪兒是英國古典推理影集的忠實觀眾，兩人準備要看《大偵探波洛》，豪華火車之旅的那一集。約莫過了十五分鐘之後，她望著他，問他怎麼了？

「安珀瑪麗．威爾森一定也有她百聽不厭的故事，」葛德納說道，「就和其他小孩一樣，對不對？有喜歡的故事、玩具，還有電視節目。我們期盼這一切能夠成為未來的美好回憶，暢懷大笑，而我們依然能夠擁有我們的女兒。如今，派蒂只剩下那些記憶而已，這樣夠嗎？」

米雪兒側頭、挨在他肩上，搓揉他的手臂。

「我不想讓她失望，如此而已。」

「怎麼會讓她失望呢？」

他回道，「今天我對她做出了某個承諾。」

她抬起頭來，「你為什麼要這麼做？」

「我也不知道。」

米雪兒的下巴朝電視點了一下，「你應該要把那種事交給你老闆，他畢竟是政客。」

「這跟講場面話之類的事毫無關聯，」他回道，「我是認真的。」她想到了那對父母慘遭謀殺的法國男孩。許下承諾自然壓力沉重，但那才是正確的態度。

到底要怎麼安葬小孩？

他一直在想這件事，倒不是因為接了威爾森的案子，其實，早在他第一次調查某個年輕人死因之後，就讓他懸念在心。有一次，他半夜不睡覺，拿了瓶紅酒，開始在谷歌裡鍵入這個問題。好，現在大家找尋困難問題的解答不都是靠這種方法嗎？而他只找到「高品質骨灰罈與棺材」、以及能將摯愛之人骨灰轉為鑽石的「懷念珠寶」公司的一堆廣告。

他當時覺得噁心，立刻關了網站。

「傑夫……？」

他握住妻子的手，電視裡那個蓄有妙鬍鬚的胖警探正在訊問某名嫌犯。葛德納知道，大約再過一個小時左右，這起案件就會水落石出，兇手落網，正義終得伸張。

他往後一靠，全身放鬆。

此時此刻，他需要的莫過於此而已。

18

一夥人從「北梭魚燒烤」出來之後，分乘兩台計程車回去：艾德、蘇、瑪莉娜同坐一台，而安琪、巴利，以及戴夫乘坐另一台。回到鵜鶘棕櫚樹不過是十分鐘車程，所以兩台車一直前後相隨。回到城中區之後，大家為了搶付車費而客氣爭執了一會兒，等到計程車離去之後，這三對伴侶緩緩走回度假村，大家似乎都意猶未盡。

雖然現場看不到任何警察，但卻有三台警車進駐在停車場。

安琪開口，「不知道有沒有什麼新進展？」

「一定沒好事，」戴夫說完之後，牽起瑪莉娜的手，下巴朝警車的方向點了一下，「不然他們也不會出現在這裡。」

艾德說應該要找間酒吧續攤，畢竟是假期的最後一天了，但蘇卻提醒他明日返家之旅十分漫長，而且他們還得忙著打包。安琪坦承她早在兩天前就開始打包，而瑪莉娜則宣稱自己與戴夫什麼也不管，打算等到離開前把所有的東西扔進行李箱就是了。

安琪回道，「真希望我也能這麼瀟灑。」

「這不是瀟灑，」瑪莉娜回道，「應該算是亂七八糟。」

蘇開口，「好，那麼就……」

三個女人彼此擁抱，她們也抱了一下那些男眷。巴利與戴夫則是握手致意，但最後兩人卻被艾德一把抱住，他告訴他們，必須要放輕鬆才是，而且對著他們的女伴又親又抱。

艾德對戴夫眨眨眼，「不這樣的話，大家會以為我有同志傾向。」

大家準備要離開，但彼此互道「晚安」的聲音卻一直沒完沒了，於是這一堆人又聚在一起，聊了一下隔天的計畫。有人提議第二天早上可以繼續見面，把握游泳池畔的最後一個多小時，但終究還是沒有成案。每一對都得歸還租車，而且有人預計前往坦帕灣的時間比較早，但基本上大家都認為可以在搭上回程班機之前、約在離境室的休息區會面。

「一定哦，」安琪說道，「別忘了我們還得要交換電郵地址。」

一個半小時之後，其中一對已經上了床，兩人都在看書，一個在看電視書香論壇節目曾經討論過的小說，而另一個則埋首於某名北英格蘭喜劇演員的自傳。另一對伴侶在做愛，雖然這並不是連棟式的度假小屋，但牆板單薄，而且在這等寧靜的夜晚，聲音很容易就傳到隔壁，所以他們小心控制自己的淫聲浪語。

第三對則在吵架。

「剛才在餐廳的時候為什麼要說謊？」

「我就是那樣告訴警察的啊，所以——」

「這就是重點，為什麼一開始就要對警察說謊？」

那語氣有怒火，而且是滿腔不滿，但聲音卻刻意壓到讓別人聽不見。就像在他們後頭那間小屋裡做愛的伴侶一樣，他們也不想讓別人聽到他們的談話內容。

「你明明知道為什麼。」

「我只知道都是因為你，害我也得跟著說謊。」

「這也很合情合理好嗎？」

「合情合理？」

「你自己知道警察是什麼德性，也很清楚他們的思考模式，全世界的警察都一樣。我只是覺得，想要脫離嫌疑名單，確保我們明天順利離開，不必耽擱行程，只有這個方式最簡單。」

「蠢爆了。」

「小聲一點。」

「真的很蠢，因為要查核太容易了。」

「我不覺得——」

「拜託，監視錄影器、證人、各式各樣的可能。」

他們兩人沉默不語了半分鐘之久，其中一個坐在床邊，拿著指甲刀在修剪指甲。另外一個則在床邊的兩側來回踱步。

「好，其實也不重要，對不對？」

「是嗎？」

「我們就等著瞧吧。這得看他們有沒有能耐找到那女孩？還有，就算被他們尋獲好了，也得看看屍身成了什麼樣子……」

第二部

蘇與艾德

19

在快要八點的時候，彼得與安迪將租來的獨木舟推入水中。他們暫別校園，從紐約飛來，打算在這裡休息充電一個禮拜，享受七天的陽光、啤酒，還有火辣的佛州女孩，截至目前為止，在這三項目標當中，至少有兩項的實行成效相當卓著。

安迪其實本來對這趟獨木舟之旅沒什麼太大興趣，他寧可在白天睡覺——床上或泳池邊都好，他沒差——但彼得最後還是說服了他，因為這樣可以讓他的胸部曬出誘人的古銅色，鐵定能夠增加之後把妹上床的機率。

「我們面對現實好嗎，你明明現在就是需要各種火力支援，」彼得當時是這麼慫恿他的，「而且，那裡的野生物種會讓你大開眼界，我們甚至有機會看到海牛。」

「太好了，」安迪當時回道，「我們就是需要磨練，翻船啦……然後還會遇到鱷魚，對不對？」

「你白癡啊，那裡又不是沼澤地，還有，那是獨木舟，不是船好嗎……」

根據租船公司所提供的地圖，他們開始朝南划行，進入布蘭德水道，在前十分鐘左右的渠段寬度有七十五英尺，兩側座落了許多房屋，有公寓，也有比較高檔的獨棟式住宅，全都附有木造船塢，水面上可以看得到各種尺寸的船艇。

他們經過了某塊豎立招牌的水域，「海牛區」。彼得說道，「早就告訴你了吧。」

「牠們到底在哪裡啊？」彼得後面那艘獨木舟裡面的夥伴，早已喘得上氣不接下氣，大聲逼問他，「是大型海豹還是什麼鬼啊？」

那日陽光燦爛，溫暖宜人，正如同他們到來之後的每一天一樣舒服。早晨過後的氣溫會越來越高，所以他們早已準備了礦泉水與啤酒，相機與錢包的旁邊也放了防曬乳。

「就一個小時，可以嗎？」彼得大吼，「之後就吃早餐！」

「嗯，好啦……」

在長滿野草的棕色淺流中，他們以穩定的速度不斷前進。到處都是鳥兒：藍色蒼鷺、琵鷺，還有鸕鶿。兩側樹梢有雪鷺，偶爾還有魚鷹會在空中俯視他們，不然就是棲息在「放慢速度或不可製造尾波」的警示招牌上頭。大約過了二十分鐘之後，彼得指向他們右方的水岸，兩人划了過去。他們把獨木舟拖到岸邊，拿了毛巾，爬過一段丘脊之後，到達龜灣。兩人喝了啤酒，游泳游了好一會兒，洋面一片寧靜，甚至看到一群海豚破浪而出，百米之外的地平線映襯著牠們的黑色身軀。

就連安迪也不得不承認，這實在很酷。

他們又回到獨木舟裡面，開始朝凱西礁前進。那裡的渠道變得豁然開朗，水面上出現多艘大型船艇，兩側水岸是清一色的紅樹林。

彼得指向座落遠方的某間房屋，平坦的灰色屋頂剛好露出樹頂，「我覺得那是史蒂芬・金的房子。」

「哇！真的嗎？」

「就在這附近。」

安迪盯了一會兒，聳肩，「看起來普普通通。」

「不然你覺得應該是怎樣？《怪胎一族》裡面的那種豪宅？」

他們划槳前行，經過了一小段狹地，繼續進入某條小灣，水面不過只有五十英尺寬而已。突然之間，一片寂靜，他們漂流了一會兒，偶爾會發現鳥兒驚飛，四周有小魚躍出水面。

安迪說道，「這表示一定有什麼東西正在追獵牠們。」

現在，只聽得到彼得的划槳入水聲，他準備前往遠方角落，被低矮樹枝遮蔽的狹型隧道。

他說道，「來吧，我們準備進入隧道。」

安迪盯著那條雜草叢生、深入樹林的蜿蜒窄道，「你在開什麼玩笑？我們是要怎麼進去？」

彼得舉起自己的槳、撥開樹枝，彎身，穿過了重重障礙。他們四周全是吃水的紅樹林樹根，抬頭張望，可以看見棲息在樹間絲網的大蜘蛛正在等待獵物上門，距離岸邊不過只有數英寸的泥地裡，還有透明小蟹在四處亂爬。過了幾英尺之後，安迪開始抱怨連連，大聲嚷嚷可能有蛇，這樣下去根本沒辦法回頭，他們會進退不得，他永遠沒辦法離開這艘船。

隧道越來越狹窄，簡直快要與獨木舟同寬，安迪又在嘀咕，「蠢死了。」

「別這樣啦。」

「天，那是什麼臭味啊？」

他們划槳進入硫磺氣味撲鼻的黑色爛泥區，聞到了一股類似腐爛雞蛋的惡臭。安迪的獨木舟被卡住了，難以靠近沙洲，他氣呼呼，呼喚朋友等一下，但彼得卻繼續前進，還回頭吼了一聲，

「不要這麼娘炮好不好！」

在前方好幾碼的地方，彼得看到有東西卡在他右側的沙洲裡，就在吃水線的下方，一大坨黑色的東西緊黏在盤根錯節的樹根裡。他撥開臉上的樹枝、朝那個方向划槳而去。現在他的距離已經相當接近那坨黑色物體，立刻以槳尖探了一下，感覺像是橡膠。他發現原來是有東西被裹在黑色垃圾袋裡面，袋面早已碎裂，他發現水面下有一團紅色的肉，還有個銀亮色的東西，帶有雜斑，看起來像是條死魚。

他向外傾身，將那一大袋東西奮力從樹根叢裡拉出來，讓它開始自由漂移。他立刻將它拖向獨木舟，忙得滿頭大汗。

「安迪，過來……」

他戳了一下，感覺是有彈性的東西，他趕緊縮手。

「安迪……」

他將槳面塞進塑膠袋的某個破洞裡、猛力來回旋動。他看到有隻小蟹從洞內爬出來，還發現後頭的一大坨慘白屍肉，殘缺不全的腳，讓他嚇呆了。

彼得大吼，尖叫不止。

他的朋友，依然困在後頭奮戰——自己的獨木舟還卡在那團亂七八糟的樹根與樹枝裡面——他只能大聲回吼。

「喂，是怎樣？鱷魚對嗎？媽的我早就告訴你了……」

寄件者：安琪拉・芬尼根 <angiebaz@demon.co.uk>
日期：英國夏日時間六月二十五日 11:17:09
收件者：蘇珊・唐寧 <susan.dunning1@gmail.com>、艾德・唐寧 <Edduns@gmail.com>、瑪莉娜・葛林 <marinagreen1977@btinternet.com>
主旨：安珀瑪麗

嗨，大家好：

不知道你們是不是有在網路上繼續追蹤這件事，但他們似乎在上週發現了這可憐女孩的屍體。我找到了兩則新聞報導，如果有人想知道更多詳情的話，請自行參考。

http://www.mysuncoast.com/news/local/story/missing-girl-found-in-mangroves/PbuFJfJgJOoyA.cspx

http://bradentonsarasota.com/content/amber-marie-body-discovered

根據他們的判斷，很可能失蹤那天就落水了。我現在不禁想到了那名女子，還有她必須承受的一切，感謝老天，我們不需歷經這樣的苦痛……

兩個禮拜之後，我們就要在蘇與艾德家再次相聚了。蘇，確定我們什麼都不用帶嗎？準備前菜或甜點什麼的當作伴手禮，我樂意之至。

滿心祝福大家加上兩個小親親

安琪

20

突然啪噠一聲，有疊厚厚的文件落在珍妮．昆蘭與另一名實習警員共用的辦公桌上面，害她嚇了一跳。她撫平裙子，調整呼吸，抬頭一看，發現總督察亞當．西蒙斯正低頭對她大笑。

「實習警員昆蘭，這就交給妳了。」

西蒙斯噸位可觀的屁股落在她辦公桌角落，珍妮趕緊將椅子往後挪了好幾英寸，還把午餐盒順手推到旁邊，以免遭殃。

「這案子保證合妳的胃口。」

珍妮的目光回到自己的電腦螢幕前面，「真的嗎？」每次西蒙斯交給她瑣碎或低階工作的時候，總是會搬出這套說詞。

他開口，「別擔心。」

「誰在擔心了？」

「我保證，這案子簡單得要死。」

「也就是說，你根本懶得碰的東西。」

「一點都沒錯。」

「很好……」

珍妮抬頭，發現西蒙斯又在大笑，她已經懷疑過好幾次了，自己之所以受到這樣的關注，都是因為她那自命不凡的導師對她有意思。他的行為根本算不上是打情罵俏——就算他想學傑洛米．克拉克森❷那種樣子，也性感不起來——不管這傢伙是在嘲諷還是純粹佔便宜，橫豎就是討人厭。

她又不是那種得一天到晚趕蒼蠅的超級大美女。

「拜託，小珍，妳也知道拍總督察馬屁是訓練的一部分啊。」

她在位於路易舍姆派出所的犯罪偵查部辦公室裡，足足待了五個月之久，當然很清楚這種生態。每週的法庭與驗屍見習、訊問犯人練習、處理證物，其實與倫敦警察廳簡介或是實習警員手冊裡不曾提到的那些潛規則具有密不可分的關係。點點頭，眨眨眼，麻煩多照顧，一定一定。還有，霸凌下屬與推卸責任，亂開玩笑與胡說八道。

她回道，「如果你只需要拍屁股，我樂意之至。」

看到西蒙斯臉紅，她得意洋洋。這是她第一次在他面前回嘴——她從來不曾在任何場合講過那樣的話——看到他這樣渾身不自在真是讓她爽斃了。她還記得某個晚上在酒吧與一位女探長閒聊，對方靠過來，低聲說道，「像他這種人到處都是。空有一張嘴，底下那根警棍老早就不能用了……」

西蒙斯從辦公桌起身，以掌心重重拍了一下他剛才拿來的資料，「反正，我們把話講清楚就好，」他繼續說道，「要是有任何因為這個案件的作證需求，去佛羅里達州的人是我。」

「啊？」

珍妮把手伸過去，拿起最上方的那一疊文件，認出了美國政府的封緘，繼續往下看，發現附函是由美國大使館助理法務專員所寄出，她抬頭，盯著西蒙斯。

「不用太興奮，」他說道，「只是叫妳去訊問幾個人而已。」

現在珍妮真的變得十分亢奮，但她還是努力按捺自己的雀躍心情。她翻了翻文件，搖頭，看到姓名與地址的時候，鼓起腮幫子吐氣，「有這麼吸引人的案子，我一定會盡量保持低調。」

「只要開口問問題，寫下來就是了。」

「然後再直接簽下你的名字？」

「前提是妳要能夠圓滿達成任務，」西蒙斯回道，「要是妳搞砸的話，我會這麼告訴他們，我相信妳有才幹，但顯然力有未逮。」

珍妮回道，「如果只是問幾個問題的話，我應該可以應付得來。」

「親愛的，我也相信妳辦得到。」

「我有個問題……」西蒙斯本來已經轉身，但現在又回頭，他挨到她身邊，準備聽笑話，等著要縱聲大笑。雖然兩人距離這麼近，但她覺得沒關係，這是她有史以來第一次希望他能夠靠近一點。「男人超用了多少的鬍後水之後就可以依法逮捕他們？」

總督察的表情——首先硬是假裝覺得這梗不錯，然後，點點頭，最後那閉眼的微笑——應該算是珍妮・昆蘭發威之日排名第二的珍貴時刻。

❷ 英國著名電視節目主持人。

她利用接下來的一個多小時，讀完了所有的內容。依照文件的排列順序看下來，一點都不難。美方幾乎是在一個禮拜前提出請求，起初的承辦單位是美國大使館的法務部門人員，後來順理成章轉給了蘇格蘭警場，珍妮猜測這案子之所以透過層層地區巡邏部的單位、下放到路易舍姆派出所的犯罪偵查部辦公室，正是因為這間派出所具有地利之便，與美方當初請求配合調查的三處住址當中的其中一個相當接近。

薩拉索塔警局，侵犯人身刑案組。

「我們很想喝咖啡，妳能幫忙準備嗎……」

珍妮抬頭，兩名警員，一男一女，剛剛回到辦公室。那女警的詢問態度還真是超級誠懇。這也是潛規則之一，服務學長姐的榮耀勞務，珍妮在心中暗暗發誓，等到她將來正式加入他們的行列之後，她絕對不會對實習生做出這種事。

她把文件放到一旁，開口回道，「好，沒問題。」

她朝咖啡機走過去的時候，還對那兩名警員笑了一下，她心想，真盼望他們也能夠偶爾良心發現一下。

那男的又吩咐她，「黑咖啡配一顆糖，不要加奶精。」

珍妮回道，「知道了。」但其實她並不需要別人叮囑，她可以去問案，當然也記得大家喝咖啡的習慣。

在等待那老舊吵雜的咖啡機開始運轉的時候，她想起了自己一個多小時前與西蒙斯的交手過程，關於他翫後水的笑話。她那時候自鳴得意、還邊講邊抖腿，光是想到他慢慢轉頭，走回自己辦公桌的那個畫面，她的肚子就憋得好痛。

「親愛的，好笑，」他當時是這麼回她的，「真好笑。」

她望向西蒙斯，但他此刻正聚精會神盯著電腦螢幕。不過，她反而剛好注意到那男警，他點頭，露出微笑。好，現在的他充滿性感魅力，但他就跟那些擁有正常或少許自尊的大多數男人一樣，對於她一點興趣也沒有。珍妮立刻轉頭盯著咖啡幾，以免自己雙頰緋紅。

她覺得耳邊已經傳來好友史蒂芬妮的厲聲責問，為什麼就是不相信會有男人對她有好感？為什麼這麼貶低自己？拜託，這對史蒂芬妮來說當然不成問題，她的長相酷似沒整形前的寇特妮・考克絲❸，還有個早從初中就在一起的男友。

「妳有告訴他們妳不是女同志吧？」史蒂芬妮曾經問過她，「有沒有啊？」

的確很多人誤以為珍妮是女同志，他們認為想當警察的女人鐵定是同志。她曾經與某個男人吵過這件事，史蒂芬妮朋友的朋友，她煞到的一個男人，直到現在，她依然記得自己當初的語氣有多麼……焦急，她當時已經喝了好幾杯，拚命向對方解釋她真的不是女同志。至少他後來似乎是信了，但自此之後，她已經懶得繼續向別人解釋，她覺得要是遇到無知男人的話就不需要浪費氣力去倒追了，就算對方的屁股再怎麼緊翹也一樣。

「妳的姿態還真高，」史蒂芬妮曾經損過她，「但妳上次跟別人打砲是多久以前的事啦？」

珍妮把咖啡送過去，那兩個人只是喃喃敷衍道謝。她在女廁裡待了五分鐘，回憶自己與史蒂

❸美國影集《六人行》著名女星。

芬、西蒙斯的對話，又想到了那個令人心頭小鹿亂撞的帥哥男警，之後，緩步走回自己的辦公桌。她還得完成三份別人掛名的犯罪報告，緝毒辦案程序的練習作業。

看來她也沒多少時間去找男友吧？

她拿起西蒙斯先前交給她的文件，隨手翻了一下。她得負責三次約談，完成筆錄，就算這份任務真的簡單得要命，接下來也只會越來越忙而已。

她再次仔細閱讀薩拉索塔警局所提出的要求，又瞄了一下電腦的全球時刻表，看了一下自己的手錶。佛羅里達州比這裡晚了五個小時，而陽光沒那麼燦爛的路易舍姆也還不到十二點半。她打算至少要完成一份報告，之後穿上外套、到公園吃三明治，用完午餐之後再打電話給傑夫．葛德納。

她不太確定佛羅里達腔聽起來是什麼感覺，應該跟貓王講話一樣吧，聲音慵懶，宛若深棕色巧克力一樣甜膩，當他接起電話，開口問候的第一句話就是，「女士您好……」她猜他此刻正在繁忙的辦公室裡、喝下今天的第一杯咖啡。

可能還有甜甜圈吧，另外，死亡女孩的照片也在辦公桌上一字排開。

珍妮自我介紹時都說自己是警員，許多實習警員也都會這麼做，而且，她偶爾會安慰自己，亞當．西蒙斯應該是不希望被任何人發現他居然把工作交給實習生。她覺得自己這種說法就不需多做無謂的解釋，也節省大家時間。

一想到這個，就讓她心情低落。

過了約一分鐘之後，她就把它拋諸腦後了。

葛德納問道，「請問有什麼事嗎？」

珍妮開口解釋，她已經看過了所有的文件，將會配合美方辦案需求、幫忙追蹤約談那三名英國夫婦情侶。她還說自己會盡快完成工作。他答謝她的協助，現在他的部門得處理這麼棘手的案子，多虧有倫敦警察廳的支援與合作，他十分感恩。

她稱呼對方為葛德納警探，但他卻說直接叫他「傑夫」就行了。

她一度想要告訴他可以叫她「珍妮」，但又覺得這樣不太專業。所以她立即改口，「不知道能否麻煩你傳給我幾樣東西，這樣我就能好好衝一下辦案速度。」

「幾樣東西？」

「哦，我知道在安珀瑪麗失蹤當天的時候，這三對都曾經接受過警方問訊。」

「只是巡警在現場的例行查問罷了。」

「能不能看一下他們的筆錄？」

「嗯，應該……是可以。不過，妳知道嗎，我需要妳幫忙的部分只是基本的、追蹤問訊而已。我已經寄了問題列表給妳，有收到吧？」

珍妮翻閱辦公桌上的文件，終於找到葛德納提到的那份列表。她早已拿粉紅色螢光筆畫出了幾個重點問題。「有，就放在我前面——」

「我只是想要確保萬無一失而已。」

「我了解，但我認為要是能看到他們的原始說詞，一定對案情有幫助。」

對方嘆了一口氣，「當然，我會從巡警筆記本找出相關資料，然後傳真給妳。」

「謝謝你，傑夫。」

「妳剛才說有好幾樣東西。」

「哦，麻煩你寄給我一些安珀瑪麗的照片。」

「照片？」

珍妮四處張望。西蒙斯正與辦公室另一頭的某人聊得超起勁，對方是西蒙斯的聽眾，只能拚命陪笑。「嗯，其實任何照片都可以，當然屍體的照片是一定要的，如果能給我一份法醫驗屍報告，也可以派上用場。」

話筒另外一頭傳來背景的含糊交談聲，過了好幾秒之後，葛德納才開口，「妳只需要問那些人一些問題就夠了。」

珍妮壓低聲音，「我知道這只是例行公事，如果給你添麻煩了，我也只能說聲抱歉，但我深信一定要準備充分才能展開行動。更何況我們在討論的是調查謀殺案，資料越詳盡越好。」畢竟這是她所受的訓練，練習簿裡的每一個項目都必須打勾之後才能進行評估、正式開始查案，她必須在規劃辦案的時候「展現能力」，得要讓大家看到她有條不紊、可以一個人扛下責任。「當然，決定權在你，但我真的認為如果你想要萬無一失的話，剛才那些資料一定可以讓我順利完成任務……」

她必須要展現積極進取的態度。

那個美國人請她稍等一下，電話那一頭的聲響起了變化，顯然對方以手遮住了話筒，他與某人低聲交談了一兩分鐘之久——有兩個人的聲音，甚至最後還出現了笑聲——葛德納終於又回到了線上。

「好，昆蘭警員，」他說道，「把妳的傳真號碼與電郵地址給我……」

21

在午休時間快要結束的時候，蘇發現了那個小男孩。他躲在小教堂後面，臉龐淚光閃閃，鼻涕流淌得一塌糊塗，似乎是哭了好一陣子。他是八年級生，十二或十三歲，她知道有兩個比他小的男生經常找他麻煩，以前就曾經被她抓到過一次。

「快過來吧，」她呼喚他，「撫平一下自己的情緒。」

她帶著小男孩，避開操場，進入了某間空教室，給了他幾張面紙，想要讓他冷靜下來。她真想好好抱抱這個可憐的小傢伙，但她知道真的不能衝動。她有個同事，安慰了班上的十五歲學生之後，自此教學生涯跌落谷底。當然，因為事件主角是男老師和女學生，但她也還是得小心為上。

真是太離譜了……

體育組組長從教室窗戶瞄到了他們，立刻走進來，待了好一會兒。他靠在某張書桌旁邊、雙臂交疊胸前。他告訴那男孩，必須要堅強一點，要是他能夠在折磨他的那些「小渾球」面前展現頑強的態度，那麼他們就會開始覺得無聊，想要找別的對象下手。男孩鏡片後面的那雙眼睛又盈滿了淚。體育組長搖搖頭，「我看我還是把他交給妳處理吧。」

蘇不禁心生好奇，這個人以前在學校的時候是霸凌者還是受害者？顯然他一定有經驗，但不知道是哪一個陣營的就是了。她曾經一度以為這世界可以分割為二，霸凌與受害兩大領域，但她以前在操場值勤的時候才驚覺還有其他的類別，有人會躲在暗處偷看，或是在周邊流連不去。還有人會慫恿霸凌者趕快付諸行動，就像小孩拿棒子戳狗一樣、不斷哄誘，看到牠們放膽咬下去才心滿意足。有的純粹喜歡當觀眾，想要看到濺血場面，還有的只是想要跑去告狀、得到間接的快感。這世界就是需要各式各樣的人，她母親早就告訴她好多次了。就算在這兩大陣營裡面，也還是有次級團體，至於受害者，她知道有許多人——就算是長大多年之後——依然無法走出創傷。

那些需要受害經驗才能定義自我的人，永遠找得到樂意出手欺凌的施暴者。

男孩擤了一下鼻涕，以尖細的聲音怯生生詢問蘇會不會把這件事透露給別人知道。她望著他，瞬間消退了些許同情心，看到他那無精打采的嘴型還有斜邊瀏海，她知道他可能會被那些看穿他面目的人玩弄於股掌之間、註定受苦一輩子。

被害者，這個語詞的第一個字母V，以隱形墨水在他的額頭上現形。

她想到了安琪最近寄來的那一封電郵。

不知道你們是不是有在網路上繼續追蹤這件事……

她一想到巴利在樓上呼呼大睡、安琪卻半夜不睡覺忙著上網的情景，差點就笑了出來。她已經為安琪偷偷貼上社群媒體成癮症的標籤，這女人超愛發推特，而且還會動不動就戳一下那數百名她根本不認識的網友。蘇自己一直覺得這種行為毫無意義可言，但艾德倒是三不五時就會上那些網站，用他的黑莓機搞些有的沒的，她也就隨便他了。早先她曾經看過他的臉書頁一兩次，但她現在就隨便他了，無論是他的那些女性「好友」，還有必須過夜的差旅——到英國北部、阿姆斯特丹、巴塞隆納，還有都柏林等等——他總是講得煞有其事、似乎是不得不去，但銷售訂單明明已經開始萎縮。

我找到了兩則新聞報導，如果有人想知道更多詳情的話，請自行參考。

「老師，我沒事了，」那男孩說道，「還有下一堂課，我不想遲到。」

她不知道安珀瑪麗有沒有臉書網頁，如果有的話，想必現在一定變得非常熱門。她曾經看過類似的網頁。虛擬花圈、笑臉符號，還有哀悼的話語，彷彿死者還有辦法親眼看到這一切似的。

永遠想念ㄋ呦

親愛的請安息

好想你，永遠不會忘記你，親一個

有夠蠢。明明悲傷就是這麼單純的事，彷彿這樣還不夠似的，一定得被別人看見你的悲傷。

「唐寧老師？我可以回去上課了嗎……？」

她詢問那男孩是否已經沒事了？他點點頭，她輕輕拂去他西裝肩上的污塵，又問他是否需要她找他媽媽談一談？他搖頭，但蘇心想，小朋友，你應該要把所有的事情都告訴你媽媽，因為我有一種很不好的預感，接下來你就快找不到朋友可以訴苦了。

艾德開車進入酒吧停車場，但依然坐在車裡聽電台節目，好一會兒之後才進入酒吧，點了一大杯啤酒。他拿著酒杯，走出酒吧，坐在花園裡點了根香菸。已經有個男人坐在幾英尺之外的某張木桌前，對方年紀與他相仿。艾德與他四目相接，那人點點頭，還拿起桌上的酒杯，舉高了約一兩吋，對他打招呼致意。艾德不禁心想，搞不好對方也和他一樣、都在做那種事。他覺得也許可以跟對方坐同桌，暢飲一兩杯啤酒，對於兩人準備要私下搞的勾當開開玩笑，打發時間。他正打算要開口講話的時候，有名女子從酒吧裡出來，坐在那男子的身邊，顯然他就是一直在等她。所以。艾德又對他點點頭，轉過頭去。

他開始專心幻想白日夢的細膩情節，第二個女人從酒吧出來——這女的比剛才那個正兩倍——也沒有男伴在等她——而且她立刻就坐在他旁邊的那一桌。她交疊雙腿，發出性感撩人的摩擦聲響。她問他還有沒有菸，他立刻遞過去。

「你是不是在等人？」

「我想，就是在等妳吧……」

「這答案正合我意。」她露出甜笑，對著他的臉噴煙，他一直覺得這動作等於約砲，「你知道這裡有許多隱蔽空間吧？」

他想像的對話內容有時候不免有些貧乏，但他對於身體細節的描述卻花了許多功夫，這對他來說才是重點。她彎身前傾時被他瞄到的白色蕾絲胸罩肩帶，還有她門牙的小縫，塗了粉紅色指甲油的腳趾。

「那麼，何不先一起喝點酒，再看看接下來要怎麼玩？」

一對帶著狗的中年夫婦晃了過來，挑了艾德旁邊的桌子坐下，真是煞風景。但艾德心情已經十分爽快，等一下他還有得忙，可能是他獨自一人，或是加上蘇，這得視她的心情而定。

艾德朝另外一頭望過去，發現那個有女友陪伴喝酒的傢伙正盯著他。他心中突然出現了某個古怪念頭，也許對方有讀心術，或者，至少知道他待在這裡的真正原因，為什麼會宛若沒朋友的獨行客一樣坐在那裡。也許等到他喝完這一杯之後應該要轉移陣地，不然他看起來就太像是一事無成的可憐蟲。

塗了粉紅色指甲油的腳趾……

他把手伸到桌子底下，放到褲子口袋裡，做了一下必要的微調。

由於業務量開始逐漸消退，在過去這六個月左右的時間當中，這種把戲他早已玩了好多次。遇到類似今天這樣的日子，蘇去教書，那麼他就會在中午回家、待上好幾個小時。當然，要是遇到學校放假，當然不能這樣搞，但也不過就那幾天而已。有一次，鄰居講閒話，被蘇發現他躲在家裡，自此之後他就換地方了，除此之外，其實他也比較喜歡在外頭閒晃。

他這個人就是坐不住。

他負責的業務範圍廣大。他喜歡開車，四處遊歷欣賞這個國家的各個地方。當然，這絕對不是觀光，但他就是喜歡四處晃晃。不過，最近汽油費用成了一大問題，所以他最近經常待在赫特福德郡的某處鄉下酒吧、消磨幾個小時，在M1公路隨興南下北上，想辦法在里茲或是雪菲爾德找點樂子。

對他來說，樂趣依然十分重要，不好玩，毋寧死，只是最近他得多花點功夫尋歡而已。

他的手機響了，拿起來一看，是戴夫．克倫傳來的簡訊，問他要不要哪天趁午休的時候一起喝一杯。當初在佛羅里達州的時候，他們曾經交換過電話號碼，但這是艾德第一次收到簡訊。他仔細看了兩三次，不知道巴利是不是也有收到一樣的簡訊。反正，再過兩個禮拜，一夥人就要見面，但小酌一杯也無妨。

搞不好會很好玩。

他回傳簡訊：老弟，這提議不錯哦。現在我工作忙得要死，但我們下禮拜喬個時間怎麼樣？找個下午空檔，聊個痛快！

然後，他把酒喝光，傳訊給蘇。

買粉紅色指甲油。

艾德進入廚房的時候，蘇正站在爐前，忙著攪拌鍋裡的菜。她正在聽收音機，有個女人大談她討厭的某部電影或戲劇，艾德走過去，調低音量。她問他今天過得怎麼樣，他回她，累斃了，忙得跟無頭蒼蠅一樣團團轉，他還說一天二十四小時就是不夠用。他問她學校狀況如何，她說幾乎一樣，又講了一些細節，這一點他就沒辦法了。他們都會講出「你也知道……」這句話，因為他們很清楚彼此的工作，兩人似乎都想要立刻把它拋諸腦後，放鬆一下。

她開口問道，「那通簡訊是什麼意思？」

「妳有沒有買指甲油？」

「有啊，但我不覺得粉紅色是你的菜。」

他哈哈大笑，挨到她背後，整個人貼過去，她差點摔倒，趕緊靠在爐邊穩住重心。他依然緊黏著她，持續了約半分鐘左右——她拿著木匙、任由湯汁滴落鍋中——然後，他對著她頸後輕輕吹氣，就那麼一次而已，隨即又回到冰箱前找酒。

「我想吃印度菜。」

她轉身說道，「我正在煮波隆那義大利麵。」

「我很想好好吃一頓咖哩，」他打開冰箱，把酒拿出來，「回家的時候，我一路都在惦念著咖哩。」

蘇大手一揮、指向擱在鍋邊的木匙，「那這個怎麼辦？」

「可以先冰起來。」

「已經快煮好了。」

「我就是想吃印度菜。」

艾德為自己倒了一杯酒，打開抽屜，開始找東西。蘇依然在攪拌醬料，廣播電台裡的那名女子開始提起剛才那齣電影或戲劇裡的男主角，但蘇根本聽不清楚。

電話響了，兩個人都沒有要接的意思。

她終於開口，「你去接一下好不好？」

「媽的我在找菜單啦。」

她把鍋子移開了爐火，拿起擦碗巾，一邊擦手、一邊走過去準備接電話。她報出自己姓名，過了一會兒之後，她又開口了，「嗯……」

艾德也停下動作，不忙著找菜單了。

「不，我想不會有任何問題，」她繼續問道，「妳要找每一個人嗎？包括芬尼根夫婦還有——」

艾德盯著她，終於與她四目相接，他雙手一攤，張口默問，「怎樣？」

「我想也是，」蘇靜靜聆聽了一分鐘之後，「但我只能在四點半之後，因為我到那個時候才能下班回家，所以……」她嗯哼配合了兩聲，「那就禮拜三見了。」

她掛了電話，看著艾德，聳肩，「警察打來的。」

「啊？」

「要問我們佛羅里達州的事。」

「佛羅里達州的什麼？」

「那女孩的事。」

「只找我們？」

「我覺得大家都有吧，」蘇回道，「她其實不想多說，但我整個聽下來就是有這種感覺。」

她從艾德旁邊走過去，走到他打開的抽屜前面，過了一會兒之後，她找到了他遍尋不著的菜單，交到他手上，「不要點太多，」她轉身，又走回爐前，「你每次點的份量都吃不完。」

22

巴利與安琪的某台吸塵器不見了，兩人因為這件事以及該如何處理後續而爭執不休。

巴利怒道，「我告訴妳，靠！就是她幹走的。」

「你真這麼覺得？」

「當然。」

安琪拿起電話，貼在胸前，「她不可能做出這種事吧？」

「除此之外，妳覺得還有其他可能嗎？」

芬尼根夫婦住在十二號，但地點位於小路的盡頭，而與繁忙馬路交會的那個轉角，也有另外一個十二號。多年來，每當有快遞或是必須指引方向的時候，總是會造成許多困擾。其實，三個禮拜之前，當艾德與蘇、戴夫與瑪莉娜前來作客的前一晚，她還特別提醒他們千萬別搞錯了。

「我們家比較大，」當時她是這麼叮嚀的，「比較小的那條路，外頭停放兩台車的那棟房子。」

巴利反問，「不然呢？」

安琪聳肩，她也想不出其他的可能性。

兩天前，她網購了一台昂貴的吸塵器，價格不菲，所以她還額外附了二十五英鎊、保證安全送達，但第二天卻沒消沒息。她殷殷期盼，但就是沒等到包裹，而今天也依然沒有收到。剛才她與快遞公司纏鬥了四十分鐘，電話轉來轉去，終於有個講話十分客氣的人向她保證，那台吸塵器其實已經送過去了，而抵達時間正是先前講好的昨天下午。

「沒有，」她告訴那女子，「真的沒收到。」

「這位太太，我沒有冒犯的意思，」對方回道，「但我們的系統有收件確認紀錄。」

安琪很不爽，「我才不管妳那裡有什麼亂七八糟的東西。」

「請讓我查一下資料，我會回電給您……」

安琪與巴利都不跟住在另一個十二號的老太太打交道，最多也不過就是低聲問好而已。他們看過她緩步帶著那隻面容猥瑣的㹴犬、任由牠在他們家外頭的人行道上隨意解放。他們也看過她窩在自家窗前、在髒兮兮的蕾絲窗簾後頭偷瞄外頭的世界。多年來，安琪扮演了多次好鄰居的角色，走到另一個十二號門口，將郵差搞錯的信件親自送過去。而那個老女人就算是願意開門，也只是默默收下信件，從來不道謝，而且也不曾對芬尼根夫婦投桃報李，而他們的郵件倒是有多次莫名其妙消失不見。

巴利經常抱怨，「我看就是她吞了我們的東西。」

但類似吸塵器這種昂貴用品突然人間蒸發，還是第一遭。

「嗯，這個東西就不可能會私吞吧，」安琪說道，「怎麼可能呢？」

巴利回她，「我們不能就這麼善罷甘休。」

「不過，我們也沒辦法證明她拿了這東西，對不對？」安琪掛回話筒，拿起了剛才喝的咖啡，「也許我們應該找保險公司理賠才是。」

「對啦，」巴利回道，「所以是讓那老賤人幹走我們的吸塵器，然後害我們以後得多繳保險費，靠！」

在短短幾秒鐘之內，安琪的手機與室內電話幾乎同時響起。安琪從流理台上拿起手機，看了一下螢幕，「是蘇打來的，」她的下巴又朝室內電話點了一下，「麻煩你接一下好嗎？很可能是快遞公司……」

安琪留在廚房，而巴利則慢慢晃進外推區，拿起電話，望著花園。他一邊聆聽快遞公司小姐在講話，目光則盯著外頭的松鼠，牠爬上了石雕的野鳥餌台，偷吃巴利在早上留下的麵包。他猛拍窗戶，但那隻松鼠根本不理他。

「少跟我開玩笑，」當那位小姐告一段落之後，他回道，「真是狗屁不通，抱歉我嘴巴不乾不淨。」他望向安琪，但她與蘇講電話講得正起勁。

「真的假的，」安琪說道，「她是英國人還是美國人？」

「太離譜了，」巴利說道，「我的意思是，那等於是我們的證據，對吧？」

他們又講了約半分鐘之後，結束通話。巴利走回廚房，等安琪講完。她掛了電話之後，他開口說道，「說出來保證妳嚇一跳，」安琪似乎有些目瞪口呆，彷彿還在努力消化剛才聽到的訊息，巴利問道，「怎麼了？」

安琪搖頭，「不，你先說……」

「是她簽的，」巴利說道，「妳相信嗎？他們找到了快遞回條的副本，真的是她簽的，她簽下妳的名字，這不要臉的賤人……」

安琪點點頭，「是蘇打來的電話。」

「對，我知道，」巴利回道，「怎樣？」

她走過他身邊，進入廚房外推區，「他們接到警方來電，想要詢問他們關於那個在佛羅里達州遇害女孩的事。是英國警察，所以顯然就是……怎麼說來著，跨國辦案吧，她覺得警察會盤問我們每一個人。」她靠在桌邊，眺望花園，突然變得十分興奮，「我的天哪，一定是因為那些照片的緣故，沒錯。都是因為我將那些照片以電郵寄給了薩拉索塔警方，也許他們挖出了什麼線索。」

巴利只是聳肩以對。

「我早就告訴過你了，這想法很好，」她再次轉身，走到窗前，自顧自點點頭。外頭的那隻松鼠依然在大快朵頤、偷吃本來要餵鳥的麵包，但安琪似乎不像巴利剛才一樣那麼在意。她聽到他離開廚房的腳步聲，聽到大門被砰一聲關上的時候，不禁嚇了一跳。她衝過去，打開大門，看到他怒氣沖沖從自家車道走出去。

「你要去哪裡？」

巴利頭也不回，「把吸塵器拿回來！」

安琪從桌上拿起鑰匙，關上大門，也跟了出去。先前她去上皮拉提斯課，所以依然穿著運動鞋，但還是跟不上巴利的腳步，這個大塊頭傢伙一旦動怒，動作之快總是令人咋舌。等到她好不容易追到的時候，他已經進入那老女人的前門步道，距離大門口只剩下一半的距離。

她趕緊開口勸阻，「你要冷靜一下。」

巴利沒理她，大步走過去，開始揮舞雙拳猛捶大門。「他媽的快給我開門！」他大叫，「靠！我知道妳在裡面，我也知道妳偷走了我們的東西！」他敲打的速度越來越快，整個人貼在木門前，看來隨時可能會裂開。他開始尖吼——

「給我聽好，就別讓我踢爛這個破門，因為要是我得進去的話，我一定會好好收拾妳和妳的臭小狗！妳到底有沒有在聽……？」

安琪走到他背後，把手放在他的胳臂上頭。他猛力甩開，而且，正眼也沒瞧她一眼，伸手死抓住她的背。現在他少了一個拳頭助力，開始換腳狠踹，猛踢門底，差點就立刻被他踢裂了。

「妳這個賤賊，到底有沒有在聽我講話？」

安琪站到一旁，開口安撫，「親愛的，算了啦。」她又走到門口，抬頭張望，看到那老女人站在二樓的第一個房間、緊張兮兮向下張望，而且還看到那瘦骨嶙峋的手指頭緊抓著薄薄的窗簾，每一次的咒罵、重捶、狠踢，都讓她為之抽搐不已。

「夠了，巴利，」安琪哀求，「幫幫忙好嗎？」

瑪莉娜走回客廳，把電話扔在椅子上，又一屁股坐在沙發裡，窩在戴夫身邊。

「妳怎麼跟她說？」

「我告訴她，我們已經知道了，」瑪莉娜回道，「我還說這次蘇贏了，比她搶先一步。」

戴夫笑道，「妳真那麼講？」

「沒啦……我只說蘇已經打過電話了，讓我們知道最新狀況。」瑪莉娜拿起擱在沙發旁地板上的酒杯，「老實說，我覺得安琪有點不爽，你知道嗎，她興奮到不行，因為她本來以為可以告訴我們第一手消息。」

「她這個人比妳還誇張。」

瑪莉娜回道，「哦，誇張多了！」

沙發旁的某個小邊桌上面擺滿了遙控器，一字排開，整整齊齊。戴夫拿起其中一個遙控器、將電視轉為靜音。在第一通電話出現之前，他們本來在觀賞《火線重案組》影集，這都是出於戴夫的建議，他們兩人應該要追一下這齣劇，這樣和別人聊天的時候才能貢獻話題，所以他們就弄了第一季的整套盒裝影集，打算要好好看完。關掉聲音其實沒多大差別，因為他們剛才在看的時候也只是盯著字幕而已。戴夫把遙控器放回去，拿起吸入器，搖了幾下之後，噴了兩口，「好，知道是什麼時候嗎？」

「他們禮拜三約了蘇與艾德，」瑪莉娜回道，「我只知道這個而已。不過，我覺得他們應該很快就會找上我們。」

「妳覺得他們會讓夫婦或情侶在一起接受問案嗎？」

「什麼意思？」

戴夫的頭往後一仰，「還是讓他們分開？」

瑪莉娜脫掉涼鞋，兩條腿壓在戴夫的膝頭，「這很重要嗎？」

「如果是由我主導的話，我會隔離問案，」戴夫回道，「這樣的話，就可以確保不會串供，更容易讓他們露出馬腳。」

「對啦，但前提是你必須找出理由、認定問案的對象有嫌疑。」

他開始搓揉她的雙腳，「當然。」

「這個案子就不適用了。」

「沒錯，」戴夫回道，「但妳必須仔細想想，警方為什麼要找每一個人問案。」

瑪莉娜聳肩。戴夫多施了一點力、按摩她的腳底，她不禁閉上雙眼，發出呻吟，「好舒服。」

「是男的還是女的？」

「誰？」

「負責問案的警察。」

「不知道，」瑪莉娜回道，「有個打電話給蘇與艾德的女子，但我不知道是不是正好由她負責問案。」

戴夫慢慢點頭，若有所思，「好，我得再說一次，如果是由我主導的話……如果對象是夫妻或情侶，我會派一對警察出馬。有了那樣的組合，就可以使出各式各樣的問案技巧。女警可以鎖定女性，努力以女性話題架起彼此之間的橋樑，讓對方說出心底的話。」

「女性話題？」

「妳明明知道我的意思。不然就是……刻意與男關係人眉來眼去，而男警則負責與女關係人調情，製造一點小小的摩擦，攻其不備。就像是一個扮白臉，另外一個扮黑臉，但加入了一點點的性衝突。」

「你果然心思細膩。」

「我一直覺得我應該可以當個很厲害的警察。」

「只不過你不擅長與人打交道，」瑪莉娜回道，「難怪你寧願和機器一起工作。」

「機器很可靠，」戴夫回道，「如此而已。」

「機器不是百分百可靠。」

「但要替換它們很容易吧，對不對？」他聳肩，微笑說道，「反正，與人往來的部分有妳幫忙搞定，閒聊鬼扯什麼的……」

「我還滿想要找機會演警察。」瑪莉娜轉頭，盯著無聲的電視，警察主角正坐在酒吧裡，字幕顯示此刻正在播放背景音樂，「要是能在某齣警探電視劇集演出精采又討好的角色，可以讓人風光好幾年。」

戴夫說道，「哦，那麼妳得好好觀察一下警方派來問訊的人，」他開始對著女友光溜溜的小腿上下搓揉，然後，又伸手去拿遙控器，「看看妳是不是能偷學到一些小技巧。」

瑪莉娜蠕動腳趾頭，「我一定牢記在心。」

23

千萬不要誤會，我可沒有在搭乘回程班機的時候就開始計畫下一次出手啊什麼的事。當我看著安珀瑪麗眼眸裡的光亮逐漸退散，那可愛的笑容就此凍結，慢慢消逝，然後我就立刻想要……再來一次，不是這樣。

我向大家保證，絕非如此。

但的確是我回家之後不久之後的事。

也許是因為我們講了太多佛羅里達州的事，要不然就是我的腦袋裡三不五時就浮現這個念頭，只是不自覺而已。我開始構思，只是大致想了一下而已，也許可以這樣進行，又不斷自問既然已經回到了家鄉，有家人與親友，那麼下手一定非常順利。還有，我應該要等多久？到哪裡去找合適的小女孩？諸如此類的問題等等。然後，某天我才發現自己早已下定決心，再來一次吧。

自此之後，也就更容易……融入其中，我也可以開始思考更多的細節。

我先前提過的那些書，也就是喜歡搞濺血封面，與母親同住的啃老宅男、大嬸們愛到不行的芭樂讀物。很可能會把我歸為「嗜殺成癮」。這個禽獸心中充滿了殺人的「渴慾」……他的「暗黑性格強迫症」，就是聖誕爆竹裡會出現的那類愚蠢字詞。當然，這幾乎都是與性有關，這是他們的老梗了，要是能再加上一點噁心圖像就更好了，那些宅男與大嬸愛死了那種東西。

幾乎都是與性有關……

我根本懶得去討論那種狗屁不通的說詞。

而且我必須老實說，我從來不覺得自己有「成癮」的問題，也不認為自己從小到大有什麼「強迫症」，雖然我真的不能保證自己不會再犯，不過，自從有了找尋第二個女孩下手的念頭之後，我絕對與充滿「渴慾」的狀態沾不上邊。

我想，就是覺得該再次出手的時候到了而已。要是我辦得到……接下來是，我應該下手……差不多是那樣的思考進程。對，當然，我很想要，這一點我不否認，但絕非必要，對吧？我的驅力來源並不是什麼愚蠢的衝動或是無法滿足的貪慾。

我想要再看一次那樣的可愛笑臉，如此而已。

不過，現在無法與佛羅里達州那一次相提並論，這次必須稍微謹慎行事。當然，也不至於會有什麼困難，畢竟我和小小安珀瑪麗之間所發生的一切，完全沒有任何的預謀。當初我輕鬆得手，而且從容離去，完全不留下任何痕跡，讓我依然覺得好神奇。每每一想到，我的心就開始狂跳，現在回憶起當天下午的情節，顯然我真是他媽的超級強運。

沒有人看到她上車。

當我停車的時候，現場沒有人目睹事發的過程。

也沒有人看到我後來把車開到河邊。

嗯……好吧。我幾乎百分百確定有人看到那女孩上車，但如果不是忘了，就是根本沒向警方提起這件事。當我準備停車出手之際，為了避人耳目，我的確仔細挑選了某個隱蔽之地。我絕對不是隨便亂停、在紅綠燈口把她勒死。總而言之，我現在回想起來，的確有一兩個環節太冒進了，雖說我沒有犯下什麼重大疏失，但幸運之神的確寬厚仁慈，這一點無庸置疑。

這句話是對我而言，可憐的安珀瑪麗．威爾森當然沒有得到眷顧。

話說回來，好運總有用完的時候，這一點我心裡有數，而且第二次想要順利出手，就不能再靠什麼機運了。我天天都惦念不忘，一心只想要搞定第二個女孩的事。

當然，第一個，也就是極其重要的問題，要挑哪一個女孩？又得去哪裡找到她？這答案自然是簡單到不行。動手查一下谷歌，就可以查到誰在哪部電影裡扮演什麼角色，又或是誰在派對裡排解紛爭。

只需要花幾分鐘的時間，就可以找到合適的學校。

我可以好整以暇待在家裡，不需要出門，就能細細瀏覽我的完美公園與遊樂場的每一吋空間。

等到規劃路線的時候，也如法炮製就是了……

的確，網路上充斥了許多我們根本不想多看一眼的的變態內容，維基或臉書固然不錯，但就不用鳥那些戀童癖的東西了。此外，等到你開始靜心思考，就會發現所有社群媒體其實與結交朋友沒什麼太大關聯，我的意思是，那些網友不能算是真正的「朋友」吧？

話又說回來，我老愛講這句話，在網路出現之前，這個世界又是怎麼運作的？有時候實在很難想起來，對不對？

24

那名妻子問道，「真的什麼都不需要？」

「不要緊。」

「確定不要茶或咖啡什麼的？」

「謝謝妳的好意，但真的不需要耽擱兩位太久的時間……」

唐寧夫婦把珍妮帶進了自家客廳：條狀木地板、米白色牆面，其中一面擺放了沙發與壁掛電漿電視，而另外一側則是古董松木餐桌。他們走到面對花園的那一頭，在餐桌前逐一入座。珍妮從包包裡拿出文件，仔細擺放在自己的面前。

那丈夫問道，「我們兩個應該沒什麼問題吧？」

珍妮點點頭，繼續整理自己的資料，她一陣得意，就是打算慢慢來，發覺餐桌另外一頭的這對夫妻緊張不安，不禁令她心中暗爽不已，一定要好好利用這一點。

她終於開口，「好，那我們開始吧。」她打開筆記本，按了一下原子筆的筆頭，然後又撕了一張紙，在欄邊空白處寫下問案前的最後一段註記，抬頭，對他們展露微笑，「好，根據你們提供給梅根．海姆巡警的證詞，在安珀瑪麗．威爾森失蹤的那個下午，你們開車前往購物中心。」

「我們不知道他的姓名，」那丈夫回道，「其實他只問了我們幾個問題而已，有沒有看到任何異狀，就是可疑的人事物什麼的。」

珍妮等他繼續說下去。

「對，」那妻子回道，「我們去了薩拉索塔廣場的西場購物中心。」

「什麼時候過去的？」

「一點多吧，吃完中餐之後。」

珍妮問道，「你們在哪裡用餐？」

「待在度假小屋裡，我們從超市買了一些三明治之類的簡單食物。」

珍妮點點頭，抄寫下來，「比去外頭用餐便宜多了。」

「重點不是價格，」那妻子回道，「每天吃的份量都超多，畢竟有些膩了，而且他們不管是什麼菜都加一大堆相同的醬料。」

「嗯。」珍妮望著那妻子，很懷疑對方是不是真的曾經吃過超級份量的大餐。剛才珍妮跟在她後頭、走向餐桌的時候，根本看不到她的屁股肉，而且，純灰色T恤底下的那對乳房，簡直跟小女孩一樣平坦。珍妮不知道蘇珊．唐寧有什麼心理問題，但深覺這女人一定有什麼說不出的苦楚。

話是這麼說，但在她印象當中，實在沒幾個瘦巴巴的女人能夠讓人信任。

「所以你們在購物中心是待了多久？兩個小時？」

「我們在三點鐘左右回來，」那丈夫回道，「我們把血拼的戰利品放在屋內，然後回到游泳池畔與其他人會面。」

「其他人是……？」

「瑪莉娜．葛林與戴夫．克倫。」

「還有芬尼根夫婦，」那妻子接口，「巴利與安琪拉。」

「聽起來你們大家已經變成了朋友，」珍妮說道，「我猜你們從佛羅里達州回來之後還有繼續見面吧。」

那丈夫回道，「嗯，是吃過一次晚餐，」他的聲音中隱藏著一股笑意，珍妮老早就注意到好幾次了。顯然他自認風采翩翩，但看起來多半只是臭屁而已。他長得很帥，這一點毫無疑問，不過，從他的一舉一動看來，彷彿他很清楚這一點，而且他也知道妳已經看出來了。他會與妳四目相接，長達兩三秒，而且剛才在大門口握手的時候，也未免握得太久了一點。珍妮還發現在自己進來之後，他的目光曾經飄到她胸前兩三次。她知道自己兩件式素灰色套裝內搭的奶白色短衫裡面、頗有可觀之處，但想想艾德．唐寧的模樣吧，和他太太相比，幾乎所有女人的胸部都等於是巨乳了。

「所以，你們是在三點鐘回到『鵜鶘棕櫚樹』度假村？」

「我沒辦法給妳確切的時間，」那妻子回道，「但我們後來聊起那件事的時候，才想起應該差不多就是那個時候。」

「你們還聊這個？」

「當然，」那丈夫回道，這次他的聲音裡完全沒有笑意，「那是大新聞，而且大家那天還一起吃晚餐。我們曾經看過那女孩，也與她母親講過話，所以……」

「我們很難過，」那妻子說道，「知道消息的人一定都於心不忍。」

珍妮問道，「你們對那女孩有什麼印象？」

這對夫妻互看了一眼，妻子開口，「抱歉？」

珍妮盯著那丈夫，「你們曾經和她相處過啊。」

「呃，不能這麼說……」

「有和她講過話啦——」

「也只有幾分鐘而已。」

那妻子接口，「我不知道這件事到底有什麼重要性。」

「妳剛才問對她的『印象』，到底是什麼意思？」那丈夫聲音中的笑意又回來了，「看起來是個性好到不行的小女孩，我也不知道還有什麼其他好說的了。」

「她有學習障礙，」那妻子朝珍妮攤開的筆記本點了一下，「妳應該知道吧？」

「當然。」

「妳知道嗎？她十分信任別人，完全不會害羞。某天我們一起吃晚餐，她就直接走過來，盯著大家不放。」她轉向她先生，「你有印象吧？」

「在牡蠣酒吧的那個晚上對不對？」

「當時有名男子……」那妻子說道，「與女孩的母親在交談。」

珍妮問道，「什麼樣的男人？」

那妻子傾身向前，突然精神一振，「我記得我還曾經在瑪莉娜或是安琪的面前，特別指了一下那個男人。那女孩站在我們的餐桌前面，我開始東張西望、想知道她媽媽到底在哪裡，後來發現她站在樓下街道、與那男人在講話。看起來似乎很熟似的，但差不多過了一分鐘之後，我又往下看，他已經不在那裡了。我現在才想起來這件事，但也許根本沒什麼……」

「能不能描述一下對方的長相？」

那妻子開始描述她自稱見過的那名男子樣貌，珍妮逐一記下，又在對方面前朗讀了一遍，確認自己抄下的筆記內容無誤。

那丈夫說道，「我覺得的確值得好好查一下。」

珍妮回道，「我們一定會追蹤所有線索。」

珍妮在做筆記的時候，那丈夫問道，「所以，這是妳第一次與美國警方合作囉？」

珍妮點點頭，嗯了一下。

「等到他們拿到妳的筆錄的時候，一定很好玩，」他繼續說道，「我的意思是，他們應該得要修改某些單字的拼法吧，像是『顏色』、『灰色』之類的字詞。而且，他們的說法不是殺人，而是『謀殺』對吧？」

珍妮回道，「我們也稱之為『謀殺』。」

「還得花多少時間？」那妻子問道，「我只是想知道我有沒有時間準備晚餐？或者就別管那麼多了，直接叫外賣就好？」

「抱歉，再給我一分鐘就好，」珍妮微笑回道，她花了好幾秒整理筆記，隨後又抬起頭來，「對了，你們買了哪些東西？」

那妻子反問，「什麼意思？」

珍妮早已繼續埋頭書寫，她頭也沒抬，「在西場購物中心，你們買了什麼東西？」

那妻子面向她老公，他只是聳聳肩，大笑，雙手一攤，「不要看我，」他回道，「我身為男人，天生基因就是想不起與購物有關的任何部分。」

「我自己也幾乎都忘了，」那妻子回道，「我想，應該是兩件T恤，一件毛衣。我們不是第一次去那裡，所以我也不確定是什麼時候買的。」

「別擔心，這不重要。」珍妮趕緊草草寫下最後幾個字，然後開始整理文件，「好了，」她說道，「抱歉耽擱兩位這麼久的時間。我會留名片給你們，上頭有我的電話，要是你們又想到什麼的話，可以跟我聯絡。」

珍妮走向大門，開口問道，「那裡物價便宜很多是吧？我指的是衣服與其他東西？」

那妻子回道，「便宜多了。」

先生又補充了一句，「也得要看一下匯率而定。」

那妻子挨向他身邊、從他身旁走過去，為珍妮打開大門，「但就算匯率不好，也還是比這裡便宜。」

「哎，都是這靠他媽的國家超級愛搶錢，」那丈夫說道，「幾乎所有東西都超出了合理價格，衣服啦、電子產品啦，至於汽油價格，真的讓我連講都不想講。」

「對了，這倒是提醒了我，」珍妮又從包包裡撈出筆記本，「你們在薩拉索塔開的是什麼車？」

那先生盯著她，「車？」

「你們租的車。」

「天，我不知道，」那妻子回道，「白色的吧，艾德……？」

珍妮盯著那丈夫，靜靜等待，「唐寧先生，我們只是希望能夠確保萬無一失而已。」

那丈夫開口，「雪佛的Impala，」他看到珍妮有些遲疑，原子筆凝在半空中不動，「雪佛蘭的Impala，」他露出微笑，「要不要我拼給妳聽？」

「不需要，這樣就行了。」

「我本來想租道奇的Charger，但是租車公司說雪佛已經夠好了……」

「好，謝謝兩位抽空幫忙，」珍妮說道，「若是我還有任何需要，一定會立刻通知你們，」她把筆記本收回包包裡，不慎把放在開口附近的衛生棉條包推擠出來，她趕緊抬頭，希望那先生沒看到這一幕。

他貼靠在門邊，「如果妳想要釐清真相、確保萬無一失，當然歡迎之至。」

25

一如往常，大家在午餐時段除了工作之外，天南地北什麼都可以聊——運動、音樂、兩名不在現場的警探的緋聞——不過，當葛德納大多數的同事準備要返回辦公室的時候，他卻趕快溜出依然嘈雜的簡餐店，坐在露天區的座椅區，打電話到亞特蘭大。

「嗯……？」

「派蒂，我是傑夫．葛德納。」

她又應了一聲「嗯」，但這次小聲多了，然後，她陷入沉默，葛德納聽到她點燃打火機的喀嚓聲，香菸接火時的嘶音，還有第一口的絕望吸菸聲息。

「都還好嗎？」

她長嘆一口氣，「好得很。」

葛德納雖然戴著墨鏡，但面對強光仍然需要稍微瞇眼。剛才他一離開裝有空調系統的涼爽簡餐店，就立刻脫掉外套，但現在整張臉與脖子已經佈滿了熱呼呼的汗水，這種天氣簡直要人命。

「我打電話給妳，只是想要知道妳狀況怎麼樣，」他繼續說道，「嗯，還有讓妳知道這裡的最新進度。」

「這樣啊，好，傑夫，那裡的最新進度呢？」

「妳是指辦案情況嗎？還是——？」

「把安珀瑪麗帶回家的事啊。」

「哦，應該不會拖太久，現在我最多也只能告訴妳這個答案。」

「那還需要特地打這通電話嗎？」她開始嗆他，「就只是為了告訴我這句話？」

葛德納以肩膀夾住手機，開始捲袖口，「很抱歉，」等到他搞定之後，又把手機貼住耳朵，迅速抹去汗水，「我已經卯足全力在催這裡的進度。」

安珀瑪麗的屍體——或者，應該說殘餘的部分——在凱西礁附近的紅樹林隧道被人發現，到現在已經過了兩個多禮拜了。葛德納接到了電話，他要確定屍體離水時自己必須待在現場，而當他們把遺體送到薩拉索塔紀念醫院的殯儀館之後，他也全程目睹了驗屍過程。

但他卻讓別人向派蒂．李．威爾森報喪。

就在他準備要打電話的時候，突然出現了緊急事項得立刻處理。他拋下不管，讓警司告訴派蒂，已經在河裡找到了她女兒的屍體。對於她的喪女之痛，他們深表遺憾，他們很樂意提供協助、讓她接受合適的心理輔導服務。

標準說詞。

他本來以為罪惡感會慢慢消失不見，但它卻一直沸騰冒泡，灼燙不已。第二天早上，他在機場見到了派蒂，她特地飛過來一趟、正式認屍，當天傍晚，他開車送她去機場，搭乘最後一班飛往亞特蘭大的班機回家。她在機場的休息室裡面喝多了，靠在他身上嚎啕大哭，而他還得隨時注意出發班機的動態。啼哭稍歇，她開始講起自己接到的那通電話，她說，早在她接起電話之前，已經有了心理準備。

「只不過，」她當時丟給他這麼一句話，「我一直以為會是你自己打這通電話。」

此時此刻，就算是心情有所不同，也只是變得更沉重而已。他向這女人講了許多客套話，但現實擺在眼前，他連發還她女兒屍體的確切日期都講不出口。

罪惡感燒得他心好痛，但這真的只是文書作業的問題而已。

驗屍報告顯示安珀瑪麗・威爾森是被勒死的。但根據屍體的狀況看來，想要再找出其他的蛛絲馬跡，幾乎可說是斷無可能。屍首泡在水中八個禮拜，讓螃蟹小魚得以飽餐多日，但原本有機會可以採集到的證據也因而被摧毀殆盡。雖然葛德納與小組的其他同仁強烈懷疑這是性侵事件，但卻找不到任何支持這個假設的證據，完全找不到陌生人的DNA。大家都心知肚明，情勢如此，勢必無法從安珀瑪麗的遺體循線追出她是如何遇害、或者兇嫌可能是誰。

現在，純粹就是走程序的問題了，得要在這個惡名昭彰的牛步化體系裡跑完手續，也無暇面對傷悲。

「派蒂，我卯盡全力在催促他們了，」葛德納回道，「真的，我可以對天發誓。」

「我知道你的個性，剛才我講話這麼尖銳也不是故意的。」

「沒關係。」

「你想要聽真話吧，」她說道，「自從你上次打來之後，我的狀況並沒有好轉，但也沒有繼續低迷下去。」

接下來她說的話變得有些含糊不清，葛德納鬆了一口氣，幸好沒有拖到下班之後才打這通電話，「沒有繼續低迷下去，表示狀況不錯，對吧？」

「我想也是，但我們都知道，除非能讓我的寶貝回來，不然狀況永遠不可能好轉。」

「我知道。」

「等到我好好向她道別之後，我才能走出來。」

「我會盯著他們，」他回道，「以免耽誤進度。」

「我知道你一定說到做到。」

他覺得內心的灼燙感又繼續往上飆升，熱呼呼的刺癢汗水從肩頭一路流淌，滴到胸前，最後又滴到了腹肚，他得回去室內才行，「派蒂，聽我說……」

「傑夫，你又是怎麼鼓舞自己？」

葛德納把椅子往後推，轉身，從椅背上拿起外套，「我的感覺並不重要。」

沉默了一會兒之後，出現了深吸氣的聲音，然後，爆出一陣沙啞的刺耳大笑。

「是嗎？」

珍妮撰寫報告連續三個小時之久，完全沒有休息。等到完成的時候，依然情緒亢奮，氣喘吁吁。她剛好在五點之前離開了位於南門區的唐寧住家，當時她就已經激動得得頭暈目眩，在那個時間點，也不需要特別趕回派出所，所以，她就乾脆來趟公眾交通工具之旅——換了兩條地鐵線、又上了某班擠得不行的地上鐵，回到了自己的公寓。她向室友打過招呼之後，又立刻說了聲再見，隨即帶著熱茶與一包消化餅乾、直接進入臥室，開始工作。

她一直埋首在電腦前面，等到抬起頭來的那一刻，已經快九點鐘了。看到外頭的天色已經一片漆黑，珍妮嚇了一跳，想不到時間流逝得這麼快，不禁讓她一陣激動。半包消化餅也被她嗑光了，但依然飢腸轆轆。

她走出臥室，在廚房弄了三片吐司、放進烤麵包機裡面。

她與某個護校生在新十字區同租一層公寓，這個室友就和珍妮一樣，也喜歡搞自閉。這種既定關係的確省事，光是算帳就可以分得清清楚楚，不過，她們偶爾還是會共飲一瓶紅酒，平均一個月一次吧，交換警校與醫院裡面的各種殘酷故事與八卦。她們不算是很熟，但對珍妮來說沒差，她有史蒂芬妮，而且現在她全心投入工作，當然不需要再結交新朋友。

反正，閨蜜是免了。

吐司烤好了，她拿起其中兩片、抹上馬麥醬，剩下的那一片則抹了果醬——這就等於是甜點囉——然後，又從冰箱裡拿了罐可口可樂。她不知道這樣能不能吃飽，但後來又想起書桌上還有餅乾。她帶著臨時湊合的晚餐、又回到房間，重新閱讀報告。順便囫圇嚥下食物。

面訪艾德與蘇珊唐寧夫婦，六月二十九日，下午四點。

也不知道為什麼，珍妮的報告篇幅早已超過了基本字數，她自己很清楚，但她覺得很爽快，其實，她的好心情根本就超越了爽快的等級。要是在唐寧夫婦家待不到十分鐘就出來，一切就輕鬆多了，只要問出關鍵日期與時間、在對方交代的問題列表上面一一打勾做記，那麼，她現在就可以窩在沙發前面、觀看《慾望師奶》影集。如果她想這麼搞，當然沒問題。

但她不是那樣的警察，她從來沒想過要當這種人。

艾德・唐寧是膚淺的帥哥，喜歡掌控一切。是不是因為什麼原因而矯枉過正？？

蘇・唐寧樂於扮演丈夫的小女人，對於取悅別人似乎沒什麼興趣，可能有厭食症？？

當然，珍妮不需要去多加描述她對於自己的問訊關係人到底有什麼感覺。不過，雖然這種特殊任務可能會變成例行公事，但她已經受過了專業訓練，絕對不可忽視這些第一印象，而且幾乎所有細節幾乎都有可能成為案情的關鍵：脫口而出的話，不經意的眼神，短暫的遲疑。

或是某個笑話。

當然，對方要求查詢的資料，非常重要，這些關係人當初接受盤問時所講出的答案，必須詳細核對確認。還有，必須要追查的細節。無論是否有必要性，既然她親自面對這些關係人，當然就可以詢問她認定的其他重要問題了。現在，看著這些答案成為她報告草稿裡的白紙黑字，她更是胸有成竹，自己的問案表現相當不錯。

雪佛蘭的Impala（白色）。

珍妮已經看過葛德納警探寄來的所有文件，就她看來，安珀瑪麗・威爾森顯然就是進了某人的車內，怎麼會這麼快就人間蒸發？詢問車子的廠牌與型號——她也一定會詢問另外兩對同樣的問題——自然十分合情合理。沒有人叮嚀她要問這個問題，但這不重要。

「隨便哪個白癡都可以搞定辦案的計畫程序，」某名警探曾經提點過她，當時他們在派出所附近的某間酒吧閒聊，他買了杯番茄汁給她，當他靠過來的時候，她聞到了史特拉啤酒還有Polo Sport香水的氣味，「妳必須要超越『稱職』的等級，必須要展現一點企圖心……」

可能妳那天晚上總算展露了一點女性魅力吧！要是史蒂芬妮知道這件事的話，一定會這樣虧她，現在知道妳不是拉子的警察又多了一個了，是不是？

她室友的電視機噪音穿牆而來，所以珍妮也開始播放CD，硬是把音浪蓋過去，那是愛黛兒的某張專輯，她早就把每首歌的歌詞都背得滾瓜爛熟。她又抽了一塊餅乾，把那包食物推到書桌的另外一頭。她將報告存檔，檔名為「威爾森命案：第一次問訊筆錄」，然後打開了谷歌搜尋引擎。

她輸入關鍵字：傑夫．葛德納，薩拉索塔警局。

出現的筆數還真不少。這位警探的大名出現在各式各樣的重案裡：搶案、性侵、謀殺。第三頁的中央出現了某則關於他贏得某種英勇勳章的報導，珍妮打開一看，發現裡面有葛德納與警長的握手照。

當她發現傑夫是黑人的時候，嚇了一跳，而對於自己居然出現這種反應，她也十分意外。她心中甚至還短暫閃過一個念頭，他「聽起來」不像是黑人。她知道自己的這種想法很愚蠢，她「聽起來」也不像是愛爾蘭人，只不過當她與媽媽在聊天的時候，偶爾會蹦出不知道哪裡來的奇怪口音。

「珍妮．昆蘭，我不知道妳覺得自己到底像是哪種口音……」

她心想，他長得還真像是丹佐．華盛頓，她想要放大照片，但卻沒辦法。跟那位大明星相比，可能是稍微胖了點，但他看起來很健壯，而聲音也與他的模樣極其相稱。好聽，低沉，宛若豎井裡的糖漿。

「女士，有什麼需要我為您效勞的地方？」

珍妮拿起音響遙控器，把愛黛兒的歌聲調得更大聲了一點，〈像你一樣的人〉。她打開了下一頁的搜尋結果，把手伸到桌子的另外一頭，拿了最後一塊餅乾，送入口中。

26

接到傑夫・葛德納的電話總是讓人好暖心。他是個大好人，她覺得許多警察只是在說一些講過太多次的屁話而已，而且完全聽不出有任何的感情，但他不一樣，彷彿言語之間依然聽得出誠懇。

派蒂坐在地板上，背貼沙發，電視上正在播放某齣喜劇，她不記得自己什麼時候打開了電視，而且還把音量調得這麼大聲。外頭下起了傾盆大雨，但屋內依然很熱，因為馬汀尼酒壺裡面的冰塊差不多都融光了，不過，她就是懶得走到冰箱前面。

她把一堆照片攤放在大腿之間的地毯上面。

有幾張是安珀瑪麗嬰孩時期的照片，躺在嬰兒車裡面，或是躺在草地上、奮力猛踢小肥腿。甚至還有一兩張是她爸爸與她的合照，這也算得上是某種奇蹟了，因為在派蒂的印象中，那個沒用的渣男在女兒出生後不到五分鐘就已經溜之大吉。

不過，大部分的照片都是安珀瑪麗的獨照，不然就是她們兩人的合照。

在薩拉索塔拍的照片讓她一直依戀不捨。安珀瑪麗待在海灘、泡在海裡、伸手亂指街道，要是事情沒辦法讓她稱心如意，她可能會有點小小的不爽，派蒂比誰都清楚女兒的個性。不過，在這次的假期當中，絕對找不出任何一張她不笑的照片，而且也不是那種一看到相機就露出的彆扭愚蠢式笑容。

她的寶貝擁有與眾不同的笑臉。

她與安珀瑪麗在鵜鶘棕櫚樹度假村的游泳池畔留下了許多精采合照。在那一群好心英國人當中，有某人幫忙拍了許多照片，但她想破頭也想不起對方的名字。還有好幾張是安珀瑪麗的獨照——坐在池邊，雙腿泡在水裡——那個好心人拿了派蒂的相機、趕緊拍下精采鏡頭，隨後就把相機還給她。他一定知道自己捕捉到了精采畫面，的確很棒，但現在逐一細看，卻讓她突然全身發燙，覺得有些毛骨悚然。她幾乎可以百分百確定，這些是最後一個早晨拍下的照片。

這可能是安珀瑪麗失蹤前留下的最後影像。

她伸手拿塑膠酒壺，又為自己倒了一杯，這杯滿滿的馬汀尼居然翻倒在地板上，她咒罵自己怎麼這麼不小心，趕緊把照片推到一旁，抓起T恤的下襬、彎腰抹乾地板。她往後一靠，十指緊掐地毯邊緣，彷彿這個動作就能防止自己墜落谷底。現在，電視裡有某個胖蠢男正在與老婆吵架。

派蒂又倒了一杯酒，吸吮殘冰，等它們全數融化殆盡。

27

珍妮與這名妻子一起待在溫室裡面。家具亮光劑的味道蓋過了餐桌中央鮮花的芳香，顯然女主人打從天光破曉的那一刻起就開始忙裡忙外。為了因應警察到訪而卯足全力打掃佈置的那些人，與那些沒花相等心血的人相比，未必比較高尚——當然，也未必比較清白——但絕對能讓問訊過程更舒暢愉快。

一個禮拜之前，珍妮跟著亞當．西蒙斯一起去某人家裡問案，她坐在散發著腳臭與油炸食物氣味的客廳角落，而主人一直盯著自己的五十英寸電漿電視，自始至終也只抬頭一次而已，對著他在沙發後面大便的狗破口大罵。

後來，在走回停車處的路上，西蒙斯講出了這句話，「那個人也算是挺注意居家美觀整潔的嘛。」

「我們曾經去過奧蘭多，」那妻子說道，「那時候孩子比較小，把整個主題樂園都玩遍了。」安琪拉．芬尼根已經詳細介紹了他們家的外推區，還提到了當地青少年在對街公園裡鬼混的諸多問題，她也不斷強調從這裡到蓋威克機場有多麼便利。雖然珍妮根本還沒機會提出自己昨晚準備的問題，但至少已經開始聊起那一次的度假，這也是她之所以會來到這裡的主要原因。

「但我們從來沒去過佛羅里達州的另一端，所以我們就覺得不妨試試看吧。」

珍妮瞄了一下擺在邊桌上的那些相框。兩個神情嚴肅的小孩，一男一女，都身著學校制服。

另一張照片的主角是別的男孩，身著不同制服，年紀應該比另一個大了一兩歲，他勉強擠出微笑，但效果真的不怎麼樣。珍妮開口說道，「你們家小孩長得好漂亮。」

那妻子微笑回道，「狀況複雜，」她指了指照片中的男孩與女孩，「那兩個是我的，」她繼續解釋，「蘿拉十四歲，路克比她大一歲多。這小傢伙好可憐，忙著準備中等教育普通證書考試。」

珍妮問道，「現在學校給小孩好大的壓力，對吧？」

「的確很離譜。」那妻子又指了指另外一張照片，「那是尼克，巴利第一段婚姻時生下的兒子，」她翻了翻白眼，「我剛才講過了，狀況有點複雜。」

珍妮回道，「現在的家庭大多都是這樣。」

「我也這麼覺得。」

「所以你們帶這三個小孩一起去迪士尼？」

「沒有，只帶我的兩個小孩。我們第一次全部出遊的時候，巴利的前妻不是很開心，但現在大家的互動就融洽多了。」

「嗯。」

「妳有小孩嗎？」

珍妮發現那女子瞄了一下她的左手，她不假思索，舉起左手、拉了一下耳垂。「還沒有，」她回道，「拚事業優先。」

「當然——」

「我開玩笑的，」珍妮希望自己的這個藉口能讓對方信以為真，「我沒什麼時間。」

「哦，這可就難了，是不是？」那妻子點點頭，神情嚴肅，「我的意思是，既然妳從事這一行，自然就是得全力以赴。」

珍妮看了一下手錶，「說到這個……」

「真的非常抱歉，」那妻子回道，「他之前跟我保證一定會在這時候到家，」她的聲音突然變得有些緊繃，似乎是憤怒，或者只是純粹感到不好意思，很難判斷。她起身，走向窗台，上頭擱著她的包包。她從裡面撈出手機，走進廚房，「讓我問問看他人在哪裡……」

今天是星期四，現在已經過了中午好一會兒了。兩天前，珍妮聯絡這名妻子、安排見面時間的時候，她曾經再三保證這個時間對她與她先生來說都很方便，兩人都有空。珍妮擔心沒辦法準時到達，還刻意提早出發，最後還逛街逛了半小時打發時間。

「你在哪裡？」珍妮聽到那妻子開口，「哦，那就沒關係，好，盡量快一點，我們在等你……」

「是不是有什麼狀況？」

那妻子搖搖頭，把手機塞回她的包包裡，「他正在外頭停車，」她繼續說道，「他工作現場有狀況，耽擱了好一會兒，真的非常抱歉。」

「沒關係。」珍妮彎身拿起自己的包包，把文件逐一攤放在光潔的餐桌上面。

那妻子為先生遲到而頻頻道歉，很好，因為顯然他自己完全沒有要致歉的意思。他進來的時候，頻頻嘆氣搖頭，彷彿這是眾人之錯，他不想多提。他把車鑰匙丟到流理台，走到另外一頭，一屁股坐在妻子旁邊的椅子裡，連外套都懶得脫。

那妻子開口介紹，「這位是昆蘭探員。」

那先生向她打招呼，「哈囉。」

「要不要先休息個兩三分鐘？」珍妮問道，「我的意思是，喝點什麼啦，或是脫掉外套……」

「沒關係，」他交叉雙臂護胸，「放馬過來吧。」

珍妮微笑，拿起原子筆，想了一會兒之後，「隨便你囉。」這種態度可能只是因為早晨工作時遇到了特別難搞的狀況，或者他可能基於什麼個人理由、對別人就是不爽。珍妮很清楚，其實，還有些人呢，只要必須和警察講話，就是渾身不自在，雖然明明自己很清白，但就是覺得有罪惡感，當然，要是他們正好是罪犯，罪惡感就更深重了。

不知道巴利．芬尼根扭捏不安的理由到底是什麼，但看到他這個模樣，珍妮就是竊喜不已。

「根據你們告訴薩拉索塔警方的供詞，安珀瑪麗失蹤的時候，你們待在沙灘，」她先盯住其中一個，然後目光又飄到另一個人身上，「是嗎？」

「沒錯，」那妻子說道，「我的意思是，對，我們的確待在那裡。那個海灘超美，我們沒事就會過去那裡，對不對？」

那丈夫回道，「妳比我熱衷吧。」

「巴利覺得無聊，而且他太不小心了，居然還曬傷，所以……」

「記得是什麼時候去海灘的嗎？」

那妻子想了一會兒，「我想，應該是十二點左右吧，我們在三點鐘左右回到了度假村。」她點點頭，「我覺得就算是躲在蔭涼的地方，在海灘待個三小時也就綽綽有餘了。」

「所以你們在海邊吃午餐？」

「我們根本沒吃午餐，」那妻子回道，「我們的習慣是盡量不要吃午餐。那裡的早餐份量太豐富了，就算撐到晚餐也不覺得餓。而且，必須注意腰線的時候，每天在那裡大吃三頓也不是什麼好事。」她把手伸到老公的肚子前面、以戲謔的方式輕拍了幾下，「有些人必須注意體態。」

珍妮發現那丈夫的臉色抽搐了一下，立刻撥開妻子的手。他一抬頭就發現珍妮目睹了一切，他露出微笑，搖搖頭，似乎覺得老婆剛才講的那一段話很搞笑。珍妮倒是不覺得他們兩人胖到哪裡去，看到那妻子與她自己一樣愛啃餅乾，她也覺得挺不錯的，反正，就是比那個唐寧太太順眼多了。

「好，你們在海灘的時候，有沒有和任何人講過話？」

「就我記憶所及是沒有，」那妻子又問先生，「巴利？」

「沒有，我想是沒有。」

「好，所以你們只是看看書，做日光浴，諸如此類的活動？」

那妻子點點頭，「下水游了一會兒，消消暑氣……補眠，我記得是這樣。哦，對了，巴利還去買香菸，親愛的，對不對？」

那先生立刻轉頭看著她。他清了清喉嚨，慢慢面向珍妮，開始解釋，「沒錯，我的菸快沒了，」他點點頭，彷彿又回到了當時的情境，「趕快去免稅店補貨……」

「所以你離開了多久？」

「抱歉？」

「只有幾分鐘嗎？還是……？」

「應該是一小時吧？」那太太回道，「反正，至少是四十五分鐘。」她望著她先生，「你開車回去度假村，親愛的，沒錯吧？」

她先生依然在點頭，動作輕緩，目光落在桌面，「如果妳要知道細節的話，我那時想喝啤酒。來個兩杯，然後再好好抽幾根菸。」他抬頭看著珍妮，身體前傾，「在海灘不能抽菸，連喝啤酒也不可以。蠢吧？第一天的時候，我在冷藏箱裡放了好幾瓶啤酒，有個混帳老頭跑來告訴我這是違法行為。拜託一下好嗎，海灘耶！所以……我跑到城中區的某個地方買菸，喝酒，望著街景發呆了一會兒。」他朝妻子點點頭，「她一直在專心看書，我熱得半死，所以……」

「你記得那間酒吧的名字嗎？」

他搖搖頭，「抱歉。」

「不都長得一樣嗎？」那妻子說道，「露天平台區、豎立著大型遮陽傘、塑膠鸚鵡什麼的。」

他點頭附和，「沒錯。」

珍妮聳肩，又趕緊寫下來，「有沒有看到那女孩？」

「抱歉？」這次開口的是太太。

「哦，她離開度假村之後、沿著城中區的大馬路往前走，你剛才又提到自己坐在那裡看街景，搞不好曾經看到過她。我知道機會不大……」

「我當然沒看到那女孩啊，」那丈夫很不爽，「要是我有看到，我一定會說吧？而且當時我就會告知警方了。」

珍妮回道，「你當時的說詞是你待在海邊。」

「對——」

「但其實並非如此。」

「沒錯……因為我只是回到城裡買個香菸、草草喝杯啤酒，拜託，這根本沒差好嗎？」他原本盯著妻子，目光隨即飄向了珍妮，然後又回到老婆身上，他的音頻變得高亢，聲量也越來越大，「我的意思是，要是我當時有看到那女孩，一定會講嘛，居然問我『有沒有看到那女孩』？有夠蠢的。」

那妻子伸手過去安撫他，「好了，親愛的——」

「也許他們應該要派比較老練、知道自己在幹什麼的人來處理這種案子。」那先生把椅子往後一推，起身，雙手支住桌緣，「妳剛說自己的職銜是什麼來著？警員？」

珍妮驚覺自己雙頰突然一陣赤紅，她為了要掩飾自己的窘態，立刻目光低垂，長達數秒之久，她一邊收拾文件，也順便釐清思緒。「芬尼根先生，這個問題讓你這麼生氣，我深表遺憾。這種態度畢竟無濟於事。而且警察的職銜並不重要，因為如果我們想要查出蛛絲馬跡，愚蠢的問題，機巧的問題，都得要一一詢問。」她停頓了一會兒，然後又抬頭看著他，將自己的名片從桌上推過去，「你知道為什麼嗎？有時候我們能靠蠢問題找到正確的答案。」

在警察離開之後的十五分鐘，安琪帶著兩杯茶、進入花園。巴利正在抽菸。他站在平台區，凝望家裡的草坪，安琪多付了園丁一些錢、特地請他昨天過來割草。今天下午的天氣不算是什麼暖日，但也沒有惱人強風就是了。安琪把巴利的茶放在塑膠桌上，正好聽到了M23公路的低沉車流聲響。

「親愛的，這是你的茶。」但他根本不理她。

她坐在桌邊，喝起自己的茶，又從口袋裡取出昆蘭的名片，盯了好一會兒。「你知道嗎？她從頭到尾都沒有提到我寄出的那些照片，完全沒有。我覺得呢，就算沒辦法從裡面找出任何線索、警方也不是因為那些照片而特地前來查問，應該至少會有人說聲『謝謝』吧，你說是不是？既然連道謝都不願意，也難怪大家現在都懶得幫警察了。」

巴利不發一語，她光從他的肩頭就看出他非常緊繃。

「你還好嗎？」

他轉身過來，顯然可以看出他的心情完全沒有好轉的跡象。他只要一動怒，就會擺出這種抽菸姿勢，宛若市場小販或是拚命裝出兇狠姿態的青少年，大拇指與食指夾住菸頭，掌心含住菸身。

「妳為什麼要講那種話？」

「說什麼？」

「我去買菸、晃蕩了一個小時的事。」

「有什麼問題嗎？」

「問題？我的天啊……」

「我只是覺得我們應該要把完整的事情經過告訴他們，」安琪說道，「畢竟我們當初在那裡的時候並沒有提到這一點啊，如此而已。」

巴利把菸屁股彈到草地上，「妳知道妳講出那種話讓我看起來像什麼嗎？」

「別傻了，」她回道，「我不覺得她會因而認定你說謊。」

他轉頭，怒氣沖沖盯著她，「又有誰提到撒謊了？」

「沒錯啊……我的意思就是這樣。」

「我的意思是妳害我看起來很蠢，愚蠢，好嗎？跟誰撒謊一點關係都沒有。」

「不要再對我大吼大叫了。」

「我們之所以沒有提到那件事，是因為沒有人問我們，」他走到她面前，開始伸出食指罵人，「我們之所以會說去海灘，因為那就是事實。有誰叫我交代每一分鐘都在做什麼？有嗎？」

「好啦——」

「現在妳居然在條子面前講出那種話，妳覺得會害我看起來像什麼？他媽的就是個大白癡。」

安琪重重放下馬克杯，就算摔裂也不管了。「你給我聽好，不要再這麼自以為是、對我大小聲，好，明明遲到了還擺張撲克臉大搖大擺走進來的人又不是我，對吧？我才不管你一大早遇到了多糟的狀況，也不想知道你的混蛋弟弟又搞了什麼名堂。你幫幫忙好嗎？那女人是個警察，不是什麼因為你屋頂沒裝好而唉唉叫的客戶。」她搖頭又瞇眼，嘴唇一抿，周邊的法令紋就更明顯了，「我真不敢相信你做出這種讓我丟人現眼的事，居然用那種口氣對她說話……」

他們兩人沉默不語，長達一分鐘之久。巴利又點了一根菸，雙腳不安挪移，然後走到另外一頭，拉出桌旁的椅子，「撒謊？」巴利現在的語調已經聽不出怒氣，他坐了下來，「安琪，拜託一下好不好，有誰在講哪個人撒謊嗎？」

28

蘇坐在河岸街某間紅酒小食吧的角落邊桌，雖然服務生詢問她好幾次了，但她堅持自己只需要剛才進來時所索討的那一杯白開水，「這樣就夠了。」她討厭他緊迫盯人的態度，還有從吧檯後方飄來的惡意眼神，而她苦苦等人的恨意也與那種厭惡感幾乎不相上下。

別人看待她的那種眼光，就好像是她被人放鳥一樣。

這可能是她體內的老師精神在作祟——她的生活一向被時刻表與鐘響區隔得好好的——不過，她對於理當要現身的時刻卻不見蹤影的那種人，一直深惡痛絕，這才是真正的原因。要是有人喜歡浪費自己的時間，任由他們去吧，但浪費別人的時間則是一種粗魯傲慢的行為，她自己絕對不會做出這種事。

就連國王也會守時以示尊重，大家不是都這麼說嗎？

十分鐘之後，她已經看到服務生好幾次對她投以憐憫眼光，她正打算離開這裡，但瑪莉娜卻在此時衝了進來，十分激動慌張，她趕忙道歉，「非常對不起！」「哦我的天哪！」她一邊脫去浪漫古典風格的外套，一邊忙著解釋都是北上火車誤點害她遲到。

「沒關係，」蘇回道，「我們來喝點酒好了。」

「妳還沒點？」

「我不想自己先開喝。」

「不需要擔心，」瑪莉娜坐下來，「我一定會追上妳的進度。」

「要不要叫點紅酒？」

「其實，我想要來一大杯琴通寧。」

「點這個好像也不錯。」她伸手招了一下服務生，他拖拖拉拉、終於走過來問她們要點什麼，她早就猜到他會使出這一招。等到他離開之後，蘇開口讚道，「妳看起來美呆了。」

「謝謝，妳也是。」

「哦……」

「怎麼了？」

蘇伸手指了一下，「妳的包包……」

瑪莉娜舉起自己的紅色真皮手提包，露出微笑，「怎麼了？」

「我也有一個同樣的包包，」蘇說道，「妳曾經看過啊。」瑪莉娜一臉疑惑，「在安琪與巴利家共進晚餐的那個晚上，我帶的就是那個包。妳不記得了嗎？妳還告訴我好喜歡這個包啊之類的話？」

瑪莉娜搖搖頭，「一定是安琪講的，」她聳肩，又把包包放回地上，「我這個包是好久以前買的。」

服務生把她們的酒送過來，還留下了菜單，目前她們一點都不餓，乾脆就擱在一邊。強迫入耳的背景音樂——結合探戈與電子的某種樂風——不斷從她們座位附近的喇叭傳送出來，但干擾的程度倒也還好，不需要朝著桌子的另外一頭大吼大叫、以免對方聽不見，這也是蘇之所以挑選這個地方的原因之一。

「說到安琪，」瑪莉娜挨過去，又鬼鬼祟祟壓低聲音，彷彿安琪或是哪個認識她的人剛好坐在附近一樣，「妳為什麼沒找她出來？」

「這也不是什麼天大的秘密，」蘇回道，「我只是覺得這地方可能對她來說太遠了一點，如此而已。」

「哦，這樣啊。」瑪莉娜似乎有些失望。

「就我們兩個人當然比較省事，」她喝了一小口酒，「不過，我們看到她的時候，最好還是不要提起比較好，我不想讓她不高興。」

「我當然不會說。」

「妳和戴夫準備好下禮拜的問訊了嗎？」

「絕對不會錯過這場好戲，」瑪莉娜又靠過去，「哦，拜託啦，我好想知道警察去你們家的全程經過。」

「老實說，感覺有點怪怪的。」

「真的嗎？」她眼睛瞪得好大，「他們派了多少人過去？男的還是女的？」

「只有一個女警，」蘇回道，「非常年輕，但好認真。」她以指甲輕彈酒杯側邊，「她還問我們對那女孩有什麼印象？」

瑪莉娜正在喝酒，聽到這句話就立刻把酒吞下去，「那個失蹤的女孩？」

「死掉的女孩。」

「她到底想要知道什麼？」

「艾德也是這麼說。我們原本以為只是迅速問幾個問題而已。像是最後一次看到她是什麼時候啦？有沒有發現什麼可疑的人？諸如此類的問題。」

「她也是這樣告訴我們，」瑪莉娜說道，「她打電話來的時候，說只要幾個問題就好，媽的……」

「我也提到了我們看到的那名男子。」

「哪一個？」

「我們在牡蠣酒吧的時候，看到有個男人對那女孩的母親說話，他們就站在人行道上，記得嗎？」

「嗯，依稀有印象……」

「所以他們有可能會問妳那件事哦，請妳描述對方長相什麼的。記得嗎？那男人個子很高，身材健美。深色短髮，手臂上有刺青……」

瑪莉娜點點頭，但神色依然十分震驚，「對那女孩有什麼印象？妳怎麼回答的呀？我的意思是，她到底期待你們說出什麼樣的答案？」

「說真格的，我們兩個也覺得好意外。」

「這反應很正常。」

「坦白講，我覺得她不是很喜歡艾德。」

瑪莉娜愣了一會兒才回道，「真的嗎？」

「可能是我多想了，但她似乎看他就是有點不順眼。」

「搞不好她對他有意思，」瑪莉娜說道，「有的女人會故意擺出那種姿態。」

蘇搖搖頭，「我通常看得出來。」

瑪莉娜微笑，喝光了杯裡的酒。

蘇問道，「嗯，你們的問案時間是什麼時候？」

「明天，」瑪莉娜回她，「我最好先警告戴夫，我們得接受大拷問了。」

「我想一定沒問題——」蘇的手機在此時響起，她從包包裡拿出來，瞄了一下螢幕，抬頭說道，「是安琪。她是在今天接受問訊，我想她一定迫不及待要跟我分享整個經過。」她按下按鍵，不打算接聽電話，「我明天再打給她。我可以跟妳打賭，她馬上就會打給妳……」

瑪莉娜拿出自己的手機，擱在桌上，兩人盯著它好幾秒之久，但就是沒有響。她們哈哈大笑，決定再來一瓶紅酒，服務生過來的時候，她們點了麵包與好幾碟小菜、準備一起分食，包括了橄欖、曼徹格起司、蘋果酒佐西班牙辣香腸、朝鮮薊嫩心。

「如果我們要繼續喝的話，」瑪莉娜說道，「最好吃點東西墊胃。」

瑪莉娜正起身準備去洗手間，蘇開口說道，「妳又換新髮型了。」

她盯著桌邊牆面上的花框鏡，伸出十指梳抓頭髮，「我不確定髮尾染金到底好不好看，」她回道，「所以還是染回紅色。」

「妳也瘦了。」

瑪莉娜伸手摸肚子，「最近一直跑健身房。」

「看起來苗條有型。」

「哦，如果我想要向妳看齊的話，還是得多加運動才行。」

蘇一聽就大笑，瑪莉娜問她為什麼會有這種反應，她開始解釋，因為艾德對於女人會互相稱讚這件事的觀點超級犀利，「這是他的固定搞笑老梗之一，三不五時就會拿出來開玩笑，」她翻了翻白眼，繼續說道，「為什麼男人從來不玩這一套？為什麼大家從來不會看到哪個粗獷男對朋友說『你這身打扮真好看』或是『你最近常去健身房啊？』但女人對於講這些話樂此不疲。」

「因為女人要是聽到有人誤以為我們是拉子，也絕對不會嚇得半死。」

「嗯，不過艾德也說過，女人就是喜歡刻意玩這種曖昧把戲。你也知道，她們喜歡在夜店裡擺出那種姿態跳舞，明明不是拉子，卻硬要裝給大家看。」

瑪莉娜哈哈大笑，「但我猜他一定看得很爽吧，是不是？」

「所有的男人不都喜歡看兩個女人搞在一起嗎？」她抬頭望著瑪莉娜，微笑說道，「妳有沒有偷看過戴夫的網頁瀏覽紀錄？」

「天，當然沒有，」瑪莉娜回道，「首先，他當然知道該怎麼隱藏紀錄，就算他坦蕩蕩好了，其實我也不想知道。」

「他應該會非常注意這種事。」

「艾德呢？」

「哦，這樣說吧，他不像戴夫那麼小心翼翼。」

「真的嗎？」瑪莉娜挑眉，但蘇似乎是不想繼續討論這個話題了。

服務生帶著酒、一直在她們附近晃來晃去。瑪莉娜向他詢問洗手間的位置，他隨手一揮，指向餐廳後方的樓梯間。她離開座位的時候，蘇的下巴朝那紅色手提包點了一下，「還是讓人難以置信啊。」

瑪莉娜最後一次攬鏡自照，丟下這句話，「英雄所見略同囉。」

珍妮正忙著撰寫「威爾森命案：第二次問訊筆錄」的草稿。她陷入苦思，不知道該怎麼精確描述今天的問訊關係人、他們的行為舉止以及各種反應。雖然，他們最後還是逐一回答了她的問題，不過她很清楚在這段過程當中，這對夫妻都曾在不同的時點陷入驚惶，只不過那丈夫不像太太一樣那麼會掩飾心情。

巴利．芬尼根這人一定脾氣很暴躁。

珍妮坐在那裡，看著他憤怒咆哮，而接下來的一整天，她的心中依然有一股難以言說的激動。她一定是問出了什麼關鍵，她很清楚，自己刺到了他的痛處。除此之外，雖然他奚落她是菜鳥、還辱罵她問了蠢問題，但她卻選擇置之不理，她對於自己的表現也十分滿意。

「妳如果想要成為一流好手，」西蒙斯曾經對她講過這一段話，「就必須耐受各種折磨。」

她早就習慣了，默默忍受，不做任何反應。絕對不能讓別人趁虛而入，一秒都不行，不可以讓他們發現自己的罩門。所以，當巴利．芬尼根像隻脫毛鬥牛㹴焦慮不安破口大罵的時候，她只是靜靜坐在那裡，珍惜當下的分分秒秒。

她在心裡鼓勵自己：「還得熬一整天，喂，一整天……」

最後，還是靠安琪拉．芬尼根成功安撫了她老公，讓珍妮得以再多問了好幾個問題。他像個乖巧男孩一樣靜靜聆聽，作答，至於問題到底蠢不蠢，他已經不再多話。

對，當天他們曾經與其他兩對聊過這起失蹤事件。

不，他們不記得看過派蒂．李．威爾森和哪個男人講話。

他們在那裡開的是紅色日產Altima。

珍妮按下存檔鍵，豎耳傾聽客廳傳來的噪音。那個護校生找了幾個朋友過來一起吃晚餐。她先前曾經告訴珍妮，非常歡迎她和大家一起玩，但那表情卻擺明了妳還是趕快婉拒吧。珍妮在想，也許可以趁現在進客廳，和大家喝一杯什麼的。她看了一下手錶，快十一點了，而她明天還有最後一場問訊。

今天何其漫長。

客廳裡，有個女孩爆出大笑，還有人拍手叫好。

珍妮迅速脫衣，上了床，她在上班前更換了乾淨的床單被褥，窩在裡面真是幸福。她躺在那裡心想，要是真有機會去佛羅里達州，與傑夫．葛德納聯手偵辦這個案子……身分是倫敦警察廳的顧問，甚或是他的搭檔……那麼，她好想租台野馬嘗鮮一下……

29

薩拉索塔事件，瞬刻之間的衝動。

詭奇的單一事件，可能與當時的酷熱有關……

當無力抗辯的被告辯論意見書出現了這些詞窮的理由，就算是愚蠢至極的陪審團也不會買單，當然，要是再加上十一個禮拜之後的肯特郡事件，那就更罪無可赦了。

再度犯案，已經沒有其他的抗辯藉口。

說來奇怪，儘管那天下午在西耶斯塔城一切發生得如此之快，真的是火速了結，但我偶爾還是會以慢動作的方式重新演繹一次。嗯，你知道吧，就是他們在電影裡顯示關鍵時刻的手法，也就是許多電影裡的角色與我做出同一件事的時候、他們經常使用的那種呈現方式。

不斷加速的心跳聲，這是例常出現的背景音效，對不對？

當我放慢車速、與那女孩並列前進的時候，酒吧與店鋪櫥窗由模糊轉為清晰的影像。她看到我的時候所顯現的表情，還有當我向她招手示意、她走向車窗時的那個神態，我在她面前舉起礦泉水、在瓶內不斷晃搖的水。抓住車門把手、往外一拉的那隻手，進入座位時的身體側部，當然，還有那笑容。燦爛無比，鏡頭也慢慢推近過去。那女孩出生的時候腦袋可能有缺陷，但她的那口牙齒卻真是他媽的完美無瑕……

還有，我們的對話內容也是，我經常在心中不斷溫習。我不能保證百分百無誤，但已經盡力記住一切。

「嗯，妳要去哪裡？」

「我要去買蛋。」

「妳媽媽知道妳人在哪裡嗎？」

「可以給我買蛋的錢嗎？」

「什麼樣的蛋？」

「大大的蛋，紅色包裝的巧克力蛋……」

「走路過去太遠了，不然這樣吧，我送妳過去，等到我們到了那裡的時候，我就可以買蛋送給妳，好不好？」

「不遠啊，走路對身體很好。」

「是沒錯。但今天太陽這麼大，天氣超熱。來嘛，我車裡有水，妳看看……」

我在綿綿細雨中開車前行，經過了奇斯爾赫斯特與斯旺利，心想不知這次會出現什麼樣的對話內容？需要花多少時間兜圈子？又得耗費多大的心血說服對方？與安珀瑪麗的交手過程倒沒什麼太大困難，所以我才鎖定尋找特殊學校，早在出發之前，我就已經把那裡的郵遞區號輸入在導航衛星裡面，查看父母會在放學時帶小孩去玩耍的那間公園。

那些特殊的小孩。

儘管天氣爛得要命，但當我第一次開車過去觀察那個地方的時候，鄉村的美好景致卻讓我大為驚豔。當然，我要找的這種地方，倫敦到處都是，而且在倫敦邊緣地區的一般學校裡面，那種小孩也很多，不過，要是他們能找到比哈克尼或沃爾斯姆斯托更綠意盎然的地方，鐵定能讓他們覺得更舒服自在吧。更恬靜，沒那麼嘈雜、壓力沒那麼大的空間，想必很適合有這類問題的小孩。

當然，沒有那麼熱鬧繁忙，這一點倒是讓我覺得有點棘手。

我把車停在可以看到出口的地方，三點半一到，大家都出來了。有一大堆的父母，但我早有心理準備，放心讓這種小孩自己搭公車返家的爸媽應該沒幾個。雖然天氣不好，但我跟隨著一群嘰嘰呱呱的媽媽——大部分都是媽媽，一定的——還有他們的小孩，一起穿越公園。

其實，他們就和其他的親子團體沒兩樣，媽媽們開始閒話家常，迫不及待想要聊一點大人之間的話題，又有誰能苛責她們呢？想想她們平常過的是什麼生活吧？所以大家坐在長椅上東聊西扯，或是站在一起抽菸，把握片刻的平靜，因為小孩們正在自得其樂。

他們亂跑亂爬，吼叫，凝神觀望，哈哈大笑。

開車回家的路上，我已經想好時機到來時的台詞，其實應該就是隨機應變，當場一定會有靈感。要是提前計畫一切，就會產生風險，聽起來像是……排演過的一樣。我覺得小孩可以感應到這一點。第一印象很重要，其實，這個道理也適用在所有人身上。

重點就在於他們在你臉上所看到的神情。

現在回想起來……配上怦怦心跳的背景音效，美好的慢動作……電動車窗降下，她轉身，當我呼喊她的時候，她的雙眼睜得好大，我猜我的微笑對安珀瑪麗發揮了百分百的影響力，正如同她的微笑對我所產生的效果一樣。

30

在關係人的家中問訊，的確可以了解對方的個性。他們的生活方式會透露出許多細節。比方說，腦袋條理分明的人，居家環境通常不會亂七八糟，而整潔程度已經到了某種喪心病狂程度的人，很可能也隱藏了什麼見不得人的秘密，這些都是可能有用的基本資料。不過，珍妮依然認為必須學習在各式各樣的環境中問案，轉換一下也無礙。所以，她請瑪莉娜・葛林與戴夫・克倫過來路易舍姆派出所接受問訊。

她幾乎是第一眼看到他們的時候，就覺得這對情侶超怪的。

這個女朋友要是沒有化妝、不要穿得那麼奇怪，鐵定是個豔麗美女，但依然可以看出這其實是她刻意的精心打扮。她身著五彩襯衫，黑色緊身褲——應該是吧？其實珍妮也不確定——搭配亮皮馬汀大夫鞋。珍妮不知道她平常在牙醫診所當櫃檯小姐的時候是否也是這種打扮，會不會被迫拔掉小鑽鼻釘。

「我喜歡妳的髮型。」

那女子謝過她，哈哈大笑。

「怎麼了？」

「哦，只是我和某個朋友之間也有過類似對話，」那女友說道，她發現珍妮頗有興趣聽她繼續說下去，乾脆就講個清楚，「女人喜歡把那種讚美的話掛在嘴邊，但男人不會。」

那男朋友接口，「我早就告訴過妳了，這髮型超美。」他似乎不像另外一半那麼注重外表，鬆垮骯髒的牛仔褲，搭配軟趴趴的褐色外套。他那亂七八糟的鬍鬚，不禁讓珍妮想到了她家公車站早晨出現的某些男學生，要是他與這些小孩比腕力的話，可能一個都贏不了吧。戴夫．克倫顯然是個不修邊幅的人，珍妮其實滿欣賞的，不過，話說回來……想必史蒂芬會送給他這樣的形容詞——她喜歡運用足球術語來對男人品頭論足——進不了英超的三流球員。

「我的意思是，男人不會互相稱讚啦，」那個女友——絕對是雀兒喜、曼聯，或是利物浦等級的大正妹——對著珍妮微笑，「一堆白癡……」

那男友聳聳肩，臉色抽搐了一下，彷彿受到了小小的驚嚇。他們一進入派出所之後，看得出他變得躁動不安，似乎是因為來到這裡而興奮過頭，像個在甜點店裡的小孩一樣，頻頻點頭，他不時拿出吸入器，當珍妮帶著他們在派出所裡面走動，他更是頻頻發問。

「犯罪調查部在哪裡？」

「你們和制服員警真的處不來嗎？或者這只是謠傳而已？」

「這間派出所有沒有拘留室？」

他們進入某間普通問訊室，裡面擺放了充滿刮痕的木桌，珍妮坐下來，而那對情侶則在她對面入座，很美觀但非常不舒服的塑膠椅。裡面並沒有其他家具，桌上有個面紙盒，珍妮猜應該是前一次問訊時留下來的東西。室內擺放了松木空氣芳香劑，但似乎依然蓋不住汗臭味。

「感謝兩位特地撥空，」珍妮說道，「我知道你們都是請假過來這裡，所以我就盡量長話短說。」

那男友的下巴朝牆壁的內建式大型雙CD錄音機指了一下，「妳等一下會錄音嗎？」珍妮搖搖頭，他揚起目光，朝角落高處的攝影機點點頭，「通常這時候也會錄影，對吧？」

珍妮回道，「這次真的不是那種問訊。」

「但通常是這樣進行的，對不對？而且妳也不能一個人問案，其實，這是違反規定的吧？」

「我說過了，這只是閒聊而已。」

「依據的是『警察與刑事證據法』，對不對？」

「你似乎相當了解。」

「所有的影集他都看過了，」那女友開口解釋，「而且還看了好多書，全都是犯罪紀實錄。」

那男友再次聳肩，看起來洋洋得意，女友伸手過去，與他十指緊扣。

這種人珍妮見多了。他們在光譜的極端，就是那種一直想來應徵警察職務、卻總是被拒於門外的宅男，而且被打槍的理由通常也充滿了正當性。許多人最後跑去當交警，或是在派出所甚至蘇格蘭警場擔任民間支援工作人員。

「你應該要來應徵我們的工作才是，」珍妮笑道，「倫敦警察廳一直很缺優秀的資訊人才。」

他慢慢眨了一下眼睛，「我的工作是設計電玩。」他的語氣好平緩，興奮之情似乎突然退逝了一大半，「比一般的資訊產業有創意多了，薪水也高一點。」

珍妮低頭看筆記，「根據你們在薩拉索塔的簡短供詞，安珀瑪麗．威爾森在鵜鶘棕櫚樹度假村失蹤的時候，你們正在吃午餐。」

「城內的某間酒吧，」那女友回道，「我們應該是從一點待到三點多。」

「我不記得到底是哪一家，但有可能是『吉里根斯』，或是『德貴麗露天平台』，」那男友想了一會兒，搖搖頭，「對了，不管去哪一家，反正服務生應該是不記得我們了。」

珍妮回道，「不重要。」

「我們兩個互相作證，」那男友對女朋友眨眨眼，「就不能算是不在場的鐵證了，對不對？」

「好，所以你們在那裡的時候，從頭到尾都不曾分開？」

那男友微笑，「有時候我還是得去上廁所……」

「我猜你們沒看到那女孩吧。」

「沒有。」那女友態度鎮定，斬釘截鐵。

那男友回道，「應該是沒有。」

珍妮開始做筆記，好一會兒之後，繼續說道，「對了，感謝兩位一直這麼冷靜，」她抬頭看著他們，「芬尼根先生聽到我問這些問題的時候，表現就相當激動。」

那女友哦了一聲。

「妳為什麼要那麼問巴利？」那男友問道，「他們當時不是去海灘了嗎？」

「我們發現芬尼根先生曾經回到城中區，而且還待在某間酒吧喝飲料。」

那女友又哦了一次。

「你們有看到他嗎？」

「就跟剛才戴夫說的一樣，我們以為他們待在海邊。」

「他開的是日產的紅色Altima，不知道這能不能讓你回想起什麼線索？」

那男友搖搖頭，「抱歉，沒辦法。」

「你與葛林小姐在那裡的時候開什麼車？這是我一定得問的問題之一，所以……」

他們互看了一眼，「應該是Neon吧，」那男友說道，「道奇的Neon？銀色的車，我對車不熟，但我們只需要某台小車，嗯，反正就是低排放的車款。」

「只有我們兩個人，」那女友回道，「不需要租什麼耗油的大怪獸吧？」

珍妮搖搖頭，「當然不需要。」她放下原子筆，看著那男友，「好，既然你對這種事情略知一二，算是個……，你覺得那女孩出了什麼事？」

「抱歉？」

「我只是覺得你的想法很有意思，」珍妮說道，「我是說，想必你一定曾經思考過這個問題，嗯，有時候，聽取別人的觀點，也有助於我們釐清案情。」

他抬頭看了一下攝影機，彷彿覺得自己正在被拍一樣，然後，他再次坐定，雙臂交疊胸前，「這個嘛，帶走她的人一定是開了小客車或卡車什麼的。」

「當然。」

他露出微笑，「我知道妳為什麼得要詢問車子的事。」

珍妮也對他回笑，「請繼續說下去。」

「我覺得這整個綁架殺害的手法相當迅速，」他點點頭，「幾乎這類案件的受害人都是在被綁架的數小時之內就遇害，歹徒不會讓他們存活太久。嗯，我的意思是，當然，也找得出不少反例，但基本上這種狀況算是罕見。如果讓我下賭注的話，我想他應該是立刻就殺人滅口。」

「殺死她的是男人？」

「哦，沒有，當然未必是男人。妳說的對，尤其受害者是小孩的時候更難講。」

「會不會行兇的是一男一女呢？」

「的確有這種案例，天，一點都沒錯。當然，史上有佛列德．威斯特與他的太太羅絲，還有布萊迪與辛德蕾二人組。女性出面哄騙受害人上車，然後開到某處與等候的夥伴會合。對，是有這個可能……」

「我也想過這一點，就許多方面看來，也比較容易贏得小孩的信任，」珍妮說道，「兩人組的身影很熟悉，就像他們自己的父母親一樣，當然，前提是這些小孩有父有母。」

他回道，「不過，就統計學來看，單獨行兇的機率比較高。」

珍妮搖搖頭，「說到統計，我就沒話說了，」她瞄了一下那女友，對方似乎覺得這段對話頗無聊，開始摳自己的彩繪指甲，「統計學主宰了我們的生活，對不對？」

「嗯，多多少少吧，」那男友回道，「不過，不要忘了，還有謊言，亂七八糟的謊言之類的事。」

珍妮點點頭，但其實她並不清楚他指的到底是什麼。「好，就統計學看來，」她繼續說道，「我們抓到他的機率有多少？」

他癟了癟下唇，思索的時候又咬住上唇，「嗯，要回答這問題沒那麼容易，」他開始解釋，「變數有很多。家暴命案偵破的機率比較高，陌生人初次犯下的謀殺案就比較困難，還有，我們要討論的依據是英國還是美國的謀殺案破案比例？」

珍妮回道，「哪個都可以。」

「我們這裡的殺人案破案率比那裡高。」

「好，那就取個平均數吧。」

「當然，這要看謀殺案的曝光度而定。如果是媒體注意的焦點，我覺得這案子倒是沒受到什麼特殊關注，要是有政治勢力對警方施壓——」

「克倫先生，給我大概的數據就行了。」

那女友好像有些惱怒，「我真的得回去上班了，」她問道，「要結束了嗎？」

但那男友卻似乎十分得意，他思考了好幾秒鐘之後才回道，「可能是百分之六十五吧，對，差不多是這個數字，抓到他的機率是百分之六十五。」

珍妮回道，「我也只能賭賭看了。」

那男友從口袋裡拿出吸入器，但目光依然緊盯珍妮不放，他搖了一下，開口說道，「我想，妳的兇手也抱持相同想法，打算和妳對賭。」

31

那感覺就像是嘴裡有顆開始蛀爛的臭牙。只要記得避開那個部位、以特定的方式咀嚼，其實都不會覺得有什麼異狀。但每天不時出現的疼痛卻會讓你想起其實狀況還是一樣糟糕。傑夫・葛德納警探知道這算不上什麼特殊感受，看看這間辦公室，他知道每一個同事都有類似安珀瑪麗・威爾森這樣的爛牙懸案，每當大家誤以為早已忘記的時候，它們卻悄悄發作，讓人忍不住面部抽搐。那些檔案躺在抽屜裡的某個角落，不然就是隨便塞放在辦公桌上，被其他工作的文件所淹沒。

那些至少有機會破案的新案件。

當初對派蒂・李・威爾森許下的承諾，他一直放在心上，每天總會追個一兩次，詢問相關負責人什麼時候能夠發還她女兒屍體、讓她能夠好好安葬。而每天他都會聽到相同的答案一兩次，正在處理中，這是他們應盡的本分，不需要別人來催促，而等到所有程序跑完之後，他們一定會讓他第一個知道。

「除非能讓我的寶貝回來，不然狀況永遠不可能好轉……」

就案情研判，這也已經不是需要緊急處理的案子，原因其來有自。鬼打牆，死胡同，反正他們就是完全沒有頭緒，毫無進展，要用什麼老套形容詞都沒差。自從安珀瑪麗・威爾森——在紅樹林隧道裡失血殆盡的那具腫脹浮屍——終於被人發現的第一天起，葛德納就火力全開——不過，一牽涉到辦案優先順序的時候，他的警督就有別的事情得忙了，其他的警探也一樣。

當上級交代葛德納從紅色檔案夾裡面取出威爾森謀殺案的資料、移到灰色檔案夾的那一日，那顆爛牙簡直讓他痛不欲生。

當天晚上，米雪兒在床上嘆道，「親愛的，以前從來沒有哪個案子讓你心煩成這樣，為什麼這次卻如此痛苦？」

那是一種言語無法形容的感受，所以葛德納只是淡淡回道，「妳說的對，我自己也發現了。」然後，他躺了下來，任由她以自己熟知的最佳方式、幫助他排解心懷喪命女孩的濃重愁緒。

電話響起的時候，他正忙著處理曼恩街某間酒吧外頭持刀行兇案的證人供詞，心裡也在盤算等一下午餐該吃什麼，接線員告訴他，這是警察廳打來的電話。

「警探您好，我是珍妮・昆蘭。」

「哦，嗨……」

「我從倫敦打來的。」她特地補充了這一句，搞不好葛德納需要別人提醒一下警察廳的所在地點。

葛德納回道，「對，我記得，」有個名叫惠特洛的白人瘦警探，從辦公桌的另外一頭對他露出燦爛笑容，「今天有什麼需要我協助的地方？」

「其實，我是要向你報告最新進度。我才剛寫完最後一次的筆錄……那兩個應該是叫瑪莉娜・葛林與戴夫・克倫吧？反正，在這三次的問訊過程當中，我發現有一兩件事值得特別關注一下，應該要讓你知道才是。」

「問訊？」

「就是那三對啊，你不是要——」

「哦，我們只需要妳幫忙確定幾件事項而已。」

「對，當然，但我相信你應該期盼我能夠做到盡善盡美。」

葛德納很想打哈欠，只能拚命忍住，「的確，」惠特洛依然在大笑，葛德納也對他回笑，翻了翻白眼，「我洗耳恭聽。」

「抱歉？」

「妳到底『發現』了什麼？」

「好，首先，他們陳述了自己在女孩失蹤時的行蹤，但答案其實不算百分百誠實，」他聽到了紙頁翻動的聲音，「或者，至少可以這麼說，他們忘記了部分細節。」

葛德納拿了原子筆，「繼續說吧……」他開始聆聽這女子向他報告第一對——唐寧夫婦——已經向她確認當時在購物，但他們卻沒有辦法講出在購物中心究竟買了什麼東西。他沒有抄下任何一句話，而且立刻打斷她，「我不知道妳的重點是什麼，」他繼續說道，「幾乎是十個禮拜前的事了。好，我跟我太太去購物的時候，幾乎是才剛結帳、我就立刻忘了我們到底買了什麼，這是一種防衛機制。」

她似乎不覺得他的回應有哪裡好笑，「我只是覺得怪怪的，如此而已。」葛德納不再做任何回應，她開始繼續講巴利．芬尼根的狀況，大家以為他一直與妻子待在海灘，其實並非如此，因為他曾經開車回到西耶斯塔城裡，「為了買香菸，這是他的說法，反正他不知道去幹什麼，晃蕩了一個小時，我覺得，這時間綽綽有餘了。」

「綽綽有餘？幹什麼？」

「哦，如果他看到了那女孩……」

「我覺得妳的這個推論可能有點太自以為是了。」

「他非常緊張不安，」她開始解釋，「我開始對他施壓的時候，他變得很挑釁。」

「我不明白妳為什麼要對別人施壓。」

「說到這個，戴夫．克倫也一樣，他的行為舉止很詭異，而且他和他女友也沒辦法講出當時他們用餐的酒吧店名。」

「我要再強調一次，這是十個禮拜之前的事。」

「話是這麼說——」

「我也想不起來我昨晚去的那間酒吧店名，還有，我要講重點，妳只需要收集資訊就夠了，基本的時間序列，還有這些人可能記得的細節啦什麼的。」

「我問了他們的車子型號。」

「妳問了什麼？」

「我覺得這應該是有用的資訊，」她說道，「我的意思是，在這起案件當中，歹徒一定有使用交通工具。」

「對，我們花了很多時間在清查。」

「至少你可以因此縮小嫌犯的範圍吧，是不是？」

「好，把那些車子的型號告訴我，」葛德納很想大聲講話，但還是忍了下來，這次她翻閱資料的時間比較久，最後終於找出了資料，他趕緊抄寫下來，開口說道，「謝謝。」

「我還有別的事要告訴你。」

惠特洛的身旁多了另外一名女性警探，好像兩人曾在某次派對結束之後一起上過床。他們兩個都盯著他，咯咯笑個不停。葛德納低頭看著剛才抄寫下的字詞周邊信手亂畫的迴圈，他開口說道，「我需要真正的線索。」

「這個很重要，」昆蘭說道，「他們想起的某件事。」

葛德納往椅背一靠，「請說。」

「他們看到有個男人跟那女孩的母親在一起。」

「是誰看到的？」

「一共有兩個人，發生在她們一起出去用餐的某個晚上，她們看到有個男人與派蒂·李·威爾森在街上閒聊，我問到了這個人的特徵……」

她開始講述蘇珊·唐寧所提到的刺青男子，葛德納也一一記下細節。他問還有沒有其他人再次看到這名男子，但她卻沒辦法回答他，她向他深表歉意，因為她居然沒有追問，她願意再去補問，但他的回答客氣而堅定，不需要。

她回道，「我當時早該想到的，一定是值得追下去的線索。」

葛德納告訴她，「我來處理。」

「好，那就麻煩讓我知道後續，你有我的電郵嗎？」

葛德納不確定自己有沒有，或者是否真有這個需要，但他還是回了一句，「應該有吧。」她向他保證會在明後天寄出完整報告，所以到時候他一定就有她的電郵地址了，他回道，「太好了。」她說自己非常樂意提供協助，要是他還有別的需求，千萬不要客氣。

他向她道謝之後，掛上電話。

不到一分鐘之後，惠特洛的無肉屁股貼在葛德納辦公桌的邊緣，「你的『瑪波小姐』[4]打來的吧？」

葛德納回道，「她只是有點熱心過頭了。」

惠特洛望著他，從葛德納臉龐的線條可以看出他不只是心煩而已。「好，要不要下班後去喝幾杯？提振一下心情吧，也許可以找間你第二天還會記得名字的酒吧。」

葛德納微笑，顯然他朋友剛才把電話內容聽得一清二楚，「再說吧。」

惠特洛說道，「解決牙痛的良方，莫過於啤酒。」

葛德納低頭看著剛才與昆蘭通話時草草寫下的筆記，三台車，刺青男。目前居然找不到比這更有利的線索了，也許惠特洛說的一點都沒錯。

大雨即將來襲，所以珍妮加快腳步，準備回到路易舍姆派出所。她開始回想剛才打電話去佛

[4] 根據阿嘉莎．克莉絲蒂小說改編的英國電視劇《瑪波小姐探案》主角。

羅里達州的對話內容，字字句句，她所報告的事項，還有他的回應方式。

也該檢討一下自己的表現了。

顯然葛德納警探沒什麼時間，既然得偵辦謀殺案，這一點自然不難理解。不過，珍妮很滿意自己剛才的鎮定態度。自信堅定，沒有流露出任何的拙樣，而且也謹守分際。老實說，當他展現出不以為然、或者應該說他在暗指她興奮過頭的時候，她居然能這麼快就做出回應，就連她自己也嚇了一跳。

不過，說真的，還有許多進步空間。

「我覺得妳的這個推論可能有點太自以為是了。」坦白講，那句話好傷人，但她並沒有因此而不高興，而且，這不算什麼，因為蘇．唐寧提到的那個男人，她居然沒有追下去，才是真正的失策。

為什麼她沒想到要問大家是否再次看到那名男子？

這是很粗淺的錯誤，忘了追蹤後續。她狠狠踢了一腳人行道上面的塑膠袋，心情好多了，而且意志也更加堅定。珍妮這個人最大的特色就是學得快，而且她絕對不會重蹈覆轍。

要是她有需要的話，她總是無所不用其極，讓對方留下好印象，不過，她真心期盼能讓傑夫．葛德納大感驚豔。

如果她必須要嚴格批判自己——她也找不出理由可以對自己睜一隻眼閉一隻眼——也許她不該以那麼強烈的語氣描述問訊的對象。她已經很不喜歡第一對了，而第二對、第三對的討人厭程度卻節節高升。顯然巴利．芬尼根不需要什麼話去激他就會大爆走，艾德．唐寧這個人很噁爛，而戴夫・克倫就是個百分之百的怪胎。她差點想要建議葛德納應該要把這三對集合在一起問案，不過，她希望自己至少已經表達出自己的懷疑，幕後可能有隱情，其中一個人，甚或是不止一個人，想要保護某人。

她剛才應該要對葛德納好好說清楚才是。也許可以趁她寄出報告的時候提一下。要是她不講出來，又有誰知道是她追出了這一切？

當然，珍妮希望能早日將兇手緝捕歸案，不過，最後的功勞會落在誰身上，總是充滿問號。拜託，當她還只是個警校生的時候，就已經學到了許多教訓。說到這個，她就覺得傑夫・葛德納是她可以信任的對象，等到論功行賞的時候，絕對不會虧待她。

他似乎是個好人。

她望著越來越灰暗的天色，加快了腳步，腦中又作起白日夢——只要一兩分鐘就好了——她與葛德納再次聯手偵辦下一個案子。要是能在南倫敦迅速升官……五年內當上探長，差不多是那樣的進度，她一定大方接受……胸懷大志不會有問題吧，是不是？

有沒有聽說昆蘭的事？這臭女人真是走運，到佛羅里達州出差了……

她一到家，就會馬上完成克倫／葛林的問訊報告，然後，打開一瓶紅酒，窩在電視機前面，找一部她喜愛的美國警察影集。緊張刺激又血腥的劇情，主角是好幾個性格體貼敏感的警察，但他們的妻子卻不了解他們，也一直無法理解這份工作的壓力。其中一名警察更是深為所苦，某一次，辛苦征戰了一天之後，在啤酒的催化之下，他不經意講出了心事，躺在美女搭檔的懷中……

我們不該如此，這樣是不對的……

她抵達車站的時候，已經有許多豆大的雨珠潑濺在人行道上面。入口處有個雙頰凹陷、嘴邊沾血的男子正在兜售《大誌》，他似乎覺得這場雨也沒什麼。珍妮開心掏出一把零錢、放入他的棒球帽裡面，拿了一本雜誌，匆匆趕向月台。

32

艾德開口，「我去買酒了。」

戴夫趕緊吞了一大口，「等等，我還沒喝完。」

「要是你追不上，我們也無能為力，」艾德哈哈大笑，搖搖頭，「對吧，巴利？」

巴利開口勸戴夫，「喝一半就好。」

「不，我會喝完這一杯。」戴夫又喝了一口，但明明杯子裡還有一半的啤酒，艾德已經鑽進人群、朝酒吧走去，他舉起酒杯，對著艾德的背後大吼，「我可以啦……」

長畝街的薩賽克斯酒吧的週六夜，想也知道全場爆滿，他們站了十五分鐘，運氣不錯，終於搶到了角落的某張小桌。他們挨在一起聊天，彼此之間的距離不過只有幾英寸而已，但依然得拉開嗓門、才能蓋過其他客人的交談聲與背景的抒情搖滾樂。艾德為了買酒，足足在酒吧前待了五分鐘之久，戴夫趁著這段空檔東張西望，「這不禁讓我想到為什麼我沒事就絕對不要來西區。」

巴利回道，「對啊。」兩人又左顧右盼了一會兒，然後巴利說他得去上廁所，戴夫趕緊趁下一輪酒上來之前、盡量多消化一點剩酒。

艾德回到桌前，丟了好幾包洋芋片，然後舉起酒杯，三人互碰乾杯。艾德歪著頭，望了一下擠進隔壁桌的那群年輕女孩，然後又回頭發表評語，發現戴夫神情有異。

「怎樣？」

「沒什麼。」戴夫微笑，喝了一小口酒，「我只是想到了我們在薩拉索塔的最後一夜而已。我們為那女孩乾杯，但卻沒有人知道她叫什麼名字。」

「在『北梭魚燒烤』嘛，」巴利講完之後，點點頭，「記得那裡的炸魚薯條超好吃吧？」

「沒錯，嗯，」艾德一口氣喝完他的第三杯酒，「現在我們幾乎忘不了她的名字了，對不對？畢竟大家都被那名倫敦警察廳的菁英查問過了。」

「媽的就是個蠢女人，」巴利不爽咆哮，「一直在問蠢問題。」

艾德問道，「什麼樣的問題？」

「就是她也問過你的那些問題啊。」

「對啊，當然，但那些真的愚蠢到不行的問題到底是什麼？」

「哦，我也不知道該怎麼說，就是問那女孩的事。拜託，居然問我有沒有看過她。」

「我們大家都看過她。」艾德搖頭，又望著戴夫。

「我的意思是，在她失蹤之後。」

戴夫點點頭，「嗯，沒錯。她在我與小瑪的面前提到了你其實沒有待在海灘，跑去買香菸什麼的……」

巴利面向他，「她把我們的對話內容告訴你？這不是違反了什麼……我不知道，隱私權還是什麼的嗎？」

戴夫回道，「我覺得是沒有。」

「這種作法當然有問題，」巴利回道，「靠，我一定要打電話給她的上司，我確定他們鐵定不容許這種事。我的意思是，大家都有基本權利什麼的不是嗎？」他發現艾德在憋笑，他雙手一攤，「什麼事這麼好笑？」

「沒什麼，」艾德對戴夫擠眉弄眼，「看起來是某人扯謊被抓到而惱羞成怒，如此而已。」

巴利回他，「聽你在放屁。」

「所以你沒有偷偷溜回城裡，和『牡蠣酒吧』裡的哪個女服務生亂搞一下？」

「哦，說到這個，」戴夫推了一下巴利，又用下巴指了指艾德，「那麼你應該要聽聽她在我們面前怎麼說你的囉？」

艾德問道，「什麼？」

戴夫聳肩，「想也知道她對你有意見吧，是不是？」

艾德盯著他，剎那之間不知該作何反應，最後，他爆出大笑，又伸手推了一下戴夫的肩膀，動作十分笨拙，「去你的！」

巴利哈哈大笑，「老哥，現在是半斤八兩了。」

艾德把頭湊到大家面前，也向另外兩個人示意做出相同動作，然後，他側瞄了一下隔壁桌的那些女孩，「週六夜晚的西區，到處都是那種女孩，」他繼續說道，「想要尋歡作樂的粉領族。」

巴利仔細看了一下，完全不想掩飾自己的感覺，「但我覺得她們想要找的不是你這種大叔。」

「真相會讓你嚇一跳。」

「老哥，你要是年輕個二十歲再說吧。」

「現場又沒有賭子，」戴夫回道，「看來你今天運氣很背。」

艾德露出譏諷笑容，然後又往後一靠，搖搖頭，「真不敢相信你們兩個會這樣，」他反問，「大好的機會擺在眼前，難道你們真的會說不嗎？」

「沒興趣，」巴利說道，「我知道自己的口味。」

「你都沒有在外面偷吃過？」

巴利只是猛搖頭，低頭看著自己的酒杯。

「戴夫？」艾德等他做出回應，「嗯，我知道你不需要偷吃啦……」

巴利狠狠瞪了艾德一眼，但他卻裝作沒看到。

「不可能，」戴夫回道，「我是乖寶寶。」

「真的假的？」

戴夫望向那一桌女孩，其中一個發現他在偷看，戴夫的臉立刻微微漲紅，趕緊回頭，對著巴利笑道，「哦……我覺得偶爾純粹逛逛街、但不買任何東西，應該也不是什麼問題吧？」

巴利大笑，似乎是不相信這種說法。戴夫看著他，而巴利只是搖搖頭，「隨便你怎麼說了。」

「嗯，時間還早，」艾德開口，摩拳擦掌，「就算我們不再年輕好了，但腰部以下的活動區域還沒陣亡吧，所以趕快喝完，我們去續攤。」

巴利看了一下手錶。

艾德已經離座，把剩下的啤酒一乾而盡。有對急於想要搶座的年輕情侶趕緊過來，在他身邊不斷徘徊，艾德也對他們點頭示意。

戴夫說道，「我不能太晚回家。」

艾德嗆他，「果然是超遜的輕量級。」講完之後，隨即朝大門口走去。

前往「帝國」酒吧，原本只需要五分鐘的腳程而已，但也不知為什麼卻拖拖拉拉了好一會兒，他們必須擠進蘭開斯特廣場的大批人群、向皮卡迪利圓環前進。這間酒吧雖然鄰近鬧區，但卻位於小巷裡，比剛才那間薩賽克斯安靜多了，只不過，偶爾還是會聽到外頭的警笛大作，還有鄰桌純男人聚會的大呼小叫，但至少他們不需要用吼的聊天，也不必擺出誇張手勢幫腔。

到了十點鐘，每個人都已經喝了五杯，但只有戴夫與艾德看得出醉意。艾德講話變得比較大聲，米德蘭口音也更加明顯。戴夫則是越來越安靜，慢慢喝酒，而他的微笑——有時候看起來像是一切了然於心，有時候則是一派天真爛漫——但總而言之，一直掛在臉上。

巴利只是喝個不停，他的臉可能是稍稍紅了一點，但看著其他兩人、自己純粹作陪，似乎也是自得其樂。

「好，戴夫，這個賽季曼聯的表現如何？」艾德的下巴朝巴利點了一下，邀他一起虧人，「買進球員的決定確實很明智，你說是不是？」

戴夫開口，「我們可不可以談點別的話題？」

艾德哈哈大笑，巴利也幫腔毒舌了一下。他們不斷取笑戴夫是曼聯隊一日球迷的獨特行徑，上次在巴利與安琪家晚宴時未完的話題，又被拿出來重炒了一次。戴夫對於自己成為被嘲弄的對象似乎是無所謂，只不過顯然他現在已經完全無力回嘴。

「我們隨時可以回頭聊女人啊，」艾德繼續說道，「大家都看得出來，這個話題還是讓你比較自在一點。」

「何不聊聊政治電影之類的話題？」戴夫微微傾斜酒杯、對著艾德，「還是談談書香世界？」

艾德假裝沒聽到他的問題，對著酒吧四處張望，「聽好囉，這方面我沒什麼天分。」

「你知道嗎？」巴利開口，「你這個人就是精蟲衝腦。」

艾德聽到這樣的形容詞似乎很爽，「怎麼好像被你講得像是壞事一樣。」

「蘇的想法呢？」

「這是活化兩人關係的良方，」艾德停頓了一會兒，彷彿希望他們要好好思考這句話，然後，又傾身向前，「應該不用再提醒你們兩個了吧，男孩之夜所講的話，就不要再講出去了。」

巴利低聲回道，「我沒問題。」戴夫點點頭，開口說道，「不知道那天晚上她們又講了什麼。」

「我覺得她們根本都在忙著灌白酒，也沒時間聊天，」艾德回道，「蘇回家的時候已經茫了。」

巴利問道，「這是什麼時候的事？」

戴夫回道，「對，瑪莉娜也醉了。」

艾德大笑，「那晚就算你賺到了，對不對？」

巴利搖頭，一臉困惑，「她們是什麼時候出去的？」

「什麼時候啊？」艾德回道，「星期四吧？」

「我一直不知道有這件事。」

「也許安琪沒辦法赴約什麼的吧。」戴夫講完之後，看了艾德一眼，兩人同時拿起酒杯、掩飾尷尬的空白時刻。

艾德放下酒杯，「搞不好她不想讓你知道。」

巴利看著他，「我們兩人之間不會搞那種事。」

又是一陣沉默。

「好啦，大家下週六都還是會過來吃晚餐吧？」

戴夫回道，「非常期待。」

「嗯。」巴利只是小聲應答了一下。

「我們就不要浪費整個晚上的時間去討論那個死掉的女孩了，好不好？喂，日子還是得過下去嘛，」他看著巴利，「我沒有冒犯的意思，但你老婆似乎有點太執著不放了，那些照片啊什麼的。」

「她只是想要幫忙而已。」

「我只是提醒一下而已。」

「我想要吃點東西，」戴夫說道，「今天我沒時間吃中餐。」

「我們再喝一杯吧，」艾德接口，「之後就去吃東西。」

巴利起身去買酒，他與戴夫整晚喝的都是淡啤酒，而艾德則堅持喝健力士。而這一輪，戴夫也說自己要來杯健力士。

巴利開口，「你不需要這樣。」

「怎樣？」

巴利的下巴朝艾德點了一下，「不需要因為他喝那個就有樣學樣。」

戴夫拿起啤酒杯墊，不斷來回把玩，他的臉幾乎與巴利一樣紅通通，「我就是喜歡喝健力士。」

巴利走向吧檯，不小心撞到了一名青少年，對方的啤酒潑灑在兩人之間的地板上，巴利怒吼一聲，「喂！」那小孩趕緊後退，揚手道歉。

艾德挑眉看著戴夫，「記得要提醒我，千萬不要把他惹毛了，拜託囉？」

他們在魯波特街的「印度大君」餐廳吃東西，艾德開口，「我一直想要和黑妞上床。」

巴利說道，「我一直以為你不挑。」

艾德沒理他，繼續望著戴夫。他們幾乎已經快吃完了，但盤子裡依然還有剩菜，而且桌上還有剛送上來的翠鳥啤酒。餐廳裡只剩下另外一桌客人——三名穿西裝打領帶的男子默不作聲、靜靜用餐——服務生們則一直窩在廚房附近，彷彿在等這些客人離開。

「嗯，我知道瑪莉娜不算是百分百的黑人。」

「她是混血兒，」戴夫一邊講話，一邊開始吃東西。他撕了一小片抓餅，在剛才他堅持要點的羊肉辣咖哩的剩餘湯汁裡泡了一下，「她媽媽是黑人。」

「但話可不能這麼說哦。就算是一半一半，他們對黑人的認同度也比白種人高，對吧？他們絕對不會把自己當成白人。」

戴夫聳肩，繼續大嚼特嚼。

艾德追問，「所以怎樣呢，拜託，快講嘛。」

「怎樣？」

「你明明知道我在問什麼。她們在床上的表現比較精采，對不對？比較有創意啊什麼的。」

巴利回道，「靠，你也幫幫忙。」

「我還聽說她們叫床的聲音也比較大。」

大家都沒講話，就這樣過了好幾秒鐘。音量節制的印度音樂打從他們一進來就開始不斷循環播放，聽起來有點像是〈當你在微笑〉的西塔琴版本。他們一入座的時候，艾德就發現了，這個梗讓他與戴夫足足大笑了將近一分鐘之久。剛才這最後一個多小時當中，戴夫更是笑聲不斷，還一度必須使用吸入器。

巴利幾乎都沒吭氣。

「拜託，」艾德說道，「你知我知就好……」

巴利低聲附和，「男孩之夜所講的話，就不要再講出去了。」

「一點都沒錯。」

戴夫拿起啤酒，助嚥口中的食物，發出了吵人的嘖嘖聲。他以手背抹嘴，整個身體往後一靠，露出燦爛笑容。他靜靜等待，享受答案揭曉前的這一刻，最後，他才開口，「哦，我該怎麼說才好？傳聞內容無誤。」

「我就知道，」艾德雙手一拍，「你這傢伙還真走運。」

戴夫雙手一攤，「我最多也只能說到這樣而已了。」

某個一直在虎視眈眈的服務生走到他們桌前，根本沒問他們吃完了沒有，直接開始清理碗盤。值此同時，戴夫除了偶爾打嗝之外，臉上倒是一直掛著微笑，頻頻點頭，對於自己透露出讓人這麼瞠目結舌的秘密，頗是得意。

等到服務生離開之後，他又說道，「我再講點別的好了，那個女警在詢問我們薩拉索塔的事情的時候，她還問我對那女孩的事件有什麼看法。」

巴利問道，「啊？」

「她詢問我的意見，」他聳聳肩，彷彿這也沒什麼，「嗯，就是想知道我的假設理論。」

艾德問道，「所以呢？」

「兇手把她帶進車內……這一點顯而易見。」他一開始的語氣相當興奮，但又沉吟了好一會兒之後，深呼吸，才慢慢把話講完，彷彿下定決心不要吃螺絲。「然後應該是立刻就殺了她，嗯，通常是這樣，但當然不是百分百，不過機率很高。然後我們又交換了一下想法……犯案的兇嫌人數是否不止一人，鴛鴦殺手啊之類的議題。」

艾德盯著自己的酒杯好一會兒，開口說道，「根據我個人的想法，我認為一切都是鬼扯。」

巴利問道，「你幹嘛說那麼多？」

戴夫回他，「是她問我的。」

「但為什麼是你？」艾德問道，他露出淺淺假笑，接下來開始自問自答，「他們可能覺得你有點怪咖性格。」

戴夫的微笑比他更假，「或者應該說是個腦袋清楚、可以明確表達想法的人。」

艾德回道，「一點都沒錯。」

巴利望向戴夫，「你為什麼要冒出那些鬼話的？」

戴夫反問，「誰說那是鬼話？」

「你嘰哩呱啦講了那些，好，知道會對我們其他人造成什麼影響嗎？」

「這和你沒有關係。」

巴利鼓起雙頰，吐了一口大氣，他望著艾德，「我準備回家了。」

戴夫說道，「我們就只是隨便聊聊而已。」他張口，想要繼續說些什麼，但艾德早已背對著他，朝著那群服務生揮手，在空中比劃了好幾下、示意要買單。

33

蘇在許久之前就預約了髮型設計師的時間。在這兩個小時當中，主要的任務就是剪髮、去除白髮。至於等待上色的那四十五分鐘，她都在翻閱雜誌，一看到那些名流整形手術災難的愚蠢新聞與電視實境秀的八卦，就讓她覺得津津有味。不過，到了後來，她仰頭，助理設計師的手指開始以充滿韻律的節奏、按摩她頭皮的那一刻，她閉上雙眼，突然驚覺自己想到了那個女孩：姿勢扭曲的屍骸困在紅樹林的樹根叢裡，載浮載沉，十指被水草纏住，那頭長髮隨著水流不斷漂移。

「這樣的力道可以嗎？」

她嗯哼了一聲，沒問題。

她曾經自問。自己的想像畫面到底有多少的準確度？最後，她做出了結論，她腦海中的影像可能太……夢幻了。應該在哪裡找得到照片，她甚至懷疑這種東西最後還是會在網路上曝光。她聽說會有車禍死者與死刑犯的新聞照片，就算沒圖片吧，也會有文字描述，這幾乎是可以百分百確定。那具屍體不是被某個玩獨木舟還是什麼的遊客發現了嗎？那男人鐵定會有供詞，她在想，搞不好也會對報章媒體、電視台記者侃侃而談。如果真是如此，那麼安琪應該早已在網路上搜尋到了所有資料，搞不好全部列印出來，與其他的報導和她寄送給警方的那些度假照片、一起收進鮮豔色系的大型檔案夾。

等一下安琪現身時要是一手拿著紅酒，另一手拿著送給他們的精裝檔案，她覺得也沒什麼好意外的。

「這樣的水溫可以嗎……？」

現在，她從髮廊出來，走向超市，她心想自己對於那女孩最後的模樣之所以如此好奇，不過是某種自然反應而已，但要是她講出來的話，不免就顯得太過冷血。對於這整起案件的好奇心——失蹤事件與調查過程——才是大家的預期反應，當然，她並沒有在批評安琪．芬尼根的意思。不過，她覺得好奇怪，因為瑪莉娜倒是沒多說什麼。她一直覺得這女人對人性的觀察十分敏銳，但她依然沒有摸清瑪莉娜的底細。

雖然兩人曾經一起出去，而且喝酒暢聊了好幾個小時，但蘇還是沒有辦法真正判斷這個人，即便又多喝了幾杯之後，她覺得自己還是沒有辦法把艾瑪的事告訴她。她不知道自己今晚是不是已經做好了心理準備、對她或是其他人講出這件事，她會靜靜等待時機浮現。她喜歡對人訴說，渴望至極，不過，顯然她必須要慎選時機。

艾德……

她繼續往前走，心想他的網球比賽不知如何，等一下又會有什麼心情。她對此很樂觀，因為他在週末時的態度總是輕鬆多了。當然，她知道原因，非常清楚他在上班日都忙些什麼。反正，她老早就開始懷疑，而前一陣子，隔了兩戶的女鄰居偷偷告訴她，艾德總在她上班後的一兩個小時之內返家，她就立刻猜到出了什麼事。她並沒有苛責他的意思，但她絕對不會讓他知道自己已經發現真相。她會等他自己講出來，這就是夫妻相處之道，對吧。

當然，要等到時機成熟。

她經過了大馬路後方的一小排店鋪，心中正在盤算晚餐該買點什麼才好。除了義大利麵之外，她應該還是可以煮出其他好菜。哎，她媽媽當初怎麼沒有好好教她廚藝呢？一講到這個，為什麼有好多事情她從來都沒接觸過？

就在超市大門前面，她看到自己在大片玻璃窗前的映影，隨即停下腳步。她側身，欣賞自己新染的頭髮，伸手梳弄了一下，正當她盯著後頭車流的模糊映影的時候，她又看到了那女孩。

那張大餅臉，肥厚濕潤的嘴唇。

她又看到幾週前被她發現在校園哭泣的男孩，那張涕淚縱橫的臉龐。

充滿淚水與釋然的眼眸。

對人充滿信任的一雙大眼。

她搖搖頭，想要揮別腦中的那些影像，走進了超市。她從鏈扣的那排購物車裡拉了一台出來，推入商場。就讓他們吃培根蛋麵吧，他們一定喜歡到不行。

今日是個無風的暖日，雖然是星期六早晨，網球俱樂部裡卻人聲鼎沸。艾德坐在吧檯前喝柳橙檸檬汁，心中回想剛才輸掉的雙打，關鍵的來回攻擊、害他與搭檔輸了比賽的關鍵分。他底線抽球的力道一直過猛，頻頻出界，而且處理網前球也不夠果決，與平常的他大相逕庭。他告訴自己，只不過今天失常了，而且他的搭檔表現也不是非常突出，但艾德心裡有數，他們之所以會輸掉這場比賽，其實是因為他心不在焉。

「老弟，別介意。」

艾德的搭檔從淋浴間出來，走向俱樂部大門，他也在這個時候轉身過去。他沒打算道歉，不需要那麼誇張，但他還是與對方一起無奈聳肩，並且趕緊安排下禮拜的另外一場比賽。等到他轉身回到吧檯前面的時候，俱樂部經理問他是不是還要點些別的東西，艾德其實已經一點都不渴了，「媽的！」但還是點了一瓶啤酒。

經理回道，「這種態度好多了。」

能放鬆一下真好，上個禮拜他發現自己閒得發慌，心中的那股小小的罪惡感已在此時消失無蹤。不過，真的只是小小的罪惡感而已。大趨勢就是如此，他又能怎麼辦？開一小時的車前往斯勞或梅登黑德，拚命向某個擺出臭臉的書店老闆推銷地圖？最後還是賣不出去？煩死人的大部頭醫學教科書又是該怎麼賣？

「來囉，」經理把酒杯放在吧檯上，「趕緊借酒澆愁一下吧。」

艾德眨眨眼，這才驚覺對方講的是網球比賽的結果。

一個禮拜前的那個夜晚，他與戴夫．克倫、巴利．芬尼根一起出去之後，他就再也沒碰酒。那天他剛好在午夜十二點前到家，因為吵醒了蘇而被她狠狠罵了一頓，還兇他是「酒鬼」。其實，他已經不記得上次喝得這麼多是什麼時候的事了，而且他從來沒有什麼酗酒問題，所以他覺得偶爾狂歡一下也無傷大雅。而且，林林總總算起來，蘇應該比他喝得兇。

某些買醉的人就是天生好命，無論喝多喝少總能忘記狗屁倒灶的事，但他並沒有這種本領。那天晚上他也不是一直在開玩笑，也有嚴肅的時候，等於是酒後吐真言啊什麼的。他真正關心的是，希望他們千萬不要以為他只會講屁話。

希望他們認為他是個好人。

回想起那晚在各家夜店趴趴走的過程，他深覺戴夫是真正的好人，他沒那麼宅，而且艾德一開始以為他很臭屁，其實也沒那麼嚴重。不過，巴利就另當別論了，他這個人到底有什麼問題啊？也許就是個性不夠爽朗、無法融入其中，但對於明明好笑的笑話卻無動於衷、自己卻也講不出來、根本無心貢獻的這種人，艾德也懶得理會。

男孩之夜所講的話……

當然，他並沒有向蘇透露太多細節。

結果，當晚她發飆反而不算是什麼嚴重災情，因為她第二天早上講了一堆更惡毒的話，抱怨男人之間從來不會聊什麼正事，就算她與剛認識十分鐘的人閒聊，也比艾德花一整個晚上與老友打混的內容來得有意義多了。他當時回她，妳說的對，不過就是足球與懷舊電視節目而已。他當然沒有講出自己很想扁她，因為蘇與瑪莉娜一起出去的時候，並沒有邀請安琪，當然，戴夫與那女警之間的對話內容，他也沒有透露半個字，什麼「互相交換」的各種「想法」，那些不過爾爾的理論。

他不想討論那種事，就這麼簡單。

某名曾經交戰過兩三次的球友，拍了一下艾德的背，向他打招呼，害他嚇了一大跳。這爛人個性傲慢，簡直把輸贏當成了人生大事，有次帶了三支球拍上場，還是輸了比賽。

「艾德，最近生意怎麼樣？」

「嗯，還不賴。」

「太好了。」這傢伙老喜歡在艾德面前大講特講商用不動產有多好賺，這次總算沒廢話，反而開口問道，「你最近和蘇還好吧？恩菲爾德開了間新的泰式料理，我們想找你們去嚐鮮一下。」

艾德回道，「抱歉，老弟，我們有朋友要來家裡。」

「我認識的人嗎？」

艾德真想告訴他，我們之間怎麼可能會有共同朋友？但終究還是忍了下來。「度假時認識的兩對朋友而已。」

「哦。」

「嗯，你也知道那種場合是怎麼回事吧。」

那男人擺出鬼臉，「祝你好運囉。」他又等了一會兒，彷彿在等艾德請他喝飲料，但他又發現某個他想要巴結的對象，立刻溜到了吧檯的另外一頭。

艾德舉起啤酒杯，其實，那晚他與巴利、戴夫出去的時候，有件事他的確是十分認真，他真的不希望一整晚都在講安珀瑪麗．威爾森的事，前一分鐘還在暢懷大笑插科打諢，下一分鐘講的卻是被奪命的那個女孩。

他知道今晚若想要單獨對抗眾人，恐怕相當艱難。

34

葛德納搭乘早上八點多的班機，九十分鐘之後就降落在亞特蘭大。他站在派蒂・李・威爾森的身邊，等待他們將運輸用棺木緩緩送出機艙，當它被推入被特准進入跑道的白色凱迪拉克Statesman後車廂的那一刻，他站得直挺，而她則斜倚在他身邊。

葛德納心想，白色適合小孩。

她沒有哭，他猜她應該是哭到淚乾了，至少，目前是如此。禮儀師對他點點頭，隨即關上車門，開車離去，他們也一路目送。等隔壁跑道那台七四七班機起飛的巨大轟響消失之後，葛德納才對她開口。

「現在換由他們看顧她了。」

她回道，「一定會比我稱職。」

他搖搖頭，把手放在她肩上，告訴她不要講這種傻話。他們轉身，一起走回航站大樓。附近停機坪的某個工作梯上面、站了一名技工，他看到他們經過自己面前，立刻脫帽致意，而葛德納也對他回禮，點了一下頭。

「要不要喝一杯？」派蒂問道，「我想要喝點東西。」

「要不要回妳家喝？」葛德納伸手為她開門，「有些事我得找妳談一下。」

「沒問題，」她回道，「我家裡的酒比較便宜。」

她住在迪凱特的某間褐白相間的兩房公寓，屋內整齊清潔，葛德納沒想到這裡居然會這麼乾淨，一想到自己先前的刻板印象，不禁讓他覺得有些不好意思。

他們坐在客廳裡，汗流浹背，天花板塑膠吊扇旋轉時不斷發出吱嘎噪音，兩人都喝啤酒，派蒂還事先將洋芋片倒在大碗裡，兩人坐在塑膠沙發上，零食就擱在正中央。

「冷氣壞了，」她說道，「已經約人來修理，但我一直疏忽了日期，你也知道，過去這幾個禮拜，我根本沒辦法處理任何事情。」

「沒關係，」葛德納回道，「啤酒很冰涼。」

她高舉酒瓶，貼住自己的額頭，「對哦。」

「有名證人告訴我們，妳曾經與某名男子交談，」他繼續說道，「就在安珀瑪麗失蹤的前幾天，有印象嗎？」

她陷入苦思。

「妳站在度假村的某間酒吧外面，她在裡頭與三對英國夫婦聊天。」

她似乎恍然大悟，「對，」她回道，「沒錯，是有這個人。」

「黑頭髮，身材壯碩，手臂有刺青？」

「就是他。」

「他是誰？」

「只是來跟我搭訕的人而已，」她回道，「我們兩個都在抽菸，聊了一會兒，就這樣，」她喝了一口啤酒，「哎，老實說，應該算是我找他搭訕。」

「有沒有繼續與他見面？」

「沒有，真可惜。」

「妳有沒有告訴他妳住在哪裡？」

「應該是沒有，」她回道，「我的意思是，我搞不好有說。」

「好，妳覺得他有沒有看過安珀瑪麗？」

她聳肩，「是有這個可能。我們在聊天的時候，她可能還和我在一起，但實際狀況我已經記不得了。」她盯著他，「你覺得他有可能是那個人？」

「我沒有這麼說。」

「但嫌犯也許就是他，對嗎？」

葛德納回道，「我們必須清查一切可疑線索。」從她的痛苦表情看來，他知道她已經認定刺青男就是那個人，當初她在街頭搭訕帥哥，卻害女兒慘遭綁架謀殺。這更坐實了她的信念：女兒之死都是她的錯。

葛德納放在外套口袋裡的手機突然響起，他拿出來，但來電者沒有顯示號碼。

他決定接聽，講出自己的姓名。

來電者也回報自己的身分，葛德納劈頭就問，「妳怎麼知道這支電話號碼？」

珍妮．昆蘭回道，「是你辦公室的人告訴我的啊。」

可能是惠特洛或是哪個人幹的好事，居然把他的手機號碼給了她，他忍不住暗暗訐譙。他把手機壓在胸前、告訴派蒂，他必須接聽這通電話，他講了兩次。而她依然因為滿心愁緒而苦皺著臉。她揮揮手，請他自便，他走出大門，進入前院，地面上錯落著不規則狀的泥地與螃蟹草，遠處角落有個生鏽的鞦韆。人行道的另外一頭，某個騎著單車的男孩正在遛狗，太妃糖色的黃金獵犬。

他對昆蘭說道，「我現在有點忙。」

「是，了解。」

「所以妳要長話短說。」

「哦，我上禮拜把問訊報告寄給你了，但沒有接到任何回應，所以……」

「妳知道我手邊不是只有這個案子而已。」

「一直沒收到你的消息，想問問看而已。」

「如果有需要，我當然一定會找妳，」葛德納聽到對方倒吸一口氣，立刻驚覺自己好糟糕，態度居然如此粗魯，「我們的部門預算負擔不起太多的越洋電話。」

她大笑，配合得有點太過頭了，「這個我懂，」她回道，「我們的專案室裡面連個功能正常的熱水壺都買不起，而且電腦還是古早時代的產品！」

葛德納屏氣，熱騰騰的柏油路，加上一股狗屎的臭味，「所以……？」

「所以呢，不知是否可以請你追查我提供的那些線索？」

「其實，我正在處理。」

「哦？狀況如何？」她的聲音突然變得有些高亢，「找到了有用的線索？還是有……任何突破？」

「恐怕是沒有，」他趕緊說下去，以免那個女人插嘴，又講出什麼無關緊要的問題，「但只要是我們覺得值得追蹤的線索，一定會全力以赴，好嗎？」

「好，你知道要怎麼找我吧？」

「我當然知道。」葛德納立刻切斷電話，將手機塞回口袋裡。這女人的口音固然可愛，但已經立刻成了他的頭痛人物，他開始反省自己，當初對她的態度應該要更強硬一點才是。

他再次進入室內，派蒂已經拿了瓶新啤酒、坐在沙發上。她把手伸向沙發側邊，又拿了一瓶，遞到他面前。他發覺頭痛來犯，不想再喝了，但最後還是接受了她的好意。

她開口問道，「明天要不要來參加葬禮？」

葛德納開始撕酒瓶上的標籤。

「你要是想待在這裡過夜，十分歡迎。」

「我也很想，」他撒謊，「但我真的得趕回去。」

她雙手一攤，發出乾笑，葛德納這才發現其實她的淚尚未哭乾，「突然之間，我家多了一個空房間。」

35

在週六工作也不是第一次了。不過。珍妮依然覺得，最好還是別讓他知道她是利用自己的閒暇時間、從家裡打電話給他。

她躺靠在床上，仔細爬梳案情。

關於越洋電話的那個笑話。兩人哈哈大笑，他就像其他同事一樣會對她開玩笑。也許還有一點打情罵俏的意思，但願這並不只是她現在的豐富幻想而已。

「靠，他根本是丹佐．華盛頓的翻版，」當初珍妮把葛德納的照片給史蒂芬妮看的時候，她立刻發出讚嘆，「呃，應該說是狂嗑了兩個禮拜的甜甜圈之後的丹佐．華盛頓吧。」

「他聲音超好聽。」

「妳又不能和聲音上床……」

珍妮心想，她打電話過去的時機還真是巧得不可思議，他正好在追查她所提供的某條線索。不過，顯然他不想講太多，所以可能是不方便講話吧。或者，他可能旁邊有人，不希望對方聽到他們之間的對話。

這是警察之間的密談。

她打開電視，在床上向後一倒，思索這個星期六接下來的時間到底要幹嘛。史蒂芬妮在忙，但那沒差。她心想，可以出去看場電影，不然，她先前買了兩三本小說都看得斷斷續續，可以趁今天看完。不然，也可以窩在家裡看她喜歡的電視節目，畢竟這就是單身的好處之一。大家都愛碎碎唸，總說應該要找個人作伴，但未必能圓滿收場，就算繼續在一起也未必那麼好吧？想想芬尼根、唐寧夫婦，還有那對怪胎情侶的模樣，珍妮真心覺得，與人成雙成對，未必像大家所認定的那麼美好。

自己一個人生活，才能擁有更多的樂趣。

36

不知道叫迪馮還是迪倫的那傢伙倒了熱牛奶，開口說道，「你今天過來的時間比較早。」

戴夫回道，「對，我女友通常會在一大早到劇場去上表演課。」他朝後頭的布里克斯頓路一指，「只不過她今天上的課比較不一樣。」

「她是演員吧？」

「正在努力中。」

「是不是曾經在哪裡演出過？」

「她才剛起步而已，」戴夫說道，「要進入這一行很困難。」

那名咖啡師點點頭，「我其實是吉他手……」

戴夫帶著咖啡、走到窗前的某一桌，攤開自己的《衛報》。他已經承認自己挑戰濃縮咖啡失敗，但決定要再給這種優質大報一點時間。

他大可以對站吧檯的那傢伙說「是啊」，而不需要講出「正在努力中」，不過，話說回來，詢問她是不是曾在哪裡演出過，還真的是蠢爆了。他其實一直不想與別人講瑪莉娜的事。當然，他曾經給同事凱文看過照片，但那是因為他想要讓對方知道她長得有多正，不過，想要繼續討論別的話題，他是能避則避，他希望讓自己的私生活保持低調。

他希望把她留給自己就夠了。

他喝了一小口咖啡，感覺胸口突然繃得好緊，因為他想起那晚與艾德、巴利出去時自己說過的某些話，關於他與瑪莉娜，關於她，個人隱私。他不是酒鬼，現在只能慶幸當初沒有多嘴亂說什麼。瑪莉娜曾經問起那天晚上過得怎麼樣？戴夫告訴她，艾德一如往常愛現，而巴利的臉則一直有點臭。她點點頭，彷彿想也知道不過就是如此而已，不過，她很清楚他喝了不少，所以，她一直掛著那種就算有絲毫懷疑、也絕不外露的表情，就是想確定他是不是自作聰明、以為可以隻手遮天。她還湊到他面前，盯著他的雙眼，看看他是否會做出任何反應。

「別傻了，」他當初是這麼告訴她的，「他們都很無腦，我聽他們鬼扯了一整個晚上。」

戴夫雖然不想掛記這件事，但依然不知道艾德那次在印度餐廳裡到底在搞什麼，笑他是怪胎，還用那種語氣說出「一點都沒錯」，戴夫只能拚命壓抑火氣，控制呼吸，但他真的很想知道艾德·唐寧對他的看法，還有他們在背後到底是怎麼評論他與瑪莉娜。顯然大家都不知道其他人的想法，不過，從各方面看來，這應該也算是好事。就像是電影裡的大英雄一對大家說出自己的真心話之後，他的聲勢就一落千丈。既然說到了大家心口不一這件事，戴夫覺得自己對於每日假面生活的適應能力遠遠超過了其他人，根本是出神入化。他告訴自己，他有能力看透人前人後不同嘴臉之間的可怕落差，也知道它有多麼巨大黑暗。

他喝了一口咖啡，想起自己曾在某本書或電影裡看過的一句台詞。

誰知道人心裡潛藏了什麼樣的邪魔？

他露出微笑，覺得艾德·唐寧這人的內心搞不好沒有什麼邪魔，只有講不完的噁爛笑話與女人胸部尺寸的話題罷了。

迪馮——對，他確定這傢伙名叫迪馮——從另外一頭走過來，將某個小盤子放在他面前，「起司蛋糕，」他開口解釋，「本店招待，因為你一直是好客人，這是我妹妹做的。」

戴夫向他道謝，叉了一小塊入口，雖然食物明明是甜的，但他一想到今晚要去唐寧家吃晚餐，喉間突然湧起一股酸味。

他當時一直保持微笑，讓自己的面具保持完美無缺，而艾德居然開玩笑說自己會和瑪莉娜搞上床。

媽的一定要叫他付出代價。

瑪莉娜坐在硬邦邦的塑膠座椅裡，整個人侷促不安。她交疊雙腿，又再次恢復成原來的姿勢，雙手緊扣在椅子的雙側邊緣。

菲力普坐在觀眾席的第一排、抬頭望著她，「這次的練習叫作『嚴刑拷問』，」他繼續說道，「重點在於要融入角色，無論別人丟出什麼樣的問題也堅定不移……這也牽涉到如何運用自己的內在性格，了解自身的情緒感受、帶入妳的角色之中，有沒有問題？」

瑪莉娜答道，沒問題。

「我已經為妳想好了一個角色——」

「她叫什麼名字？」

他揮揮手，不想理會這個問題，「我們等一下就知道了。關鍵在於她是什麼樣的人，有什麼樣的喜怒哀樂。我的腦海裡已經有了雛形，當然，她這個角色有某種悲劇性，可能也與我看到妳的某種特質有關，總而言之，我希望我們在這個下午來試一下。準備好了沒？知道要怎麼演嗎？」

她點點頭。

菲力普定住不動了好一會兒，最後才往後一靠，雙手交疊胸前，「妳叫什麼名字？」

瑪莉娜回得很快，「凱莉。」

「妳住這附近？」

「坎伯韋爾。」

「做哪一行？」

「我是性工作者，」她讓自己的角色講出更濃重的倫敦腔，深覺自己的聲線表現很不錯，「妓女。」

他點點頭，想了一會兒，「做這工作開心嗎？」

「只能盡量讓自己保持開心。」

「什麼意思？」

「好，『開心』的定義又是什麼？」

「我覺得我自己相當開心……」

「好，這麼說吧，要是我明天中了樂透，我就再也不會幫老頭們吹喇叭了。」她發現他露出微笑，不禁十分開心，雖然自己也想笑，但只能拚命忍住。

「有沒有小孩？」

「一男一女。」他準備要繼續提問，而她已經開始在構思他們的名字。

「凱莉，妳是為了他們而下海？」

「對，還有支付我的生活必需品。」

「妳的意思是毒品。」

「要是能戒斷的話，難道你還會做這一行嗎？」

他再次露出笑容，舉手示意，「嗯，表現很好，請繼續，現在請繼續扮演下去，千萬不能分神，一定要保持專注，開始吧。」

她點點頭，她依然在扮演凱莉，開始想像自己走到某台車子的旁邊，在車窗前彎身，那種刺激感，還有恐懼……

「我喜歡凱莉以開玩笑的方式掩飾我所提到的那股哀愁，」他繼續說道，「的確精采，但我還要層次更深入的演出，我要妳展露出來。等到我們達陣之後，可以再把它收回去，但我們必須把它攤在陽光下，看看它的真正樣貌……」

凱莉穿的是短皮裙搭牛仔外套，足蹬超級高跟鞋。

「閉上眼睛，全神貫注，」菲力普說道，「我要妳去懷想某段讓妳感傷的記憶……也許是讓妳勃然大怒的過往……反正專心想那件事就對了。如果對象是某個人，專心去想像他的臉龐，還有妳記得的所有細節……」

她搖搖頭，但她的抗拒姿態似乎讓菲力普變得更加興奮。他站起來，原本半催眠的低沉語氣已然變調，成了更加尖銳的命令句。

「專注，運用妳的情緒……」

太簡單了。伊安叔叔，不是真正的親叔叔，而是他爸爸最好的朋友，但其實他父親根本沒想到這傢伙表裡不一。他身上所散發的菸臭與百利甜酒氣味，還有當房門吱嘎而開、光線盈滿她的臥房，伊安叔叔走進來，她趕緊翻趴在床上，緊拉毯子貼住下巴的那一刻。

她嚇得不敢呼吸。

菲力普說了一些話，但她根本聽不進去。他拔高音量，「快跟我說，妳現在是什麼狀況？」淺藍色配上黃色小花的壁紙，燈罩有裂縫的檯燈，擺滿了她的書、絨毛玩具，還有小型紅色郵筒撲滿的床頭櫃架。

她回道，「我不想講。」

「凱莉，告訴我那個人是誰。」

她不是凱莉，她沒辦法演下去了。他為什麼要逼她做這種事？她剛才所做的一切有什麼不對？隨口瞎編，想像自己的模樣，還刻意展現倫敦口音。感覺很棒，是不是？真的像是在演戲。

她沒辦法，她真的沒辦法……

知道這個秘密的人，只有戴夫而已。這正是讓他們兩人一相遇就決定要在一起的原因，共通的經驗。她還記得在那場愚蠢的派對裡，他發現她在角落哭泣，他原本以為她喝醉了，但在兩人開始交談之後，她就對他傾吐了一切心事。他懂得那種心情，也很清楚她歷經了什麼樣的折磨。他還告訴她，那不是她的錯，完全沒有。

他們聊了一整個晚上，然後，一如往常，痛苦暫且拋諸腦後。

他睜開雙眼，菲力普走向舞台，開始在口袋裡找東西。

他丟出面紙給她，「發洩出來吧，對妳的表演很有幫助。來，我們好好談一談。」

他們進了梳妝室，菲力普拿出菸草罐，從裡面取出一根事先捲好的大麻，開口問她，「要不要來一點？」

她回道，「別人會聞到味道。」

他點燃大麻，「我才不怕那些跳踢踏舞的老太婆。」

這款味道濃烈——他告訴她，這叫作臭鼬——才不過吸了兩口，她已經開始覺得天旋地轉。菲力普手舞足蹈，暢談自己寫給大家的劇本，還有打算給她飾演的那個角色，絕對是最吃重的一個。

她點點頭，拚命想要聽清楚他到底在講什麼。

不知道從什麼時候開始，他開始講起自己的妻小，還說他的學生就和小孩一樣，彷彿是年紀比較大的小孩，他超討厭看到他們苦著一張臉的模樣。

然後，他靠過去吻她，她完全沒有抵抗。

37

前妻才剛接起電話，巴利的火氣就立刻冒上來了。無論她的心情如何，光是聽到她的聲音就讓巴利充滿不耐，他簡直像是那個心理實驗裡的狗兒一樣。不過，再怎麼樣，也比她的姘頭接起電話好多了，那個沒事就到處騎單車的噁心會計師，靠他媽的居然買了雀兒喜的季票送給他兒子，讓尼克驚喜狂叫不止。好，這傢伙很清楚要怎麼惹毛巴利。

嗨，巴利！都還好嗎？老弟？我去叫她來接電話……

最近想要惹毛他，其實一點都不難。他不是笨蛋，這些日子以來，他知道自己動不動就發飆，幾乎看什麼都不順眼。

如履薄冰的生活，安琪老愛把這句話掛在嘴邊。

兩分鐘，那個可惡賤女人讓他與尼克通話的時間就只有短短的兩分鐘。拜託，除了打聲招呼之外，根本沒有什麼能夠閒聊的時間。「妳幹嘛每次都這樣？」他問道，「靠！為什麼只能讓我和兒子講兩分鐘的話？」

她回道，「他還得寫功課。」

「拜託，今天是星期六！」但她卻不做任何回應，「我有我的權利。」

她回道，「你什麼權利都沒有。」

他聽出了她話中的玄機，但這就跟以往一樣，等到他出手挽救的那一刻，已經為時晚矣，做什麼都來不及了。他的胸膛冒出豆大的汗珠，咬牙切齒的憤恨動作更讓他下巴發疼。

那天晚上，與自以為是的艾德、討厭鬼戴夫一起出去喝酒的時候，他只能把這種痛苦深埋心中，這早已是他的生活日常，就像是他明明比艾德．唐寧年輕、但感覺他就是老了好幾歲一樣，他也習慣了。還有，艾德與戴夫互使眼色的那種神態，彷彿他這個人腦袋不怎麼靈光，不懂得欣賞他們的一搭一唱。還有更討人厭的事，比方只要一講到胸部，艾德就會露出色瞇瞇的變態雙眼，還有，戴夫就像是公園遊樂場裡弱不禁風的小男孩、老是在唬爛，大談佛羅里達州所發生的事，但他其實根本搞不清楚狀況。

他們才不懂什麼是四乘二木條，也不知道他其實有多麼聰明，而且這兩個人對於那女孩的事完全一無所知。

他前妻滔滔不絕，一直在數落他，他必須專注聆聽，不然一定會忍不住開口噓她。

她開口說道，「我要和你談一談贍養費的事。」

他的汗珠變得越來越大，「嗯，我知道。」

「你一直拖欠不給，我不想因為這件事去找我的律師，但如有必要，我一定會請律師出馬。」

「妳何必這樣。」

「好，那就別逼我。」

她幹嘛要講這種話？為什麼大家無所不用其極要毀了他？他覺得自己彷彿被人不斷痛毆。

「原因很簡單，」他回道，「我們最近丟了兩個大案子。」

「巴利，那不關我的事。」

「生意一定會好轉的，」他緊掐話筒，連指關節都開始泛白，手臂也死扣不動，「我只是需要——」

她回道，「你可以去借錢啊。」

「拜託啦。」

「去找你弟弟借錢周轉。」

「妳為什麼——？」

「他理財一直比你厲害。」

「……幹妳去死啦！」

她掛了電話，他把話筒重重掛回去的時候，又痛罵了一樣的髒話。

安琪呼喚巴利，熱茶已經準備好了，一看到他進入廚房，她立刻把他的兵工廠馬克杯放在流理台上頭。

她趕緊問道，「你是怎麼搞的？」

他低頭看著自己的拳頭，把那團染血的衛生紙又纏得更緊了一點。「自己犯蠢，」他回道，「我打破了臥室的某扇窗戶。」

「親愛的，還好嗎？」

「我想要用木板封住洞口，不小心割傷了，就這樣。」

安琪把茶遞給巴利，告訴他沒關係。她不需要聽什麼牽強的解釋，她知道他剛才上樓打電話給前妻。

他開口，「我明天找人過來修理。」

他們坐在中島區喝茶，安琪拿了餅乾盒，兩人都伸手拿了裡頭的點心。

安琪說道，「我今晚還是很不想去。」

巴利把餅乾浸入茶中，「我沒差。」

「我的意思是，我當然不太可能會跑去跟她們攪和喝酒，小孩的事就忙得要命了，但問一聲還是比較有禮貌吧，是不是？尤其當初是我主動牽線、讓大家聚在一起。有夠粗魯，真是的。」

巴利說道，「也許妳漏了電郵什麼的。」

她搖搖頭，她什麼都沒有漏掉。對她而言，這也不是什麼令人費解的謎團，因為早在她念書的時候，她就已經多次歷經過相同的事件，也很清楚這到底是怎麼一回事。那些又瘦又酷的賤女孩，不想被別人看到居然與這個胖妞玩在一起。雖然那時候她暗自垂淚多次，期盼能有不一樣的待遇。但當她一個人坐在遊樂場角落、或是獨自玩耍的時候，內心卻有一股溫暖明亮的小小滿足感，她知道自己比其他人好多了，因為她個性比較善良，她不會因為自己曾經受過這種煎熬而憎恨自己。

當她坐在操場邊緣、或是一個人在拍球，思索著那些要讓她們好看的可怕計畫之際，就是靠著那種想法，舒緩自己的心情。

她開口，「哼，管她們去死。」

巴利長嘆一聲，「早知道我當初就不說了……」

「不，管她們去死的意思是我們還是要去，而且要當品德高尚的範例，親愛的，你說是不是？我們可以坐在那裡，看著他們自鳴得意的表情，但他們卻渾然不知我們早已知情。」

「哦，搞不好他們覺得我已經告訴妳了。」

「但他們終究不能確定，對不對？」安琪微笑，繼續說道，「就讓他們以為自己安全過關吧，我覺得這樣挺好的。」

巴利回道，「隨便妳啦。」

等到喝完茶之後，安琪吩咐巴利把餅乾盒收好，「把那噁心的傷口包得越緊越好。」她望著他無精打采走到櫥櫃前面，細碎的步伐，還有那軟綿綿的雙肩，彷彿全世界的重量都壓在他身上，「今天晚上你真的很不想去吧，對不對？」

「安琪，他們不是我們這一掛的吧？或者，至少……他們不覺得我們跟他們是同一掛。」

「你和艾德與戴夫出去的時候，」安琪說道，「我以為你玩得還算開心，嗯，不過我知道艾德可能有點討人厭。」

「我真正猜不透的人是戴夫，」巴利說道，「我的意思是，根本不知道他真正的性格。」他又回到中島區，坐了下來，「他似乎就是想要取悅每一個人什麼的，彷彿……要和大家打成一片。他在艾德身邊就像個小屁孩，講些有的沒的，還會說『我就跟他喝一樣的好了』之類的話。然後，在他馬子旁邊又一副溫柔體貼的模樣，你們是怎麼說來著……新好男人對吧。」

安琪點點頭，她也有類似的觀察心得，她覺得瑪莉娜也一模一樣，這兩個人還真是天作之合。「我知道，但大家不都有這種傾向嗎？想與大家和樂相處。」

「老婆，我可不是這種人，」巴利狠狠拍了一下大理石桌面，「我的心情全寫在臉上。」

「這樣也未免太悲慘了。」

「什麼？」

「我開玩笑的啦。」她趕緊伸手過去，搓揉他的手背。

她的確是隨口說說而已。其實，她很清楚自己走老派風格的呆頭鵝丈夫在想什麼，他會竭盡一切努力，就是為了要維持平靜無波的生活，當然，她也會想要做些改變，第一要務就是讓他的脾氣變得溫順一點。安琪總是對一切深信不疑，她也認定巴利是個絕對正直坦率的人。

那蠢蛋女警怎麼想？隨她去吧。

第二頓晚餐

38

唐寧家大門口又上演了日常的迎客劇碼，大方送吻，有些還真的是碰觸了肌膚。主人滿心感激，收下了美酒鮮花。而客人們則對於門廊區的原型特色讚譽有加：維多利亞風的黑白相間地板、精美的飾線板，以及護牆條。

巴利點點頭，「你們要是知道有多少人付錢給我拆掉這些老建材，一定會嚇一大跳。」

艾德回他，「大家都是蠢蛋。」

「巴利還有個小小的副業，就是把這類東西賣給二手店，」安琪繼續說道，「親愛的，對吧？」

一行人進入了客廳，其實這是由兩房所組合而成、靠著落地門相隔的空間，為了今晚的活動，隔門早已大敞，而餐桌則擺放在最靠近花園的那一頭。

瑪莉娜讚道，「好棒的地方。」

蘇搖搖頭，「謝謝，但我真的好希望能夠有個放得下餐桌的大廚房。」她繼續說道，「希望將來有一天能夠住在類似巴利與安琪家的房子。」

安琪伸出手肘，推了一下巴利。「哦，該去哪裡找裝潢師傅，你們也心中有譜了吧。」

戴夫看著艾德，「我看你得多賣一些書了。」

艾德沒接話，以誇張手法開了一瓶卡瓦酒，蘇則忙著去拿杯子。安琪沒看到標籤，誤會了，

「哎呀，是香檳啊，出手真大方。」

瑪莉娜戳了一下戴夫的側腰，「你還得開車……」

等到每一個人的酒杯都斟滿之後，大家開始講起自己開到南門區的這段路程。

雖然M23公路總是車流繁忙，但安琪與巴利從克勞利一路開來、卻與從森丘出發的瑪莉娜和戴夫到達的時間差不了多少。

安琪說道，「我平常很少進倫敦市區，」她與巴利還特別交換了一下眼神，「老是忘記塞車的狀況有多麼嚴重。」

大家抱怨了倫敦好一會兒，市容髒亂、物價高昂，而且犯罪率已經節節攀升到相當嚴重的程度。蘇與艾德定居在此，自然想辯護一下，不過，他們也老實承認，在這過去五年當中，他們家已經遭了三次小偷。瑪莉娜與戴夫只遇到過一次，但瑪莉娜卻立刻臉色一沉，因為那次屋內被他們搞得亂七八糟。

「為什麼要做出那種事？」艾德問道，「直接把想要的東西帶走，銷贓，買毒品不就夠了嗎？為什麼還要在你家床上尿尿什麼的？」

瑪莉娜回道，「可能他們那時候正好在嗑藥吧。」

「不過，還是美國比較嚴重，」安琪說道，「槍擊案啊之類的那種案件。」

大家都點點頭，望著自己的酒杯。

之類的那種案件……

艾德舉起酒杯，「敬各位好友！」

大家都配合了一下，但氣氛立刻變得好彆扭，出現了長達數秒的沉默。
蘇開口問道，「最近有什麼新消息嗎？」
安琪發現蘇正盯著她，她伸手指了指自己，「問我嗎？」
「我只是在想，妳一直有在注意網路新聞，大家平常都靠妳才知道案情的最新發展。」
安琪回道，「哦……沒看到後續報導。」
「而且，那女人再也沒和我們聯絡了，」戴夫說道，「她有找你們嗎？她姓什麼來著？」
安琪、巴利，以及蘇都搖搖頭。
艾德回道，「昆蘭。」
安琪大笑，「哦，那好，看來我們都洗刷嫌疑了。」
瑪莉娜的目光飄向火爐兩側的內嵌式書架、側頭瀏覽書名，「戴夫和我很想找到這樣的房子，」她的目光又望向蘇，嘻皮笑臉，「我們能參觀一下其他地方嗎？」
「妳就自己隨便看看吧，」蘇回道，「只是我得盯著晚餐。」
「確定嗎？」
「對了，這裡也沒什麼特別之處，根本比不上安琪家的等級。」
安琪回道，「想也知道非常漂亮。」
「就由我來準備好了，」艾德伸手貼住蘇的屁股，「把義大利麵丟進鍋子裡這種事，就連我也可以搞定。」他把她輕輕推向門口，「妳就帶瑪莉娜與安琪上樓參觀一下吧。」

戴夫與巴利站在廚房裡，一邊喝酒，一邊盯著艾德刨起司、切培根。

戴夫開口，「我們要給你一個新好男人的封號。」

巴利哈哈大笑。

艾德轉身開口，「怎樣？」

「對了，我已經把女孩之夜的事告訴安琪了，沒人找她的那場聚會。」

艾德拿著刀，回了一句，「老弟，這件事和我無關。」

「我知道，我只是覺得應該要讓你知道這件事而已。」

「很好。」艾德轉身回去，繼續切肉。

「她什麼都不會說的，」巴利走到他旁邊，「哦，她還有其他事情要操心，我要說的是，她絕對不是那種閒閒沒事、一整天泡在網路上的人。」

艾德再次轉身，盯著戴夫。

戴夫開口，「我覺得蘇沒有那個意思。」

巴利依然盯著艾德，「哦，我覺得那番話的意思就是暗諷安琪像是什麼可憐老太太一樣、黏在電腦前面，拚命找尋死亡女孩之類的消息，因為這比她的家庭主婦生活有意思多了。對，就是這樣……」

艾德回道，「她可沒講那種話。」

戴夫繼續幫腔，「我完全沒感覺啊。」

「蘇真的不是壞人，」艾德說道，「一定要相信我，我怎麼找也找不出她的惡毒之處。」

巴利喝光了剩下的酒，緩緩點頭，「嗯，抱歉，只是今天諸事不順罷了。」

戴夫指了一下巴利手上的繃帶，「對啊，你這是怎麼回事？」

「好問題，」艾德伸出雙手，抹了一下牛仔褲屁股口袋，「我猜應該是手淫過度時發生的意外。」

巴利拚命憋笑，但最後還是忍不住噗哧大笑，他對艾德比出大拇指，又開口討了啤酒。

那兩個女人待在蘇與艾德的臥房。

瑪莉娜與安琪一看到床上靠墊的精心擺設與鮮豔的百葉窗，立刻嚷嚷著喜歡得不得了，她們也好愛她的小型開放式衣櫃，艾德的襯衫依顏色掛成一排，而蘇的包包與鞋子也整齊陳列在櫃架上面。

她們走到梳妝台前面，仔細端詳精心排列的每一個相框。有兩對老夫婦，應該是艾德與蘇兩人的雙親；還有艾德贏得網球賽獎盃、蘇與一群制服學生在一起的照片，此外，也有好幾張艾德的海灘照、或是在陽光普照的花園裡閒晃的照片，驕傲展現他的胴體，她們住在鵜鶘棕櫚度假村的時候，早已在游泳池畔見識過了。

安琪嘆道，「好漂亮的照片。」

蘇站在她們後方，打開她床邊桌的抽屜，瑪莉娜與安琪轉過身去，發現她手裡拿著另外一幅銀色小相框。

她把它交給了瑪莉娜。

一頭金色長髮的女孩，臉上掛著彆扭笑容。

「那是艾瑪，」蘇說道，「我的女兒。」

瑪莉娜與安琪都直盯著她不放，彷彿知道此時還是不要互相交換眼神比較好。安琪開口，「我不知道妳有女兒。」

「她死了，」蘇的語氣溫柔又平靜，「六年前……快七年了，她當時十三歲。」

瑪莉娜驚呼，「天哪，真令人難過。」

「不需要這麼傷感。」

安琪搖搖頭，「怎麼會……？」

「白血病。」蘇發現安琪正盯著她剛才取出照片的那個抽屜。「艾德沒辦法忍受繼續擺出女兒的照片，」她坐在床邊，「我覺得……對某些人來說，照片會讓他們想起曾經擁有過的人事物，但對某些人……對艾德來說，想到的卻是自己失去的一切。他依然無法放下，真的不行，所以他才那麼喜歡講蠢笑話、又愛現，唯有如此，生活才不會那麼沉重，不過，有時候他依然會半夜哭醒。或者，我在另外一個房間的時候，也會聽到他的哭聲。他們感情很好，父女兩人經常黏在一起……」

安琪坐在床上、挨在她身旁，「怎麼沒想過再生一個？」

「當然，我們有試過，」語氣同樣雲淡風輕，她從瑪莉娜手中拿回照片、仔細端詳，「她運動神經很發達，就和艾德一樣，而且個性也活潑外向。我知道不會有父母講自己小孩的壞話。絕對不會有人說出『我女兒是蠢豬』之類的話，但我真心相信她是個特別的小孩。」

安琪回道，「一定的。」

「但也許就是因為如此特別，所以才提前蒙主寵召，」她面向安琪，神色嚴肅，「絕對不要浪費與小孩相處的每一天，就連一秒也不可以。」她又瞄了一下瑪莉娜，「妳也要謹記在心，因為我知道妳與戴夫遲早會生小孩，」她吸了吸鼻子，「天，看看我這什麼樣子，我已經好久沒有為艾瑪掉過眼淚……」

她站起來，小心翼翼將照片放回抽屜，又從床邊桌上面的小盒抽了張面紙，「拜託，千萬不要在艾德面前提起隻字片語。」

瑪莉娜回道，「當然不會。」

她分別擁抱了安琪與瑪莉娜，繼續說道，「我真的十分慶幸我們同一時間都在那裡，我說的是佛羅里達。我想，大家真的好幸運，怎麼知道會在度假的時候遇到這樣的人？簡直跟中樂透一樣，對不對？」她哈哈大笑，繼續說道，「但搞不好會變成妳們的惡夢。」她先盯著其中一個人，目光又轉移到了另一人身上，點點頭，伸手開門，「好，我們過去看看艾德煮出了什麼可怕的東西。」

培根蛋義大利麵廣受大家好評，而當她把甜點拿出來的時候，更是引發一陣歡呼。

「我超愛提拉米蘇，」瑪莉娜說道，「對我的腰線有害無益，但哪管那麼多啊。」戴夫靠過去，搓揉她的後頸，她也露出甜笑。

「趁還沒有人問起，我趕緊自己先招了，這是超市買來的成品，」她開始為大家逐一盛裝入碗，「我把它放進這個盤子裡，心想這算是說謊吧，但不確定大家是不是會原諒我。」

安琪回道，「我絕對不會吭氣。」

戴夫接下點心碗，「其實它的意思是『拉我一把』。」

巴利問道，「什麼？」

「在義大利文當中，『提拉米蘇』的真正含義就是這個。我想應該是因為和酒有關，他們通常使用的是瑪薩拉紅酒，但換成蘭姆酒或是干邑也沒問題。」

「你從哪裡學到這些有的沒的？」

「我不知道，」戴夫回他，「就是剛好知道而已。」

眾人開始大快朵頤，發出了讚嘆聲。只要看到誰的酒不是滿杯，艾德就會立刻補上。雖然蘇與戴夫幾乎是滴酒不沾，但他們已經喝光了三瓶紅酒。現在大家開始聊起牽涉到某一政治人物的性醜聞，他早已辭職下台，宣稱的理由是要多花一點時間陪伴家人。艾德說，那些人每次都只會編出這種藉口。

瑪莉娜回道，「搞不好是真心話。」

艾德對她吐槽，「明明是無風不起浪。」

蘇起身，準備再去拿酒，當她經過艾德座位旁邊的時候，他伸手攔住她的腰，問她是不是能在「地窖深處」裡面挖出「讓人迷醉的瓊漿玉液」。

那樣的雙關語惹得安琪哈哈大笑，「我喜歡讓人迷醉的瓊漿玉液。」

自從戴夫剛才發表了義大利餐點與語言的長篇大論之後，巴利就一直盯著他不放，「好，現在總可以告訴大家了吧？你跟那警察講了些什麼話？」

「哦，老弟，幫幫忙好嗎？」艾德開口，「我們不想再聽那些事情了。」

巴利回道，「你似乎對案情瞭如指掌。」

安琪問道，「現在是怎樣？」

「哦，對於那女孩的事，戴夫準備了一堆假設理論，兇手對她做了什麼啊之類的細節。」

戴夫回道，「我從來沒講過那種話。」

瑪莉娜也幫腔，「他真的沒有。」

艾德把自己的空碗推到一旁，雙手一攤，「為什麼不能繼續聊那個性變態政客？」

安琪問道，「什麼？他跟警察講那些話啊？」

「他覺得她是在徵詢他的想法，」巴利說道，「他的角色儼然是警察顧問什麼的。」

安琪回他，「那就願聞其詳。」

瑪莉娜搖頭，「拜託，不要讓他又講一遍好嗎？」

「我很想知道。」

「我只是……」戴夫放下湯匙，「只是講出自己的猜測，她應該是被開車的歹徒綁架，過沒多久之後就下手殺人。」

安琪反問，「為什麼這麼快就遇害？」

「就通常是這樣嘛。」

蘇帶著酒回到桌前，「我是不是錯過了什麼精采話題？」

艾德的下巴朝戴夫點了一下，「戴夫警探負責偵辦這起案件，」他繼續說道，「正在發表他的假設理論。」

蘇一坐下來之後，安琪也接口，「他們在講安珀瑪麗的事。」

「哦，這樣啊。」

「好，他為什麼不讓她多活一會兒，」艾德問道，「在她身上找點樂子？」

瑪莉娜開口問他，「找樂子？」

艾德聳肩，「我只是想要模擬兇手的心境罷了。」蘇盯著他，他則指了一下戴夫，「喂，這都是他挑起的話題。」

蘇回道，「是沒錯，但你也不該講這種事。」

「我愛怎樣就怎樣，」艾德嗆她，「了解嗎？」

蘇微笑以對。

「我根本不想提這件事，」戴夫說道，「能不講是最好。」

安琪朝他面前挨過去，「這通常算是某種性犯罪吧？」

「警方可以判斷，」巴利回道，「靠DNA什麼的。」

「不行，」戴夫搖頭，「她泡在水裡，長達好幾個禮拜，所以驗屍之後也不可能有任何足以採信的跡證。」

「他們一定有辦法啦，」安琪說道，「就像是《CSI犯罪現場》影集一樣，在這種時代，他們一定有很厲害的設備，不是嗎？」

「那只是電視節目而已，」戴夫說道，「在水裡待了那麼久，不可能會留下什麼值得採樣的證據。要是你知道屍體會被水摧毀到什麼樣的程度、還有泡水之後的形貌，你一定會嚇一大跳。還有，那裡到處都是野生動物，螃蟹啊負鼠什麼的。昆蟲與食腐動物也會幫忙消化殘餘的屍肉。」他看到瑪莉娜的神情，「哎，是他們自己開口問我的……」

「所以，如果不是性犯罪，」蘇問道，「為什麼要擄走她？動機又是什麼？」

戴夫聳肩，「大哉問。要是不知道動機的話，很難將兇手繩之以法。」

「所以，這傢伙是連續殺人犯囉？」安琪問道，「以前也有過犯案紀錄？」

「我想是吧，」戴夫悶哼一聲，「而且很可能會再次犯案。」

「他遲早會出包，」瑪莉娜說道，「這些兇手一定會露出馬腳。」

戴夫又搖頭，「嗯，電影裡都這麼演沒錯，但其實有一堆兇手逍遙法外多年。還有，兇手經常就是你萬萬意想不到的人，最好的朋友啦，或是看起來明明膽小如鼠的隔壁鄰居。」

安琪以誇張姿態打了個寒顫，「的確引人深思，是不是？嗯，沒有人知道別人的真面目。」

「有件事我倒是很清楚，」艾德面向蘇，「要是某人不趕快去煮咖啡的話，就要被狠狠打屁股了。」

「遵命。」蘇立刻把椅子往後推。

「還有誰要喝咖啡？」

戴夫說道，「我們準備要離開了。」

「其實，多喝杯咖啡也不錯，」瑪莉娜回道，「親愛的，可以嗎？」

安琪問道，「能不能來杯卡布奇諾？」

蘇回道，「抱歉，我們一直想要弄台那樣的機器，但一直沒入手。」

艾德望著蘇，彷彿這一切都是她的錯，「可惜啊，我也想要那種咖啡機。」

「沒關係，」安琪回道，「你幫我找根吸管，我可以幫你在咖啡裡吹出一大堆奶泡。」

「巴利，你聽到沒？」艾德說道，「你老婆要幫我吹喇叭。」

巴利的湯匙匡啷一聲丟在點心碗裡面，聲音之大，讓瑪莉娜嚇了一跳，還倒抽一口氣。他死盯著艾德，長達數秒之久，然後猛力將椅子往後一推，迅速起身，朝他衝過去，艾德不禁抽搐了一下，巴利最後只是好玩輕拍了一下艾德的臉頰，他只能勉強擠出微笑回應。

「靠，」艾德回神之後，笑容正常多了，「我以為他真的要扁我。」

巴利微笑，「這還是很難說。」

「你看吧？」安琪回道，「我剛才不是有說嗎？沒有人知道別人的真面目。」

39

傑夫．葛德納待在亞特蘭大的哈茲菲爾德傑克遜機場附近的某間汽車旅館裡頭，打電話給老婆。

她開口問道，「狀況如何？」

葛德納回她，「總體來說，她現在相當不錯。」

「太好了。」

「但我覺得她是硬裝出來的。」

「當然，我無法體會……」

葛德納並沒有告訴妻子，其實，他能夠體會。因為當他站在熱氣蒸騰的柏油路面、看著棺木被移出的那一刻，他曾經想像萬一那是他的寶貝女兒，他們的寶貝女兒，他到底會有多麼傷痛。他也沒有讓妻子知道，他懂得失去小孩之後的內心黑洞是多麼可怕的缺口，對派蒂．李．威爾森來說，這一生似乎再也無法當個完整的人，彷彿每一次的大笑或是談起生活之日常，只不過是她硬逼自己學習演出的完美騙術。

「等等，你不是應該早就搭機回來了嗎？」

「她希望我明天去參加那場葬禮。」

「哦。」

「我告訴她，我得趕回來。」

「沒錯，今天晚上我們得去探望我爸媽。」

「不過，我覺得我應該要……」他補充說道，「我的意思是，留下來。」

米雪兒不發一語。

「我在機場附近找到了一個便宜的住宿地點，而且葬禮一結束之後正好就有可以飛回去的班機。親愛的……？」

米雪兒說沒問題，她能夠諒解，但他知道她說的不是實話。他問了一下女兒的狀況，妻子說很好，但聲音卻極其冷淡，她繼續反問，「今天晚上誰要說老虎的故事給她聽？」

「哎，很抱歉。」

「你也知道只有你講故事她才會開心。」

「只是一個晚上而已。」

「我沒辦法像你一樣裝出那麼多聲音。」

派蒂・李如果具有變換聲音的本領，不知道是否也有習慣唸給安珀瑪麗聽的故事？想必是她們的固定儀式，美妙的共享時刻，在她與女兒永別之後的第二天，將會成為她縈繞心頭不去的傷心事。

他說道，「我必須待在那裡。」

「傑夫，你又不是她的朋友。」

「對我來說，等於是朋友了好嗎？我已經讓她失望透頂了。」

「這種說法也太牽強了。」

「我覺得她一生中已經被辜負太多次了，」他繼續說道，「而這是我可以做出的小小貢獻，這真的不算什麼，我們可以重新安排去探望妳爸媽的時間……」他告訴她，他好愛她，要給她的寶貝女兒一個充滿深情的吻。接下來，他說自己得在汽車旅館吃點東西，一早會再打電話給她。

最後，他告訴她，「我們生命中充滿了值得感恩的事物。」

掛了電話之後，他倒在薄薄的床墊上，打開汽車旅館的護貝式服務說明手冊。他想到了剛才待在某家舒服的酒吧，還有當他告訴派蒂·李·威爾森自己要參加葬禮的時候、她臉上浮現的那股神情。

「謝謝，」她回道，「衷心感恩。」

這個決定，也讓她多請了一杯啤酒，兩人又繼續聊了一個小時左右。根據她告訴他的狀況看來，光是多了一個人，就能讓那間小教會裡面的氣氛變得截然不同。

最後，珍妮還是決定待在家裡。她室友外出狂歡，所以做出這決定也不需要三心二意，雖然打開電視之後除了實境秀與浪漫喜劇之外、根本沒什麼好節目可看，但幾杯紅酒再加上嗑了不少冰箱裡的食物，也讓她覺得心滿意足了。

其實，她吃得快撐死了。

她手邊的那些犯罪小說問題很大，總是視警方基本辦案程序為無物，每每讓她看得怒火中燒，但她還是挑了一本當睡前讀物。她只要看到描述不夠精確的情節，就會逐一記下，她將來一定要聯絡作者，讓他知道自己的問題在哪裡。看了不過十分鐘，她已經覺得眼皮沉重，同一個段落足足盯了三次還看不完，所以她乾脆關燈。

她躺在床上，想要找出舒服的姿勢入眠，雖然疲倦至極，但就是睡不著，因為她知道室友一回來、八成又會把她吵醒，與她一起嘻嘻哈哈的可能是那群好閨蜜，不然就是某個色瞇瞇的年輕醫生。

英國時區是不是比佛羅里達州快五小時？她猜傑夫．葛德納警探在這個時候已經離開辦公室，準備回家。他把手槍擱在一旁，準備與妻子共進晚餐。

他結婚了嗎？

她掙扎了好一會兒，一度想要起床，看看能不能在網路上找出什麼線索。要是她能放大那張她先前找出的照片，搞不好可以看看他的手上有沒有婚戒。

史蒂芬妮會怎麼糗她，珍妮心裡有數，隨便啦。

要是他已經結婚的話，不知道會不會在妻子的面前提到她這個人。她不知道他會不會特地在網路上搜尋她的資料，嗯，他搞不好純粹出於好奇、已經查過了。

她終於睡著了，不斷追問自己，在這茫茫網路世界中，是否找得到她的任何一張照片？客廳的音樂聲吵醒了她，她瞄了一下床邊桌的時鐘，自己不過才昏睡了四十分鐘而已。

她仔細聆聽。《蒙福之子》樂團……笑聲……某個男人的低沉歌聲。

還有那個色瞇瞇的年輕醫生。

賤女人！

40

安琪與巴利都喝過頭了，但她的清醒程度畢竟還是比他好了那麼一點，所以當他們離開唐寧住處、準備從南門區返家的時候，拿著那台荒野路華的車鑰匙的人一直是安琪。巴利堅持不該放慢車速，因為這看起來比在路上不斷蛇行更可疑，但即便開進了四下無車的空荒M25公路，她卻依然保持一小時六十英里的龜速。

起初他一直在抱怨回家這趟路怎麼開得這麼久，然後又開始破口大罵最後的那幾個小時真是「不堪回首」。

他說道，「看來那一對鐵定是有哪裡不太對勁。」

「你講的是哪一對？」

「嗯，對，那兩對都怪怪的，但我說的是蘇與艾德。」

「嗯……」

「當他叫她閉嘴的時候……我不記得到底是在講什麼事，但她似乎很喜歡他的這種態度，還有打她屁股什麼的，」他的目光飄向窗外，「妳看他們會不會是，怎麼講啊，喜歡性虐待？拿鞭子啊鍊子啊？」

「我一直不覺得她是有性怪癖的人，」安琪說道，「但我剛才在那裡不是有講嗎——」

「妳覺得他是不是會在她脖子上裝狗鍊？」

「我不知道，」安琪回他，「大家關上臥室的房門之後，又有誰知道裡面在搞什麼名堂？」

巴利沉默了一會兒，安琪知道自己八成是講錯話了。畢竟她與巴利關上自己的臥室房門之後，除了看書看到睡著、呼呼大睡之外，也不會有任何的活動。

講到這一點，依然讓人覺得好心酸。

「我只是想要告訴你，這真的不關我們的事，對吧？」

「但講這種事就是好玩啊。」

安琪回他，「她有心理創傷。」

「什麼？」

她講出蘇的女兒的事，也就是她們在她臥室的那段對話。

巴利嘆道，「天哪。」

「我知道，你能想像失去小孩的心情嗎？」

他們沉默不語，繼續開車前行，過了一分鐘之後，巴利終於開口，「哎，我也等於失去了自己的小孩，對不對？」

「親愛的，這根本不能相提並論。」

巴利仰頭往後一靠，閉上雙眼。「我覺得，就某方面來說，我這樣更慘。我的意思是，人走了就是走了，妳說是不是？但尼克……彷彿我就只能憑空想像他在沒有我的狀況下長大，這太殘忍了嘛……」

「你不覺得失去十三歲的小孩才叫真正的殘忍嗎？不管原因是生病、車禍，或是類似那女孩在佛羅里達州的不幸遭遇……」

「說到這個，」巴利繼續說道，「那個戴夫怎麼陰陽怪氣成那個樣子？對了，他的另一半也是很怪。」

「嗯，她行事可能比較……誇張一點。」

「他們總是在放閃摸來摸去，」巴利說道，「妳有沒有發現？」

「這樣有什麼問題嗎？」

「永遠要手牽手，他媽的跟小孩一樣。」

安琪回道，「我倒覺得挺可愛的。」

「還有他講的那些屁話，」巴利身體前傾，盯著她不放，「我們在講那件事的時候，妳講出那句話是幹嘛？『看來我們都洗刷嫌疑了』？到底是什麼意思？」

「那是玩笑話啊，巴利，我只是在開玩笑而已。」

「好，所以妳覺得他們真的認為我們有嫌疑？妳是不是有那樣的念頭？」

「我不知道是不是該說『我們』，」安琪回道，「我認為問題在於你去買香菸啊或是諸如此類的事。」

「或是諸如此類的事？妳這話什麼意思？」

「我沒其他意思，就隨便說說而已。」她暗罵自己幹嘛沒事多嘴。現在。要開車回到克勞利，她萬萬不想聽到巴利大聲咆哮，這個世界與他老婆聯手起來整他，惹毛了他，大家都在跟他作對。

她問他覺得晚餐如何，還說一回家之後就要為兩人好好泡杯茶。而且還把車速催到了時速六十五英里，不過就是想要讓他開心而已。

是夜，同一時間，戴夫與瑪莉娜決定走市區回家，再過個十分鐘，就可以抵達森丘。他們一路上都在討論蘇在臥室裡告訴瑪莉娜與安琪的那件事，或者，應該這麼說，幾乎都是戴夫在滔滔不絕，而瑪莉娜只能趁空插話。

「難怪了，」戴夫說道，「我的意思是，飲食失調的問題其來有自。」

「她的食量和我一樣，」瑪莉娜回道，「她就跟某些女人一樣幸運，新陳代謝旺盛。」

「哎，我覺得妳搞錯了，但先別管這個。她先生為什麼根本把她踩在腳底下，就是這個原因。」他盯著她，顯然是想要繼續發表意見，瑪莉娜聳肩，就繼續吧。「這個嘛，一切都源於罪惡感，對不對？我知道她與她女兒之死毫無關係，但她的腦袋卻未必會這麼想，心理機制有時候沒什麼邏輯可言，也許她內心深處會覺得自己是罪魁禍首，比方說，是自己害女兒基因有問題，或者她本來有機會採取什麼預防措施卻疏忽了，再不然，就是覺得悔恨交加，女兒在世的時候、應該要當個更好的媽媽才是。」

「你怎麼會知道她怎麼想？」

「當然沒辦法，但我也講了，心理機制會搞出各種詭奇手法。我覺得這可能是她放任艾德欺負她的主因，因為，搞不好在她的內心深處，深深覺得這是她罪有應得。妳懂嗎？就是該接受懲罰，」他的目光飄向瑪莉娜，「只是個理論而已。」

她回道，「你腦袋裡有一大堆理論耶。」

他露出微笑，「妳是指那小女孩的事？」

「我不知道你為什麼要講那些——」

「我沒有，」戴夫立刻打斷她，「我何苦啊？顯然巴利一直耿耿於懷，我就乾脆一次講清楚，讓他心滿意足，如此而已。」

等到他們離開大象與城堡圓環之後，瑪莉娜又開口，「有心事耿耿於懷的不是只有他而已，看來他老婆一定已經知道我與蘇自己出去喝酒的事了。你有沒有注意到她抵達唐寧家時的表情？還有刻意講出自己平常很少進倫敦市區那句話？」

「這對我來說太深奧了。」

「你是不是大嘴巴亂講話？」

「什麼？」

「關於我與蘇見面的事。」

他搖搖頭，「我們出去的時候，艾德不小心講了什麼，我猜應該是巴利聽出了蹊蹺……」

瑪莉娜的手指頭不斷敲打座椅扶手，長達半分鐘之久，「哇，感謝上帝，這世界上總算還是有願意守口如瓶的人。」

蘇已經上床了，而艾德一如往常，依然在浴室裡慢慢消磨時間。她對著敞開的浴室門口大吼，「你有沒有注意到瑪莉娜穿的洋裝？」

他也回吼，「怎麼了？」

「我有一件幾乎一模一樣的衣服。」

「很好，今天沒撞衫。」

她拿起條狀包裝乳液、在手心裡擠了一點，將它放回床邊桌之後，開始搓揉。「她也有個和我一樣的包包。我們那天去喝酒的時候，她拿的就是那個包，她說她買很久了，但我很難判斷她講的到底是不是真的。」

「妳覺得她在模仿妳？」

「我不知道該怎麼想耶，」蘇回道，「感覺有點毛毛的。」

「她覺得妳品味這麼好，妳應該要覺得開心才是……」

她在心中默默從一數到十，最後，終於開口，「我把艾瑪的事告訴了她與安琪。」

過沒多久之後，艾德出現在走廊，跨進敞開的房門、進入臥室，他穿著內褲，毛巾披在肩上，依然在忙著刷牙，但動作十分徐緩。他定睛望著蘇好一會兒，又回頭進了浴室，猛力關門。

兩側床邊桌都亮著燈，但蘇卻關掉自己的床頭燈、向外側躺。她打開抽屜，拿出了那張照片，凝神細看，還拿起床被的邊角小心擦拭，她開口說道，「我不管那麼多了。」

過了兩三分鐘之後，艾德拖著沉重的腳步進來了，「妳為什麼要做出那種事？」他看到她手裡緊握的東西，「蘇……」

「蘇……怎樣？」她拿起剛才豎直墊背的枕頭，重新調整位置，「蘇，不要這麼固執？蘇，趕快把它放回去？」

「夠了，不要再這樣下去了。」

「我們上次提到她是多久以前的事了？」

「我不奉陪。」

「自從她生日過後，我們就再也沒有講過她的事了。」

「不要這麼無聊……」

「我們兩個不一樣，」蘇回嗆，「你的這裡不會有感覺，」她拍了拍床被下的腹部，「只有能讓大老二硬起來的事情，你才會有感覺，」她惡狠狠盯著他，「我覺得艾瑪並不隸屬於那個範疇。」

她把相框轉過去、讓他看個清楚，「想起來了沒？」

「不要逼我。」

「艾瑪．唐寧？她曾經和我們一起生活……」

艾德的毛巾依然披掛在身，他將它丟向角落的洗衣籃，又脫掉內褲，也把它扔進去。然後，走到床邊坐了下來，背對著她。

「曾經，她是漂亮的小女孩，」蘇繼續說道，「我是要說，這張照片不算是特別美，」她雖然知道艾德已經看不到她的動作，但依然不斷對他揮動照片，「有沒有喚回一點記憶？」她盯著他肌肉緊繃的雙肩，她口乾舌燥，嚥了一下口水，「是不是心情激動？」

他拿起自己床邊桌上的電子式鬧鐘，開始調整時間，「我一早要打網球。」

「艾德——」

「我不確定什麼時候會回來，所以就不需費事準備午餐了。」

「拜託別這樣……」

他上了床，鑽進被窩裡，伸手關燈，「快把照片放回去。」

41

那一天，也就是我開車出去、載走那女孩的日子，陽光普照，我滿心感恩。要是遇到下雨，鐵定會變成我的一大絆腳石，不過，大晴天也就意味著會有更多人出門閒晃，讓我成功機率大增。而且，最重要的是，美好天氣最能夠讓大家無憂無慮、毫無戒心。

我把車停在先前精挑細選的地點——無論從哪棟建物都無法窺見的某條小巷——然後穿過小公園，走向遊樂場。我聽見有小孩在講話，還有某台收音機傳出的音樂聲響。我手裡拿著一個孩童塑膠午餐盒，裝出微微惱怒的神情，彷彿是因為等小孩而耽誤了自己的計畫什麼的。各個年紀的孩子到處亂晃，雖然遊樂場裡有許多專為大齡小孩設計的各種設施——木橋、攀木叢林與繩網——但絕大多數的孩子卻依然選擇盪鞦韆或是玩沙坑。

我就是為了這些小孩才來到這裡。

他們的父母三兩成群，有的在抽菸，有的在聊八卦，許多地方都有樹蔭，十分方便，還有長椅與樹根可供休憩，我也拿了本平裝書出來、佯裝埋首其中。有名慢跑男子從我面前經過，我對他點點頭，但他卻完全沉浸在自己耳機裡的音樂世界。我口袋裡放了狗鍊，當我注意到某個臭臉狗主人走過來的時候，我立刻把它拿了出來。原來他的黃金獵犬一直在搞失蹤遊戲，惹得他勃然大怒，我答應他一定會密切注意，而且我還告訴他，我自己的狗呢——我臨時起意，那就養隻傑克羅素獚犬吧——其實也在跟我玩捉迷藏。

大約過了二十分鐘之後，我看到有個女孩晃啊晃的走出遊樂場、準備去追某隻小狗。她年紀剛剛好，而且她身上的制服也等於告訴了我，她正好就是我要的那種小孩。她越來越靠近我，等到她進入完全無人能看到她的安全範圍之後，我開始大聲喊叫，彷彿在找尋失蹤小孩一樣，我聲音不大，只有那女孩能夠聽到而已，而且也不會引發任何的驚慌反應。

我看，那小孩的名字就叫查理吧。

我抬頭，假裝露出詫異神色，詢問她是否看到某個五歲的男孩？我還告訴她，應該是有隻傑克羅素獚犬跟著他。

她搖搖頭，動作緩慢，態度很友善。

「我得趕快找到他，因為我們得去買東西。」

她端詳我的表情，「你們要買什麼？」

就像我先前講的一樣，我老早就決定要隨機應變，老實說，我覺得自己現場反應的靈感滿不錯的。

「蛋，」我回答她，「大大的巧克力蛋，紅色包裝。」

「我喜歡巧克力。」

我哈哈大笑，「巧克力難道不是人見人愛嗎？查理超愛。」

她點點頭，不斷蠕動手指頭、召喚在幾碼之外東聞西聞的小狗，「我真的真的好喜歡巧克力。」

我問道，「要不要和我們一起來？搞不好我也可以多買一顆蛋送妳。」我發現她回頭向遊樂場張望，「哦，其實我應該要問妳媽媽才對，也許她不想讓妳吃那麼多巧克力。」

那女孩回道，「她不會擔心啦。」我知道接下來不會有問題了。

「哦，妳是不是也應該留一點給她吃呢？」

「好啊，」她回道，「但只要一點點就夠了，因為她不想變成大胖子。」

「當然不會。」

她搖搖頭，附和我，「當然不會。」

「那就來吧，」我說道，「我想查理已經回到車裡了。」

「那狗呢？」

「現在查理一定已經找到牠了，」我又往前走了幾步，「但我們不能讓狗狗吃巧克力，這東西對牠們身體很不好，妳知道嗎？」

她也跟著我往前走了好幾步，「但對人沒有壞處。」

「對，當然沒有……」

我們慢慢離開現場，雖然我很想要牽起她的手，但為了謹慎起見，還是忍住了。我讓她跟著我，最多就是做到這樣而已。她的小狗也跟了上來，所以我趕緊隨手撿了根木枝，使出全部的氣力、丟入樹叢裡，而那女孩看到小狗跑去追東西似乎也毫不在意，「我們不能讓牠吃到巧克力，妳說對不對。」

她面露微笑。

安珀瑪麗的笑臉令人屏息，而這女孩根本比不上，若說兩人一樣可愛，就是我在撒謊了。

當然，在這整起事件中，這最多也只算是個小小謊言罷了，但我不希望大家認為我一直在騙人，關於這一點，我要展現出誠懇而明確的態度。謊言，在這些事件中的確扮演了重要角色，無庸置疑，謊言一個接著一個出現，才會演變至此。

我還要提醒大家另外一件事。

說謊的人不是只有我一個而已。

第三部
瑪莉娜與戴夫

寄件者：珍妮．昆蘭 <Jennifer.Quinlan@met.poice.uk>

日期：英國夏日時間六月十六日09:16:32

收件者：傑夫．葛德納 <j.gardner@sarasotapd.com>

主旨：英國的失蹤女孩

親愛的葛德納：

要是你還沒聽說這個消息，想必以下的文章內容一定能夠引發你的濃厚興趣……

http://www.thisislondon.co.uk/standard/article-2395632-family-fear-for-missing-girl-as-police-search-woodland.do

http://www.telegraph.co.uk/news/158724/missing-girl-police-appeal.html

http://www.thisiskent.co.uk/fears-for-missing-sevenoaks-girl/story-13342751-detail/story.html

這女孩兩天前在肯特郡的七橡樹（距離倫敦市中心一個小時的車程）失蹤了，她名叫莎曼珊．顧爾德，十三歲，金色長髮，失蹤地點在學校附近的某處公園遊樂場。這間學校專收有學習障礙的小孩！莎曼珊．顧爾德很可能是第二個安珀瑪麗．威爾森！如果你想要聯絡負責偵辦此案的警官，附檔是他們的聯絡方式。當然，要是有我可以效勞的地方，請千萬不要客氣。

敬祝一切安好

警員珍妮．昆蘭

42

珍妮寄出電郵的兩天之後，葛德納來電。時值週五下午，她已經花了一個小時、埋頭撰寫某起越演越烈的家暴案的繁瑣報告，她不假思索拿起電話，宛若像是在翻雜誌時順手拿餅乾一樣。她報上自己的名號，一聽到那宛若絲絨般的熟悉男聲的時候，她差點像傑瑞・斯普林格[5]節目裡的愚蠢觀眾一樣、發出忘情的歡呼聲。

「嗨，珍妮，在忙嗎？」

七橡樹與佛羅里達州的這兩起案件，看來的確息息相關，而薩拉索塔的葛德納小組已經與肯特郡警局、倫敦警察廳正式聯手辦案，珍妮早以為自己被他們排除在外了。不過，值此同時，她依然持續追蹤這個與自己幾乎毫無瓜葛的案子，就算是再怎麼不熟的人，只要略知案情，她都會打給對方、詢問案情狀況，而且她也詳讀報告，耳聽八方消息。莎曼珊・顧爾德已經失蹤了五天，珍妮・昆蘭幾乎對她的案情瞭若指掌。

只是，依然不知道是誰擄走了她。

葛德納說道，「我需要妳回來幫忙。」

「哦……」珍妮心想，現在你就需要我了，到了這種時候，你對待我的態度終於比較認真一

[5] 美國著名脫口秀節目主持人。

點，「所以我的電郵有派上用場囉？」

「當然，」葛德納回道，「這個……妳知道嗎？由於我們這裡有太多觀光客了，所以當威爾森的這類重案出現的時候，我們就會接觸觀光客主要來源的地區，美國各地、大部分的歐洲國家……所以只要出現相似犯案手法，都逃不過我們所佈下的天羅地網。所以，其實呢，我們很快就知道了你們那個失蹤女孩的消息，但還是很謝謝妳這麼機警……」

珍妮雖然很失望，但還是努力維持鎮定語氣，「不客氣。」

「對了，我已經仔細看過妳寄來的報告。」

「嗯。」

「對了，做得很好。」

「謝謝。」

「我們查核了一下，好，應該可以這麼說，在某一兩名證人的供詞中，顯然是有……前後不一致的地方，」

「他們撒謊？」

「是誰？」

葛德納沉默了一會兒，「對，的確是撒謊。」

「我們看過了安珀瑪麗．威爾森失蹤那天下午、唐寧夫婦自稱前往的購物中心的監視器畫面。許多商家的資料都已經洗掉了，但還是找出唐寧太太出現在四間不同商店的畫面。」

「所以……？」

「只有唐寧太太而已，」葛德納再次陷入沉默，珍妮聽到他在喝東西的聲響，「攝影機畫面完全找不到她先生。不幸的是，停車場裡面並沒有裝設監視系統，但至少根據我們現在所得到的資料，無法證實他曾經到過那個地方。」

「哦，他們兩個當初的說法完全一模一樣，」珍妮不想讓自己的聲音變得那麼高亢，但她心臟開始噗通亂跳，實在太難了，「所以，要是他說謊的話，那麼她就是為他掩護的幫兇。」

葛德納回道，「沒錯。」

「要我再去找他們一次嗎？」

「我要妳再去找他們、全部問一次。我要知道為什麼巴利・芬尼根必須要花一個小時去買菸？還有為什麼另外一對自稱在某間酒吧吃中餐，但記憶卻如此模糊？那個傢伙叫什麼來著？戴夫・克倫是吧？感覺有點不太對勁，至少妳的報告會讓人產生這樣的印象……」

「他是真的有點怪怪的，」珍妮回道，「嗯，有點緊張，而且對於這案子的興趣也未免太濃厚了一點——」

「好，那就讓他務必知道我們對他這個人很有興趣，看看妳能不能攻陷他的心防。首先，可以先從他們在莎曼珊・顧爾德失蹤當日的行蹤開始下手。」葛德納等待珍妮回應，但卻一直沒聽到她吭氣，「妳沒問題吧？」

「我只是得先要向我的上司報告一下而已。」

「我已經和他報備過了，」葛德納回道，「是妳的……什麼？警監嗎？」

珍妮回道，「總督察。」

「嗯。我告訴他，妳目前的工作表現相當傑出，不知道可否讓妳繼續參與辦案？」

「他答應了？」

「哦，一開始的時候，他知道妳完成了這麼多的工作，有點驚訝。」

「靠！」珍妮想收口，卻已經來不及了。她倒吸一口氣，滿是恐慌，她知道自己逾越了分際、沒有向上司報告所有的進度，接下來就準備受到嚴懲了。

葛德納發出輕笑，「不要緊，」他繼續說道，「我只是給了他跨國合作需要的資料，還稱讚他非常厲害，把新秀教導得這麼好，看得出他們發揮了企圖心。」

「謝謝。」

「當然，我沒有講出妳其實已經直接把報告寄給了我，只要我們從現在開始、把一切搞清楚就沒問題了，過往的事我可以睜一隻眼閉一隻眼。實習警員昆蘭……」

等到珍妮掛了電話之後，趕緊從包包裡找出了存有寄給傑夫．葛德納的報告檔案的那張記憶卡。她將檔案轉存到自己的電腦，開始仔細閱讀自己與唐寧夫婦、芬尼根夫婦、戴夫．克倫與瑪莉娜．葛林的對話紀錄。她後頭有人在大聲抱怨口好渴，還有人在哈哈大笑。她轉頭，看到某個自以為是辦公室搞笑演員的禿頭警官、拿著空馬克杯，朝她的方向揮了好幾下，然後又以下巴指了指咖啡機。

她告訴他，要喝咖啡就自己去弄。

43

安琪早已坐在她習慣看電視的那個位置。她開了白酒，彎折雙腿、愜意窩在沙發上。她身著灰色絲絨運動褲，DKNY的T恤，《電視時光》雜誌上面放的是附近中國餐館外送的菜單，旁邊是摺了邊角的數獨本，全擱在窗戶下方的套桌上面。

太完美了……

菇炒蝦仁、蛋炒飯，再加上芝麻蝦多士。先看哈利．赫爾主持的節目，然後是《X音素》，要是看完之後還沒睡著的話，也許再加一部麥特．戴蒙飾演間諜、但卻對自己身分一無所知的那部電影。巴利會拿著啤酒搖醒她，佔住她的沙發位子，觀看《今日比賽》節目。或者，跟著她一起上樓，趁著她在爬樓梯的時候、伸手貼住她屁股，然後，她進去臥室，再出來的時候，已經全身赤裸，站在走廊，而他坐在沙發上、緊抓自己的大老二，露出愚蠢的燦爛笑容。

安琪已經想不起來上次他們搞這種名堂是什麼時候的事了。

她拿起遙控器，一看到「獨立電視台」就開始亂轉頻道，一如往常，只有可怕的新聞，阿富汗或伊拉克或什麼鬼地方發生爆炸案、失業率，還有足球賽事結果。根本看不到溫暖的消息，完全找不到能讓她發出會心微笑的新聞。原本會在結束前播放的那些逗趣小新聞，像是貓咪主人在歷經多年漫漫時光之後、舉辦了貓咪團聚會，又或是哪個瘋子在吐司上看到了耶穌顯靈。

就連努力逗大家開心一下都變得無關緊要了嗎？這世界到底是什麼時候變得這麼可悲？

其他節目也讓她興趣缺缺，所以她又轉回了「獨立電視台」，拿起手機檢查是否遺漏了小孩傳來的訊息。蘿拉與路克都和朋友一起出去玩了，他們的社交生活都比她或是巴利來得忙碌：參加派對、一起吃披薩，還有看電影——一場得花十五英鎊、或是在當地的購物中心外頭閒晃——如果蘿拉與路克都沒騙人的話——那麼，除了他們之外，每個人都抽菸、暢飲廉價蘋果酒。

「拜託好嗎，妳為什麼不相信我們……？」

不過，在接下來的這幾個小時當中，她一定會收到簡訊，這兩個寶貝小孩不知道會待在什麼地方，叫她趕快去接他們回家。那個時候她應該已經窩在床上了，手裡拿著李．查德的最新小說，但她只能讓巴利蓋著被子繼續睡，自己偷偷摸摸出門、開那台荒野路華去接小孩，一路碎碎念自己不能喝酒，而她的功能充其量只是提供「光榮的計程車載運服務」而已。

電視螢光幕上有一男一女緩緩走上某個小小的講台，在桌前坐了下來。

安琪放下手機。

那兩個人面露倦態，神情十分嚴肅——

兩個人手牽著手。

安琪調高音量，某個身著勁帥西裝——她立刻就發現那人是警官——開始進行介紹。當他在講話的時候，可以聽到底下有人在交頭接耳，還有連續不斷的相機喀嚓聲響。他說道，只提供簡短聲明，不開放發問。他將某個小型麥克風輕輕推向那女子的前面，她微笑道謝，打開了手中的紙條。

「如果有人知道我們女兒下落的任何線索，請你們趕快通知警方。」那女子的聲音出奇洪亮，警官趕緊移開麥克風，但那女子十分不安，又緊抓不放——

「要是挾持我們女兒的人正在看電視……」她不再看著字條，抬頭迎向攝影機，鎂光燈一閃，她冷不防抽搐了一下，「如果是你帶走了小莎，求求你，千萬不要傷害她。」她伸手輕觸臉龐，她先生立刻輕輕扶住她手臂，「求你趕快讓她回家，拜託……她真的得要趕快回家。」她向那警官點點頭，然後又開始摺字條，把它摺得小小的，方方正正。

警官也對她點點頭，悄聲說道，「表現很好。」

那丈夫靠到麥克風前面，「小莎，我們很想妳，好愛妳……真的好愛妳……」

「我覺得下手的人就是他。」

安琪轉頭，看到巴利站在門口，「什麼？」

他指了指電視，「每次都是爸爸有問題。」

「吼，聽你在鬼扯。」

「妳自己看看他那個樣子，」巴利慢慢晃進來，坐在沙發邊緣，「看得出他很刻意在演戲。」

安琪回道，「你心思真邪惡。」他們一起盯著那警官大聲唸出最後的聲明，螢光幕上出現了失蹤女孩的照片，下面有一組電話號碼。「不會吧，怎麼可能……」

「嘿，對了，」巴利說道，「我可能在下禮拜六找幾個朋友一起去看兵工廠對熱刺的比賽，可以吧？」

「你有沒有問你弟弟？」安琪望著他，「嗯，也許剛好可以趁這個機會小小抱怨一下。」

巴利依然盯著電視螢幕，「就只是找幾個朋友而已。」

「哦，球賽結束之後，記得不要續攤啊。」

「為什麼？」

「我們要去戴夫與瑪莉娜家裡吃晚餐，我得提早準備一下。」

巴利整個人往後一倒、癱靠在沙發上，「我的天，一定得去嗎？」

「這個嘛，不是說一定得去，但現在輪到他們了，而且我們先前說過會出席，所以……」

「那是妳說的。」

「幹嘛這麼不爽。」

「上次大家幾乎都笑不出來，不是嗎？每個人都擺臭臉，抱怨連連。」

「如果我沒記錯的話，還不都是因為你把場面搞得很尷尬。」

「對啦，都妳在說啦。」

安琪回道，「我非常期待。」

他們看著那失蹤女孩的父母走下講台，相機鎂光燈對著他們閃個不停，記者會現場的連線記者也將畫面交還給棚內主播。「對，絕對是那爸爸搞的鬼，」巴利說道，「如果妳問我的話，我一定斬釘截鐵告訴妳，就是他。」

安琪從沙發起身，「又沒人問你。」

就在她正要離開客廳之前，巴利開口，「妳要不要順便泡個茶，我可以喝一點……」

艾德進來的時候，她正坐在廚房的小桌旁，與學校同事一起喝紅酒。葛拉漢・福特是她最要好的同事，她真心認定的朋友也只有他一個人而已，而且，她必須不時與那個顯然不是很愛小孩、腦袋幾乎與英國教育標準局督察差不多的校長進行抗戰。葛拉漢也是她不可或缺的戰友。她在葛拉漢面前可以完全放鬆——她從來不曾和別人有這種好交情——而且她非常清楚，這種親暱感其實與她好友的性傾向不無關聯。

葛拉漢是男同志。

沒有小孩。

一看到艾德進來，葛拉漢立刻轉身，舉起酒瓶。

「要不要來一杯？」

艾德卻只是盯著蘇，「我要去洗澡了。」

蘇回道，「還有剩一點義大利麵，你如果想……」

十分鐘之後，艾德已經擦乾身體，希望葛拉漢看到他的待客態度之後、已經識趣離開。他盯著鏡子，抹去一坨霧氣，然後擠了一點造型髮蠟、小心翼翼抹上頭髮。就目前看來，葛拉漢這個人還不錯，而且他與同性戀之間的相處也一直平安無事。這些年來，工作場合已經見過太多了，就連網球俱樂部也有個長期球友，大家都不覺得有什麼問題，而每一個人，甚至連那名球友，都會拿這件事來開玩笑，樂在其中。

「你的手腕軟綿綿成那個樣子，難怪沒辦法發球……」

「這應該算是男女混雙吧？」

他想要的不過只是個平靜之夜而已，只有他與蘇兩個人，再加上兩杯紅酒，也許看部不用大腦的DVD電影。他不想花腦筋，拚命擠出笑話去取悅別人。明天是週日，然後是星期一，又得想辦法打發這一整個禮拜。當然，這是必要的手段，但這種欺瞞方式已經讓他開始覺得好疲憊，為了經營這場騙局所花的功夫比上班還要辛苦多了。

他靠在鏡前，發現笑紋與黑眼圈都已經現蹤，天，就連這個他也得好好努力一下。他十分確定蘇的麻吉很煞他，那種表情他再清楚不過了，而這也就意味他不能鬆懈，絕對不可以穿什麼破舊的運動衫、邋遢見人。

真痛苦，如坐針氈。

他對著鏡中的自己大笑，這笑話的梗不錯，如坐針氈，刺得屁股好痛……

他拿起體香劑，噴了好幾下，兩側胳肢窩都解決了之後，他又抓起睪丸，朝那裡噴了一下，祝自己好運。

一定的。

卡其褲加馬球衫，這身打扮應該還可以。然後，迅速說聲「哈囉」，葛拉漢同志應該就會閃人。

艾德再次下樓的時候，蘇與葛拉漢已經開了另一瓶紅酒，所以他乾脆就坐下來和他們一起喝。大家開始聊學校——他們討厭的老師同事，以及那些具有邊緣人格、個性粗野的小孩——葛拉漢問起艾德的工作，他聳肩以對，還說自己比較想聽葛拉漢的臥房歡樂故事。

半小時之後，艾德起身，靠在廚房另外一頭的流理台，站著吃光剩餘的義大利麵。

正當葛拉漢似乎正準備——終於啊——要離去的時候，他開口說道，「蘇告訴我，你們下禮拜要與新朋友再次聚餐。」

葛拉漢講出「朋友」的時候，還刻意做出引號手勢，艾德不知道蘇到底跟葛拉漢講了多少度假的事。

他回道，「稱不上是朋友。」

「那你們為什麼要去？」

「因為他們來過我們家，」蘇回道，「我覺得，大家應該是得要輪流作東吧，算是三方交流。」

葛拉漢挑眉，「三方交流？聽起來很有趣。」

蘇露出苦笑，「謝了，不是你想的那樣，但我覺得艾德會有興趣。」她伸出手肘推艾德，他基於禮貌，勉強笑了一下。

艾德回道，「沒錯。」顯然蘇早已告訴他在薩拉索塔發生的一切。

「恐怖事件，」葛拉漢搖頭，伸手拿外套，「那個可憐的女孩。對了，那類事件會讓大家凝聚在一起，對不對？」然後，就在他快要走到門邊的時候，又講了一段話，「羅爾德．達爾寫過一本很棒的小說，某起空難倖存者會經常一起吃晚餐，你知道那個故事嗎？」

艾德說他知道，但他其實根本沒聽過。羅爾德．達爾不是都寫童書嗎？威利．旺卡啊巨人什麼的？

「當然，故事的轉折很精采，對吧？」葛拉漢傾身向前，一臉神秘兮兮，「在空難發生之後，大家都吃了同行旅客的屍體，所以他們也培養出嗜吃人肉的癖好，所以才會經常聚在一起吃特殊大餐。」他假裝嚇得顫抖，又開懷大笑，「希望你們與新朋友聚會不是為了那種恐怖理由。」

蘇哈哈大笑，「他們來這裡的時候，我只煮義大利麵啦……」

等到葛拉漢離開之後，蘇開口問艾德，「今天去健身房如何？」剛才通常是艾德的健身時間。

「很好啊。」

「你怎麼沒有在那裡洗澡？」

艾德走回廚房，蘇跟在他後面，他唸了一句，「也沒剩多少義大利麵了。」

「抱歉。」

「吃點吐司也好。」

「家裡可能沒有新鮮麵包了——」

「那就拿一些出來解凍。」

蘇像個乖巧小女孩一樣、打開了冰箱，她心想——這種事她每天都要做個上百次——所以將心理開關轉至「正常」才會變得那麼輕鬆簡單。他們對於那場激烈爭吵隻字未提，也就是大家聚在一起用餐的那個夜晚，不過，蘇覺得當葛拉漢提到他們週末要去瑪莉娜與戴夫家的時候，艾德一定也聯想到了吵架的事。

兩人絕口不提彼此的對話，惡毒的言語，艾德坐在床邊、寬闊雙肩背對著她的身影。

以及那張照片。

這就是他們面對狀況的方式，蘇心想，每一對夫妻也都偶爾會這樣吧。老公與老婆之間總是有不和之處，平常會慢慢累積，三不五時就擦槍走火，形成正面衝突，他們必須忍耐，不要讓事端繼續擴大下去。每一次的爭吵，都造成了磨損，而心中的刺也變得越來越痛苦，每天必須面對的傷痕，最後成了無法修補的缺口。

每一對夫妻或戀人都有他們的心酸之處，必須苦吞而下的隱痛。

當然，有許多人是為了錢，或是缺錢，因而起了紛爭。或是因為家人、政治議題、先前的性伴侶。大家一直置之不理，到了最後卻再也無法視而不見。

他們之間的問題，就是個早夭的小孩，如此而已。

她把冷凍麵包拿到吐司機旁邊，看到艾德正伸手梳整髮絲，掌心搓揉雙頰鬢角、估量毛碴長度。剛才的念頭，又回到了她的心中，除了編造謊言掩飾他不在家的日子、車內為何會有其他女人的香水之外，她老公還會想到其他的事情嗎？他除了動腦在想如何精進正手拍對角球、以及等一下要在床上叫她配合的性遊戲之外，還會有什麼更複雜幽微的思維？

她充滿了懷疑。

她將兩片吐司塞進烤麵包機裡面，忍不住心想，當初，認識這男人的第一天，我就幾乎已經摸清了他全部的底細。艾德抬頭盯著她烤麵包的進度，她微笑以對。

她心想：那應該算是好事吧。

44

從教會出來之後，戴夫牽起瑪莉娜的手，捏了一下，等到他們走到車子旁邊的時候，他開口說道，「感覺很棒，妳說是不是？」

「嗯。」

「參加的人不多，但這不是權衡的重點，」他打開車門，「真正的意義在於你之後的感受。」

駕車返家的途中，戴夫心情相當愉快，每當到了週日的這個時候，他總是平靜多了，根本無法與他剛才走入靜默沁涼教會時的心情相提並論。週間日的緊張壓力不斷累積，每一次微動肝火與痛苦回憶，宛若在心中的尖石，到了週六晚上的時候，幾乎就成了難以承受之重。當他的背緊貼教會的老舊木頭長椅，牧師證道的一字一句在耳邊縈繞迴盪，那股重量也隨之飄散消失，他能夠感受到強風的威力，而當他開始歌唱的時候——有時候音量之大，連身旁的瑪莉娜都忍不住臉色抽搐——心中彷彿已經放下了所有的重擔，再也沒有需要任何煩憂，心中只有上帝與寬恕，他再也不會因為任何事物、任何人而動怒。

雖然這種麻醉藥式的喜樂只能持續一兩個小時左右，但依然……

「妳聞得出那種味道嗎？」他耐心等待機會進入主要幹道，雖然那些王八蛋一個個呼嘯而過、就是沒有人願意讓他切進去，但他卻沒有絲毫惱怒，也沒有做出不爽手勢，「樟腦丸、蠟燭啊什麼的，教會裡的氣味。」

瑪莉娜反問，「什麼啊？」

戴夫微笑，揮手表示謝意，終於順利進入車道，他開口告訴她，「那就是信仰。」他繼續說道，「我聽到有個老太太告訴她的朋友，一股『信仰的美妙臭味』。」他咯咯笑個不停，「感覺好棒，妳說是不是？」

瑪莉娜回道，「我覺得那就是舊衣服的氣味。」她緊盯著副座窗外，看著商店與房屋的模糊街景瞬流而過，「慈善二手衣商店之類的地方。」

在之後的返家路程當中，她幾乎沒說什麼話，但戴夫覺得沒什麼關係。其實，每次做完禮拜之後，他們一直不太說話，兩人以自己的方式享受寧和自省的時刻。戴夫認為尊重彼此的思考空間至為重要，尤其是在這種時刻，不過，他有時候也不免懷疑，她是否也和他一樣在回味相同的寧和感受？

當然，一定是的，從她臉上的神情就可以看得出來。

他們當然沒有和任何人提過他們的信仰。同事朋友都沒有，遑論那些在佛羅里達州認識的人。到頭來，這就與其他大大小小的事情一樣，終究屬於他們自己的私領域，與別人無關。對，部分原因在於他們注重自己的隱私，但戴夫也不是會硬逼他人接受自己意見的那種人。他沒有辦法忍受想要強迫洗腦別人、接受同一宗教的那些白癡，如果他尊重他人的信仰，當然也包括了相信鬼話的自由。但他要是有機會與理查・道金斯[6]交手個半小時，他倒是很樂意對他好好導正一下……

他知道別人可能會認為這有點……詭異，畢竟他是個科技宅男什麼的，但他從來就不認為這兩件事無法並存。就像他以前曾經對瑪莉娜說過的話一樣，「為什麼我不能同時擁有上帝與iPhone？」他覺得自己能想出這樣的創意金句真是厲害，而且還在接下來的那個星期天、將這一段話告訴教會的其他會眾。

「好平靜的夜晚，妳說是不是？」

瑪莉娜點點頭。

他們初識才不過一兩天，也就是發現兩人有這麼多共通之處的派對結束之後，他就帶她去教會了。他告訴她，自己的信仰大大幫助他面對了所有的惡難，他還說，信教也會讓她感受到相同的力量。

果然，效果十分顯著。

「不要讓自己被仇恨啃噬，」他曾經提醒過她，「也不要讓罪惡感上身、消耗自己。」他們都認為那是全世界最可怕的東西。

天，那些在佛羅里達州認識的人……

一轉進他們居住的那條街道，他就覺得胸中浮現了一塊新的大石頭，而且還有銳利刺角。

瑪莉娜語氣平靜，「沒有地方可以停車。」

他完全可以猜到他們會作何反應。巴利像小孩一樣竊笑不已，而艾德則會講出「傳道部隊」

的話虧他，而他們的太太們則乖順得像小老鼠一樣。好，巴利這個傢伙就是蠢豬，而艾德唯一虔信的神也只存在於他的胯下地帶而已，他們全去死吧！

「我們什麼時候才能拿到當地居民停車證？」他開始找吸入器，胸中的石頭已經沉落心底，「我已經寄了多少次的電郵啊……？」

花了十分鐘找車位，還得走回隔壁的那條大馬路，他牽著瑪莉娜的手，體感依然溫熱，陽光從背後直射而來，現在戴夫的眼中只看得到他們的嘴臉，其他都視而不見。竊笑，刻意偷瞄，假裝喜愛深思的艾德，講出了他那套老掉牙的連篇鬼話。

「好，如果上帝就是愛啊什麼的，要怎麼解釋海嘯與愛滋寶寶？那些被謀殺的小女孩呢？」

戴夫腦中的畫面十分清晰。巴利點點頭，深覺這種問題超猛，而艾德雙手交疊胸前，等待他的回覆，自作聰明的傢伙，繼續啊，看你怎麼回答下去。當然，他不會吭氣，並不是他沒有反駁的能力，而是不值得。他只會不發一語，微笑，希望這兩個人能夠了解，他們根本不值得他多費唇舌。

他只會不發一語。

瑪莉娜直接走向冰箱，拿起礦泉水大口牛飲。剛才在教堂的時候，她覺得自己快吐了，現在，戴夫走過來，伸手搓揉她的後頸，癟著一張嘴，滿是焦慮，她乾脆把水瓶放回去，對他甜

❻ 美國著名進化生物學家、科普作家，提倡無神論。

笑，她說自己沒事，只是覺得有點熱而已。

他趕緊走向自動調溫器，檢查是否有異狀。

但沒過多久之後，他又回來了。

她只想要獨處而已，媽的給她五分鐘就好，但他卻一直跟著她，上樓，進了臥室，又到了浴室，最後又跟出來，簡直像隻小狗一樣。他開始用那種愚蠢的高亢語氣講話，每每遇到這種時候，他就會擺出那種聲音。只要她經過他面前，他就會伸手撫摸她的頸項，無所不用其極，就是要讓她知道，他希望度過一個特別的週日夜晚。

她一直搞不懂，為什麼上帝會讓他變得這麼情慾高漲？瑪莉娜禱告之後，再怎麼樣也不會想幹砲。

她想要洗個熱水澡。

當然，她剛才禱告的不是這件事。

一開始的時候，她之所以願意跟他一起去，是因為她也沒其他事情好做，要是能讓他開心，她當然很樂意，而且她也期盼它也許能夠發揮正向影響力，搞不好信仰真的能讓自己的人生好過一點，就像是打桌球或是學某種外語一樣，反正也無傷，對吧？但她幾乎是立刻發現這招對她不管用，要是說出真話，實在有點恐怖，有點危險，她真的無法對他吐實，他一直認為他們兩人是天作之合，她不想破壞他的美好印象。他曾經這麼告訴過她，我們在一起，多麼美好，就像是完美的軟體版本一樣。

瑪莉娜戴夫版本 1.0，他在某年的情人節卡片上面，真的寫出了那樣的話！

她不知道他是怎麼辦到的，居然能夠……如此抽離。宛若把自己當成了他設計的電玩遊戲當中的某個角色，彷彿發生的一切都不是真的。老實說，她很羨慕他，因為除了大麻或是紅酒之外，她已經找不到更好的慰藉品。或許她並不希望放下仇恨，就此了斷得乾乾淨淨。有時候，她覺得那股情緒讓她全身充滿了活力，彷彿帶來了充沛的能量，她坐在櫃檯，盯著另外一頭的某些白癡，覺得自己好強悍，遠遠超過了他們的想像。

但罪惡感又是另外一回事了。

今天，戴夫在她身邊大聲吟唱有關國王與牧羊人的某首歌曲，她覺得罪惡感宛若汗珠一樣，不斷從她體內冒出來。她不禁暗暗期盼，能夠將指尖的罪惡感油漬、偷偷抹在讚美歌本上面，讓大家都有機會可以看見……

她過往的所作所為，還有她想要繼續做的事………

她不是笨蛋，我的意思是，不需要出動佛洛伊德等級的人物，也可以理解這應該就是她為什麼想當演員或作家的原因，為什麼她想要訴說他者的故事。

他說道，「妳看起來很不安。」

「只是很累而已。」

「要不要來按摩一下？」他已經挨到她背後，小小的雙手扣住她肩膀，「我幫妳放洗澡水……」

當她在別人面前說出自己是演員的時候，她很清楚其他人的想法，還有他們看待她的那種目光究竟是什麼意思。演員啊……其實真正的工作是牙醫診所的櫃檯小姐。哦……有許多演出機會嗎？她曾經在安琪與艾德的臉上發現那種神情，甚至連唯一可能具有想像力的蘇也不例外。

「太好了，」她回道，「親愛的，謝謝你……」

沒有人知道她的演技有多麼精湛。

45

「是我。」

「嗨，傑夫……」

嗨，彷彿她很開心接到他電話一樣，但也可以解讀成嘿，似乎沒什麼好驚訝的，難道還有別人會打來找我嗎？葛德納忍不住心想，不知道這些日子以來還有多少人曾經打給派蒂・李・威爾森？探詢她的狀況？當他待在那裡的時候，實在看不出有誰會關心她的近況。她家中沒有慰問的卡片，冰箱裡也看不到鄰居好心以保鮮盒送來的食物。葬禮現場有幾名遠親，還有一些安珀瑪麗的朋友，但大家看起來都沒什麼興趣想要保持聯絡。

「妳在幹什麼？」

「只是在看電視。」

「有什麼好看的節目嗎？」

「就是個益智節目，還可以啦。」

「益智節目滿好的。」

「哦，我找到工作了。」

「真的嗎？」

「就是在百思買當收銀員而已，但你也知道，這樣不錯了，可以支付日常支出，對吧？總不能一直坐在家裡等IBM來找我上班吧？」她哈哈大笑，葛德納聽到了電視裡傳來的鼓掌聲，「你還好嗎？」

葛德納回道，「一直在忙。」

「大家對於殺人這種事一直樂此不疲，是吧？」

「似乎可以這麼說。」

「傑夫，這個世界好病態，」她停頓了一會兒，調低電視音量，「你知道嗎？說來有些諷刺，但我有時候會覺得我的寶貝就是太善良了，不適合在這裡存活下去。最好還是……去別的地方。你覺得這種想法合理嗎？」

葛德納不知道派蒂是不是虔誠教徒？葬禮其實走的幾乎就是標準流程，但多加了一段朗讀，紀伯倫《先知》當中的某一小段，還播放了派蒂女兒喜歡的某首流行歌曲，主題是關於螢火蟲。

葛德納回道，「嗯，我覺得很有道理。」

「難道你不想要過著清閒一點的生活嗎？」她問道，「我的意思是，不要忙著抓殺人犯，開交通罰單啊，或是抓那些逃稅的混帳啊什麼的，我跟你打賭，這樣一定會睡得比較好。」

「派蒂，這是我的工作，有案子下來，我接手就是了。」

她嘆了一口氣，意思就是「嗯，我懂」，沉默了好一會兒之後，再次開口，聲音有些睡意，「好，傑夫，案發後安撫受害人家屬也是你的工作嗎？」

「聽我說，我有事要問妳，」葛德納說道，「妳住在鵜鶘棕櫚樹度假村的時候，記得那三對英國人嗎？」

「當然……」她雖然這麼說，但語氣中卻充滿了遲疑與疑問。

「那三個男的，記得嗎？」

「嗯……」

「艾德．唐寧、戴夫．克倫——」

「我不記得他們的名字——」

「沒關係——」

「但我記得他們的長相。」

「好，我只是想要問問看，搞不好他們當中有哪個人對安珀瑪麗特別友善，」葛德納努力搜尋合適的措辭，「有沒有注意到……什麼異常之處？」

「如果我發現哪裡有問題，不老早就告訴你了嗎？」

「我不知道，也許妳那時候覺得沒什麼。現在的確是要麻煩妳回想一下，不過——」

「他們人很好，」她回道，「倒不是說我真的跟他們混得很熟，只是遇到過一兩次，閒聊幾句而已，但他們很友善……」

「嗯。」

「為什麼要問我。你覺得他們當中有哪個人……？」

「不是……聽我說，只是問一下罷了。」電視噪音越來越嘈雜，有鈴聲，還有喇叭音效，「我只是在追蹤某些線索。」他不想再多說什麼，從她現在的聲音聽起來，已經是睡意全消。

「靠……」他聽到巨大的聲響，她似乎是大力拍了一下沙發靠墊，「現在我得去吃藥了。」

「抱歉？」

「我最近睡得比較好，這幾晚都能睡四、五個小時，但現在……哎，聽到這消息之後，我想我得需要一點外力的協助。」

「真的，不需要吃這些東西。」

「你嘴巴說說倒是很容易。」

「抱歉，」葛德納把電話摀在胸口好一會兒，悄聲咒罵自己，「我剛才說過了……」

「對，這只是你的工作。」

他告訴她，現在他得掛電話了，然後，又講出他說了無數次的那句話，只要一有消息，一定會立刻讓她知道，這案子絕對不會就這麼結束。他想要讓這句話聽起來充滿幹勁，真的，但覺得自己可能會聽到充滿諷刺的回應。

「傑夫，你喜歡露辛達．威廉斯嗎？」等到他講完之後，她只問了他這句話。

「我不知道，」葛德納回道，「我的意思是……我從來沒聽過她的歌。」

「她有一首歌，〈美好舊世界〉，好悲傷的一首歌，有關某個自殺的傻子，她娓娓道出他身後留下的那些美好事物。」她開始輕聲哼唱，音符斷斷續續，等到她唱完之後，哽咽得說不出話，電視裡傳出的隱隱掌聲彷彿像是在為她喝采一樣。

「派蒂……？」

「我喜歡她的歌……一直是忠實歌迷。你知道嗎，她的歌喉好動人，可以聽出傷痛，還有她一天抽一包萬寶路，以及她享受到的所有美好性愛。她的歌聲會讓你起雞皮疙瘩，真的……但我可以告訴你，這首爛歌我是永遠不會再聽了。『當你離開這美好舊世界之後，看看你失去了什麼……』傑夫，但你看看我現在有多慘？」

他都知道，但還是讓她繼續講下去。

「這世界一點也不美好。」

46

那間豪宅位於提爾蓋特區的某條綠蔭長街，距離克勞利市區南方約一英里左右的安靜社區。珍妮總算在遠處找到車位。她關掉收音機，準備最後一次瀏覽預先準備的筆記。

威爾森／顧爾德：第二次問訊筆錄

她前一天在家裡已經寫得差不多了，感謝老天，室友在這個週末與朋友一起出去玩，不過，一大早使用過全國警政電腦系統之後，她又在原始檔案後面多加了一頁資料。在全國警政電腦系統查詢這六名關係人的所有資料，原本就是標準程序，但她卻沒辦法在一開始的時候就出手。登入此一系統都必須接受嚴密監控——每一次登入都有使用時間與查詢資料的紀錄，而且還必須核對電子指紋——珍妮覺得要是自己沒辦法在從容自在的狀況下查詢資料、反而像是有人施恩給她使用一樣，這樣的風險也未免太高了。但現在就不可同日而語，她不需要再提心吊膽，無論她到底是不是實習生，已經有人……為她大力背書。

不必再為人泡咖啡或影印，至少目前她完全不需要理會這種要求。

珍妮盯著列印文件，心中又洋溢著興奮之情。她使用全國警政電腦系統半小時之後——隨即提出寄發文件到總檔案處的請求——她猜她等一下要問訊的其中一名關係人應該會比其他人更躁動不安。其中四個人，一如她所猜測的一樣，紀錄清白，還有一個在四年前曾因持有C級毒品而遭到警告。至於那個傢伙——六年前曾經因為更耐人尋味的事件而遭到逮捕——只不過最後檢方撤銷了所有的告訴。

她當下就立刻發送電郵給傑夫．葛德納……

大門是敞開的，所以珍妮直接走進去。她拿出警證、向第一個朝她張望的工人揮了一下，然後又問他老闆在哪裡。屋內很冷，空氣中滿是灰塵，在原本應該是廚房的那個地方——她猜應該不久之後就會出現全新裝潢了——有三名工人正在拚命工作，還有一個人靠在磚牆上抽菸。珍妮抬高音量，想要蓋過捶敲的噪音、以及某台佈滿油漆潑痕的收音機所傳出的《運動話題》節目聲音，然後，有人對她伸手指了一下花園。她穿過外推區的樑柱，看到巴利．芬尼根正在跟某個身著襯衫領帶、外加厚西裝外套的矮男講話，她猜應該是建築師，不然就是都計處的官員。

她說道，「我只需要幾分鐘而已。」

芬尼根緩緩點頭，珍妮在一旁靜心等待，看著他與那個西裝男握手，向對方說道，「盡快打電話給我！」他們必須用半吼的方式講話，因為不時會聽到窗框裡塑膠紙的巨大啪響以及屋內的電鑽噪音。

等到那男人離開之後，芬尼根開口，「可以了。」他走向小花園的盡頭，順手點了根菸，還示意請她跟過來，「妳怎麼知道我在這裡？」

「我打過電話到你的辦公室，」珍妮小心翼翼走過去，地上全是草地爛泥，「有個好心人給了我地址。」

芬尼根點點頭，「亞德里安，」他猛吸了一大口菸，「我弟弟。」

他們進入某間廢棄小屋，窗戶黏了厚厚的蜘蛛網，有個孩童專用的塑膠滑溜梯貼靠在門邊。

兩人轉身，望向那棟豪宅。

珍妮嘆道，「好大的工程。」

「對我們來說不算什麼，只是一般的廚房擴建案子而已。」

「看來不只如此而已。我的意思是，這當然不像你們家的那麼漂亮，不過……」

芬尼根的下巴朝屋旁的鷹架點了一下，「嗯，開始動工之後，問題就接二連三出現了，都這樣對吧？磚結構損壞啦，或是像這地方一樣，既然我們都過來了，就跟那女人說屋頂也可以整修一下。不然，就是發現有磁磚破損，總而言之，一定會有事。」

「正好可以讓你們向客人多收錢。」

「我們不是那樣的公司。」

「誠實的建築包商[7]，」珍妮說道，「你應該要去演戲吧。」

芬尼根發出悶哼乾笑，但其實聽得出他覺得這個梗實在不怎麼樣。

「好，既然你這麼誠實，我想要請問你去買香菸的事，也就是你獨留妻子在海邊、自己開車回去西耶斯塔城中區的那趟旅程。」

芬尼根雙肩陡然一沉，長嘆一口氣，「我早就告訴過妳了。」

「為什麼要去那麼久？你第一次講得不是很清楚。」

「我不知道，差不多就是半個小時吧。」

「你太太說是一小時左右。」

他陷入沉默，長達好幾秒之久，把菸湊到嘴邊，但沒有抽任何一口，「應該是吧。」

「好，所以你買了菸，決定留下來喝啤酒，所以去了最近的酒吧？」

「對，天氣很熱，我超想喝啤酒。」

「你想不起那間酒吧的名字？」

芬尼根搖頭。

「從頭到尾都沒有看到戴夫・克倫與瑪莉娜・葛林？」

他嘴裡叼著菸，又搖搖頭。

「其實呢，根據他們的說法，在你喝啤酒的這段時間當中，他們正好在用餐，而城中區整條大馬路的總長度，還比不過我們現在這條街。」她早已花了一兩個小時的時間研究過谷歌地圖，把那個地方找了出來。六間酒吧、好幾間紀念品商店、一間高檔購物中心，從頭走到尾不過只需要五分鐘而已。

「只是想確定一下而已，搞不好你開車經過的時候，正好看到他們待在某間酒吧。」

「除非他們剛好坐在外面，不然我也不可能會看到他們，妳說是不是？我早就講過了，天氣炎熱，所以他們應該是坐在裡面。」

「顯然你沒有看到安珀瑪麗・威爾森。」

「當然沒有。」

有名工人走到了平台區，大聲嚷嚷有關什麼火花的事，還有那女人希望的插座位置。芬尼根

❼建築包商英文發音近似影集《X檔案》男主角名——穆德。

也回吼，他說他一分鐘之內就會處理好，那個工人豎起大拇指，然後又進去了。

珍妮開口，「這間酒吧，」她利用某顆石頭的邊角、刮乾了鞋底的污泥，「應該最靠近你買香菸的地方，我想你應該不是特地開車去找酒吧，對不對？」

「嗯，沒錯，它就在便利商店附近，」芬尼根回道，「我是進便利商店買菸。」

珍妮點點頭，她記得地圖，某個名叫吉里根斯的酒吧附近有間便利商店，只有相隔了幾棟建物而已，而這間酒吧就是戴夫．克倫與女友吃午餐的可能地點之一。

芬尼根問道，「結束了嗎？」他把菸屁股丟進樹叢裡，「如果我想要向客人多收錢，得趕緊上工了。」

他們準備回去屋內，此時開始起風，好幾片葉子在光禿禿的草坪上飛掠而過。珍妮在他後面，距離他約一兩步，她把雙手插進外套口袋，開口問道，「我想知道你一個禮拜之前的行蹤，可以告訴我嗎？上個禮拜一，傍晚的時候……」

芬尼根轉頭看她，但依然繼續往前走，他在外推區的門口停下腳步，等她跟上來。她發現他臉上的問號，「抱歉，但我只需要你告訴我當時你人在哪裡。」

「我想想看，」他終於開口，「天知道妳問這個又是要幹什麼，但我記得自己當時待在辦公室裡面，我和弟弟一起開公司會議。對，應該是這樣沒錯……」

「謝謝，」珍妮回道，「我會找亞德里安確認。」

他點點頭，別開目光，好一會兒之後才開口，「好，我想我得先告訴你，我和我弟弟最近處得不是很好。小吵了幾次，沒什麼要緊的事。反正，妳上次來的時候我心情超差，就是這個原因。哎，整個人有點發神經。我只是想要讓妳知道原委……我必須為自己的失態向妳道歉。」

她告訴他，沒關係，她還遇過更糟糕的狀況。不過，她也覺得奇怪，他幹嘛要跟她講這件事？這是真心道歉？還是藉此表明他與弟弟不親？萬一他弟弟的故事版本和他兜不攏，這段話就等於打了預防針？不過，話又說回來，親人提供的不在場證明通常都會多少遭到懷疑，所以她搞不好是想多了。

「妳也要找安琪問案嗎？」

珍妮回道，「對，我會打電話給她。」她注意到他臉上的神情，想必等到她一離開那裡，他一定會搶先一步打電話給老婆。

他們進入屋內，現在安靜多了，工人們正待在廚房區喝茶休息。

「妳的房子是哪一種？」芬尼根問道，「公寓嗎？還是其他房型？」

「對，公寓。」

「租的？」

她回道，「目前是租房。」

「等到妳買了自己的房子，需要裝修的話，妳知道可以找誰了吧。我一直對妳很誠實，我們絕對不會坑殺任何客戶……」

在走回停車處的途中，珍妮不禁心想，巴利．芬尼根這個人是超有自信？或是有點笨頭笨腦？或者，他對於一切的態度就是這麼天真爛漫，所以也不覺得有任何不妥。向她招徠生意，的確夠怪的了。不過，話又說回來，她也曾經遇過某個性侵犯，建議她應該要去哪裡買衣服，可以變得更性感撩人。

她覺得自己也不需要大驚小怪，畢竟這世界無奇不有。

47

想要像平常一樣過日子並不容易，而且我也睡得不太好。遇到這種情形的時候，永遠無法預期自己的表現到底如何，嗯，哪有辦法事先知道啊？面面俱到的偽裝，彷彿若無其事，其實等於無所不在的壓力，雖然我覺得自己的狀況比預期中的好了那麼一點，但依然讓人精神緊繃。當然，自從警方又開始查案之後，更是每況愈下，我早就知道他們會發覺異狀。我第一次開車前往七橡樹的時候，心中已經想到可能會引發這樣的後果，但當我一坐在那裡、開始觀察那個遊樂場之後，就完全沒有回頭的打算。

我在當下做出兩個息息相關的決定，一定要帶走那女孩，並且開始擬定後續計畫。

我知道自己必須要思考下一步的策略，因為要是我再度下手的話，顯然就能讓他們拼湊出所有線索。我也知道他們之間互有聯繫，各個警務單位什麼的啊會密切往來，而且現在又有了網路，交換情報變得真是他媽的超級迅速。

不能否認我運氣不錯，因為我就是有他媽的狗屎運。我需要某些人展現出獨特的行為舉止，而他們的一舉一動也正如我所預期的一樣，講出了該講的話，以及不該講的話。當然，最幸運的就是，當初有這麼多英國人跑去享受佛羅里達州陽光，而且，一等到他們找出那兩個女孩之間的關係之後，就會開始擴大偵辦範圍，調查當時在那裡度假的英國觀光客。都是那個蠢蛋女警，自以為厲害的……昆蘭……覺得自己被賦予重任、準備要緝捕主嫌什麼的。她應該萬萬沒想到彼岸的那群人忙得跟無頭蒼蠅一樣，拚命想要將那些在安珀瑪麗被挾持當天、曾經造訪過薩拉索塔附近區域的英國人全部揪出來。當然，這根本就是浪費時間，還有，大家以為他們腦袋真的那麼靈光嗎？我的意思是，她會上別人車子的唯一原因，就是因為認得那個駕駛，推想出這一點也不難吧。

好，結果呢，那個臭屁的實習婊子警員根本不知道自己差點正中紅心，幾乎問出關鍵。就這麼被她料中了重點，我看她未來前途不可限量。

接下來就看我夠不夠強運，謊言演得夠不夠真切。另外一件事，就是「為什麼」，嗯，我實在不適合多說什麼，對吧？反正，我也講不出自己為什麼要下手的合理解釋，有誰可以？反正，就是有某股驅力讓你的血流沸騰、雙手放在不該放的地方。

就是它，打開了毀滅之門。

48

珍妮開口，「這裡看起來不太一樣……」他們三人坐在唐寧家客廳的同一張餐桌前面，時值下午，陽光從窗外斜射進來、映照在光亮的松木地板。今天的天氣比上一次好多了，而小小花園的色彩也繽紛多了，至少看起來是有模有樣。

蘇．唐寧左顧右盼，聳聳肩，「應該是我剛好趁空整理了一下，」她哈哈大笑，「上次妳來的時候，學校沒放假。」

珍妮點頭，「嗯，反正我得謝謝妳抽空配合。」

「老實說，不論與誰聊天都是開心的事，不要讓我聽到哪個人為了沒做功課而撒謊就好。」

「被狗吃掉了，我以前老是搬出這套說詞。」

「現在的老師沒那麼好騙囉。」

珍妮看著艾德．唐寧，「還讓你特地請假，謝謝了。」

艾德輕輕點頭，「為什麼警察到家裡來的時候，大家一定要特地整理房子？」他立刻自問自答，顯然是早有準備鋪了梗，「我的意思是，的確應該要好好打掃一番，要趕快棄屍，還要丟掉毒藥瓶、以及貼了『贓物』標籤的袋子。」

蘇大笑了一會兒，翻白眼，但珍妮只是低頭看筆記，在這種時候，她完全沒有配合他們兩人的心情。

「好，這次有什麼需要我們效勞的地方？」

珍妮乾脆快速切入重點，「先告訴我，你自稱那天去買東西，為什麼要說謊？」

艾德看著妻子，「抱歉？」

「我們查過了購物中心的監視器，」珍妮現在使用的代名詞是我們，而不是他們，不禁心中一陣暗爽，她看著艾德，「我們知道你並沒有在那裡。」其實，他們一定不知道，最多也只能說那四台監視器裡看不到艾德．唐寧而已，要跳到這個結論未免言之過早，但換作葛德納，他一定也會這麼說。

不過，從他們的表情看來，珍妮知道他們猜對了。

「好，我其實對於被老婆拉去購物中心買蠟燭啊靠墊啊，沒有太大興趣，」艾德回道，「我覺得這並不足以構成逮捕的理由吧，但也許他們搞出了什麼新法令也不一定。」

「我也不是很喜歡逛街，」珍妮回道，「不能說這是『男人』的習慣。我只是覺得有些困惑，薩拉索塔警方問案的時候，你為什麼必須講出那樣的答案？」

「我們第二天得搭飛機。」

「我還是不——」

「我們只是不想被耽擱而已。我知道他們是怎麼辦事的，所以我不想讓他們有理由拖延我們的行程。」

「是艾德送我過去的。」蘇講完之後，出於本能反應、立刻把手伸到桌子的另外一頭，準備握住丈夫的手，但發現根本搆不著，也只好停下動作。

「對，我送她過去，然後我自己蹓躂了一會兒，之後又回去接她。」

「兩個小時吧，」她講完之後，發現珍妮在做筆記，又補上一句，「還有，我必須鄭重聲明，我沒有買蠟燭或靠墊。」

「你去了哪裡？」珍妮眼角注意到有東西在動，她轉頭一看，發現某隻瘦巴巴的紅毛貓正盯著她，珍妮開口，「我上次也沒看到他。」

「她是母貓，」蘇糾正珍妮，「她不太與人互動，」她嘟起嘴巴，發出親吻聲響，「老貓了……」

貓咪轉身，踏著輕盈的腳步離開。珍妮又望向艾德，搞不好剛才她的短暫分神已經給了他足夠的時間整理思緒，這一點她真的沒把握。

「我開到了港口，」他說道，「在附近散步看船，發現有兩艘租船返港，那些旅客大概以為自己是……海明威之類的人物吧。」

「有沒有和任何人交談過？」

他搖頭，「只有四處晃晃，盡量多曬點太陽，那是我們最喜歡的地方之一，是不是？」他妻子點頭附和，「我們有時候還會自己租獨木舟啊什麼的。」

珍妮逐一記下艾德講過的話，向他道謝，「我也還想要知道……你最近的行蹤。」她又回頭翻了一兩頁，確定先前記錄的日期，彷彿這也沒什麼大不了的，「八天前的時候，星期一……也就是十一號？」

「妳為什麼要知道這個？」

這是個很合理的問題。莎曼珊．顧爾德長相的細節描述，當然，還加上照片，現在這已經是廣為周知的案子，不過，大家並不知道那女孩有學習障礙，這一點對於是否能追查到她的下落，其實毫無關聯。一般人當然不可能會因而——當然，嫌疑犯除外——聯想到安珀瑪麗．威爾森的謀殺案。不過，無論合不合理，是否有嫌疑，珍妮都希望自己的氣勢壓過對方。

「請你回答問題就是了，好嗎？」

「我怎麼知道？」

他望著妻子，珍妮也看著蘇．唐寧，發現她正在點頭微笑，她懂了，她盯著老公，這還需要多問嗎？「上禮拜在肯特郡失蹤的女孩，對吧？」

「可否講出你那天下午的行蹤？」

艾德回道，「別開玩笑了。」

他雙手一攤，張嘴，欲言又止，「工作，當然，我在工作……」

「所以……？」

「天，就跟往常一樣，忙得亂七八糟，」他搖搖頭，開始回想，「妳知道我最近負責的業務範圍有多大嗎？梅登黑德、雷丁、高威科姆，還有更偏遠的地方。搞不好甚至跑到了斯溫頓，我得查一下工作日誌。」

「我記得我在午餐時間打電話給你，」蘇回道，「對，你似乎跟我說剛跑完雷丁的行程。」

她發現珍妮正盯著她，「我幾乎百分百確定自己那時候正躺著觀看《隨性女子》節目，」她有些臉紅，「想要充分利用學校放假的時光。」

艾德開口，「我可以把書店的名字寄給妳。」

珍妮回道，「太好了。」確定他依然有保留自己的電話號碼之後，她闔上筆記本，準備進行精采出擊。「你剛才提到，很清楚警方是怎麼辦事的……」

艾德眨眨眼。

「我想應該與他們先前對待你的方式有關吧，我的意思是，這裡的警察。」

艾德搖頭，「終於來了。」

「牽涉到某位名叫安奈特．貝里的女子。」

他面向妻子，臉上的表情簡直像是是全面勝利一樣，「我就說吧？」

蘇回道，「放輕鬆。」

「叫我放輕鬆？幹他媽的安奈特．貝里？」

珍妮問他，「你要不要提出什麼解釋？」

「不用。」

「講出來的話，很可能最後會幫了你自己一個大忙。」

「幫忙？這是在開什麼玩笑？」

「好，」珍妮想要讓自己聽起來像是個「值得信賴」的人，但她卻擔心自己的語氣比較像是施恩於人。「你可能以為佛羅里達州警方要是挖出這個案子的話，說實話會對自己不利，這一點我可以理解。不過，我想要給你機會、對我講清楚——」

「媽的我早就全都講出來了。」

珍妮回道，「這是你的特權。」

「靠，妳到底要我說什麼？妳明明什麼都知道了！」

其實，除了基本案情之外，珍妮一無所知。全國警政電腦系統提供了姓名與日期，其他幾乎隻字未提。等到她要求的文件寄達總檔案處之後，她才有辦法知道更多的細節。她開始收拾東西，扔進自己的手提包裡。

艾德說道，「也許我該打電話找律師了。」

珍妮回道，「的確。」

她起身，離開餐桌，蘇立刻跟過去，兩人到了大門口的時候，都回頭看著艾德，他動也不動，也懶得注意她們到底離開了沒有。他伸手搓揉後頸，眺望花園。顯然他是動怒了，但剛才講話的音量倒是一直很正常，而且現在看起來十分平靜。不過，珍妮知道等她離開之後，一定會出現大吼大叫的場面。

走到大門口的時候，珍妮轉身看著蘇．唐寧，發現她背後出現了那隻紅毛貓，她正窩在樓梯中央、忙著舔淨自己。珍妮開口，「其實，妳真的不需要為了我而特別打掃。」

49

瑪莉娜說她想好好喝杯紅酒，安琪很樂意作陪。戶外依然是好天，所以她們乾脆坐在水晶宮的某間「馬上諾披薩」的露天區。瑪莉娜從位於南諾伍德的工作診所過來，只需要十分鐘的時間，而安琪從克勞利一路開過來，更是開心得不得了。

她當時在電話裡是這麼說的，「我今天的行程還有空檔。」

等安琪到達、兩人點完餐之後，她才開口解釋，等一下會有人加入她們的陣容，瑪莉娜似乎有些震驚。

「抱歉，但我也無能為力，」安琪回道，「我告訴她，我等一下要和妳一起吃午餐，她說這樣對她真是太方便了，等於是一箭雙鵰。」

「這樣很失禮，」瑪莉娜不斷將手機轉來轉去、最後把它擱在桌上，「像是要突襲我們一樣。」

「她已經找過了巴利，所以呢，我想警方應該又會找我們每一個人問案吧。」

「要找我們問什麼啊？」

「我也不知道。」安琪似乎無所謂，甚至可以說滿開心的，服務生送來披薩，瑪莉娜心想，被警察問訊可能會讓安琪興奮莫名，畢竟，嫁給巴利怎麼可能會有乘坐雲霄飛車的快感。

安琪讚道，「真是太好了。」

瑪莉娜滿嘴食物，嗯哼一聲附和。

「我指的是我們一起這樣共進午餐。我知道妳和蘇曾經一起出去過，所以……」

瑪莉娜立刻把食物吞下去，「也只有一次而已。」

「沒關係啦。」

「我們就只有出去過那一次而已，大概一個多小時吧。蘇覺得要是約妳的話，可能會害妳跑太遠了。」

安琪微笑，「我們一直沒機會好好聊一下女人悄悄話，對吧？」

瑪莉娜搖頭。

「對了，我喜歡妳今天的打扮。」

瑪莉娜身穿五〇年代風印花洋裝，外搭白色薄料開襟羊毛衫。她的髮尾依然是先前染的鮮紅色，不過，大部分的髮絲都藏在某頂超大呢帽裡面。

安琪開口，「蘇也有一頂那樣的帽子。」

「是嗎？」

「妳不記得嗎？我們在她臥室裡的時候看到的。我不確定，搞不好是艾德的東西，但妳戴起來的確比較好看。」

「妳的手鐲好美。」瑪莉娜伸手指了一下。

安琪乾脆把整隻手臂放在桌上，「是巴利送我的聖誕節禮物。」

「對了，妳老公最近怎麼樣？」

也不知道為什麼，瑪莉娜提問的時候，多了一點東倫敦勞工階級的口音。不知道安琪有沒有注意到，就算有，她似乎也不以為意，而且還將巴利與他弟弟、前妻之間的問題全講了出來。瑪莉娜不時發出應和的同情嘆息，兩人都覺得家人也很可能成為一大夢魘。

「戴夫和我很幸運，」瑪莉娜說道，「基於種種原因，我們兩個都與自己的家人沒有任何瓜葛。」

「哦，好可惜。」

她搖搖頭，「其實這就和戴夫說的一樣，我們很滿意現狀，還是疏遠一點比較好。」

安琪側頭，思索了好一會兒，「我想，每一個人都不一樣，自然也有各式各樣的生活對策。」她正打算要繼續說下去，看到了那女子朝她們走來。她挨向瑪莉娜，低聲說道，「她來了。」

過了一會兒之後，珍妮．昆蘭拉了張椅子過去、與她們坐在一起，完全沒有任何的扭捏感，彷彿就像個早已與她們約好、卻來不及吃到主菜的朋友一樣。

「天，要是能喝酒該有多好，」珍妮盯著她們的酒杯，「但我最好還是不要碰比較好。那些交警最喜歡攔下喝了兩杯夏多內的女警探，會讓他們爽斃了，小弟弟硬邦邦，真的。」她先對安琪微笑，然後又看著瑪莉娜，「嗯，早上的工作還好嗎？」

瑪莉娜回道，「跟往常一樣。」

「我超討厭牙醫，」珍妮說道，「哦，應該沒有人喜歡吧？」

「我是櫃檯小姐，」瑪莉娜回道，「這是份兼職工作。」

「嗯。」

「我把下午時間空出來去參加試鏡，不然就是忙著寫小說。」珍妮問道，「妳都寫些什麼？」她似乎是真的興趣十足。

瑪莉娜一臉尷尬。

「哦，快講嘛，」安琪也跟著幫腔，「我正想要問妳寫得怎麼樣了。」

「其實，我正在寫短篇小說，主題就是我們在佛羅里達州所遭遇的一切，」瑪莉娜突然變得十分自信，簡直到了得意洋洋的地步，「有關那小女孩的事。」

「哦哦，犯罪小說，」安琪雙肩弓起，甚是興奮，「我最喜歡了。」

「我也是，」珍妮附和，「但他們老是搞錯方向。」

安琪問道，「比方說呢？」

「首先，無論如何，他們一定能夠將兇手緝捕歸案。」她開始翻包包，拿出了筆記本，「說到這個……」

安琪問道，「所以他們還沒抓到他囉？」

珍妮盯著她，「我們還在進行調查。」

她開始詢問這兩個人，在九天前，也就是十一號，她們人在哪裡。然後，她繼續追問是否知道當時另外一半在做什麼，安琪證實了巴利．芬尼根告訴珍妮的說詞。等到她講完之後，珍妮問她們想不想吃甜點，還說自己可以嗑光一大塊巧克力軟糖蛋糕。安琪也說好。點完之後，珍妮開口，「好，妳們覺得艾德．唐寧這個人怎麼樣？」

安琪與瑪莉娜不發一語，約十秒鐘之久，兩人的表情起了好幾次變化。驚訝、困惑，然後又陷入沉思，但安琪似乎覺得很有趣。看得出她們都很想問那個問題，不過似乎都有些膽怯。

安琪終於打破沉默，「他……人很好。」

瑪莉娜沒接腔，顯然她並不是十分同意，「要是他知道我們正在討論他的話，一定爽到不行，」她繼續說道，「他喜歡當眾人注目的焦點。」

「哦，沒錯，他這個人總是愛發表意見。」

「非常奇怪的意見。」

「但他很搞笑。」

「這個嘛，應該說是他自以為是。而且，我覺得他偶爾……有點小變態。」

「他只是喜歡嚇唬大家而已。」

「老實說，有時候我真的搞不清楚他是不是真的在捉弄人。」

「他只是愛搞笑而已。」

「真的嗎？我覺得有時候他講的笑話等級已經是噁心了。」

甜點送上來了，珍妮低頭猛吃，繼續聆聽她們兩人的對話。

「我想妳等一下還會說他是超級大帥哥。」

安琪回道，「哦，天哪，沒有啦。」

「但我可沒有說他很性感哦。」

「哎呦，我知道妳的意思，但他不是我的菜。」

「他老是把性掛在嘴邊當笑料，坦白說，我覺得有點低級。」

「顯然他很喜歡打情罵俏。」

「我覺得他態度有點囂張。」

「哦，對呀，這話我們就別說出去了。我覺得蘇還……滿喜歡那種調調的。」

「如果妳問我的話，我覺得這等於是矯枉過正。」

「原因是？」

瑪莉娜說道，「可能是因為他不舉吧。」

珍妮走回自己的停車處，剛剛才下肚的那一大塊巧克力軟糖蛋糕，已經讓她後悔不已。就在這個時候，她手機響起，來電者是前半個小時的那名話題男子。

「關於昨天的事，」艾德繼續說道，「我想要澄清兩個重點就好。」

「你想要講安奈特．貝里的事？」

「不是，我早就告訴過妳了。」

「我也告訴你了，要是你自己講出來的話，可能會對你比較好一點。」

「當初我早就把該說的都說出來了，我把一切告訴警方，但一點幫助也沒有，最後連句道歉也聽不到，是不是？沒有隻字片語，在歷經了宛若地獄的數個禮拜之後，我也沒聽到他們講出『抱歉，是我們搞砸了』之類的話。最後根本沒有起訴，完全沒有，但到頭來已經不重要了，因為狗屎黏身就沒救了。多年之後，像妳這樣的人坐在電腦前、挖出陳年檔案，依然聞得到它的臭氣。」他沉默了好一會兒，「而妳居然還質疑我為什麼對警方抱持那種態度！」

珍妮按下遙控器，開了車門，「好，唐寧先生，如果你打電話來不是為了安奈特．貝里的事，那究竟是想要『澄清什麼』？」

「十一號那天，我拜訪過的書店，我現在可以給妳清單。」

「現在有點不方便，可以寄電郵給我嗎？」

「不用麻煩了，因為我沒去那些書店，」艾德說道，「一家都沒有。」

「了解。」

「蘇不知情，所以我昨天什麼都沒說。」艾德接著說道，「好，現在市況沒那麼好，我的業務量大不如前，其實我……一點都不忙。」他長嘆一口氣，「我待在停車場，收聽廣播節目，有時候去酒吧或是電影院。懂了嗎？」

「所以你對自己的妻子撒謊。」珍妮打開車門，整個人鑽了進去。

「對，我撒謊。這樣對我們兩個人都比較輕鬆。還有，雖然這他媽的不關妳的事，但我真的不希望她發現我在過去這幾個月都沒辦法繳房貸，所以，要是有什麼辦法可以避免事情曝光……嗯，妳知道我的意思。」

「我會想想看該怎麼辦。」

「這等於是幫了我一個大忙。」

珍妮關上車門，插入鑰匙，發動引擎，她回道，「謝謝你這麼坦白。」

50

其實，早在前一個禮拜左右，葛德納一收到肯特郡失蹤女孩的電郵消息，就曾經想要飛過去一趟。不過，他卻在與珍妮．昆蘭通話的三天之後、才回家向老婆提起這件事，他趁兩人在吃烤鮭魚牛排配沙拉的時候，隨口提了一下，態度平和。

米雪兒問道，「真的嗎？」

「哦，其實還不一定，」葛德納知道他老婆有多麼痛恨他出差，事有必要又另當別論。他在亞特蘭大過夜的事件引發了好幾天的「低氣壓」。他繼續說道，「只是和警司提了一下而已。」

「這種所謂的雙方交流，」她說道，「有點含糊不明。」

「哦，我們就等著看吧。」

「難道那邊的警察就不能處理自己境內的案子嗎？」

「我想他們當然沒問題。」

「所以你去這一趟意義何在？而且，要是你真的現身的話，難道他們不會有些惱火嗎？就這麼大剌剌介入，彷彿他們沒辦法成事一樣？」

意義在於那顆爛牙，他必須全力以赴、徹底清除乾淨。但葛德納只是淡淡回道，「只是個提議罷了。」

那些還能夠追查到下落的英國觀光客的文件資料，已經讓他整理得心力交瘁。不斷追查，逐一過濾，安珀瑪麗失蹤的時候，每一名英國觀光客都曾經造訪過西耶斯塔、或是凱西礁這些地方，北至安娜瑪莉亞島，南至威尼斯市，都有他們的蹤跡，彷彿他所追查的線索全是那些與案情毫無瓜葛的人，沒有令人振奮的消息，也沒有任何進度能夠告知派蒂・李・威爾森。

有點含糊不明……

可能真的被他妻子說中了。

他通常不會在她面前提起目前手中偵辦案件的重要細節。米雪兒沒興趣，他也一樣不願多提。她不想知道新城最近的那起毒品交易已經破局，或是某個十六歲的女孩因為誤闖別人的地盤賣白粉而中彈身亡。其實，不管是什麼案子，她根本都置之不理，而且她也不止提過一次了，不妨全家人搬離佛羅里達。她的老家在中部，偶爾會提到某個地方的小鎮，那裡的警局編制就是三、四個人，搞不好葛德納可以當那裡的主管。他會靜靜聽她說，假裝仔細考慮，然後開始提醒她薩拉索塔固然有自己的問題——總人口的謀殺案比率數字過高——但至少他工作的地點不是在亞特蘭大或是底特律。

他沒有告訴她，要是真的到了印第安納州某個鳥不生蛋的地方、負責掌管十幾個人的小單位，那將是他人生的終極悲劇。平常就只能忙著去排解吵鬧鄰居紛爭之類的事。派蒂是怎麼說的？開交通罰單啊，或是抓那些逃稅的混帳啊什麼的，對，也許他的睡眠品質會比較好，但這也會讓他覺得自己的餘生提前進入彌留狀態。

「記得要帶毛衣。」米雪兒的語氣變得有些躁怒。

「我不會去太久，而且搞不好根本不會成行。」

「隨便你啦。」

他們本來打算像往常一樣在戶外用餐，在泳池畔把酒喝完，但太潮熱了，沒辦法這麼做。雖然已經時值夏末，天氣依然十分毒辣，從房子出來，就會想趕緊鑽入車內；從車子出來，就會想要立刻躲進有空調的建物裡面。氣溫偶爾會降一點，剛好可以讓他待在外頭的平台區享受一杯啤酒，不過，現在已經是傍晚了，仍然有七十多度、直逼華氏八十度（攝氏二十七度）的高溫，所以他們還是拿了酒杯、窩在沙發上。

葛德納說道，「對了，最終的決定權不在我身上。」

「但如果你大力爭取的話就另當別論。」

「誰說我要大力爭取了。」

米雪兒回道，「我太清楚你的個性了。」

「妳真這麼覺得嗎？」但她的神情已經講出了她內心的想法，「我剛也說過了，這只是提議而已。」

「好啦……」

他靠過去吻她，腦中浮現的是這幾天他收到從倫敦寄送過來的電郵，還有珍妮・昆蘭打來的電話。他回道，「我只不過想要親臨現場。」

他們女兒在樓上呼喚，這時間點還真是剛剛好。

「要不要先從樓上的那個現場開始？」

葛德納嘆氣，迅速喝完了剩下的酒，「講多嘴老虎故事的時間到了。」

51

星期四早晨，那份文件從總檔案處送過來了。珍妮打開綠色的硬紙板檔案夾，坐在自己的辦公桌前，一旁放著咖啡。辦公室周遭亂哄哄——卡特福德發生一起家暴殺人案，新十字區的某間酒吧的持刀傷人案，路易舍姆有人開車持槍襲擊，受害者中槍且傷勢嚴重——但珍妮卻根本無心分神，她全神貫注盯著那份報告，談話、笑語，以及電話鈴響，已漸漸淡化成背景聲。

檔案封面的其中一角，貼了張白色的列印標籤。

艾德華．查爾斯．唐寧，二〇〇七年一月十七日，被控犯下性侵案。

其實案情並不複雜，早在一開始的階段，檢方就撤銷了對唐寧的所有告訴，根本都還沒走到審判前準備程序。

「我把一切告訴警方，但一點幫助也沒有，最後連句道歉也聽不到，是不是？」

雖然這起事件的本質並不好笑，但珍妮看資料的時候，還是忍不住嘴角上揚，因為她想起了前天唐寧自以為是的怒吼場景，那張暴怒的臉孔。

「因為狗屎黏身就沒救了……」

唐寧被控性侵安奈特．貝里，她三十七歲，在位於沃金海姆的自宅開書店，正好是艾德．唐寧負責的業務地點。他在快要下班的時候、到她店裡拜訪，順便請她喝酒。他們在酒吧裡待了兩個小時之後，回到了書店樓上的小公寓，兩人又開了一瓶酒，最後上了安奈特．貝里的床。

就是從這裡之後，雙方開始各說各話。

珍妮仔細閱讀這兩人第二天早晨的供詞，以及先前使用性侵採證包的檢驗結果，證實了兩人的確有性交，而且多處傷口也符合嚴重性侵案的定義。她又看了之後的DNA檢驗報告，毫無疑問，主事者就是艾德．唐寧，然後，她開始研究——再三研究——唐寧在被捕之後、也就是所謂的性侵案發生後的第五天，提供給警方的口供。

接下來，就只是一般的行政文件。

資深調查警官與檢察官之間的文書往返，針對安奈特．貝里「背景資料」的第二次問訊，還有檢方越來越多的「關切」要點。

是貝里小姐邀請唐寧先生進入她的公寓。

她承認自己當時有喝酒，吸大麻。

她也承認唐寧先生「很性感」。

她是自願與他上了床。

直到第二天早上，她才報警聲稱自己遭到性侵。

最後，檢方的結論是，仔細衡量各項證據之後，若要正式起訴這個案件——完全不符眾人、也包括了貝里小姐的利益——珍妮盯著那句話，足足看了兩次。

檔案裡就只有這十幾頁精美整理的報告，還有多張令人看了很不舒服的照片。

珍妮開始逐一記下重點，辦公室裡的噪音又恢復到原來的聲量。然後，她整理思緒，擬定接下來的辦案步驟，將它轉為電郵文件，寄發給傑夫．葛德納。

她知道自己若想要博取好名聲，就得遵守必要的層級指揮規定，她小心翼翼，也將副本寄給與本案相關的肯特郡與倫敦警察廳的資深調查警官。

她從檔案裡面抄下當事人的聯絡方式，再次查核有無其他需要的資料，是否遺漏了什麼基本步驟。

大功告成。

半個小時之後，她挨在辦公桌旁邊，與亞當．西蒙斯一起談笑，就在這個時候，電話進來了，樓下有訪客找她。

她發現戴夫．克倫一看到窗戶上出現她的映影，立刻起身，對她點頭致意。

趁她打開門、進入接待區，準備過去找他的時候，他趕緊把手伸入口袋、拿出吸入器，立刻壓了一下。

「克倫先生？」她握住他提前伸出來的手，「我正打算要打電話給你。」

他回道，「我想這樣就讓妳省事多了。」

「顯然你是很喜歡這個地方。」

他哈哈大笑，「能親眼目睹辦案過程，就是會讓人大感振奮，妳說對不對？」

「我們就留在這裡講話吧？」他面露遲疑，彷彿在等待更好的提議，「或者我想辦法找個安靜舒服的空間？」

「太好了。」

她刷了自己的門禁卡，帶他穿越安檢門，他跟在她後頭，上了階梯，經過了犯罪偵查部辦公區的走廊，她發現他一直邊走邊偷瞄，想要看清楚公布欄上有哪些內容。

他開口問道，「可不可以看一下專案室？」

珍妮回道，「恐怕不行，」他們繼續往前走，她回頭瞄了他一眼，「反正你此行的目的也不是為了參觀吧。」

他勉強擠出笑容，神情緊張不安，「這裡看起來就跟一般辦公室沒兩樣——」他的目光又飄向某扇木門的小窗、想要窺視裡頭的情景，「我看裡面一定有文具櫃啊什麼的吧。」

珍妮找到一間無人使用的問訊室。她先前本來想進入某間簡報室，不過，在大型白板的另一頭，依然貼有下一波緝毒任務鎖定對象的照片，所以她又立刻掩上大門，「不能讓你看到這些東西，」她說道，「抱歉了。」他的失望之情溢於言表。

他們在鐵桌前相對而坐，克倫開口，「對了，其實實際上是在百分之六十五左右，落差並不大。」

「抱歉？」

「你們抓到兇手的機率。我已經稍微研究了一下，這樣的破案率比美國低了一點。根據最新的數據顯示，差不多是百分之六十，這當然是全國統計的結果，我的意思是，某些地區的破案率當然比較低。」

當然啊，珍妮點點頭。

「不過，我們的確得把英國的數據納入考量，妳說是不是？」

「是嗎？」

「嗯，顯然偵查範圍已經擴大到莎曼珊．顧爾德的那起失蹤案，」克倫露出微笑，「妳應該記得自己問過其他人的那些問題吧。」

「所以呢？」

「哦，這裡的破案率比較高，」他繼續說道，「將近百分之九十，但這是蘇格蘭警場提供的數字，所以，妳也知道，聽聽就好。而且，這還包括了他們稱之為『已知式』的謀殺案，已經被定罪的人所犯下的其他兇案也納入其中，而且，還包括了那些起訴之後又獲判無罪的案子。所以，這數據有點……凌亂。」

「一樣吧，」珍妮勉強擺出和悅臉色，「數據漂亮一點總是好事，是不是？」

「對，當然。話說回來，全國未破的命案總數只有一千件上下，真了不起。」

「我會轉達給大家知道，」珍妮回他，「辦案績效受到肯定，當然令人開心。」

克倫點點頭，四處張望。他靠在椅背上，雙手插在兜帽T恤的口袋裡，「好，現在狀況如何？」

珍妮回道，「目前還在剛開始的階段。」

「這時候最重要，對吧？大家都說想要找到失蹤人口，機會最高的就是頭幾天。」

「大多數的時候，沒錯。」

「之後就成了謀殺案，是不是？我知道你們不會向家屬多說什麼，但心裡早已經這麼想了，對不對？」他搖搖頭，「我看莎曼珊．顧爾德早就沒救了……」

克倫兩腿向前伸，碰到了珍妮的腳，她趕緊把腳縮到椅子底下。她低頭，看到他腳上那雙橘白相間的New Balance球鞋。看起來好眼熟，她想起艾德．唐寧也穿過一模一樣的鞋。

珍妮開口，「當然，我有些問題要問你。」

「沒問題，這就是我主動過來的原因，來吧。」

她一直覺得戴夫．克倫怪怪的——打從第一次問案時就注意到了——但她現在才驚覺這人的態度真是傲慢，這還真是有趣了，因為其他人對他的描述並非如此。昨天在水晶宮的時候，她們討論完艾德．唐寧之後，瑪莉娜去洗手間，珍妮趁空詢問安琪．芬尼根對戴夫這個人的印象。

「戴夫這人很可愛，」安琪當時是這麼回應的，雖然瑪莉娜不在她們身邊，但她還是壓低聲音說話，「沉默寡言，我覺得他應該是有點害羞……不過他很聰明。瑪莉娜也很可愛，個性體貼。坦白說，我真希望巴利能跟她多學著點……」

「十一號，」珍妮開口問克倫，「你下午的行蹤。」

「我知道瑪莉娜已經告訴妳了，我們兩個人都在家裡，但我猜妳想要親口聽我說。」

「快講吧。」

「就跟她說的一樣啊，我好幾天沒上班，因為我氣喘狀況嚴重。老實說，我現在還是很難受，倫敦的霧霾指數飆到最高點。我有許多工作都可以靠家裡的電腦完成，所以……」

「所以瑪莉娜是哪時候回來的？」

「就跟她平常上早班的返家時間一樣，一點半左右。我們一起吃午餐，三明治什麼的，然後一起看電影，」他盯著她，「《浪漫的英國女人》，是由約瑟夫‧羅西執導的片子……由麥可‧肯恩與格蘭達‧傑克遜所主演。不算是肯恩的什麼巔峰之作，但他在劇中倒是講了一大堆屁話，」他露出微笑，繼續說道，「我應該可以在《廣播時代》之類的節目表雜誌挖到資料，但我沒找就是了，如果妳想知道的話，我可以告訴妳，應該是在第五頻道播出的節目。」

珍妮立刻抄在筆記本上，「我會找出來。」

「這個問題純粹出於好奇，為什麼妳認定莎曼珊‧顧爾德的案子與安珀瑪麗‧威爾森一案有關？」珍妮正打算要講出「無法透露」的標準答案，克倫卻大手一揚，顯然早就知道她要說什麼。他回了句「沒關係」之後，又聳聳肩，彷彿不重要，或者，他似乎是知道了答案。

「好，那麼……」

他說道，「想必星期六一定很精采。」

「星期六有什麼事嗎？」

「飯局輪到在我們家舉行，艾德與蘇，還有另外一對，」他露出微笑，「『薩拉索塔六人行』……」

珍妮回道，「想必你們這次一定有很多話題可以聊了。」

52

星期五早上十點多的時候，蘇．唐寧接到了瑪莉娜．葛林的電話。

「我知道現在通知有點晚了，而且這提議可能聽起來很瘋狂，但我在想呢，我們可以把週六夜延長為週六夜加週日早上的活動，大家可以睡在我家。」

「哦。」

「我們家附近有間很棒的炸物小吃店，我和戴夫經常光顧，他們的油炸食物一級棒，這還不是重點，我的意思是，這樣我們就可以好好喝幾瓶紅酒、一夜好眠。」蘇還來不及回應，瑪莉娜已經自顧自說下去，「也就是說，我們大家在週六晚上都可以喝酒，對不對？妳覺得呢？來嘛，一定很好玩……」

「嗯，我得問問艾德。」

「我說喔，我們家雖然不像你們的地方那麼大，但我們有多餘的房間，還有沙發床，搞定一切輕而易舉。」

「他有時候會在週日早晨打網球，這是唯一的問題。」

蘇一結束電話，就立刻撥給安琪．芬尼根，將瑪莉娜的提議告訴她。蘇說今天才通知有點晚了，雖然安琪也同意，但她似乎對於這樣的聚會方式感到相當興奮。

「所以，妳覺得呢？」安琪反問，「聽起來滿好玩的。」

「這個嘛，除非妳願意，不然我們就不奉陪了。」
「我看看巴利怎麼說。我們家的小朋友要是知道我們一整個晚上不在家，一定開心死了。」
「我告訴她，艾德可能要去打網球。要是他沒興趣的話，我們還找得到理由推託。」
「妳就說自己想喝酒嘛，他一定不想當指定駕駛。」
「哦，也許吧。這應該是最後一次了吧？」
「妳這話是什麼意思？」
「嗯，只要有人起頭，大家就得輪一次啊。」
「所以我們以後就不見面了？」
「不……抱歉，我的措辭不太恰當，」蘇沉吟了好幾秒鐘才開口，「我就是個犯蠢嘴笨的標準英國人。我真正的意思是，有人請你到家裡作客晚餐，所以其他人也應該要禮尚往來。」
安琪哈哈大笑，「哦，我們是愛爾蘭人，所以妳也知道嘛……我們大吃大喝不需要任何藉口。」
蘇回道，「當然，我們一定要繼續保持聯絡。」
安琪說道，「要是一起過夜的話，我們可以有更多的時間好好談心。」
「沒錯。」
「對了，那件事昨天又上電視了，差不多是在新聞中間時段，警察還在搜索。妳有沒有看到前幾天的記者會？天，那對父母好可憐。」
蘇回道，「我沒看到。」

「巴利覺得是爸爸搞鬼。」

「真的嗎？」

「哦，妳知道的嘛，無風不起浪。」

蘇心想：現在，講出這種話，就是純正的英國人風格了。

53

珍妮站在人行道，望著大門，手機緊貼著耳朵。她知道自己這種想法很蠢，但一聽到那電話單音鈴聲響起，她就是興奮難耐。那短短的幾秒鐘……已經通達到另外一個地方，她想像自己的電話訊號從某台衛星閃跳而過，沿著線路之類的東西、一路從陰鬱的伯克郡市集到達了佛羅里達州的豔陽天之下。

她依然懷抱希望，搞不好自己有機會能過去一趟。要是莎曼珊．顧爾德死了，而他們也抓到了兇手，結果居然是同一人，會在這裡與那邊分別進行審判嗎？她並不確定。但如果一切能夠成真，緝兇論功，就算她只貢獻了微薄之力，他們也一定會請她出庭作證。她會答應出席，之後會多待個幾天，看看能不能欣賞一下當地風情，也許有人會自願帶她四處遊晃一下……

第三聲鈴響，葛德納就接了電話。

「我是珍妮．昆蘭……」

「我知道，」他回她，「我已經把妳的電話號碼輸進我的手機。」

聽到他這麼說，不禁讓她滿心歡喜，「好，我只是要告訴你，這些人的不在場證明都有瑕疵，」她把手機夾在下巴與肩膀之間，開始動手翻閱筆記，「巴利．芬尼根的說詞站不住腳，因為他弟弟說他們的會議在兩點鐘就結束了。克勞利到七橡樹的車程是五十分鐘，至多也只有一小時，所以想要動手犯案可說是輕而易舉。而且，他太太也不能確定他下午其他時間到底在哪裡。戴夫．克倫宣稱自己當天請病假在家休息，很偷懶的說詞，瑪莉娜．葛林也為他的話掛了保證，但她，也不能說……完全沒有漏洞。還有，艾德．唐寧已經大方承認，自己一開始時宣稱造訪了好些地方，其實他根本沒去。」

「其他的呢？」葛德納問道，他似乎有點心不在焉，「那起性侵案什麼的。」

「我正在處理。」

過了幾分鐘之後，她已經站在米白色的窄門前，想到自己的愚蠢美國情懷依然懊惱不已。葛德納到底是覺得她辦事不力？還是太認真過頭了一點……？

安奈特．貝里跟珍妮預期的根本不一樣。

老實說，她也不知道自己原本預期的是什麼，不過，站在門口的這個女人，真的比她老多了——珍妮開始心算——四十三歲，她看起來像是五十多歲的人，和珍妮的媽媽相比，也年輕不到哪裡去。她身著廉價的寬鬆牛仔褲與鱷魚皮鞋，粉紅格紋上衣外加長版藍色羊毛衫。她臉色蒼白浮腫，不知道她有沒有染髮的習慣，就算有，看來也多時未曾打理了，已經冒出了許多灰白髮絲。

珍妮自我介紹之後，繼續說道，「謝謝妳願意見我。」

對方請她入內，她也跟著那女人走上狹窄階梯。垃圾郵件整齊堆放在樓梯中央位置的某處梯面——然後，進入了似乎是一房的小公寓。安奈特．貝里直接進入客廳，坐下來，等待珍妮坐在她對面的座位，兩人中間隔著低矮的玻璃桌。

安奈特說道，「最後，我必須要賣掉書店。」她剛才應門的時候，手中就一直握著礦泉水，現在，她扭開了瓶蓋，「我就只有一個人，事發之後，我需要許多時間修補創傷，而且也無心談戀愛，」她喝了一大口水，「但我還是勉強保住了這間公寓。」

珍妮環顧四周，桌上堆了三、四份類似草稿的文件，還有當天的《衛報》，空空如也的菸灰缸。除了單人手扶椅與兩人座沙發之外，只有一張小餐桌、兩張靠牆的椅子，小小的電視與DVD放影機放在角落，兩盞宜家家居的桌燈，白色木地板鋪了好幾面尺寸不一的小毯。牆上掛了六張裱框畫作，珍妮發現全是真正的油畫，而不是印刷品，但她倒不覺得那些是什麼精緻畫作，風景、海洋與夕陽之類的主題，就像是她的家醫候診室裡面掛的那些東西，她總覺得是醫生自己畫的。

空氣中瀰漫著濃烈的大麻氣味。

珍妮開口，「這地方很雅緻。」

安奈特的下巴朝地板的方向點了一下，「接手的那些人，做得還不錯，他們已經不賣書了，店內全都是手工卡片和陶藝品之類的東西，我覺得他們最好賣的強項還是咖啡。」

「對，我剛才提早到了。」珍妮說道，「也在那裡喝了一杯。」

「妳喝的是拿鐵吧？」珍妮點頭，對方立刻露出不屑一笑，雖然只是一閃而過，但也夠明顯了。也許安奈特．貝里只是純粹對那種東西沒興趣而已，但過沒多久之後，珍妮想到搞不好這女人覺得自己之所以淪落到這種下場，全國上下對於精緻咖啡的這股熱愛，也必須負起一些責任。當然，這個因素當然無法與珍妮特地前來探詢的那起事件相提並論，也就是她們還沒提到的那個男人。

珍妮問道，「所以妳後來的工作呢？」

安奈特的下巴朝那堆草稿點了一下，「看稿子賺錢。賺得不多，但還過得去。幾家小出版社的新小說，除此之外，還有些其他的零星稿件。我自己一個人，所以也不需要賺大錢。」她再次把水瓶湊到嘴邊，「但現在總算有約會對象了，才剛開始而已，但……感覺很棒。」

珍妮回道，「太好了。」她發現自己又開始解讀對方話語之中的弦外之音，突然出現了宛若想要違抗一切、深惡痛絕的表情，唯恐自己流露出一絲一毫的自憐自艾。

對，他害我的人生變得亂七八糟，但他沒辦法毀了我。

「我也在附近的婦女庇護所當義工，」安奈特說道，「有時候會去支援諮詢熱線，這也是我答應見妳的其中一個原因。」

「真心感謝妳的付出。」

「所以現在是怎樣？他又犯案了？」

珍妮眨眨眼，開口說道，「他……是我們正在密切觀察的某起重案關係人。」

安奈特把水瓶放在桌上，「哼，有什麼好觀察的啊。」

珍妮問道，「可否告訴我當天晚上的事發經過？」

「檔案裡都有吧，不是嗎？」

珍妮回道，沒錯。

「哦，我不會更動當初的供詞，絕對隻字不改，不過，當初某些人力勸我要這麼做，要不要考慮一下呢？抽掉我煞他啦、還有我喝了多少酒的那些部分，也許會比較妥當。」

「那妳為什麼沒這麼做？」

「因為這是撒謊，現在回想起來，沒這麼做可能有點傻吧。對了，說真的，他當初入獄的話能關多久？反正這時候應該也早就出來了，」她往後一靠，爆出大笑，「就算當初抓他進去，現在還是有機會犯下這起案子。」

珍妮說道，「告訴我事發經過吧。」

「妳早就知道了啊。」

「我看過了妳當初的供詞，但……」她的音量越來越小，最後已經完全聽不見聲音。

安奈特沉默了一會兒，伸手抽拉手扶椅把手的鬆脫線頭，「我們去了附近的一間義大利餐廳，喝了杯紅酒，我邀他回來，」她目光嚴峻，盯著珍妮，「因為我飢渴難耐，而且顯然他同樣興致勃勃，這也合情合理吧？我們進入屋內之後，開了另一瓶紅酒，吸大麻，不知道從什麼時候，我們開始……這不需要多說了吧，最後，我們進了臥房。」她的下巴朝走廊的方向指了一下，另外一頭的條木形房門，「就在那裡……

「我們上床，發生了……性行為。一開始的那一兩分鐘，可能持續了更久一點之後吧，他突然變得好粗魯。他的動作真的……好暴力，弄痛了我，我說住手。起初我以為他應該是沒聽到，因為他叫床叫得好大聲，所以我對他大叫，我叫他下去，我不要了，但他不肯停。

「他就是不肯停下來。」

她撕開了線頭，又把它搓揉成一團，緊握手中。「那就是性侵，不是嗎？無論我之前對他有多少好感，對他說過了什麼話，那就是性侵……」

珍妮附和，「對，沒錯。」

「我覺得那是因為他對我充滿了怒火。我的意思是，我在事後想了很多，但在做筆錄的時候從來沒提到這一點。等到我坐下來、細細回想一切，了解到他為什麼如此憤怒之後，他們早已撤銷了告訴。」

珍妮點頭，「性侵案總是與憤怒息息相關，與性本身沒有關聯。」

「關於這一點，我很清楚，」安奈特突然氣憤難平，「我是說，他之所以這麼生氣，是因為我不肯陪他玩他提議的蠢遊戲。」

過了一兩秒之後，珍妮才發現自己一直不敢大力呼吸，「他想要玩什麼遊戲？」

「愚蠢的性幻想……角色扮演。我直接拒絕他，我就是不要，拜託，我是成年人了。我的意思是，我當然很樂意找樂子，但這真的是太蠢了，不，應該說是……讓人不寒而慄。」

「他想要幹什麼？」

「我不知道他到底想要叫我幹什麼……扮裝什麼的吧，我的意思是，拜託，要扮什麼？好像以為我衣櫥裡剛好有掛制服什麼似的。我猜他就是希望我能扮演那種角色，講出她們會講的那種話。」

「怎麼了？」珍妮問道，「他叫妳做什麼？」

這次，她厭惡冷笑的表情一直沒變，「他要我扮女學生。」

珍妮知道自己應該要遵守標準流程，而且必須要顧及基本禮貌守則，得要說聲「謝謝」。但她一心只想趕快離開這裡，再次打電話給葛德納。

54

安琪覺得巴利心情不錯，因為每當他進入臥室的時候，就會對著收音機討論足球賽事的節目喃喃自語。他站在床尾，聽個一兩分鐘，開始碎碎唸，「狗屁！」不然就是「他根本不知道自己在講什麼！」隨後又離開臥室。

現在不過才十一點鐘左右，但安琪已經準備好了過夜的行李。她小心翼翼，將自己的盥洗用品推到小行李箱的某一邊，然後又把化妝包放到另外一頭，中間還有許多空間放衣服。

她對巴利大吼，「今天早上我已經把乾淨的內褲與襪子準備好了，對吧？你想要穿哪一件襯衫？趕快跟我說。」

「我不知道……淺藍色的那件怎麼樣？」

她從衣櫃拿出了那件襯衫。摺好，與自己所挑選的衣物放在一起。行李箱空間很充裕，但她不知道自己第二天該穿什麼是好。她拿起剛從瑪莎百貨買的新睡褲，圖案是一對紅色卡通猴子。她站在衣櫥門背的全身鏡前面，抓住領口、在自己身上比了幾下。當初在店裡看到的時候，她十分中意，覺得很有趣，心想第二天早上穿著它、在瑪莉娜與戴夫家喝茶的時候，看起來一定很可愛，但她現在其實並不確定。

她繼續大叫，「你要挑哪件當睡衣？」

等到那時候，她就會像是長了兩條腿的番茄，而且是大屁股番茄。

巴利回吼，「為什麼我睡覺的時候得穿衣服？」

安琪一想到今晚就十分興奮。能在外過夜、與朋友盡情歡笑，當然讓人開心。她也希望夜晚場景有所變換之後，能夠刺激一下閨房之樂，讓長期的枯荒終得滋潤，在別人家裡亂搞是有一點誇張，但一定……很狂野，一想到那畫面，就讓她臉色緋紅。

她心想，自己的雙頰就和這套愚蠢睡衣的顏色一模一樣，她趕緊把它摺好。

在過去這幾個月當中，她也曾經提過找個週末外宿，一場浪漫小度假，但她一直很小心不要提到那幾個字，而且總是以美食與美景之類的措辭取而代之。她幻想的是德文郡或是康瓦爾郡的某間小旅館，差不多類似那樣的地方，但巴利一直興趣缺缺。他總說太遠了，工作壓力太大，但她懷疑他知道她真正企盼的不只是奶茶與落日而已。

「我為什麼不能跟平常一樣裸睡？」

「哦，一大早起床的時候，我們可能會四處走動，你得像樣一點。」

「好啦，我會穿衣服就是了。」他舉起自己的茶杯，「對了，妳想來一杯的話，我剛燒好了水。」

「親愛的，不用了，」她一邊摺毛巾，一邊盯著他，「你今天心情不錯。」

「有嗎？」

「所以你現在也不介意去那裡過夜囉？」

「他媽的，只要不是我們睡沙發床就好了。」

安琪哈哈大笑，「你擔心的就是這個？」

「不，我擔心的是早餐沒像她講的那麼好吃，要是煎血腸的水準馬馬虎虎，我一定會開口抱怨……」

她不知道他心情為什麼這麼好，她想得出的唯一原因就是今天不用工作吧。反正根據巴利的說法——他與弟弟之間的齟齬已經逐漸緩解，也許他也在殷殷期盼今晚的到來，暢快喝酒，享受美食，誰知道呢，也許他甚至之後想要剝掉她的愚蠢紅睡褲。無論真正的原因是什麼，不需要提心吊膽的感覺真好。

「那女人告訴我，你向她道歉了，」她把毛巾放入行李箱，「我說的是那女警。」

巴利低頭，望著自己的茶杯，「嗯，對啊。」

「你道歉是因為發現自己對人家態度不好？還是因為我之後對你發飆？」

「不重要吧？」

「我有沒有告訴你我上網查到了那女孩的事？」

他鼓起雙頰，吐了一口長氣，「今天晚上又要搞《犯罪觀察》特集了嗎？」

「喂，這是大新聞。」

「我不知道什麼算重大。」

「但重點在於『關聯性』吧，你說是不是？」

「大家也許早就知道了。」

安琪覺得有些氣餒，但還是盡量不動聲色，她不希望破壞了他的好心情。她喜歡現在的氣氛，就算被他訕笑也無所謂。這就像是他們初識時的情景一樣，她問起工程的事，總引來他一陣嘲弄，笑稱她傻乎乎的，什麼都不知道。

反正，她還是會向大家分享她所找到的資訊，也許她還會搬出巴利的台詞，這是芬尼根犯罪觀察的快訊消息，類似這樣的梗。

搞笑一下。

她的腦中突然浮現莎曼珊．顧爾德的模樣：身著土拙的紅色睡褲，笑得好燦爛，那樣的女孩就是會喜歡這類的東西吧，對不對？就算到了她的這個年紀也一樣吧？幼稚的一切。熊啊、亮晶晶的物件，還有可愛的小驚喜。

「我還是幫你帶件馬球衫吧？」她在巴利離開臥室之前，又追問了一句，「讓你可以自行選擇，好不好？」

巴利最近參悟出了一個大道理，千萬不要洩漏自己的心情，反正，就是要掩蓋自己的惡劣心情。必須要學習忍功，一定要等到合適機會，才能毫無顧忌發洩出來，否則，就是要一直憋，無論多久都得要撐下去。

他又回到樓下，打開電視，坐得舒舒服服，準備收看《足球焦點》。

有時候，他覺得自己也不算什麼癡肥大混蛋，原因可能是因為運動吧。這陣子他都沒機會去看兵工廠的主場賽事，但要是能親臨觀戰，一定能夠消解一大半的怒氣，發洩在裁判、球員身上，當然，敵對陣營的球迷更是一大目標。也許他可以稍微減重，開始玩足球，在星期天早上的哈克尼濕地球場隨便鏟人。

對，這樣他的心情就會好多了。

結果呢，他對於今晚……過夜這件事的懼怕感覺，已經不像安琪第一次向他提起時那樣嚇得半死。他知道氣氛可能會有點彆扭，對，安琪一定對入夜之後的情節充滿了綺想。他只要確定自己多喝一點，以免兩人起口角。即使在還沒有出現那樣的問題之前，靠著酒醉逃避床笫之事，總是非常管用。

拜託，他也不是沒有努力好嗎！最近經常掛在網路上的人不是只有安琪而已。他已經查到了好幾個販賣威而鋼的可疑網站，但一直沒辦法鼓起勇氣按下「購買」鍵，那感覺就像是承認自己不行了，而且，也無法百分百確定自己拿到的是真貨吧？藍色小藥丸看起來都很像，誰知道有沒有魚目混珠。

安琪在樓上大叫，「我們得留點現金給蘿拉和路克！」

他也朝樓上回吼，「好，沒問題！」

今天晚上可以不必看到安琪的小孩，這一點倒是很值得。當然，他很喜歡這一對子女，當然比不上對親生小孩的愛，要做到那種程度也太扯了，但．已經很夠了。但最近這些日子以來，他動不動就對別人大小聲，再加上經濟狀況捉襟見肘，意志消沉，他覺得自己對他們的態度也發生了轉變。

他想到了自己的兒子尼克，不知道他會怎麼度過週六夜晚。隱藏情緒，至少不要讓對方看見自己惡劣至極的心情，應該可以改善與前妻的關係吧，對不對？

只要能讓日子好過一點，委曲求全也勢在必行。

那些穿著蜘蛛人或蝙蝠俠之類的蠢裝、跑到屋頂上抗議父親親權不公的白癡，他們的組織叫什麼來著？

螢光幕上的那些人開始討論甲組聯賽，所以他乾脆關了電視。

我說真的，他們真以為讓別人看到自己的男乳就能達到目標？誰會認真看待那樣的議題？

一定還有有更合適的方式、能夠讓別人了解你的想法。

55

「難道妳在星期六一大早就沒其他正事可做嗎？」

「這就要看你對正事的定義是什麼了，」昆蘭回道，「更有趣的事，當然有，更重要的事，沒有。」

「但我有事要忙，」艾德說道，「所以你是來問案？還是要來告知我什麼事？」

「目前我是在問案。」

「好，來吧。」

「不過，我可以告訴你，要是你能來警局、找我好好談一談，還是比較妥當。」

「我早就猜到了，這是邀請，不是正式約談，因為妳手中根本沒有任何證據可以正式命令我過去一趟。」

「我去找過安奈特．貝里了……」

艾德拿著手機在客廳裡來回踱步，最後停在花園前，向外眺望。天氣好，適合打網球，也許他可以直接步行前往俱樂部，看看那裡是否有人想要比賽，要找個他一定能打敗的人。

「唐寧先生？」

他依然記得那個夜晚的所有細節。六年前，差不多七年了，也就是一切崩潰之後的一個月左右。他還記得她本來想要，然後一會兒之後又說不要，突然就改變心意。她居然還有選擇權，這對他來說真是荒謬，太不公平了。

他記得自己站在花園裡，拆掉了那個爛鞦韆。

「也許我該考慮找律師了。」

「我之前已經告訴過你……」

「我知道，我有特權，」他又開始踱步，「也許我該找個律師控告你們騷擾，妳覺得怎麼樣？」

「那就來啊。」

「我搞不好真的會這麼做，因為現在的狀況真是不像話。」

「不過，我覺得會所費不貲。」

「什麼？」

「對於某個三個月繳不出房貸的人來說，律師費可是很貴的。」

蘇突然出現在門口，看到他的臉色，趕緊默聲問道，「怎麼了？」他只是搖搖頭。她依然站在那裡盯著他，他揮揮手，示意她趕快走開，她乖乖轉身離去。

「唐寧先生，我只是為你著想而已。」

他走到門口，將門緊緊關上，「好，那妳就告訴我，她說了什麼？安奈特……」

「我不會在電話裡討論這種事。」

艾德轉身，整個人靠在門邊。

「唐寧先生，我想你一定可以了解。」

她本來想要，然後一會兒之後又說不要，忽冷忽熱。傷害她？幫幫忙好嗎……她真的知道什麼叫痛啊？她知道那真正的意涵是什麼？

他站在花園裡、拆掉鞦韆的那一天，大雨傾盆。他雙手濕滑，大力卸開那冷濕金屬的時候還受傷流血，他記得自己回身仰頭，發現蘇正站在樓上的窗邊、緊盯著他。

他語氣平靜，「他媽的我什麼都不了解。」

「如果你過來的話，我會仔細解釋清楚。」

「不要……」

「當初你希望安奈特．貝里扮演什麼角色？你可以一五一十告訴我。」

「什麼？」

「你要求她做的那些事。」

他奮力往門板一壓、靠反作用力起身，「我什麼都不會講，因為根本沒有什麼好講的，知道嗎？現在弄成這樣簡直是太離譜了……無聊透頂。那女孩失蹤的時候，還有成千上萬的旅客和我一樣、正好在佛羅里達州，而我沒有誠實交代當時的行蹤，無心犯了錯，如此而已。我之所以撒謊，正是因為妳現在的這種所作所為，盡挖一些毫無關聯的芝麻小事。妳要是再繼續這樣搞下去，最好還是拿出一些證據出來，然後我會籌錢找最優秀的律師團隊，讓妳好看！」

他突然心情大好，態度也變得更為強硬，「我仔細一想，也不會花我多少錢嘛……」

蘇待在廚房，等待艾德結束電話。他走進來，站在冰箱前面，背對著她，「是昆蘭。」

「她想要幹什麼？」

「她去找過安奈特．貝里了。」

蘇哦了一聲，等艾德繼續說下去。他關上冰箱，轉身看著她，此時他的手裡已經多了一罐柳橙汁。他神色冷靜，甚至還帶有一抹笑意。

「我覺得她非常適合調查那起佛羅里達州女孩謀殺案，」他說道，「我指的是昆蘭，她的腦袋就跟那個小女孩不相上下。」他舉高那罐柳橙汁、佯裝在舉杯敬酒，然後又灌了一大口。

「但不只是為了佛羅里達的案子吧？」蘇在小餐桌前坐下來，「現在他們在調查的是兩起案件。」

「什麼意思？」

「沒什麼特別意思，但這是事實吧？」

「我不知道他們到底要幹什麼，」他再次打開冰箱，把柳橙汁放回去，「我覺得他們根本不知道自己在做什麼。」

「所以她怎麼說？」

「她要我過去找她。」

「我是問貝里那女人。」

他盯著她好一會兒，聳肩，臉上依然掛著那半笑不笑的表情，「不重要吧？反正她應該是喝得爛醉。」

「或是嗑藥嗑茫了。」

他點點頭，露出滿意神情，「我告訴她不要來煩我，狠狠損了她一頓，她一定沒料到我會出這招。他們以為可以威脅你、恫嚇你，他們很愛玩這一套。」

「對，但你也不要和她作對。」

「她又能拿我怎麼樣？」他在她背後、走向流理台，轉身，又繞回來，「到了晚上的時候，我會很樂意把這件事告訴每一個人，我跟妳打賭，大家都會抵制她。」

她心想，他們幹嘛要這麼做？但她什麼都沒說。艾德踮起腳尖、不斷快速移動，宛若準備在底線發動奇襲一樣。他掩飾緊張不安的功力確屬一流，但蘇比誰都了解他，知道他內心有多麼緊繃。

「喂，我們今晚也可以不要過去。」

「當然要去，」他說道，「我非常期待看到眾人廝殺的場景。」

「何必這樣。」

「一定要的啊。」

「不過，我們必須要有一個人保持清醒，好不好？萬一要是狀況太慘烈，我們隨時可以全身而退，開車回家。」

「幹他媽的，」他回道，「我就是想要享受慘烈的感覺。」他站到她背後，開始搓揉她的雙肩，「妳真的還想要看到那些人？」

蘇說不想，還告訴他，千萬不要停手。

56

戴夫把自己的購物袋遞過去，站在小攤子後頭的那個男人把洋蔥、秋葵、地瓜放進去。他掏錢付帳，對方找零，說了聲：「好，再會囉。」隨即面向下一名顧客。戴夫也回道「再見」，還伸出了拳頭要與對方道別。那小販的表情有些彆扭，但還是轉身，碰了一下戴夫的拳頭，只停留了一秒而已。

「老哥，謝了。」戴夫講完這句話之後，轉身離去，準備要去買肉。

他好愛禮拜六早晨的布里克斯頓市場。這裡的音樂、群眾，還有活力。總是生氣勃勃，擠滿了顧客，有黑人、白人，也看得到亞洲臉孔，成千上萬的人聚集在此、進行日常採買，如此一來，大家的生活也有了數分鐘甚或是幾秒鐘的互動——在這裡交換眼神或閒聊兩句，到了那裡又互碰一下肩頭——人與人之間產生了交集，不斷傳遞下去。人與人之間都找得出某種關聯，宛若在線路之間流竄的電流，但一旦斷電之後，這種關係就消失了，大家又回到各自的生活軌道，靜靜飄回自己的陰暗角落——

他們吃吃睡睡，提供身體之所需。

他們在床上亂搞，或在現實生活中被別人搞得七葷八素。

他們打自己的小孩。

無論做什麼，一點都不重要。

不過，在這朗朗藍色晴空之下的喧鬧畫面裡，每個人都只是世間眾生的一部分，懷抱著與別人相同的心情，或歡喜或悲傷，朝著人云亦云的方向而行。當然，裡面一定也有少數人，就和他一樣，特立獨行，但他並不知道數目到底有多少。最多，就只有幾個人而已吧，能夠在人群中自在穿梭，但絕對不會隨波逐流。光憑腦力高人一等是不夠的，還必須具備某種他無法精確定義的素質，可以說是定位在與眾不同的頻率。

他看到那個自稱為吉他手的咖啡師，站在麵包店外頭，與某一小撮人當中的其中一人在講話。他揮手打招呼，對方也匆匆點點頭。

戴夫笑得開懷，擠入人群之中。

他的確十分喜歡這種「參與」感，因為，無論他看起來有多麼融入，他永遠不是裡面的一份子，真的不是。

也許，他的這種態度來自於過往的經歷，或者是他的強悍性格，與生俱來的能力，他真心認為這的確是一種能力。對，凌駕在別人之上，或是……不流俗，但他必須坦白說，他從來不覺得自己在任何方面有特殊之處，也不覺得自己比別人厲害，他不像艾德・唐寧一樣目空一切，他一直不認為自己懂什麼高深的學問。

他只是通曉的領域與別人不同，如此而已。

他站在戶內市場的有機肉品小攤——保證有機——但他看到那一塊塊鮮牛肉、雞隻與兔子的光亮肉身、吊掛在視線水平處的未去毛獵鳥的時候，依然不是很舒坦。他不止一次力勸瑪莉娜，他們兩人應該要吃素才是。他給她看過某部關於屠宰場如何運作的可怕紀錄片，而且還剪下雜誌上的相關文章，證明無肉飲食的確比較健康。他告訴她，這是理當實踐的生活方式，但她一點興趣也沒有，當他眼睜睜看著她開心大啖培根三明治或是酥炸豬皮的時候，他就知道自己說破嘴也沒用了。但這不是什麼問題，無論他自己到底有什麼感覺，只要是她喜歡的事，他絕對不會勉強，這才是兩人相處之道，他們一定是同心協力，不然就乾脆不要。

這一點就和大家一模一樣。

他挑了羊肉，立刻付帳，他不想沾惹那個氣味，不然等一下就得拿出吸入器了。他拿了出門前寫下的採購清單，發現自己沒有任何遺漏，頗是得意。

今晚他們的表現一定不同凡響。

競爭當然沒有意義，但其他人顯然早就出現了一較高下的心態，雖然他們家的餐具沒那麼花俏，用餐空間也比較侷促，但今晚的菜餚鐵定能夠勝出，讓別人相形失色。

他與瑪莉娜……一直被人低估，這一點他很清楚。

他滿心期待，要讓大家看清楚真相。

他又進入群眾，在外圍緩步前進，準備前往咖啡店，坐在那裡等瑪莉娜的排演結束。

走入人潮，然後離去。

他有三台平板電腦，也訂閱了十幾份線上雜誌，固定下載在其中一台。科學與科技、哲學、政治、犯罪實錄。坦白說，大部分都沒看，不然就是看了幾頁之後就放棄，不過，他曾經看過某篇非常精采的文章，探討了在手術台瀕死之人的經驗，死了幾分鐘，又悠悠回魂過來。大家都表示，那感覺宛若飄浮在空中、俯瞰自己的屍體。

走入人潮，然後離去。

也是同樣的感受吧。

有名行色匆匆的男子撞到了他，卻繼續往前走，他頭也不回，舉手示意，大吼一聲「對不起」，戴夫微笑回道，「沒關係。」陌生人之間的交集，來了。又走了幾步路之後，戴夫刻意垂下肩膀，大步向前，撞向迎面而來的女子。

她轉頭，厲聲罵人，告訴他走路要看路。

戴夫再次微笑。

順利傳遞下去了。

瑪莉娜從廁所門出來，在穿衣鏡前面調整裙子、坐了下來。她一頭亂髮，而且皮膚狀況好糟糕。她湊到鏡前，發現嘴角有一小撮粉刺。

幹！

今晚，她絕對不能忍受自己憔悴見人。瘦竹竿的蘇，加上胖嘟嘟安琪，一定都會精心打扮，活像是穿著華美連身裙的勞萊與哈台。雖然戴夫稱讚她好漂亮，頻頻勸她要寬心，她就是聽不進去。

妳很完美，我們很完美。

她心裡有數。

她打開包包，拿出裡面的小包，把化妝品全倒在面前。

此時傳出馬桶的沖水聲，過了一會兒之後，菲力普出來了，將牛仔褲拉鍊拉好。他雙手扠腰，像個小男生一樣笑呵呵，盯著鏡中的她，「妳的功力一流。」

「嗯，對啊，我是優秀的女演員。」

「我知道，我的意思是——」

「我剛才在演戲，好嗎？」

他哈哈大笑，但笑聲很乾，「我覺得看起來不像。」

「你是沒戴眼鏡啊？」

「妳剛才不是和我一樣爽嗎？」

「記得凱莉嗎？那個住在坎伯韋爾的性工作者？」

他等她繼續說下去。

「我利用了那個角色，就像你提點我的一樣，我的演出全神貫注。」

「聽妳在放屁……」

「這樣對你來說，夠格了嗎？」她拿起唇膏，望著他鏡中的雙眼。

他緩緩點頭，半閉著眼，微笑，宛若依然在享受餘韻，忍不住讚嘆她剛才發揮的功力。他開口，「嗯，」又講了一句，「很好。」

「所以，可以嗎？」

他的下巴朝廁所門點了一下，「妳是說……？」

「劇中的角色，」她已經塗好了唇膏，隨即傾身向前，嘟起雙唇，「你之前拚命想尬我的時候，曾經告訴我的那個角色，你知道吧，那個主角？」

他不安移動雙腳，然後又把瑪莉娜旁邊的椅子拉過來，坐下，從背心口袋裡拿出菸草盒以及捲菸紙，「好，妳要搞清楚，劇裡沒有主角，這是整個劇團的演出……每個人都有平均的戲分，我不能只是因為……那個……就任意徇私。」

瑪莉娜點點頭，拿起了眼線筆。

「你是大渣男。」她的語氣只是淡淡陳述事實而已，因為她早就猜到他會說出這種孬話，早在他慫恿她進入廁所之前，她就心裡有數，而這也是她之所以為他口交的理由，「我剛才在演戲，證明了你是渣男無誤。」

「哦，如果讓妳有這種感覺，我只能說遺憾，」他開始舔捲菸紙，「真的深表遺憾。」

「你可以繼續玩這種下三濫的把戲。」

「妳怎麼說都好，」他把大麻菸放在嘴裡，點火，「我是不會退學費的，妳知道嗎？」

「隨便啦。」

「我也沒辦法，這是授課規定。」他從唇間抽出一根菸絲，死盯著她好幾秒，然後，雙手在大腿上拍了好幾下，起身。他走向門口，開口說道，「那還是讓妳知道一下比較好，剛才在裡面的時候，妳的表現也沒那麼厲害，」他的下巴又朝廁所點了一下，「嗯，在演戲的人恐怕也不是只有妳一個而已。」

她迅速轉身，「菲力普，半夜走路回家的時候要小心，知道嗎？」

他悶哼一聲，「妳這話什麼意思？」

「你明明聽得很清楚。」

「是搞黑道那一套嗎？有認識的道上兄弟？還是和條子上過床？」

她對他吐口水，但根本連一半的距離都沒噴到。

「所以是怎樣？妳是要準備帶梳子在暗巷襲擊我？」

「噁男，不是我，真正關心我的人會去找你。」

他對她哈哈大笑，「真的假的？妳男朋友嗎？那個看起來像是在三流小劇場演拉斯柯尼科夫[8]的猥瑣小壞蛋？」

瑪莉娜不知道他到底在講什麼。

她惡狠狠指著他，「你他媽的根本不知道我們有多厲害！」

[8] 小說《罪與罰》的男主角。

57

好，最後的晚餐已經準備好了。

或者，至少這麼說，六人份的三道菜大餐，加上餐前小點，特別的巧克力、咖啡、搭配起司拼盤，如果真的要玩大手筆，就得這麼搞。

我們在玩的這些遊戲，是不是蠢斃了？克服萬難，就是為了要遵守那些讓大家動彈不得的常規，還有，逼迫我們必須心不甘情不願配合的那些原則：與我們鄙視的人聊天，與根本不愛的人亂搞，枕邊人是我們已經再也不愛、或是可能已經再也不愛我們的對象。

對，這些看起來都是小事，不過，相信我，它們會造成許多傷害。但與那些規範我們、讓眾人融入互助互愛社會的重要法則相比，終究是小巫見大巫。

我覺得，一切都起於十誡。

嗯，就是那些應該如何如何或者不可怎樣怎樣的戒律，但我覺得我們早已過了貪戀鄰居牛驢的那種日子了吧？大家的生命顯然並不等值，為什麼還要堅持某某的性命就一定和別人一樣重要？我不能說自己的生命價值一定高過那些在接受癌症治療的人，但如果你必須要殺死我們其中一個人，你又會挑哪一個？

人生並不公平。想要找這種東西，就去那種可以玩碰碰車、贏條金魚帶回家的地方。對了，金魚應該都活不過一個禮拜，因為生命就是狗屁，才沒有一切生而平等這種事。

這就是實情，抱歉了。

所以，是不是說因為那兩個女孩……天生就是那個樣子，所以就死不足惜了呢？對，我就是這個意思。要是這種話聽起來太刺耳，那我說聲對不起，真的，我沒有要刻意觸怒任何人的意思，我只是想要解釋清楚而已。我也不奢望有人會喜歡我，但搞不好真的有人會雀躍萬分，對我大喊「幹得好」！所以我覺得還是把話講清楚比較好，我的一切言行，都不是為了要討別人的歡心。

當然，也不需要因而對希特勒那種人大聲怒吼。要是你自己懷有畸形兒、而且願意老實說出自己的反應，那就另當別論。

去啊，捫心自問吧。

我不是白癡，想必大家一看到我，就只有百分百的厭惡而已。我也必須老實承認，要不是那兩個女孩這麼信任別人的話，我也沒辦法在第一時間把她們帶走。

要是她們知道其實這世界並不公平的話，事情哪有那麼容易。

我知道自己可能有點怪怪的，因為我對於某些事，瑣碎的事務，願意妥協。不過，反正每個人都有自己的底線，而且，遵守生活中某些比較愚蠢的守則，本來就是維繫生活的必要條件之一。

我們還是得與別人交談，需要下場玩遊戲。

而且，有誰不喜歡巧克力配咖啡？

最後的晚餐

58

大家全站在客廳裡，顯然能夠舒服入座的椅子數量不到六張，這裡的格局有點像是唐寧家的房子，但一樓的連通空間比較小、也比較方正。等一下他們要吃晚餐的那個地方，似乎原本的用途並不是用餐，而是個無特殊功能的空間，只不過戴夫與瑪莉娜把廚房裡的餐桌移放到這裡而已。

瑪莉娜開口，「餐桌兩端還有多餘的部分可以拉出來。」

戴夫回道，「不用了。」

戴夫與其他三名女子喝的都是紅酒，而巴利與艾德則在暢飲啤酒。瑪莉娜拿出裝了橄欖、花生米，以及香辣綜合零嘴的點心小碗，逐一放在邊桌上面。

蘇開口，「我喜歡你們家的靠墊。」

瑪莉娜微笑，但她一直在盯著巴利，因為他正在研究壁爐牆的那塊長方形大洞，起居室裡面一共點了十多根蠟燭，而最大的一根就放在那個洞裡面。「我知道啦，」瑪莉娜開口，「以前應該是個漂亮的老式壁爐，但在我們之前的房客把所有的老東西都清光了。換了推拉窗，改裝密閉雙層窗，天啊。但要是哪天我們能出得起那個錢、把東西全裝回去的話，一定很漂亮。」

安琪說道，「也許巴利可以幫你們解決這個問題。」

巴利說他會幫忙留意。

戴夫開口，「但密閉雙層窗實用多了。」

瑪莉娜癟嘴，「不過超醜的。」

蘇說道，「我們家的暖氣費超嚇人。」

「還不都是因為妳隨時都要打開中央暖氣系統，」艾德對著巴利翻白眼，「靠，我們家跟溫室一樣。」

蘇搖搖頭，「是誰開了屋裡的每一盞燈之後就再也不管了？我這一輩子都忙著跟在你後頭關燈。」

「巴利也一樣，」安琪哈哈大笑，「就更別提丟得滿地都是的髒內褲了。」

巴利悶哼一聲，伸手抓了香辣零嘴入口。

艾德舉起啤酒致意，「但願我們一輩子只吵這種小事，好不好？」

巴利大嚼特嚼，指了一下點心碗，「拜託，這份量也太少了一點吧！」

音樂從角落電腦桌的小喇叭流瀉而出，吉他搭配鋼琴，沙啞又爆發力十足的女聲。蘇點點頭，「天，我是學生的時候好愛這張專輯，可以一直連續聽個不停。」

瑪莉娜回道，「對，我一直好愛瓊妮．密契爾。」

大家又喝了一口酒，聆聽音樂，蘇趁這個空檔走到另外一頭、盯著壁爐牆某邊的書架。心靈成長、星座、小劇場，還看得到愛麗絲．華克與瑪格麗特．伍德的平裝書作品，但看起來完整如新。戴夫開口，「好，我得去盯一下晚餐了，有誰肚子餓了？」

「你下廚啊？」艾德假裝顫抖，「現在訂外送披薩是不是太晚了一點？」

「哈哈哈，還真好笑，」戴夫回道，「我會記得在你的盤子裡吐口水。」

「這是我媽媽的家傳食譜，」瑪莉娜回道，「加勒比海羊肉，所以希望大家不要覺得太辣。但我也準備了甜點，呃，其實是買了甜點……」

等到戴夫與瑪莉娜進了廚房之後，蘇又走回去，加入大家的陣容。她的下巴朝沙發後方的裱框地圖點了一下，「看到沒？」

艾德開口，「我注意到了。」

「什麼？」安琪望著那地圖，「哦，就和你們家的一樣，我們念書時使用的那種地圖嘛。」

「其實，我們家裡還滿多的，」蘇繼續說道，「我以前工作的學校有次清理陳年儲藏室，所以我就把那些地圖帶回來裱框。嘿……還有和我們家一樣的靠墊。」

安琪附和，「沒錯。」

那兩個女人轉身，開始東張西望。

艾德說道，「這樣是有什麼問題嗎？我實在看不出來。」

「又不是只有這件事，對吧？」

「哦，妳說那件洋裝？」

「還有，他們來我們家的時候，我放的音樂也是瓊妮．密契爾……」

巴利問道，「怎麼了？」

「蘇覺得瑪莉娜在模仿她。」

「不只是瑪莉娜而已，」蘇壓低聲音說話，「戴夫穿的球鞋也跟你的一樣。」

「這種行為超蠢，」艾德說道，「所以他們覺得我們品味不錯。」

「小聲一點……」

「我倒是沒發現我們家的東西。」安琪的語氣帶有些許失落。

蘇說道，「抱歉，但我覺得這種行為很恐怖。」

巴利點點頭，「的確有點怪怪的。」

「感覺像是企圖偷走我們的生活啊什麼的。」

艾德回道，「真是瘋了。」就在這時候，瑪莉娜剛好回來。

她問道，「什麼瘋了？」

「還不是足球，」蘇幾乎沒有任何遲疑，立刻接腔，「巴利覺得他那一隊在這個賽季的表現會強過曼聯。」

瑪莉娜回道，「是啊。」

艾德轉身，朝沙發的方向點點頭，「大家都在讚美那幅漂亮的地圖，」他完全不理會蘇的表情，「真好看。」

瑪莉娜走過去，也盯著地圖，她背對著大家，開口說道，「的確很棒，對吧？」

艾德問道，「多久以前買的？」

「哦，多年前的事了，」瑪莉娜回道，「在伊斯林頓的某間二手店找到的東西。」

蘇望著安琪，搖搖頭，而巴利也對艾德做出無可奈何的神情。此時，戴夫站在門口，「晚餐快好了……」

瑪莉娜招呼巴利與安琪入座，而艾德與蘇則跟在後面。

艾德悄聲說道，「也許她不知道自己在幹什麼。」

「她當然知道。」

「可能是無意識的舉動。」

瑪莉娜伸手召喚艾德與蘇，「隨便坐啊！」

蘇以氣音回他，「她明明一清二楚。」

瑪莉娜拍了拍某張座位的椅背，「希望你們不是在吵架哦！」

艾德走在蘇的前面，「就像我剛才講的一樣……只是小事而已。」

蘇說道，「果然很辣，但好吃。」

巴利也附和，「的確非常可口。」

艾德回道，「我覺得越辣越好，而且我講的不只是食物而已。」

安琪等了一兩分鐘之後才開口，「好，安琪的《犯罪觀察》最新快訊即將登場，大家準備好了嗎？」

「創紀錄囉，」艾德看了一下手錶，「整整過了四十五分鐘之後，才終於有人開口提起佛羅里達州事件。」

戴夫說道，「現在不只是佛州的那個案件而已。」

「哦哦又來了，摩斯探長準備要發表高見。」

「喂，大家到底要不要聽啊？」安琪面露不悅，放下了叉子，「我不講也是沒差啦。」

瑪莉娜回道，「快說嘛。」

「嗯，就和戴夫講的一樣……現在已經不是佛州單一個案了。」

艾德說道，「我想大家都已經很清楚這一點。」

「對，但我知道真正的原因，」安琪微笑，十分得意，對於終於得到眾人的注目感到相當開心，「我有在網路上拚命找資料，好嗎？的確是花了一點時間，但我最後終於挖出了好幾年前的當地媒體報導，我記得應該是《七橡樹紀事報》，反正，新聞主角就是那個可憐的莎曼珊·顧爾德，文中附了照片，內容詳盡……她贏得了某項特教需求孩童的藝術競賽獎項。」她暫停一下，逐一望著每一個人的臉龐，繼續說道，「她有學習障礙，看吧……就跟佛羅里達州的那個女孩一樣，這就是兩案之間的關聯。」

「難怪他們又找上我們，」瑪莉娜回道，「煩死了。」

艾德玩弄盤中食物，過了一會兒之後才開口，「但如果真是那種狀況的話，他們應該也找了一堆其他英國人，不是嗎？」

安琪回道，「很合理。」

「只要是去過那邊的旅客都會被盤問，對吧？」

「等一下，」瑪莉娜開口，「為什麼他們認定兇嫌是去那裡度假的英國人？為什麼不是曾經出現在那裡的美國人？」

巴利說這觀點很犀利。

「為什麼一定是英國人或美國人？」戴夫說道，「兇手可能不知道從什麼地方冒出來的，而且他也很可能會使出轉換地點的障眼法、掩飾自己的真正國籍。」

安琪點頭，大表激賞，「天，我根本沒想到可以有這一招。」

「為什麼不可能？搞不好是來自什麼廷巴克圖❾，全世界都曾經留下了他的犯行。也許他現在已經到了義大利或瑞典甚至是澳洲，盯上了另一個女孩。」

「啊，好可怕，」安琪面向蘇，臉色一沉，「相形之下，我的理論就顯得淺薄多了。」

「妳能想到這一點，當然很好。」戴夫回道，「護照裡多了一個入境章，就多了一名受害者，」他握拳輕敲桌面，一下，兩下，宛若在蓋章，「就這麼簡單。」

巴利嘴裡塞滿食物，依然開口附和，「可以稱之為『易捷航空殺人魔』。」

安琪盯著他。

「怎樣？他們不是一向都有綽號嗎？」

「你又知道什麼了？」安琪譏他，「你還說那女孩的父親是嫌犯。」

「我還是這麼覺得啊，」巴利回道，「我拿十英鎊出來打賭，一定是父親幹的，先虐後殺。艾德，你怎麼看？」

艾德又為自己斟了一杯酒。

瑪莉娜詢問是否有人還要第二輪，但目前吃得盤底朝天的也只有戴夫而已，她以湯匙將食物舀到他的盤中，蘇也趁機傾身向前、靠近戴夫。

「所以你真覺得那女孩死了啊？我說的是第二個。」

戴夫回道，「當然。」

「為什麼？」

「好，顯然是同一個人挾持了這兩個女孩，而他既然殺了安珀瑪麗・威爾森，那麼……」

安琪問道，「會不會是……性犯罪？你覺得完全不可能？」

「幹嘛要問他？」艾德開始損人，「現在他成了……預言大師？」

戴夫沒理艾德，反而開始思索安琪的提問，他本來叉了一口肉、準備要送到嘴中，但現在卻停在半空中動也不動。「還是很難說。第一個女孩的案子完全沒有看到性犯罪的跡象，但大家要記得，泡在水中多日，DNA 證據也早就沒了，所以我們就等著看吧。」

蘇說道，「但就算是性犯罪，其實也與性本身無關。」

戴夫點頭，「對，關鍵是權力，就與性侵案一樣。」

「戴夫，你的專業五花八門，有完沒完？」艾德損他，「一會兒講義大利食物，接下來又是連續殺人魔，現在你突然又成了性侵案的權威。」

「我沒有說——」

艾德拿起酒瓶，對瑪莉娜眨眨眼，「換作我是妳的話，我一定會好好盯著他。」

瑪莉娜發現先前開的第二瓶酒已經空了，立刻起身，她告訴大家，馬上再去拿兩瓶過來。艾德請她務必要開他與蘇帶來的那一瓶，他說，那是很好的紅酒，不過，當然得請戴夫鑑定一下，

❾位於西非馬利共和國的一城市。

因為這傢伙搞不好上過什麼課，或是看過某部精采紀錄片……

「其實真正的關鍵是遇到瘋子吧？」巴利回道，「會做出這種事，一定是腦袋有病。」

戴夫說道，「好問題。」

艾德反問，「是嗎？」

瑪莉娜帶著紅酒回來了，艾德開瓶，為自己斟了一大杯。他挨到蘇身邊，但她搖搖頭，還伸手蓋住了杯子。他為瑪莉娜斟酒，等她一入座，就立刻把酒杯遞了過去。

她開口問道，「我是不是錯過了什麼精采話題？」

「如果殺人犯是因為某種心理問題而無法控制自己，我們又該怎麼看待他們？」戴夫望著餐桌上的每一個人，等待大家回應，「要是他們根本忍不住……」

「直接關起來，」巴利回道，「就這麼簡單。」

「我的意思並不是我們不應該，但——」

「還有更令人髮指的惡行，傷害小孩的是禽獸，結案。」

安琪點點頭，「無論他們的心理問題有多麼嚴重，」她繼續說道，「我依然覺得他們好邪惡。」

「這世界上有許多邪惡之人，」瑪莉娜接口，她不斷來回旋轉杯中的酒液，「一堆人都好邪惡，但大家卻根本不知道他們的真面目。」

戴夫反問，「對，但『邪惡』的定義是什麼？」

「等等，戴夫又有高論了，」艾德清喉嚨，雙手一攤，其中一隻手還握著酒杯，「假定我有某種身體缺陷好了，會痙攣什麼的，無法控制四肢。好，我突然大手一揮，狠狠打中了戴夫的臉……」他的手迅速揮向戴夫的臉龐，幾滴紅酒還潑灑到了桌面。

「夠了。」蘇靠過去，拿起紙巾擦拭酒污。

「不，等我說完……要是我打中戴夫的臉，他摔倒了，腦袋開花翹辮子，我這樣算是殺人犯嗎？我的意思是，顯然我無法控制自己，對不對？」

「但問題沒有這麼簡單，」戴夫語氣平靜，「某些人會佯裝無法控制自己。」

「也對，」艾德喝了一口酒，「真是麻煩……」

「我才不管那麼多，」安琪回道，「這些人就是邪惡，對小孩下手更是惡劣。」

「『禽獸』，這是監獄裡的人給他們的稱號，」巴利說道，「只要是傷害小孩的人……就是禽獸不如。」

戴夫開口，「為什麼對小孩下手就比較惡劣？我實在不懂。」

「當然啊，」安琪回他，「小孩還有漫長的人生在等著他們，對不對？」

「對，但這也未必是好事吧？」

巴利問道，「你這話什麼意思？」

「某些人的生活就是很不堪。」

「胡說八道。」

「這是事實。」

「喂喂，我自己最近過得不是很開心，但我還是比許多人好命，尤其與那兩個根本沒機會活下去的女孩相比，更是幸運多了。」

「真的嗎？那兩個女孩之後究竟會過著什麼樣的日子？」

安琪開口，「但那也不是你……能決定的，對不對？」

「不是，當然不是，無論你信仰的是什麼樣的神，我們都有不同的人生試煉。」戴夫看了一下直盯桌面的艾德，「我只是想要表達，我們對於小孩這檔子事也太過美化了，彷彿他們是世間最重要的一切。」戴夫把手伸到瑪莉娜的面前、握住她的手，「反正我和小瑪不打算生小孩，所以這不是問題……但就算我們要生，我也不覺得這世界是什麼特別美好的地方、一定得讓小孩走這一遭。」

戴夫鬆開瑪莉娜的手，繼續吃晚餐，接下來的十五秒鐘，完全沒有人吭氣，最後，還是安琪開口，「哦，要是你們不想生，那的確是你們的自由，但已經降臨在這個世界、需要有個溫暖家庭的那些小孩呢？」

瑪莉娜問道，「你的意思是收養？」

「我知道這不是件容易的事，但現在不是很多人會去中國領養小孩嗎？」

戴夫回道，「不是每個人天生都是當父母的料。」

瑪莉娜不發一語。

安琪繼續勸說，「不試試看怎麼知道呢？對不對？」

「呃，這種事勉強不來。」

「當然不勉強，但想想那些被親生父母拋棄的小孩……」

瑪莉娜起身，開始收拾盤子，「有沒有人想要馬上吃甜點？」她開口問道，「還是要先休息一下？」

安琪面向蘇，「我說，既然講到了這個話題，妳和艾德也可以——」

蘇立刻把椅子往後推，拿起自己的盤子，她對瑪莉娜微笑，「我來幫忙。」

蘇把盤子擺在瀝水台上面，開始在水龍頭下方逐一沖洗，而瑪莉娜則忙著把鋁箔盒裡的起司蛋糕切片，將盒裝的鮮奶油倒進小罐子裡面。她發現蘇正打算開口，自己先笑了，「戴夫對生小孩沒興趣，就這麼簡單。」

「但妳呢？」蘇問道，「我的意思是，這種事不能由他一個人決定。」

「反正也不重要啊，因為我就算想生，八成也生不出來。」瑪莉娜放下刀子，舔吮手指頭，「所以囉，嗯……這沒什麼好吵的。」

他們聽到隔壁傳來交談聲，但只有安琪與巴利在講話而已，也聽不清楚他們到底在說什麼。

「妳怎麼知道？」

「我很久以前墮過胎，還有併發症……他們說日後受孕會很困難。」

「但還是有機會啊。」

瑪莉娜從冰箱中取出綜合莓果的小碗，撕開上頭的保鮮膜，「戴夫總是這麼說，這世界太可怕，不適合在這種環境中長大。他自己的童年經驗不是特別愉快，所以……」

蘇關上水龍頭，彎身，打開洗碗機，準備伸手拿取流理台上的髒碗盤與餐具，「戴夫還提到了『無論你信仰的是什麼樣的神』那句話，他是不是滿……虔誠的？如果你們兩個都很虔誠，那我得說聲抱歉，我無意……」

瑪莉娜回道，「老實說，我不知道他到底是不是虔誠的人。」

「我沒有打算要刺探你們的隱私。」

「這就是我們的日常生活事項之一罷了。當他對某件事產生興趣的時候，他就會十分投入，比方說騎單車什麼的。妳知道他會刮腿毛嗎？」

「天，不會吧？」

瑪莉娜挨到蘇身邊，低聲說道，「妳知道我為什麼想要大家留在這裡過夜嗎？」蘇搖搖頭，「這樣我明天早上就不用去那個靠他媽的教會了。」

「真的假的？」

「煩死人了。」

「我正想要問妳……」

瑪莉娜告訴蘇，碗盤留在原處就好，但得請她幫忙從冷凍庫裡拿出冰淇淋，他們聽到隔壁傳來安琪的朗聲大笑。

「剛才安琪在那裡對妳與艾德講的話……領養啊什麼的，」瑪莉娜開始準備小碟子，「實在太離譜了。」

「她是好意。」

「艾德看起來悶悶不樂，今天好安靜。」

「今天這種局面，他不吭氣，大家要覺得慶幸才是。」

「但妳有注意到他的神情嗎？」

蘇回道，「他只是喝多了。」

「喝多的也不是只有他而已，我看我從現在開始也只能喝白開水了。」

「他也是啊，」蘇繼續說道，「但我才不要跟他說呢，每每遇到這種情形，我根本猜不到他會做出什麼反應。」

「但誰想要一成不變的老公啊？」

「也對。」

「別擔心，」瑪莉娜說道，「解決宿醉問題的最佳方法就是吃炸食，幫我把這東西拿進……」

「他知道嗎？」蘇壓低聲音，「我是說墮胎的事。」

瑪莉娜搖搖頭，「他已經知道我太多事了。」她繼續說道，「每個人都必須保有自己的秘密，是不是？」她朝門口挪移了半步，但蘇卻動也不動。

「關於那手提包與洋裝，」蘇問道，「又是怎麼回事？」

「抱歉？」

「地圖，還有沙發上的靠墊，我們家都有一模一樣的東西。妳為什麼要做這種事？」

瑪莉娜弓起雙肩，又緩緩放下，她伸舌舔弄雙唇，似乎嘴巴十分乾燥，「妳生氣了？」

「我只是……我們家明明有這些東西，為什麼妳要假裝自己不知情？」

瑪莉娜把盤子緊貼胸前，「我喜歡妳的……品味，如此而已。」
「為什麼不直接開口問我就好？」
「我不知道。」
「反正，每次能真正讓大家驚豔的人是妳呀，」蘇說道，「妳才是品味一流。」
「都是抄來的。」
「別說傻話——」
「不，真的……全部都是抄來的。」瑪莉娜目光低垂，盯著地板，然後又抬起頭來，朝客廳的方向點點頭，「好啦，除了戴夫之外，我知道他為了我，什麼事都做得出來……」
過了一會兒之後，蘇趨前一步，動作輕柔，取走瑪莉娜胸前的那疊盤子，走到她身邊，拿起起司蛋糕盤，「來吧。」
她們回到餐桌前，安琪與巴利一看到甜點就熱烈鼓掌。蘇忙著為大家盛盤，而瑪莉娜則走到角落，將瓊妮．密契爾的音樂換成了馬文．蓋伊，艾德也開了另一瓶酒。
戴夫說道，「小瑪，這看起來好好吃……」
大家低頭猛吃，發出了滿足的聲響，顯然起司蛋糕是內外皆美。瑪莉娜看著安琪開心挖了一大塊蛋糕，笑盈盈對巴利說道，「這對你來說總算不辣了吧？」但巴利的神情卻讓安琪的笑意瞬間消失無蹤。
艾德喝完酒之後，又為自己倒了一杯，緩緩轉身，刻意看著戴夫。
「好……想必你已經把這一切分享給你的好友了吧？那位警探昆蘭？」

戴夫問道，「分享什麼？」

「你的那些新理論。無法控制自己的殺手，強暴啊什麼的。」

蘇開口，「拜託，不要。」

「是她開口問他的，」安琪幫腔，「他純粹想幫忙而已。」

艾德對她們兩個置之不理，「哦，我講出來搞不好你會覺得很有意思，我已經告訴你朋友了，我不想配合她。」

戴夫語氣平和，「她不是我朋友。」

瑪莉娜問艾德，「你對她說了什麼？」

艾德聳肩，「我告訴她。絕對不會再與她有任何的對話，就這樣，我還說她根本在整人。」

安琪問道，「怎麼說？」

「她……太超過了。」艾德結結巴巴，「話就點到這裡為止。」

安琪看著巴利，又回望艾德，現在的她幾乎藏不住笑意，「我想她對你這麼有興趣，一定有什麼原因吧。」

「什麼意思？有興趣？」

「她問了好多問題。」

「什麼樣的問題？」

「我們對你有什麼看法，你是什麼樣的人。」安琪又看著瑪莉娜，「不只是問你而已。對了，她也詢問我對戴夫的印象。」

瑪莉娜看著戴夫，「什麼時候的事？」

「妳去上廁所的時候。」

「對，差不多五分鐘，」瑪莉娜講完之後，又指著艾德，「她花了二十分鐘頻頻詢問我們有關他的事。」

蘇盯著安琪，「那妳們怎麼跟她說？」

安琪回道，「什麼都沒說。」

「足足二十分鐘？什麼都沒說？想必她的問題一定是又臭又長吧？」

「哦，就那樣嘛，」安琪突然變得有些不自在，「就是說他很風趣，喜歡開玩笑。」

戴夫問道，「那妳又是怎麼說我的？」

「我真的不記得了，」安琪說道，「沒有啦……」

「這是差別待遇囉？」戴夫搖頭，「哦，天哪，很好很好……」

艾德的目光依然緊盯著安琪，「告訴我她到底想要知道什麼。主要是問佛羅里達州的那個女孩？還是問我有沒有提到第二個女孩的事？」

「沒有特別問什麼。」

「她到底有沒有問？拜託，這問題一點也不難。」

「只是很普通的事。」

「什麼樣的事？」

「嗯……就是背景嘛。」

蘇開口制止，「艾德，夠了。」

艾德狠狠瞪了她一眼，她立刻嚇得縮回去，動作之明顯，每個人都看得出來。他張開雙臂，「拜託……大家都是朋友嘛，對不對？」

「你該休息個五分鐘，」巴利開口，「去喝杯咖啡什麼的。」

「我只是希望大家要誠實，」艾德的字句已經變得含糊不清，滿臉通紅，「這要求很合理吧？那賤八婆女警講了什麼話，告訴我就是了。」

他眨眼，等待，指著安琪，「幹，趕快給我講出來。」

巴利回道，「嘴巴給我放乾淨一點。」

安琪趕緊大笑化解尷尬，「你覺得我會怕他啊？」

「我只是想要……想要知道她為什麼對我這麼有興趣，」艾德說道，「如此而已。」

蘇挨過去，悄聲說道，「親愛的，你覺得他們為什麼對你這麼有興趣？」

「噓……」

「來啊，猜猜看嘛。」

「給我住口。」

「為什麼我不能開口？」

「因為我已經叫妳閉嘴了。」

「我不在乎，」蘇繼續靠過去，「這整個晚上，你明明可以有許多心得可以發表……但你卻對於死掉小孩的議題出奇沉默。真離譜，你說是不是？」她凝視桌邊的每一個人，「也未免安靜得太詭異了一點。」

艾德盯著她，他的臉色宛若碗底的冰淇淋融痕一樣慘白。

「這彷彿像是你的某種盲點，」蘇說道，「我說，大部分的時候，你樂意大聲嚷嚷，賣弄你的那些蠢笑話，取笑戴夫，逮到機會就開黃腔，」她逐一望著大家，「但只要有人稍微提到了死掉的小女孩，他就安靜得跟老鼠一樣。」她把手伸到嘴邊、假裝畫出一道拉鍊，「我們大家都會出現有苦難言的時刻，對吧？死掉的女孩，就彷彿是他的克利普頓石[10]。現在，我相信大家都早在私底下聊過了所有的話題，所以應該理解我講的不是隨便哪個死掉的女孩——」

艾德把椅子往後猛推，力道之大，害蘇立刻不假思索、伸手護住臉頰，安琪也嚇得倒抽一口氣。他惡狠狠瞪了蘇好幾秒之久，起身，步履搖搖晃晃，離開了用餐區。蘇嘆了一口長氣，拿起餐巾輕按雙眼。她以低沉嗓音道歉之後，也離座去找老公了，還順手關上了門。

大家不發一語，紛紛把桌上的髒碗盤交給瑪莉娜。安琪挑眉看著巴利，戴夫正打算要開口，但廚房裡有對話聲傳了出來，安琪立刻叫他安靜，四個人就這麼坐著不動，專心聆聽。一開始的時候，對話內容不是很清楚，所以瑪莉娜悄悄起身，走到電腦桌前、把音樂聲量調低了一點。

他們聽到艾德的聲音，「幹你媽的講那個幹什麼？」

他們聽到蘇講話，「為什麼不能討論這話題？為什麼它一直是碰不得的禁忌？」

他們聽到艾德開口，「靠，等一下妳鐵定後悔莫及……」

在傳出踩踏樓梯的沉重腳步聲之後，又過了一會兒，門開了，蘇又回到了用餐區。

蘇開口道歉，「天，真是對不起。」

瑪莉娜回道，「別這麼說，沒關係。」

巴利說道，「他喝醉了。」

蘇回他，「但我沒有。」她靜靜回到餐桌前坐下，「他剛才去洗手間，看起來似乎快吐了。」

巴利對安琪使了一下眼色。

安琪開口，「我看我們該走了。」

蘇的語氣平靜，「別這樣，請你們留下來吧。」

瑪莉娜看著戴夫，「哦，但我以為妳想要——」

「他完全沒辦法開車，」蘇回道，「而我根本不想把他帶回去。」她的臉苦皺成一團，餐桌上的其他人當然深信她萬萬不想與老公待在家裡。

「好，既然這樣，」戴夫起身，搓揉雙手，歡欣的態度頗是古怪，「應該要想想讓哪一對去睡那個空房間。」

安琪說道，「讓給他們吧。」過了一兩秒之後，巴利才做出反應，但他也附和點頭。

蘇回道，「不行，這樣不公平。」

「真的，沒關係。」

戴夫插嘴，「等我一下。」他走到電腦桌前，在上方的某個書櫃裡東翻西找，回到餐桌前的時候，手裡已經多了一疊撲克牌。「來吧，」他開始洗牌，「牌點比較大的可以睡房間，不過，

⑩《超人》漫畫與電影中能使超人喪失能力的虛構物質。

其實沙發床很舒服，我自己睡過好多次。」

「他感冒的時候啦，」瑪莉娜說道，「不希望傳染給我。」

蘇點點頭，低聲回道，「那就這樣吧。」

「好，有何不可？」巴利推了一下安琪，「親愛的，就讓妳去抽牌吧。」

戴夫將手中的牌展開，遞到她們面前，馬文．蓋伊此時正在吟唱〈萬一我今晚死去〉，樓上也傳出了抽水馬桶的聲響，蘇與安琪各抽了一張牌。

一個半小時之後，其中一對剛睡著——男的輕聲打呼——而隔壁房間的那一對則壓低聲音在討論今晚的事件。他拚命想要開玩笑，但她卻覺得自己笑不出來。他告訴她，說真格的，這可以讓妳體會到我們之間的感情有多好，但她卻只是淡淡說了一句，該睡了，然後，靠過去吻他，草草啄了一下。

第三對在吵架。

一開始是大吼大叫，持續了一兩分鐘之久，樓上的人全部驚醒過來。其中一對聽到樓下的碰撞聲響，東西砸落在地板上的噪音，立刻起身下床，其中一名男子在伴侶的慫恿下，悄悄走到房門口，打開門一探究竟。而這兩對才剛在梯台相遇，底下就傳出尖叫聲，他們不發一語，立刻衝下樓。

大家站在門口，一臉驚恐，盯著廚房。

有屍體，有血，細小的、亮色的血斑，潑濺在棉質藍衣與黃色絲衣上頭。濃稠鮮血慢慢擴散，流過黑白相間的地磚，成了溝紋之間的涓流。

跪在那裡的人，還有刀子。

張得大大的雙眸，染紅的手指，摀住血肉模糊的傷口，嘴唇因惶惑而扭曲變形，不斷重複著那幾個字。

「那兩個女孩，那兩個女孩……」

59

位於亨頓的全國緊急案件中心接到了那通九九九來電，立刻將狀況傳報路易舍姆派出所。幾分鐘之後，他們已經派出應變處理的警車與救護車，而珍妮．昆蘭也被吵醒了。

「珍妮……我是主控室的珊卓拉。好，現在發生了某起慘案，而地點正是妳最近負責查案的某戶家宅。」

珍妮全身上下只穿了件T恤，她站在走廊上，全身發抖，立刻走回自己的臥室。突然之間，她全身起了雞皮疙瘩。她的室友剛值完晚班，在自己房間裡怒氣沖沖盯著她，但她根本置之不理。

「我的案子底下有三個地址，」珍妮問道，「是哪一個……？」

十五分鐘之後，她把車停在森丘某條小街的醫護摩托車後面。現場已經有兩台塗裝警察標誌的警車，與當地住戶的車輛並排雙停，其中一台的藍色警示燈依然在不停閃爍，某名制服員警從另一台車的後車廂拿出了黃色封鎖帶。

她拿出自己的警證，趁對方在檢查的時候，她也退後一步、觀察那間屋子，這是她唯一沒有造訪過的地方。

那名員警將封鎖帶固定在珍妮後方的某個圍欄柱，她也邁開步伐、從人行道走向大門，推門進去。她深呼吸，屏氣，彷彿聽到了自己的心跳聲。

我的推測沒錯，打從一開始的時候就知道不對勁……

有另外一名制服員警站在樓梯口，但她依然看得到梯台上方的那個階梯有動靜。一進入大門的內側位置整齊擺放了好幾雙運動鞋，還有台單車貼靠在暖氣管。

珍妮聞到了咖哩，還有鮮血的氣味。

有人通知葛德納了嗎？應該由我打這通電話，當然是我。

她的右方房門緊閉，但正前方的那道門大敞，身著制服的執勤探長從裡面出來、走到她的面前。珍妮立刻注意到裡面是廚房，而且可以瞄到他背後的那具屍體，櫥櫃下方有紅色污漬，某名急救人員起身，使勁拔掉了防護手套。

「妳哪位？」制服警探問道。

珍妮立刻自我介紹，不過，當那男人發現她是實習生之後，似乎對於她與屋內那些人之間的關係就沒什麼太大興趣了，他目前還有更重要的事得思考。她曾經在派出所看過他晃來晃去，也知道他最近才剛從河岸的另外一頭南調到這裡。謠傳他是從犯罪調查部被降為一般制服員警，犯了大錯的薄懲，但沒有人知道到底是發生了什麼事。珍妮看過他幾次，顯然他對於自身的處境十分淡然，不過，現在看到他身處於此的態度——似乎並不像平日那麼意志消沉。

她心想，就是那種進入犯罪現場、立刻回魂過來的人。

很好認，因為她自己也是同類。

她突然聽到警笛大響，猜測應該是兇案評估小組的車輛到來，一分多鐘之後，果然證明她是對的，兩名兇案評估小組的便服警探進入屋內，她發現那名制服警探的臉色突然繃得好緊。

便衣警察與制服員警之間互虧的例常劇碼即將上演，但與珍妮以前的經驗相比，現在的狀況似乎沒那麼友善。

「好，索恩，我們就從這裡開始吧。」

那名制服警探怒氣沖沖看著他們。

「你杵在這幹什麼？不如去找點事情做吧，我們正好得找人去喬一下停車位……」

那兩名警探一臉笑嘻嘻從探長身邊走過去、進入廚房，那名急救人員也在此時出來。

「看來是直接穿透心臟，」那名急救人員說道，「我看，幾乎是立刻死亡。」

其中一名警探問道，「行兇的武器呢？」

急救人員往後指向站在樓梯口的那名員警。他轉過來，珍妮這才看到他手裡拿著的塑膠袋，他捧抱的姿勢宛若在對待新生小寶寶一樣。刀鋒緊貼著塑膠袋，而袋底也積留了約一茶匙的血量。

戴夫．克倫先前是怎麼告訴她的？

「星期六應該會很好玩。」

天……

那兩名警探站在門口，盯著屍體，剛才戲弄探長的那幾句話，依然讓他們笑個不停。急救人員經過珍妮身旁時，露出了微笑，現在的問題也只剩下正式宣布「已無生命跡象」的時機而已，但其實一點都不急。犯罪現場指揮警官正準備趕過來，外加一名鑑識攝影師，屍體還會留在原處好幾個小時。

珍妮趨前一步，詢問探長，「嫌犯人呢？」

「在樓上。」

「目擊者？」

他的下巴朝緊閉的房間點了一下，「所以妳認識他們？」

珍妮說沒錯，她找他們問案。

「裡面有個菜鳥跟他們在一起，」他往前走了幾步，準備回到廚房，「妳乾脆就進去幫他一下吧？」

珍妮才剛剛打開門、進入起居室，四名目擊者當中、坐在沙發床邊緣的其中兩人也站了起來。站在另外一邊的制服員警面露焦急，立刻趨前，但珍妮出示警證，向他保證不需要擔心。

其中一名目擊者問道，「現在是什麼狀況？」

「我們得在這裡待多久？」

「依我看來，他們只是在忙著安排車輛而已，」珍妮環顧四周，發現火爐旁的地板上堆了棉被。「要是調度許可的話，我們要讓你們乘坐不同的車輛前往派出所。」

「為什麼？」

「這樣一來，我們就沒辦法交談，他們必須確保我們的證詞沒有瑕疵。」

珍妮回道，「沒錯。」

「我們可以喝點東西嗎？」

珍妮看著那名制服員警，他回道，「他們已經喝過茶了。」

「我想要更濃烈一點的飲品，我的意思是，這狀況實在有點……」

珍妮回道，「恐怕是不行。」

「因為他們必須確保我們在法庭裡的證詞能夠站得住腳。要是某個律師發現我們在事發後喝酒……」

「我覺得喝一杯沒差吧，畢竟我們在剛才那幾個小時當中已經喝了不少。」

「很抱歉，」珍妮繼續說道，「只能請各位稍安勿躁，我們會盡快處理完成。」

「他死了嗎？」安琪問道，「都沒有人告訴我們現在的狀況。」

「對，死了，很抱歉。」

她聽了之後搖搖頭，但不知道這個動作是表示不可置信？抑或是覺得這個道歉多此一舉？巴利摟住了妻子，正當珍妮打算坐在沙發扶手上的時候，樓上傳來腳步聲。

「是她嗎？」安琪又追問，「他們是不是準備要帶走她？」

珍妮開了門，但只有幾英寸的縫隙、剛好可以看見外頭的動靜，某名制服員警帶著上銬的蘇・唐寧下樓，她盯著自己的雙腳，嘴唇微微顫抖，臉頰有鮮紅印痕，似是被人狠狠掌摑。她的臉龐與雙手有乾涸的血跡，上衣前方的大塊血跡似乎還沒有乾。他們與在樓梯口等待的探長會合，他瞄了一下珍妮，蘇也望過去，與她四目相接。

蘇停下腳步。

制服員警把手放在她的臂膀，催促她趕緊走向大門，但那名探長卻告訴他等一下。

她舔了舔嘴角的一抹乾血，吞嚥口水，全身顫抖，彷彿剛從惡夢中驚醒，還沒有辦法恢復神智。

她開口了，聲音嘶啞，完全聽不出任何情緒。

「我知道她在哪裡。」

第四部

蘇

寄件者：警探傑夫．葛德納<mailto:j.gardner@sarasotapd.com>
寄件日期：六月三十日
收件者：珍妮．昆蘭
主旨：即將來訪

珍妮：

首先，感謝妳把訊問證人的筆錄寄給我。是由妳負責問訊嗎？聽起來這些人度過了驚魂的一晚！

要是一切順利的話，我將會在明天傍晚抵達倫敦，第二天的第一要務就是前往妳的派出所。希望可以叫得到計程車，因為我根本不清楚「路易舍姆」在哪裡，也不知道該怎麼從市中心過去。根據薩拉索塔警局的編列預算，我猜自己應該住不到有服務生櫃檯等級的飯店！

抱歉沒有盡早聯絡妳，但我這幾天都忙著與你們的兇殺重案指揮部主管溝通，現在看來他終於同意讓我問案了。

很期盼與妳相見，希望這句話聽起來不至於太冒昧。

終於能見到本尊，真好。

兩天後見了。

傑夫

60

史蒂芬．巴爾斯托探長（兇殺重案指揮部）：你們下樓多久之後聽到了聲響？

安琪拉．芬尼根：幾乎是立刻吧。我是說……好像只相隔了幾分鐘？巴利起身去查看狀況，他打開房門的時候，戴夫已經站在梯台那裡了，我與瑪莉娜在同一時間衝出來，大家一起下樓，天，真是令人無法置信……

史：妳看到的現場狀況？

安：她殺了他，不就是這樣嗎？

史：要是妳能詳細描述親眼所見的狀況，將有助我們釐清案情。

安：抱歉……他躺在廚房地板上，她整個人靠在廚房廚櫃，那模樣像是讓他的頭靠在自己的大腿上，然後她……她的手放在他的胸口，到處都是血。她手裡拿著刀，我記得是右手，對，沒錯。她臉上有被他毆打的掌痕。抱歉……應該說疑似啦。嗯，我們也只有站在那裡，聽她……

戴夫．克倫：她含糊低語了一會兒，有些歇斯底里。她一直說對不起，他在她面前招認的犯行，她也全講了出來，包括所有的細節。她說，他本來以為她會挺他，我想意思就是幫他圓謊，但她拒絕之後，他就失控了，對她出手攻擊。

史：然後你就報警了？

戴：嗯，沒錯，瑪莉娜想要進廚房，想要幫蘇一把什麼的，但我知道她不該碰觸任何東西，因為這樣會破壞犯罪現場。有人開口，「要是他沒死的話，不是應該要幫忙嗎？」但他顯然動也不動，而蘇也流露出那種神情，對，他早就死了。所以我拿起電話撥給警察，其他人就在原地不動。但她一直講個不停，將一切經過告訴了其他人，包括了被他塞在佛羅里達州租賃車後車廂的那女孩，還有對肯特郡女孩所做出的行為。我剛講過了，她有點歇斯底里，我不知道其他人怎麼想，也許他們會說十分震驚什麼的。看到這種景象的確很嚇人……血跡與其他種種……但一想到是他，還有那些女孩的遭遇……我只能說，其實我也沒那麼意外。

史：你會說出這種評語，是基於什麼特殊理由嗎？

戴：我只是覺得他有那種本事罷了。

瑪莉娜．葛林：說來實在很荒謬，當我站在那裡、目睹一切的時候，心中只想到先前他出言威脅她的那些話。嗯，就是在我們用餐的時候。他們在大吵一架之後、進入廚房，他說出「等一下妳鐵定後悔莫及……」之類的言詞。他真的喝得爛醉，而且充滿攻擊性，當大家就寢的時候，他看起來似乎還好，似乎下一秒就會昏沉入睡，但我猜他應該是立刻又抓狂了，你知道嗎？都是因為小孩的事而吵翻天，因為他們有個早夭的女兒。

巴利．芬尼根：真的嗎？她說是他殺死了那些女孩？我的天哪……

史：我們已經在處理這條線索了，但目前我們關注的是今晚的這起意外事件。

巴：哦，發生什麼事已經不用多說了吧，她手握那把染血大菜刀、坐在那裡，然後他又全身是血。我們大家站在門口，她盯著我們，但似乎目光無法對焦，我猜應該是因為驚嚇什麼的吧。然後，她說他就是兇手……我們在佛羅里達州的時候，他對那女孩下了毒手，而兩週前的那個失蹤女孩的下場也一樣悲慘。她還說，他已經把藏屍地點告訴了她……就是被他殺害的那個女孩。

她拿刀殺人是因為這件事？或是因為他攻擊她？其實我並不知道。老實說，我應該也不是很在意吧。我應該是餐桌上唯一不曾被他攻擊取笑的對象，理由很簡單，他知道要是他膽敢亂來，我一定會給他好看。我一直不喜歡他，我也不需要因為坐在這裡就講假話，但我還是……萬萬沒想到他會做出那種事，真的是看不出來，對吧？

戴：他總是對她頤指氣使，我們當中有些人覺得她就是喜歡這種風格。嗯，喜歡……被人宰制什麼的。但他絕對是老大，不喜歡有人違逆他的意見。

史：那天晚上有聽到他出言威脅嗎？

戴：有，大家都聽到了。「妳一定會付出代價」或是「靠，等一下妳鐵定後悔莫及」諸如此類的話。她回座之後，十分心煩……看起來很想要為他辯護，都是因為喝多了才這樣，但大家都可以看得出來她老早就嚇得半死。

史：你說樓下一出事就傳出尖叫？

戴：對，蘇在尖叫。

史：是因為生氣還是因為害怕？

戴：我不知道……只是這尖叫聲一直沒斷過，因為一直有人在摔東西，我猜她之所以尖叫是因為他企圖傷人，有可能是他在她面前講出犯行之後的事。各種尖叫聲聽起來都差不多吧？你說是不是？我可以確定的是，她非常害怕，要是妳嫁的那個人自己承認殺死了兩個小女孩，這種反應也情有可原。她坐在廚房地板上的時候，表情依然很恐懼。我不知道……可能是因為自己所做出的事而害怕不已吧。

史：她到底是怎麼說的？

安：我不記得確切的措辭。

史：盡量回想一下。

安：她絕對有說，「就是他。」還有「他對她們做的事，全告訴了我。」然後，她開始狂吼，胡言亂語，說什麼河流啦、獨木舟啊，還有他把屍體藏在後車廂。又提到了巧克力與樹林裡的某個地方。過沒多久之後，警察就來了，她變得比先前更驚恐，盯著我們，直嚷著，「我不知道，我發誓我真的不知道。」

瑪：對，在警方與醫護人員到來之前，她一直重複個不停，我猜她也對他們講了一樣的話。他們剛到現場，我們就被帶到了客廳，所以我不知道後來怎麼樣了，只聽到有人命令她放下刀子……

史：唐寧女士喝了多少酒？

瑪：我不知道……不是很多，搞不好是喝得最少的一個。說來令人感慨，因為她大可以開車載他回去，但我猜她只是太害怕了而不想這麼做，她可能以為和大家待在這裡會比較安全，既然屋內有其他人，他也不敢膽大妄為。我猜他們應該一開始是在客廳吵架，因為好多東西都掉在地上。也許他是還在床上的時候講出自己的犯行，她嚇得半死……這也是人之常情，然後，他開始攻擊她，她衝進廚房……我不知道是不是這樣……然後直接拿起刀子，你覺得我的推測合理嗎？

史：等到我們在屋內蒐證完畢之後，才會知道更多的真相。

瑪：如果換作是我……我發現戴夫做出那樣的事……我也會想要殺了他。

巴：我覺得她搞不好連自己做了什麼都不是很清楚。她坐在那裡的時候，看起來有點恍神，就像是嘴邊沾到番茄醬的小孩一樣。她一手摀住他的胸口，也就是落刀的位置，我猜啦，像是在輕拍一樣，然後，她的另一手則撫摸著他的頭……還拿著刀子。就在這時候，她把一切全告訴了我們，也就是他對那兩個女孩所做的事，她彷彿覺得他只是睡著了一樣，也渾然不知四周都是血。

史：好，謝謝，我想差不多了，問案結束時間是——

巴：聽我說，我知道她拿刀殺人，這一點大家都沒有意見……不過，要是他真的殺害了那兩個小女孩，然後，她之所以會殺人，純粹因為他想要殺她滅口什麼的……她還是得接受制裁嗎？

61

她先開口，「你看起來好累。」

「對，半夜的飛機，時差真是可怕的殺手，對吧？」

那女子對於這種不當措辭並沒有做出任何反應，但她隔壁的那名男子卻顯得有些坐立不安。葛德納低頭，有些不好意思，開始在筆記本的邊角隨手亂畫。

「所以警察出差不坐商務艙嗎？」

「妳在開什麼玩笑？」

今天是蘇．唐寧因殺害老公而遭到逮捕的第四天，葛德納終於坐在她的對面、見到了她，而他隔壁坐的是倫敦警察廳兇殺重案指揮部的探長史蒂芬．巴爾斯托，負責艾德華．唐寧兇案的探長，一個心直口快的蘇格蘭人。當蘇珊．唐寧以證人身分接受問案的時候，當然不需要找律師，但她後來直接涉案、成了霍洛威監所的羈押犯，對於遭到逮捕當晚、指派給她的那名律師，她似乎相當滿意，無論律師說什麼、提出什麼建議，她都乖乖聽從。

葛德納開口，「謝謝妳願意見我。」

「不需要謝我，但我很樂意幫忙……」

巴爾斯托插嘴，「要不要直接開始了？」

他們待在霍洛威派出所的某間問訊室。羈押犯的外出時間只有從早上九點到下午五點，所以他們就找了最近的一間派出所進行問訊，倒不是這個地點有什麼特殊之處。反正問訊室都長得很像。

身著牛仔褲與素面T恤，一頭長髮往後梳，蘇珊・唐寧的模樣讓葛德納大感意外，他沒想到她居然這麼瘦小。看起來不像是能順利熬過監獄生涯的那種人。她看起來像是個受害者。葛德納心想，雖然她做出了那種事，但只要一想到艾德華・唐寧死後，他們所發現的一切，她的確是受害者無誤。

葛德納開口，「現在我們已經十分確定，妳的丈夫是英國莎曼珊・顧爾德與佛羅里達州安珀瑪麗・威爾森這兩起命案的嫌犯。」

蘇珊・唐寧緩緩點頭，猛力嚥了一下口水。

「既然他已經告訴了妳，想必妳也不需要多想是否還有其他的可能性。妳已經知道他們靠著他車內衛星的輸入紀錄、找到了莎曼珊・顧爾德，我想也有人已經告訴妳了，七橡樹外的森林裡發現了某個年輕女孩的屍體。」

「就是她。」她已經不須多問。

「對，是她，依然……可以辨識得出來。」葛德納曾經詢問過負責尋找莎曼珊・顧爾德屍體的警官，她的屍身比安珀瑪麗・威爾森完整多了。「但妳還不知道昨天傍晚他們已經取得了暫時的DNA檢驗結果，埋屍現場的樣本與妳先生的DNA完全符合。」

蘇回道，「是前夫。」

這只是在簡單陳述事實而已。就算話中有任何的怨毒，也只能說她隱藏得很好。葛德納心中一震，這句話不只是提醒而已，更說明了她為什麼會坐在這個地方，而不是白天窩在家裡看電視或是改學生作業。

「好……我們現在要拼湊你們在薩拉索塔時的一切過程，希望妳能夠幫助我們釐清某些疑點。」

「我盡量。」

「好，我們判斷他是趁妳在西場購物中心的那一個多小時當中、擄走了安珀瑪麗，之後就一直把她藏在後車廂裡面。」

「換言之，他去接妳的時候，屍體已經在裡面了。」巴爾斯托補充說道。

「沒錯。」

「難道沒有……味道？」

「撲鼻而來的味道嗎？沒有。」

「我猜他把妳的購物袋放在後車廂。」

她想了一會兒，「一定是這樣，不然的話……」

「妳知道嗎？我覺得他的思路沒那麼謹慎，有時候是臨時起意。」

蘇面露懷疑，「我不知道，我一直在回想，希望能夠找出一點蛛絲馬跡，當初他看待那女孩的時候……是否曾流露異樣的目光。」

葛德納點點頭，彷彿在思索這一段話，「我無意失禮，但考量目前的一切，也許妳對這個人的了解程度、並不如妳想像的那麼透徹。」

她的回答簡單明快，「我們在一起二十五年了。」

「好吧，無論他把她藏在後車廂是不是計畫的一部分，反正他很僥倖，之後，就只是棄屍的問題。」

「一定是晚上，」她回道，「因為我們第二天一早就把行李箱放入後車廂。」

「我們無法確定時間，但我們認為他把車開到了龜灘的漁港船塢，帶走了停泊在那裡的其中一艘獨木舟。」

蘇張口欲言，但還是閉上了嘴巴，低頭看著桌面。

「怎麼了？」

「我們去年在那裡泛舟，」她勉強擠出笑容，「還看到了海牛。」

「沒錯，」葛德納面露欣喜，「所以他的確知道那個地方……很清楚要到哪裡去弄艘獨木舟。也許他把屍體放在獨木舟裡面、載運過河什麼的，我們恐怕永遠無法知道答案。從那個地方到我們所發現的紅樹林陳屍處，只需要划水十五分鐘而已，他把她藏在樹根下方，然後又划獨木舟回去、把它歸放原處。整個過程花不到一個小時，也許他還有時間換衣服——」

她猛搖頭，拚命搓揉雙手，最後終於打斷他，「但他是怎麼辦到的？在半夜外出一個小時？在他離開或是回來的時候，我怎麼沒有醒過來？」

葛德納雙手一攤，這可能又是一個他永遠無法解釋的謎題，「妳平常睡得很熟？」

「嗯，我不是淺眠的人。」

「有喝酒？」

「是喝了一些，」她回道，「已經是最後一晚，所以……」

「事實擺在眼前，他這次依然很僥倖，」葛德納說道，「就和後車廂的事一樣。妳知道嗎，妳真的不需要內疚，因為就算是妳醒過來的話，他也可以謊稱自己打算去散步，或者是他剛散步回來，拿出他睡不著啊之類的藉口。」

蘇望著他，「我覺得並不容易。」

「什麼？」

「不要……『內疚』。」

「嗯，這種事掛在嘴邊總是比較容易吧？」

「在她失蹤的第一天，他告訴警方，他和我一起去了購物中心，我就只好繼續配合他了，」她依然在揉弄雙手，某隻手貼住桌面，另一隻手緊壓其上，彷彿要把它搓爛一樣，「要是我沒說謊，莎曼珊．顧爾德搞不好還活在這世界上，對不對？」

葛德納知道巴爾斯托正在盯著他，「我們不可能知道答案的。」

「我是為了他才撒謊。」

「我知道，」葛德納回道，「我正要問這件事……」

「他說，因為那件性侵案的緣故，他不能說出自己一個人開車閒逛的事，因為他們如果認定他是嫌犯，就會挖他的底，發現他在五年前與那女人之間的事……嗯……」

「他不只是嫌犯而已。」

「他叫我一定要挺他。」

「他是不是有威脅妳？」

她搖頭，神情淒然，「我也希望我能講出他威脅我的這種話，但其實並不是這樣，根本不像是……那一夜，應該說他是在哀求我。」她又看著他，舔了舔乾涸的雙唇，「我還在思索另外一件事，諸多疑團的其中之一，那起性侵案……」

葛德納瞄了一眼巴爾斯托，「我已經與珍妮．昆蘭見過面了，我想妳知道是哪一位吧？」他等待她的回應，果然看到她輕輕點頭，「她已經找過了安奈特．貝里，認定妳先生的確強暴了她。」

她倒是沒有出現什麼詫異的神情。她本來就背負了難以承受之重，現在不過是多加了一噸的重量而已。「對，想也知道。」

「不過，有件事……很值得玩味，」葛德納遲疑了一會兒，又覺得自己措辭失當而很不好意思，他真是嘴笨，不過，他必須對她揭露的那些真相，想必已經讓這女子的心情跌落谷底，再也沒有什麼話語能夠傷害她了。「貝里小姐告訴她，艾德曾經要求她裝扮成女學生。」

這是蘇珊．唐寧第一次露出震驚神情，整個人宛若大夢初醒，她低頭喃喃自語，「啊，天哪。」

葛德納回道，「抱歉。」他不知道自己為什麼要特別針對這件事而道歉？

很抱歉，妳的前夫，是性侵犯，還殺了兩個小女孩，對於連身裙制服與運動型內衣有奇怪的癖好。

「都是因為小孩的事，對不對？」

「抱歉？」

「他的這種行為，」蘇說道，「與我們的小孩有關，都是因為艾瑪。」

葛德納有些不自在，「唐寧女士，我不是心理醫生。」

「我早該猜到了。他對於艾瑪的事總是態度很扭捏，拒絕與我討論，似乎在假裝我們從來沒有這個女兒一樣。當然，現在我會捫心自問，要是艾瑪還活著的話，艾德還會做這種……？」她搖搖頭，「不，不能這麼說，無論出了什麼事，我已經回不去了……」

大家沉默不語了好一會兒，終於，巴爾斯托忍不住開口，「要是沒有其他問題的話，就到此結束了？」

葛德納說他馬上就好，但當他再次望著蘇的時候，他發現她正盯著他，彷彿突然看出了他的心思，「你是不是覺得我知情？」葛德納沒有立刻回應，她繼續說下去，臉上掛著一抹近乎痛苦的笑容，「別擔心，我在監獄裡的時候，其他女犯已經在對我放話了，揚言一逮到機會就打算要對我出手，從她們的言詞來判斷，不難猜測她們到底是怎麼想的，我知道大多數的人也抱持同樣想法，換作是我，我也會這麼認為，妻子一定知情。」

「想必妳一定活在煉獄之中，」葛德納語氣輕柔，「但這並不是妳的錯。」

蘇珊·唐寧第一次流露出可能隨時會泣淚的神情，「謝謝。」

葛德納開始收拾自己的文件。

「你會與她媽媽聯絡嗎？我的意思是，安珀瑪麗的母親。」

「偶爾。」

「要是你記得的話，請幫忙轉達我的歉意，我衷心盼望她能夠知道我充滿內疚。」

葛德納說他一定會把話帶到。

二十分鐘之後，葛德納與巴爾斯托站在派出所的後門，望著載著蘇珊．唐寧的那台囚車穿越緩緩打開的藍色鐵柵門、準備回去監獄，車行越來越遠，終於完全消失不見。

葛德納開口問道，「你覺得接下來會如何發展？」

巴爾斯托悶哼一聲，從外套口袋裡拿出香菸，「謠傳檢方打算以……被害人挑釁、正當防衛的角度處理這個案子，我猜，他們認為成功定罪的最大機會就是過失殺人。」

葛德納聽蘇格蘭口音還是有點吃力，雖然有幾個字聽不懂，但他還是抓到了整段話的梗概，「好消息。」

那名探長點點頭，點燃了香菸，「老弟，一點都沒錯，好，接下的話你知我知就好，我覺得接下來應該很快就會落幕了，希望你聽得懂我的意思。」

葛德納看著他。

「就跟你剛才說的一樣，她活在煉獄之中，而且我也想不出有哪間監獄能夠容得下她，你呢？要是在女監裡待個十年，那些T恐怕會一直拿著土製兇刀、對她緊追不放。」

葛德納回道，「我沒辦法。」

「而且，她明明是為民除害。」

62

派蒂．李．威爾森斟滿了酒，坐下來，拿起了話筒，在這半小時當中，這已經是她第三度做出這個動作。這一次，她一口氣喝光了半杯酒，伸手撥打號碼。她等待電話接通，她好幾次差點衝動掛斷電話，但還是忍了下來。

接電話女子的聲音充滿濃濃睡意，有些焦慮不安。

「請問是桑妮雅．顧爾德嗎？」

「哪位？」

派蒂聽到有個男人壓低聲音問道，「誰打來的啊？」

「我是安珀瑪麗的母親，」派蒂回道，「知道安珀瑪麗．威爾森嗎？」

那名女子沉默了一會兒，才開口回她，「我知道妳是誰。」

「天，我是不是吵醒妳了？我本來想早一點打電話，但我有點緊張……」

「沒關係，」那女子回道，「我們只是提早上床睡覺而已，明天案子開始進行審理，所以……」

「對，所以我才打這通電話，祝你們好運。會不會有點怪怪的？」

「不會啦。嗯，是有一點。」

「也許我該祝她好運才對，」派蒂說道，「你們應該期盼她被放出來吧？」

又是一陣沉默，「我不知道自己有什麼好期待的。」

派蒂把雙腳擱到沙發上，「我知道，這狀況真是一團亂。」

「嗯，對……應該吧。只不過，我心裡仍不免在想她是不是……妳一定懂我的意思。」

「不可能，」派蒂回她，「我與在那裡偵訊她的警探聯絡過了，其實，他是我的好友，妳知道嗎，他可以看透她的雙眼。」

「這也是我討厭她的原因之一，希望我的理由不會太突兀。」

「請說。」

「我希望受審的人是他，」那女子的聲音依然平靜，但話語之中卻聽得出激切之情，「我想要看到他的神情，包括他坐牢的時候、真正明白自己犯下了什麼惡行……從我們手中奪走多麼寶貴的一切，妳也是。」

「當我接到電話，知道那王八蛋死掉的時候，差點高興得跳起來，抱歉我講了粗話。」

那女子發出輕笑，她告訴派蒂，她自己講的話更難聽。

「要是我們有機會在那裡堵到他的話，他一定會如坐針氈，我一定要坐在第一排，笑得上氣不接下氣。」

「妳打算這麼做？」那女子問道，「真的嗎？」

派蒂沉思了一會兒，喝光了剩餘的酒，才開口說道，「不，不會。」

「就算是這樣，也沒有辦法讓我們的女兒死而復生，對不對？」

派蒂發現那男子又在講話，但聽不清楚他在說些什麼，「好，我應該讓你們趕快回床上睡覺了。」

「妳真好心，還特地打電話給我們。」

「我一直擔心太冒昧。」

「怎麼沒有考慮自己飛過來一趟？」

「目前這個階段，錢是一大問題，」派蒂回道，「但早知道就存點錢才對，光是向她握手致意就很值得了。」

「嗯，好吧……」

「聽我說……我想我打電話過來的真正目的，只是希望妳要堅強，好嗎？我知道你們的寶貝女兒也已經過世一段時間了，但因為我遭逢變故的時間比較早，我希望能夠讓你們知道，接下來會比較釋懷了。不對，根本不能這麼說，這是不可能的。但你知道嗎，之後的感覺就像是某種痛楚，而不是……赤裸裸的傷口。親愛的，我向妳保證，接下來的日子會比較釋懷。」

她聽到那女子倒吸一口氣。

「天，但願如此……」

「還有，妳知道嗎？你們並沒有因為那個畜牲而失去她，不能這麼說，不是的，他沒有奪走全部的她，最美好的部分依然完整無缺。」

然後，派蒂坐下來，抱著空酒杯，聆聽三千英里之外、那個她從來不曾見過面的女子開始哭泣。

63

「好，可否請妳在法庭裡告訴大家，當你們從客廳一路吵進廚房的時候，到底發生了什麼事？」

蘇微微側身、以四分之三的站姿面對陪審團，這一招是經過高人指導，證詞將能發揮最大效果。過去六個月以來，她對於所有人的指示與建議都照單全收，包括了獄卒、事務律師，還有正站在底下看著她的辯護律師。該穿什麼樣的衣服，該表現出何種儀態，她都謹記在心。她挑了深色裙子，搭配簡單的白色上衣，雖然她在監獄裡稍微變胖了一點，但就整體狀況而言，她的模樣也算是夠體面的了。

「唐寧女士？」

她望著律師的臉，肥下巴，酒糟鼻，但凝皺在一起的五官卻流露出恰如其分、充滿憐憫的神情。她知道接下來會上演什麼情節，也知道有多麼痛苦，但她也明白自己如果想要避免牢獄之災，這是必經的過程。自從她被逮捕之後，某些真相也隨之曝光，要是她斷然否認的話，絕對是不智之舉。

她知道哪些部分應該要坦白面對。

「艾德……整個人抓狂，」她說道，「他將沙發床上面的被子扔到地上，還摔了許多東西，蠟燭啊什麼的。我告訴他要冷靜，不要再大吼大叫，因為當時我只擔心別人會被我們吵醒，我……會超尷尬。」

「然後呢？」

「他打我。」

「妳先生以前曾經毆打過妳嗎？」

「不，從來沒有。要是他以前曾經對我動粗，我也就不會那麼震驚了。他臉上出現了我從所未見的神情，彷彿突然清醒過來，我站在那裡、摀住自己的臉，他開始講出……他所做的那些事。」

「唐寧女士，他講了些什麼？」

她深呼吸，但還不夠，所以她又做了一次。她傾身向前，抓住證人席的欄杆，「他說，這些年來他一直挺我，無論我有多麼愚蠢，說了些什麼話，又做了哪些事，這都是基於他對我的真愛……現在，也該是我回報他的時候了。」

「挺他？」

蘇點點頭，「我問他這到底是什麼意思。」

「也就是在這個時候，他說出了佛羅里達州的犯行。」

「好奇怪，因為當他一開口告訴我之後，我覺得……一點都不意外。我的意思是，我沒有大吼大叫或是癱軟在地，我只是站在那裡，靜靜聆聽……他對那女孩所做的事，還有等到我們回到英國之後、他又是如何重施故技。我只是覺得好冷，這是我最深刻的印象，突然之間，我顫抖個不停。」

「所以，當他告訴妳這兩起犯行之後，接下來又發生了什麼事？」

「我只能站在那裡，就像我剛才講的一樣……呆若木雞，真的是動也不動……然後，他說，『妳不問我為什麼嗎？難道妳不想知道原因嗎？』他看起來……氣急敗壞，臉色漲得越來越紅，我說我不想知道，因為任何理由都不足以構成做出那種事的正當性，他又勃然大怒，朝我節節進逼。」

「妳當時有什麼感受？」

「我好怕，」她回道，「我突然嚇得半死，衝出房門，奔向廚房，」她低頭不語了一會兒，「我應該要上樓敲門求救才是，叫醒安琪、戴夫或是其他人，告訴他們到底發生了什麼事，但我卻沒想那麼多，因為我當時陷入恐慌。」

「妳先生也跟了過去？」

她點點頭，「對，他就在我後面，不斷對我咆哮，我從來不挺他，這樣真是太不公平了。他一直說他需要我，而且要是我不支持他的話，這樣就沒意思了。」

「妳覺得他那句話的含義是？」

「我不知道，」蘇繼續講下去，「現在回想起來，我覺得他可能是打算自戕，但那時候我只覺得……一心只想到……」

「唐寧女士，妳當時到底有什麼想法？」

她眨眨眼，呼吸急促，「我覺得他打算殺了我。他一直靠過來，我無路可退，而且我的目光一直無法盯著他的雙手，無法移開，我忍不住心想，它們就是勒死那兩個小女孩的工具，然後，我的背已經緊貼住流理台邊緣……我依然盯著他的手。」

「當晚稍早的時候，妳先生曾經出言威脅妳，也就是其他證人曾經提到的那些話語，妳的心理狀態是否因而受到了影響？」

蘇說沒錯，就是這樣，資深大律師請她重複一次，讓陪審團可以聽個清楚。

「好，接下來妳採取了什麼行動？」

「我不假思索，把手伸了出去，廚房裡到處都是髒碗盤，還有刀叉，洗碗機已經啟動，但要洗的餐具實在太多了，沒辦法一次放進去……我把許多東西丟到地上……抓到什麼就扔什麼，我依然看著他的手，他對我大吼，我就只能抓住這把刀，這把刀……」

「唐寧女士，要不要休息個一分鐘？」

她搖搖頭，吞了一下口水，「他伸出雙手，撲過來，我就……往前衝。」

「拿著刀子？」

她點點頭，「我記得自己當時在尖叫，我以為他的臉……之所以會出現那樣的神情，純粹是因為我的尖叫聲太淒厲，就連他往後退的時候，我還是不知道出了什麼事，他低頭，嘴唇無力微張……」

「慢慢來，我們不急……」

「然後，我看到了刀子上的血，他坐下來……應該說是癱在地上，貼靠著廚櫃。」

「妳接下來又做了什麼？」

「我坐在地上陪他，我覺得這是自然反應。我抬高他的頭，把手放在……他胸口的那個洞，鮮血從我的指間汩汩流出，然後，我只記得自己看到大家站在門口，心裡只覺得好納悶，不知道他們在那裡幹什麼。每個人都盯著我，我開始講話，但也不知道自己在說些什麼。說來荒謬……但我記得自己當時很窘，因為我居然把大家都吵醒了，只不過因為我們夫妻吵架而已……」

資深大律師點點頭，「唐寧女士，謝謝。我知道這段過程對妳來說十分艱難，不過，請妳稍安勿躁，我需要讓妳回顧就在這起案件發生之前、妳與妳先生之間所發生的事，衝突的緣由，妳準備好了嗎？」

她知道他想要聽到什麼，接下來要上場的是哪一段內容，她告訴他，沒問題。

「剛才妳在法庭裡曾經提到妳先生所說的話……」他開始唸出自己的筆記，「他一直挺妳，無論妳有多麼愚蠢，說了些什麼話，又做了哪些事，這都是基於他對妳的真愛。妳知道他這段話是什麼意思？」

她看著他，呼吸變得越來越急促。

她回道，「我們的女兒。」她清了清喉嚨，又說了一次。

「你們的女兒，艾瑪？」

蘇點點頭。

「妳丈夫想和妳討論艾瑪的事嗎？」

她回道，「不，他恨死了。」

「為什麼？」

她搖頭。

「唐寧女士，妳已經發誓作證，這是妳向陪審團成員解釋原委的機會。好，在妳被捕之後，曾經提供了簡短的供詞，說明妳先生對於過世女兒艾瑪的態度，當妳在他面前提到她的時候，他極為光火。我們也取得兩名證人的供詞，妳曾在私底下講出艾瑪因為白血病而不幸早夭的事，是嗎？」

蘇點點頭。

「唐寧女士，既然妳已經講出了那晚的事，妳先生威脅妳的話語……還有他供出自己犯下兩起殺人案之後、妳擔心自己性命不保，妳知道自己必須說出一切的真相嗎？妳明白這一點的重要性？」

蘇再次點頭，動作輕微，幾乎令人看不出來。

「很好，謝謝妳。」資深大律師站在檢方與被告律師共用桌面的後方，低頭看筆記，清了一下喉嚨，聲音變得低沉多了，「接下來的提問，想必十分煎熬，但可否請妳在法庭裡講出妳女兒艾瑪的真相？」他停頓了一會兒，知道這一定會引發法庭裡的騷動，旁聽席出現了竊竊私語，還有好幾名陪審團成員身體前傾，「唐寧女士……可否說出艾瑪的事？」

她閉上雙眼，過了好幾秒之後，「沒有艾瑪……」

「唐寧女士，可否請妳大聲一點？」

「我從來沒有女兒。」

旁聽席裡的交談聲越來越嘈雜，好幾名陪審團成員面露驚愕，大律師靜靜等待眾人安靜下來。

「妳是不是有買過衣服給她？」

「對。」

「是不是還為她在後花園安裝了鞦韆？」

「對。」

「妳是不是從雜誌上剪下某個女孩的照片，裱框，然後把它們藏在抽屜裡面？」

「對。」

「可不可以告訴我們，為什麼要做出那種事？」

她再次搖頭，然後，睜開雙眼。「我們想要小孩，我們兩個都很想，但就是……一直盼不到。」她凝神盯住她律師頭頂上方，講話的時候，眼眶盈滿了淚水，而且泉湧而出，「我們做了檢查……所有的檢查，沒有人知道到底是哪裡出了問題，但就是……生不出來。艾德痛苦悲傷至極，我也是。然後，某天一早起來，艾瑪就在那裡了。」她伸手搗住心口，「在這裡，曾經出現了一個艾瑪。我不覺得有哪個人能夠理解我的執念，但我從來不曾有過任何的懷疑。突然之間，我可以每天早上好好起床、過日子了，因為我找到了悲傷的理由，盈滿了我的心。我擁有對這個女孩的各種回憶，歷歷在目，你懂嗎？她的所有……細節。我們曾經一起做過的事、造訪過的地方。我可以聽到她在大笑，我知道她討厭吃什麼蔬菜，我還記得在那家醫院裡面、看著她離世的那股痛楚，我記得一切。

「那個地方的氣味，還有我在事後為她挑選的衣服……

「當然，艾德希望我能去找專家尋求協助。他覺得這樣不太健康……不，其實更嚴重，他的說法是『病態』。最後，他也隨便我了，因為他知道我不會罷手，因為我不願對她二次道別，我就是做不到。他很擔心我，至少，一開始的時候是這樣，我很清楚……但有時候我必須講出她的事，與他一起共享，但最後總是大吵互吼收場。所以，有時候我會告訴別人，買東西或喝咖啡的時候，我會把艾瑪的事講給陌生人聽。大家都說好遺憾，還會追問我她長什麼樣子，我覺得自己充滿了生氣，彷彿我這一生有了某些意義。

「我知道……我知道這些話聽起來實在是……我也很清楚該走出來了，但擁有艾瑪、以及對她的點點回憶的這些年……過得很順心，我不想割捨交換。我可能……解釋得不是很完整，但我因為失去了這個特殊的女孩，自己彷彿再次成為一個完整的人。」她低垂著頭，好一會兒之後，又點點頭，「其實，應該說是我不曾真正失去的女孩。」

資深大律師又繼續前傾，詢問她是否需要喝水。她抬頭，勉強講出最後一句話，隨後開始啜泣，久久不能自已。

「我覺得自己就像個母親一樣……」

檢方點頭示意之後，法官宣布休庭，午餐過後再展開檢方詰問。他告訴蘇，已經結束了，但他發現她的十指依然緊緊抓著鐵欄杆，趕緊吩咐法警、幫助她離開證人席。

64

當他們現身的時候，階梯下面已經聚集一大堆人。拿起手機拍攝模糊照片或錄製影像的那批群眾，忙著與記者、電視工作人員一起搶位。某些人早在宣判之前就已經到達現場、表達支持之意，但大多數的圍觀者——只是意外發現電視台攝影機的路人，覺得一定有什麼大事要發生——趁此機會湊熱鬧或是拍下精采段落。

位於老貝利街的刑事法院外頭會看到什麼？永遠讓你意想不到。

蘇珊·唐寧的律師趨前準備發表談話，好幾名制服員警聚攏在一起、組成了臨時的人牆封鎖線。

「對於今日的宣判，我們終於鬆了一口氣，心情也十分雀躍，」他繼續說道，「正義終得伸張。今天下午，唐寧女士不會發表任何談話，也不會接受提問，但她請我代她講幾句話。」

安琪、巴利、瑪莉娜，以及戴夫一起站在後方、距離律師與蘇不過只有幾英尺之遠而已，而他們一旁還有蘇的同事，葛拉漢·福特，他摟住了安奈特·貝里。大家都曾經為了被告而出庭作證。他們盯著蘇的後腦勺，看著一大排麥克風朝她的方向直撲而來，後面還停放了一排現場轉播車。現場車流噪音嘈雜，再加上相機快門閃聲不斷，逼他們必須豎耳傾聽事務律師的發言。

「這場惡夢終於結束了，我鬆了一口氣。或者，至少這個部分已經告一段落，因為，我覺得自此之後必須面對過往之一切、前夫所犯下的惡行，絕非易事……」

戴夫挨到巴利身邊，「想不想去吃午餐？」

安琪問道，「那蘇呢？」她看到蘇微微側身了一下，心想她可能會轉頭過來，她立刻揮手打招呼，但蘇並沒有看到她。

「我覺得她應該還有得忙，」巴利回道，「但我想吃東西了。」

瑪莉娜開口，「我快餓死了。」

安琪點點頭，「的確該好好慶祝一下。」

「不過，要是那個變態殺人犯必須在牢裡度過餘生的話，反而比較好。」戴夫牽起瑪莉娜的手，「我覺得這樣反而讓他得以輕鬆解脫。」

「對，但把那種人一直關在監獄裡得花多少錢啊？」安琪說道，「某些人的牢房裡還有PS可以玩。」

巴利回道，「我覺得這結果很好。」

「不知道他們是怎麼想的，」戴夫的下巴朝桑尼雅・顧爾德與老公兒子站立的位置指了一下，律師繼續朗讀蘇珊・唐寧的聲明，而他們聽了則是一臉鐵青。

「最重要的是，我想趁此機會，向那兩位女孩的家人表達我的哀悼之意，這一切對我來說固然艱難，但我依然無法想像他們所必須承受的煎熬。」

「天，但那女兒的事……」安琪開口，「我還是不懂。」蘇轉身，兩人四目相接，安琪舉起小指與大拇指、在耳邊比劃了一下，張嘴默語，「等一下打電話給妳。」

蘇輕輕點頭，又轉身面向記者。

珍妮・昆蘭的心情五味雜陳。蘇珊・唐寧無罪開釋，她與大家一樣開心，但這並不是她的案子，她的確有參與，但並非由她主導辦案。有關聯，但畢竟不是她轄屬的範圍。傑夫・葛德納已經向她大力致謝，負責偵辦莎曼珊・顧爾德一案的警官也是，但她依然覺得艾德華・唐寧之死剝奪了她應得的讚美之詞。前一個晚上，她與史蒂芬妮嗑了兩塊大披薩、還喝了一瓶半的紅酒，她一直哀嘆連連。史蒂芬妮說她好笨，她明明是第一個緊盯艾德華・唐寧的人，而且，不就是她發現了他對安奈特・貝里到底做了什麼嗎？這是關鍵證據，沒錯吧？對，大家應該要重視她的表現才是。

珍妮只希望一切都如她朋友所預料的一樣。

她望著傑夫・葛德納，他正在喝外帶杯咖啡，與兇殺重案指揮部的史蒂芬・巴爾斯托悄聲談話。雖然最後無法將嫌犯定罪，但巴爾斯托對於這樣的結果似乎倒是沒有大失所望。但葛德納的心思就很難猜透了，彷彿對於這整起事件……很困惑。

他朝珍妮的方向瞄了一眼，她立刻微笑以對，心想不知他打算在倫敦待多久？

史蒂芬妮說的沒錯，當然的。無論從哪一個角度來看，這一定會成為她的光榮印記，不是嗎？想必不久之後，酒吧裡就會出現她迅速高升的話題，亞當・西蒙斯與其他人忙著虧她、鼓勵她。

萬一不是這樣，那就繼續幫他們泡咖啡就是了。

「……由於過往發生的這一切，再加上我也想要努力開始過新生活，所以我在此時需要一些隱私空間，希望各位能夠諒解。」

傑夫．葛德納離開了那位英國警探，從口袋裡拿出手機。天，這裡的天氣就和他老婆講的一樣冷，他迫不及待要回到溫暖陽光與海洋的懷抱，而且美國法院裡的法官也不會戴那些好笑的假髮……

他原本想要打電話給派蒂．李．威爾森，告訴她這個消息，但還是決定晚一點再聯絡，回到美國之後，應該是恰當時機，而且，她要是保持密切關注的話，應該也會在《有線電視新聞網》或是其他媒體看到消息。

事務律師想要開路、讓蘇珊．唐寧走向等候的車輛，階梯下方也起了一陣騷動，警察們忙著隔開那群爭相撲上來的記者，剛才律師已經強調不接受任何提問，但他們依然置之不理。

蘇珊．唐寧臉色蒼白，而且似乎依然不知自己身在何處。由於她的協助，終於能夠完整拼湊出安珀瑪麗的兇案細節，葛德納心存感激，但聽到她在法庭裡的發言之後，一想到當初她在霍洛威問訊室裡講述自己女兒的那種態度，依然讓他驚駭不已。

他是怎麼回答她的？他不是心理醫生之類的話，他衷心盼望她能找到良醫。

他發現她快要到達座車之前、突然停下腳步，從車頂的方向張望停在對街的某台寶馬汽車，葛德納也伸長脖子，想要知道是誰坐在駕駛座裡面，但根本看不清楚。她的律師伸手扶住她的後腰，過了一會兒之後，兩人進入車內，原本停放在街邊的座車也迅速進入幹道。

「都是因為小孩的事，對不對？」當初蘇珊．唐寧曾經這麼問他。

他萬萬沒想到她在煉獄裡的時間居然已經這麼久了。

群眾逐漸散去，好幾名記者死纏著資深警探不放，葛德納看到珍妮・昆蘭朝他走來，他露出微笑，等到她站定在他身邊之後，他開口說道，「妳在裡面的表現很傑出。」

「謝謝。」

「真的，超棒。」

昆蘭聳肩，彷彿沒什麼大不了一樣。但葛德納知道這是她第一次出庭作證。當她唸出艾德華・唐寧與其他人的問訊摘要，她充滿自信，而且態度冷靜。輪到被告律師詰問的時候，她所提供的某些安琪拉・芬尼根與瑪莉娜・葛林對唐寧的證詞，顯然也引發了陪審團的共鳴。

「不算好，」她回道，「我的意思是，我們沒有贏。」

「總是會遇到的，」葛德納回道，「不確定有誰是真正的贏家。我們大家都偶爾會失手，對嗎？」

「是啊，」她又想故作老成，這是她一心嚮往的風範，「嗯，那你什麼時候要回去？」

「明天。」

「我要搭一早的班機。」

「確定嗎？」她不停移動腳部重心，雙手插在口袋裡，「我知道一些不錯的酒吧，很樂意帶你去逛一逛。」

「我是早班飛機。」

「反正可以在飛機上一路睡到底。」

「這樣不太好。」

她別過目光，然後又轉頭回來，下巴朝葛德納拿在手中的手機點了一下，「那我還是讓你打電話吧。」

葛德納看著她離開之後，又低頭看著手機，開始撥號。他心想，在倫敦消磨最後一晚，也許沒他想的那麼糟糕，畢竟他打包也不需要多久時間。也許他可以找到一間老派風格、而且第二天飛回美國時根本想不起名字是什麼的英式酒吧，而且，能找人作陪，總是比獨飲開心多了。他望向獨自站在一旁的珍妮・昆蘭，決定自己還是應該要做出明智決定，問一下巴爾斯托好了。

對，他看起來像是個好人。

米雪兒接起電話，葛德納告訴她最後的審判結果是「無罪」。她說這消息令人欣慰，還有女兒很想念他，她又問他什麼時候要回來。

「明天早上的第一班飛機，」他回道，「妳可以告訴她，我準備回去要講多嘴老虎的故事了……」

65

真正的演員，本來應該是瑪莉娜・葛林才對。

這一切，讓我覺得好驚奇，直到現在，依然驚喜不已。需要眼淚的時候，它們就滾滾而下，每一次的啜泣、提氣、痛苦停頓的表演也都十分精采。老實說，這其實不是很難，因為我對於艾德之死的確傷感。這種說法似乎很奇怪，但我真心懷念他，而且獨自調整生活模式也沒那麼容易。他們提到他所做出的那些事，我的確覺得十分恐怖，我的意思是，平心而論，還能想出其他的形容詞嗎？當然是令人髮指的惡行。

只不過，那些事不是他幹的，對吧？

之後的那些大批群眾，讓我差點走不出去，有的是來祝福的，還有的只是純粹圍觀。我站在那裡，聆聽事務律師唸出我那同情與誠懇恰如其分的聲明，我忍不住心想，這些法院階梯外頭的人會有多少願意出席可憐艾德的葬禮？他的幾個親人吧——到了這種地步，他們當中也沒人想理我了——還有幾個網球俱樂部的白癡。實在稱不上是什麼哀榮場面，但你還想怎樣呢？

我不禁有些期盼，希望能看到對他棺木吐口水的排隊人潮。

故事的起點，源於他的第一個愚蠢謊言，諷刺的是，我當時還十分生氣。他陷入恐慌，擔心美國的條子會發現他在英國的紀錄，那麼他就沒辦法抽身了。結果，一切就此展開。那天下午，他其實在我們的度假小屋裡睡覺，但他卻說與我一起出去了，這就是一開始的愚蠢小謊。當然，我給了他第二個謊言，我告訴昆蘭，是他載我去購物中心。當時他十分感激，宛若我不知為什麼突然力挺他，把他救出了深淵，但我其實是準備要挖坑陷害他。先前曾因性侵案遭到逮捕的艾德，在安珀瑪麗．威爾森於西耶斯塔城區街道失蹤的那個時候，居然獨自開車，四處亂晃。而這裡的警察也樂意相信我之所以會配合他的第一次謊言，完全是因為他的脅迫。

他有沒有威脅妳？

妳那時候是不是很害怕？

沒關係，唐寧太太……我們了解。

這一切都完全符合證人的供詞，衷心感謝各位。艾德有控制慾，「態度有點囂張」……瑪莉娜與安琪，說出了這些話，上帝會賜福給妳們的。其實，我從來不曾受過他或任何人的欺壓。對，在床上的時候，也許吧，但那是因為我正好……有那樣的癖好，與這件事毫無瓜葛，所以沒什麼好說的了，是不是？

我先前講過了，都是靠謊言與運氣，而後者是主要因素。

黑桃七，又是一次好運到！那天晚上能住在樓下，也就表示緊鄰廚房，要取用刀子十分方便。別誤會，就算我們睡在樓上的空房，我也一定找得到方法出手，檯燈啊鞋子什麼的。但顯然刀子好多了，讓整起正當防衛事件的可信度提高了不少。要是我辯稱為了自衛而拿高跟鞋把他打死，就算是全世界最笨的警察也不會相信吧。

激怒艾德，開始吵翻天，其實是整起事件中最容易搞定的部分。反正他早就爆氣了，這一點也幫了我不少忙，他與安奈特．貝里之間的事，只要講個幾句就能發揮奇效。他開始嚷嚷這都得怪在我頭上以及「艾瑪的事」，害他去找了其他的女人，自此之後一切變調。我告訴他，我覺得搞不好他真的強暴了那個女人——我們就老實說吧，這一點也不重要——就在那個當下，他賞了我一巴掌。賓果！嘴唇破裂之類的傷口會比較有說服力，眼睛被打到烏青也不錯……但這也夠了。

他想要道歉，但我衝向廚房，他追了過來。

我拿起菜刀，他伸出雙臂，講出「親愛的，不要這樣」之類的話，我直接一刀狠插進去……剩下的就沒什麼好說的了，不過，這世界上就是有安琪拉．芬尼根那種人，不能忍受瑕疵，一切都要一絲不苟。好吧，艾德導航系統的學校位置……證明了我的確思慮周密，從浴室排水孔找到了他的毛髮，弄乾之後，塞在莎曼珊．顧爾德的手心裡，就是配合得天衣無縫的DNA證據。至於佛羅里達州的一切，在第一次的……嗜血大爆發之後，顯然有許多事項必須善後。葛德納對於安珀瑪麗的棄屍過程算是多少猜對了，只不過，我當初是推著獨木舟前進，因為大部分水域的深度還不到三英尺，當初我與艾德前往那裡的時候，我記得很清楚，當然，他們把獨木舟放在哪裡，我也沒忘。我往返紅樹林隧道約花了四十分鐘，脫去游泳衣、回到度假村又花了十五分鐘，而艾德卻跟死豬一樣，因為他一向睡得很熟。

搞定安珀瑪麗，鐵定讓我瘦了好幾磅。我外表看似柔弱，但其實氣力不小，所以將她裝袋、塞進租賃車的後車廂，也不是太費力，不過，在我前往購物中心的路上，我依然汗流浹背。對了，遇到那種綁鞋帶都嫌熱的天氣，一進入有空調的地方，就能讓人立刻冷靜下來。

哦，我為艾德瞎編的那句台詞呢？

「妳不問我為什麼嗎？」

拜託……有什麼好問的？像安珀瑪麗．威爾森、莎曼珊．顧爾德之類的女孩到處趴趴走，肥嘟嘟，總是張嘴呼吸，雙手亂揮，不停哈哈大笑，但我知道我的女兒還在世的話，一定是完美無瑕。

所以，總歸一句話：平衡。

我知道安琪與其他站在我後頭的那些人、拚命想要引起我的注意，期盼等到現場告一段落之後，等我回頭看著他們，我知道之後一定會接到慰問電話與邀約，但我不想理他們了。他們在先前事件所扮演的角色都很稱職，只不過，他們對於自己做了些什麼卻渾然不知。不過，我對於積極保持聯絡其實沒有太大興趣。

人生苦短，我還有更重要的事得完成。

我準備要上車的時候，發現對街停了台寶馬汽車，我認出了駕駛是誰。他搖下車窗，彷彿希望我可以看到他一樣。他是艾德死亡那晚出現的警探，之後也出現在派出所。我必須承認，不禁讓我有些擔心，但這股憂煩也只不過持續了幾秒鐘而已。

他從另外一頭盯著我，彷彿他知道什麼似的。

我勉強擠出微笑，律師趕緊催促我往前走，我們一起上了車。出發之後，他問我還好嗎？我可能隨口嗯哼了一下，但我的心思已經飄渺它方。

我真的只想要趕快回家，泡點茶，開始忙東忙西。

好期待從抽屜裡拿出艾瑪的那些照片，逐一擦亮，把我的女兒放在她歸屬的展列世界。

Storytella 74

只是陌生人

Rush of Blood

只是陌生人 / 馬克.畢林漢作；吳宗璘譯.－初版.－臺北市：
春天出版國際, 2018.03
　面；　公分.－(Storytella；74)
譯自：Rush of blood
ISBN 978-957-9609-18-0(平裝)

873.57　　　　106025451

ISBN 978-957-9609-18-0
Printed in Taiwan

First published in Great Britain by Little,Brown by 2012
Complex Chinese language edition published in agreement with
Lutyens & Rubinstein,through The Grayhawk Agency.

作　者　馬克・畢林漢
譯　者　吳宗璘
總編輯　莊宜勳
主　編　鍾靈

出版者　春天出版國際文化有限公司
地　址　台北市信義路四段458號3樓
電　話　02-7718-0898
傳　眞　02-7718-2388
E－mail　frank.spring@msa.hinet.net
網　址　http://www.bookspring.com.tw
部落格　http://blog.pixnet.net/bookspring
郵政帳號　19705538
戶　名　春天出版國際文化有限公司
法律顧問　蕭顯忠律師事務所
出版日期　二〇一八年三月初版
　　　　　二〇一八年四月初版三刷

定　價　399元

總經銷　槙德圖書事業有限公司
地　址　新北市新店區寶興路45巷6弄6號5樓
電　話　02-8919-3186
傳　眞　02-8914-5524
香港總代理　一代匯集
地　址　九龍旺角塘尾道64號 龍駒企業大廈10 B&D室
電　話　852-2783-8102
傳　眞　852-2396-0050